U0037265

李斯外傳
張雲風◎著

序言

才高德薄　功巨過顯

張雲風

我讀過古人寫作的《趙飛燕外傳》、《高力士外傳》、《李師師外傳》等外傳體小說，均屬紀事性質，羅列若干事例，篇幅最長的才數千字，內容單薄，寫法也單調。為此提筆寫作長篇歷史小說《李斯外傳》書稿。書稿通過寫李斯，寫秦始皇，寫那個時代，寫中國歷史上第一個統一的中央集權的封建制國家，在血火中誕生，隨即迅速滅亡的歷程，既有典型意義，又有警示意義。

我擇李斯作為主人翁創作歷史小說，是因為李斯生活在戰國末年至大秦帝國時期，那是個傳奇的時代，既威武雄壯又波譎雲詭，既異彩紛呈又光怪陸離的時代，湧現出許多知名人物，發生過許多重大事件。李斯為改變貧賤命運，實現人生價值，從楚國到秦國，從布衣到丞相，拼搏一生，經歷和閱歷都很豐富，幾乎跟所有知名人物和所有重大事件，都有直接或間接的關係，因而素材多故事也多，大有寫頭。司馬遷《史記》著有《李斯列傳》，詳細記述李斯的生平事蹟，可以說是李斯的正傳。《李斯外傳》，採用外傳體類，既寫了正傳內容，又寫了正傳內容以外的內容，亦即行家所說的「故事中的故事」或「故事外的故事」。正傳內容講究真實，事必有據。外傳內容則不那麼嚴格，不拘泥不刻板，所寫之事可有據也可無據，合理想像虛構的成分更多些。比如嬴成蟜造反，《史記．秦始皇本紀》記述：「八年，王弟長安君成蟜將軍擊趙，反死屯留。」《李斯外傳》據此展開想像虛構，想像虛構李斯介入此事，運用詭道，將謊言忽悠成「真理」，將「真理」忽悠成謊言，三忽悠兩忽悠，竟為秦王嬴政化解了一場嚴峻的王權危機。小說圍繞造反與平定造反，圍繞造反檄文所言是真是假刻劃人物：嬴成蟜狂傲無知，樊於期凶惡陰險，呂不韋和秦太后窘迫難堪，華陽太后幸災樂禍，秦王憤怒疑惑，李斯胸有成竹，趙義、周媼、松友煞有介事，嬴氏宗室嬴班、嬴沖等先是觀望，繼是拜伏，確認秦王是秦莊襄王嫡嗣，姓嬴而不姓呂，絕非呂不韋的「奸生之兒」。諸多人物各就各位，音容笑貌，盡顯個性，栩栩如生。再比如李斯聽荀卿講課，李斯結識鄭國，李斯交往任愛（詐腐前的嫪毒），李斯考察東方六國，李斯偵察大鄭宮，李斯和蒙恬追留尉繚，李斯救援鄭國，李斯餞別呂不韋，李斯勸說蒙嘉自我了斷等情節，典籍裡均未見記載，而《李斯外傳》把它們歸到李斯名下，憑藉合理的想像虛構，編故事，講故事，娓娓寫來，侃侃道來，波瀾層疊，繪聲繪色，從而使李斯的事蹟更加繁富，也使小說的內涵大大擴展，反映社會生活，展現時代風貌，方方面面，多姿多彩。

《李斯列傳》評價李斯：「李斯以閭閻歷諸侯，入事秦，因以瑕釁（指恰合時機的遊說），以輔始皇，卒成帝業，斯為三公，可謂尊用矣。斯知六藝之歸，不務明政以補主上之缺，持爵祿之重，阿順苟合，嚴威酷刑，聽高（趙高）邪說，廢嫡立庶。諸侯已叛，斯乃欲諫爭，不亦末

（小節）乎！人皆以斯極忠而被五刑死，察其本（大節），乃與俗議（事實）之異。不然，斯之功且與周、召（西周初周公姬旦、召公姬奭）列矣。」《李斯外傳》根據這一評價，對李斯做了這樣的定位：一位才高德薄，功巨過顯，大節有虧，由於晚節失守，以致身敗名裂的政治家。應當說，這個定位是準確的。李斯為人為官，集才高、德薄，功巨、過顯於一身，因才高而建巨功，因德薄而犯顯過，德與才並不兼備，功與過反差極大，大起大落，恨事悲情，到頭來死無葬身之地。

李斯的才出類拔萃。他通曉諸子百家學說，尤其通曉法家學說精髓，知識、智慧、謀略、遊說辯論，規劃設計、推理判斷、文學修養、書法功底等，都是一流的。他用天下一統的宏大構想遊說年輕的秦王，獲得信任與重用，為自己尋找到了強大的靠山。秦國掀起逐客風暴。他用一篇〈諫逐客書〉，挽救了自己及成千上萬逐客，得以在秦國站穩腳跟。秦王的身世詭秘奇特。李斯知道真相卻裝作不知，周旋於兩個最顯赫人物——呂不韋和秦王父子之間，在父親跟前絕不非議兒子，在兒子跟前絕不非議父親，兩邊落好，游刃自如。李斯的仕途以五十七歲為界，可分前、後兩個時期。前期，他用傑出的才能輔佐秦王，使之成就了帝業，兼併六國，統一天下，締造了一個疆域廣大，民族眾多，統一的中央集權的封建制國家。後期，他用傑出的才能輔佐秦始皇，力主推行郡縣制，力主統一貨幣、統一度量衡、統一車軌、統一文字，力主強化法制，以法治國、依法治國等，均被作為「國策」，得到有效的貫徹實施。大秦帝國誕生，加強中央集權，維護國家統一，推進和確立封建制，是個陌生而全新的課題，沒有先例可供參照和借鑒，沒有聖賢給予示範和指點。秦始皇和臣屬李斯等，用一腔熱情與豪情，去嘗試去探索，想大事幹大事，每

件事都幹得轟轟烈烈，風聲水起，充分表現出新興地主階級特有的朝氣蓬勃，昂揚向上，奮發有為的開創精神與進取精神。他們在短短數年內創建了前所未有的豐功偉業，最有生命力處是奠定了後世中國兩千多年封建政治的基礎格局。這一格局的某些精華部分，經積澱經演變，至今仍在沿用，影響巨大而深遠。

李斯的德存在瑕疵。他在青年時代說過：「詬莫大於卑賤，悲莫甚於窮困。」基於此，擺脫卑賤與窮困，追求尊貴與富有，成了他人生的目標，入仕的動力。他有私心有貪欲，這決定了他把「爵祿」（功名利祿、榮華富貴）看得極重，沒有爵祿力爭，有了爵祿力保，力爭力保都是全身心投入，毫不懈怠。他的性格、品格的最大弱點是「阿順苟合」——阿諛逢迎，巴結討好，說話辦事總是揣摩皇帝的心思，迎合皇帝的意志，目的在於邀寵，以謀取私利。李斯有才，但往往把才用偏，「不務明政以補主上之缺」——不注重不研究怎樣用正確的政治理念和明晰的政治方略，去彌補皇帝的缺失，每每熱衷於用驚人之想和驚人之語，取悅於皇帝。天下一統之後，他提出不少建議，均被秦始皇採納。如用和氏璧製作國家御璽（印文刻「受命於天，既壽永昌」八字），將收繳的兵器鑄作十二個金人，驪山陵增建一項附屬工程——兵馬俑陪葬坑等。這些建議既非「明政」，亦非加強中央集權、維護國家統一之急需，只因秦始皇喜好，所以李斯提出，純是阿順苟合使然。秦始皇固然雄才大略，但在治國理政上多有缺失處，好大喜功，濫用民力，揮霍無度，處事決事的主觀性、盲目性、即興性和隨意性時時可見，造成人力、物力、財力極度透支，民不堪負，怨聲載道。李斯對此看得一清二楚，但從未正面進諫過直言過。為何？因為不敢，擔心進諫、直言有可能觸怒龍顏，丟失爵祿。李斯升任丞相以後，發生了焚書和坑殺方士事件。焚書，李斯是首倡者；坑殺方士，李斯是執行者。焚書和坑殺方士的出發點是為了箝制民眾思想，打擊刑事犯罪，鞏固中央集權、國家統一的成果，但方法簡單，手段殘暴，效果也未達到預期。東晉時，儒家信徒拿焚書和坑殺方士大做文章，惡意編造出個「焚書坑儒」說來，強加於秦始皇，成為他是「暴君」是「魔鬼」的標誌性罪證。

秦始皇時期，李斯德薄，雖有過失，然人品、官聲、形象，從總體上看都是正面的，好評如潮。西元前二一〇年農曆七月，秦始皇駕崩於巡遊途中的沙丘（今河北廣宗西北），情勢驟然逆轉，李斯用背叛、變節之行徑，使其過失升級為顯過，乃至罪過與罪惡。其時，在巡遊隊伍中以及在全國，李斯官位最高，權力最大，肩負的責任最重。按禮按理，他都應當忠實遵從秦始皇遺詔，擁立秦始皇長子扶蘇為皇帝，並輔佐扶蘇，發揚光大秦始皇的功業，也是發揚光大他李斯的功業。宦官趙高妄進「邪說」。他完全有資格有能力殺趙高，除奸佞，確保皇權實現順利更迭。孰料關鍵時刻，他想的卻是尋找新的靠山，長保爵祿，居然聽信「邪說」，參與實施「廢嫡立庶」逆謀，擁立了秦始皇少子胡亥為二世皇帝。沙丘逆謀是一場政變，造成的惡果無法估量，加速了大秦帝國的滅亡，阻礙了中國封建制國家真正完成統一任務的進程。李斯在其中扮演了罪惡的角色，萬劫不復。此人說到底是個悲劇人物，悲劇源自大節有虧，源自晚節失守。他六十四歲任丞相時，曾說要保持晚節，造福於黔首及兒孫。三年後，他六十七歲時就把保持晚節事忘得精光，上了秦二世和趙高的賊船，成了三人政變集團中的樞紐成員。秦二世時期，李斯不論主觀意願如何，客觀上已淪為秦二世和趙高的幫凶，但受疑忌受擠兌，根本進不了趙高一手把持的最高權力核心。趙高掌控著秦二世，挾天子以令天下，把李斯玩弄於股掌之中，接著捏造個「謀反」

的罪名，把李斯投進大獄。李斯曾任廷尉二十年，修訂《秦律》，法學思想和法學實踐的基調是「嚴威酷刑」。趙高對李斯亦用嚴威酷刑，「榜掠千餘」，製造血腥。李斯從天堂跌進地獄，體面與尊嚴盡失，飽受折磨與屈辱，求生不得，欲死不能，吃刑不過，屈打成招，招認了趙高需要他承認的所有罪款。一失足而成千古恨。李斯就是這樣的，晚節失守，失足成恨，付出的代價之大，實為古代著名政治家之最。然而，讓人費解的是，李斯對晚節失守對沙丘罪惡，似乎全不認識，或是刻意回避，從未進行過檢討與自責；相反，還吹噓什麼「忠」，死前遺言仍說「吾以忠死，宜矣」，至死不悟，不可救藥！世人歷來痛恨和鄙夷背叛者變節者。所以，李斯六十九歲時遭腰斬，夷三族，悲而不壯，慘而不烈，人們並不怎麼同情。

《李斯外傳》運用歷史唯物主義觀點，寫歷史人物和歷史事件，寫國運民生和世態人情，寫封建制和奴隸制的矛盾與對立，寫真善美和假惡醜的衝突與鬥爭，內容充實，底蘊厚重。修辭手法多樣，敘事清晰，描寫生動，議論、評述、辨正部分備見新穎。層次跌宕，語言活潑，人物形象鮮明。讀來饒有興味，亦堪回味。

《李斯外傳》是我歷史小說創作的最新成果，即將由大地出版社出版。特撰拙文，權當序言。

二〇二二年八月

目錄

楔子

中國歷史上的春秋戰國時期，周王室衰微，禮崩樂壞，奴隸制瓦解，封建制興起，國家分裂，平地裡冒出許多大大小小的諸侯國，先是五強爭霸，繼是七國爭雄，五百多年間攻攻殺殺，天下大亂，山河破碎，民不聊生。當時的中華大地，就像一個風雲變幻、光怪陸離的大舞臺，各色人物扮著生旦淨末丑粉墨登場，真的假的，善的惡的，美的醜的，爭相使出絕技，合力演出一幕幕或威武雄壯或波譎雲詭的史劇，異彩紛呈，引人入勝。尤其是西元前三世紀中葉，亦即戰國末期，四海翻騰雲水怒，五洲震盪風雷激，眾多重量級名角閃亮登臺，又合演出一部秦國一統天下，轉瞬滅亡的大劇，真乃驚心動魄、驚天動地，水準堪稱驚豔。大劇中，有個名叫李斯的人，所扮的角色至關重要。如果說秦始皇嬴政是「男一號」，那麼李斯便是「男二號」。因為這兩個角色唱念做打，所以大劇備見精彩，同時有了血風腥雨、覆舟翻車的警示意義，引發思考與回味，不由人不唏噓、歎息……

第一章

小吏觀鼠

李斯，字通古，上蔡（今河南上蔡）人。上蔡當時屬於楚國，一座偏僻而貧瘠的小城，格局與規模跟許多小城一樣，方形城垣，城垣不高，四向開有四個城門環繞城垣，鑿有護城河，寬約兩丈，碧水泱泱。近岸水淺處長滿蒲草，還有蘆葦和荊棘。城垣內分布著幾條不規則的街道。街道狹窄，土石路面，兩側則是民眾居住的坊里，房屋是清一色的土牆，房頂苫蓋茅草或稻草，高高低低，錯錯落落。當時的楚國，社會形態主體是奴隸制，所以城裡的民眾主要是兩大人群，稱階級：一是奴隸主階級，佔少數，卻是主人；一是奴隸階級，佔多數，從屬、依附於奴隸主，經營農、漁、工、商，勞動所得全歸主人，自身窮困，一無所有。此外，當時的楚國實行了封建制，封建地主土地所有制取代井田制，因此奴隸主階級變成地主階級，奴隸階級變成農民階級。地主和農民構成新型的雇傭關係，比起奴隸主對奴隸的佔有關係來要進步得多。這種情況在上蔡的城裡已經出現了幾家地主和上百家農民。中午和傍晚時分，奴隸主家和地主家開設的酒肆、飯肆營業，滿街道飄著酒香、菜香、飯香，煞是誘人。

上蔡百分之八九十人家都姓蔡。上溯三輩，幾家姓蔡的奴隸主家境富裕，望子成龍，創辦私學庠序，從外地聘請一位識字的先生當老師教兒孫們讀書。那位識字的先生姓李，攜帶妻子來到上蔡，上蔡於是有了姓李的人家。李老師生的兒子，仍是老師。第二代李老師生的兒子，便是李斯。

兩代李老師都是勤懇、本分的誠實人，正派、敬業、看重學問。一輩子把教書育人、傳授知識當作大事，唯恐誤人子弟，愧對東家給的少許酬金。兩代李老師是有私有財產的，所以論身分，應屬於農民階級，而不是奴隸階級。兩代李老師的妻子，即李斯的祖母和母親，善良厚道、勤儉持家，把全部心思都放在家務上。經過兩代人的辛勤努力，到李斯出生的時候，李家居然在城裡置了幾間房屋，在城外置了幾畝土地。農民有了土地，土地增多，雇人耕種，也就成了地主。也就是說，當李斯呱呱墜地時，老李家已躋身於上蔡為數不多的小地主家庭之列了。

李斯是李家的獨苗。李父對於兒子既慈愛又嚴厲，寄予殷切的希望。他不希望兒子飛黃騰達，只希望兒子跟隨自己多讀些書，日後也能當個庠序老師，子承父業，安安寧寧，足矣！李斯三歲時，李父教他認字。李斯五歲時，李父教他寫字。楚國歷史悠久，地大物博，文化底蘊深厚，孕育了老子和屈原兩位文化巨人。老子姓李名耳，字伯陽，又字聃，俗稱老聃，尊稱老子。苦邑（今河南鹿邑）人。思想家，哲學家，道家學派始祖。博學多才，曾任東周朝廷守藏史，管理圖書。孔子周遊列國時專門到洛陽向老子問禮，聽了老子一番話，由衷讚道：「吾今日見老子，其猶龍邪！」老子因見周王室江河日下，前景暗淡，遂辭官歸隱。歸隱期間，西遊秦國，途中寫下一部洋洋五千言的《道德經》。該書內容博大精深，以「道」與「德」為核心，闡述自然、社會及人生真諦，字字句句閃爍著大智者大智慧的熠熠光芒。屈原名平，字原，又字靈均。丹陽（今湖北秭歸）人。自小受到良好的教育，成人後任左徒兼三閭大夫，博聞強識，明於治亂，嫻於辭令，忠心輔佐楚王。然而，一夥奸佞小人百般忌恨他，聯手詆毀他打擊他迫害他，使他兩度遭放逐，流落於湘江、沅江一帶，呼天不應，喚地不靈。悲憤之際，他用文字吶喊，創作詩歌抒發心中的憂、怨、恨與不平，從而有了《離騷》、《九章》、《九歌》、《天問》等不朽作品問世。李斯出生的前一年，秦昭王發兵進攻楚國，一舉攻陷楚都郢城（今湖北荊州）。楚王倉皇逃至陳城（今河南淮陽）避難，繼在那裡建立了流亡朝廷。國都失陷，國王逃跑。這在屈原看來，等於國滅家亡。他披頭散髮，形容枯槁，萬念俱灰，決然採用一種極端方式，跳進汨羅江，溺水而死。

李父崇敬兩位文化巨人，珍藏了《道德經》、《離騷》等傳抄本。當李斯長到十多歲的時候，李父就反覆給兒子講老子講屈原，講《道德經》講《離騷》，並教兒子書寫這兩部宏文，無論炎夏還是寒冬，從不間斷。在父親的嚴厲要求和督促下，李斯的童年和少年都是在認字、寫字、讀書中度過的，很少和同齡的小夥伴們交往、玩耍，因而養成了比較孤僻、矜持的性格。因為他小時候刻苦練習寫字，所以在發跡後才能兼而成為一位傑出的書法家。

古時鼓勵生育，民眾普遍早婚。李斯十七歲那年，由父母作主給他選了一個女孩，下了聘禮，確定秋後成婚。女孩姓柴名禾，十五歲。孰料天有不測風雲，人有旦夕禍福。當年八月，上蔡突然遭遇一場瘟疫，奪走了上千口人性命。李父李母亦在其內，從發病到亡故僅僅四天，沒能見到兒媳進門，就永遠閉上了眼睛。李父斷氣前抓住李斯的手，留下幾句遺囑：「人生在世，當安貧樂道，安分守己。兩句話：達則兼濟天下，窮則獨善其身。我等芸芸眾生，重點不在前句，而在後句，獨善其身，切記切記！」

李斯是個孝子，悲痛欲絕，眼含熱淚，披麻戴孝，依禮安葬了雙親。按照禮制，他要在父母墓前搭建一間草棚，窩居守喪三年。守喪規矩：斬衰，苴杖居倚廬，食粥，寢苫，枕塊，不吃葷，不飲酒，不談笑，不嫁娶。「不嫁娶」這一條，影響了李斯與柴禾的婚期。李斯去見柴禾的父母，說：「晚輩按制要守喪三年，不敢誤了柴禾的青春。她若能等，三年後跟我成婚固然好；若不能等，擇人另嫁，也合情理，我無異議。」柴父柴母把李斯的話告訴女兒。柴禾哭成淚人，說：「女子從一而終，這是古訓。我既然收了李家的聘禮，就生是李家的人，死是李家的鬼。不就是三年嗎？我等，能等！」柴父柴母把女兒的話轉告李斯。李斯很感動，跪拜尚沒有正式名分的岳父岳母，說：「晚輩感謝柴禾及兩位長輩。三年，三年後我迎娶柴禾，絕不食言。」

李斯回家，虔誠守喪。古時很多知名孝子，均會利用守喪的機會，研讀經典，加強自我修養，提高自身素質。李斯就是這樣的，守喪期間除了按時祭奠父母、慎終追遠外，一門心思做起了學問，繼續研讀《道德經》和《離騷》，背得滾瓜爛熟。同時研讀《尚書》、《左傳》、《孝經》、《詩三百》等，自覺獲益匪淺。再就是練習書法，在竹簡上或在沙土上寫字，每天不少於兩千字，樂此不疲。守喪喪期理論上說是三年，但可以變通，守到第二十五個月時，進入第三個年份，也就可以算是三年，可以除喪。李斯不想讓未婚妻柴禾等太久，所以利用了這個變通，再加上兩個月，共守了二十七個月的喪，然後舉行禫禮除喪。除喪後過年，他年滿二十歲。二十歲是弱冠之年，黃金之年。他遵守承諾，請鄉親們幫忙，吹吹打打，熱熱鬧鬧，將柴禾迎娶過門。柴禾長相美貌，性格溫順，婚後當起家庭主婦，會過日子。李斯在父母死後，又有了個家，小家，二人世界，好溫馨好甜蜜喲！

喜事接踵而來。婚後三個月，柴禾懷孕了，嘔吐，反應厲害。李斯對女人的事一竅不通，去求岳父岳母搬到自家來住，陪伴和照料孕婦。越年，柴禾臨盆，生了個男孩。李斯當人父了，好生歡欣，想笑想跳。兒子裹在襁褓裡，腦袋小，臉蛋小，眼睛、鼻子也小，乾瘦乾瘦的。李斯端詳兒子許久，說：「怎麼這樣瘦小？」岳母說：「十月懷胎，一朝分娩。孩子在娘肚裡，全靠娘的營養，從無形到有形到成形，十個月裡能長多大？」

李斯給兒子取名叫李由。從此，李斯再不是一人吃飽，全家不餓的單身漢了，心中有了牽掛，有了責任，人在外面總想回家，回家看望兒子。他發現，每次看到的兒子都不一樣，兒子天天都在

變化，天天都在成長。

李斯多次說過他出身布衣。此話不假。從他祖父到他父親到他結婚有子，祖孫三代男人都是平民百姓，跟「官」字毫不沾邊。李由兩歲多一點，柴禾又懷了身孕。就在這時侯，一件特大喜事自天而降：李斯因為是孝子，上蔡官府所以將他招為小吏，略加培訓，分配到上蔡糧倉當差。何為小吏？就是小官。雖然小，但畢竟是個官，「公家人」——國家公務員！

上蔡糧倉是上蔡城裡最豪華最氣派的單位，一座大院，好多排磚牆大房，大房裡一囤一囤裝得滿滿的全是糧食。那是楚國的一個基層糧倉，夏、秋兩季收儲附近各地徵收的田賦，然後執行上級官府指令，支付官吏薪俸、打仗、賑災等所需的糧食。倉庫設倉長一人、小吏五人，按時領取薪俸。古時官吏薪俸，多折成糧食石數。小吏李斯每年的薪俸是五十石，遠遠高出他家土地的收入，而且不受天氣影響，旱澇保收，又不交個人所得稅，淨落！官星高照，名與利雙至，全家人開心自不必說，更惹得很多人羨慕和嫉妒。他們想，李斯這小子莫非巴結了老天爺？不然，天上掉下個油油的香香的大肉餅，為何偏偏掉到他頭上呢？

李斯到糧倉上班。倉長見他認識字會寫字，指派他當了文書，職責是記帳，每次收儲多少糧食，支付多少糧食，一筆一筆記下來就是。李斯通曉《道德經》、《離騷》等典籍，精於書法，做這樣的差事，真是拿著牛刀殺雞，趕著戰車驅鴨，太大材小用了。但他初為小吏，還是把差事當回事的，兩本帳冊，一本記收儲，一本記支付，糧食進出，一筆一筆記得清清楚楚，從沒出現過差錯。不久，柴禾生了第二個兒子，取名李甲。上蔡糧倉就那麼大，公務就那麼多，李斯和另外四個小吏抓緊忙活，三下五除二就把公務處理完了。公務處理完了做什麼？無須做什麼，閒著坐著，喝茶聊天打瞌睡。頭一年，李斯對這樣的狀況不太適應。第二年，他適應了，習慣了，而且仿效同事的樣子，學會了曠工和溜號。上蔡城外有很多野兔。他靈機一動，生出喜好，動輒抱著兒子，引著自家養的一條大黃狗，出上蔡東門到野外追逐野兔。大黃狗綽號黃狼，身軀肥碩，毛色金黃，凶猛敏捷，每每都能捕捉到一隻兔子，叼給主人。李斯大樂，回家，剝兔皮，燉兔肉，全家人吃得津津有味，滿嘴流油。

這樣的日子蠻好，恰合李斯父親的遺囑。小吏也是芸芸眾生，既然無力做到達則兼濟天下，那麼就守住窮則獨善其身的底線。平平庸庸、渾渾噩噩、得過且過，也是一種生活方式，省心省力，何樂而不為？直到有一天發生一件趣事，改變了李斯的心境，也改變了李斯的人生走向。

糧倉裡糧食多，老鼠也多。李斯處理完公務，無所事事，常端坐著觀察老鼠。那些老鼠聚集在糧囤高處，齧吃糧食，專吃顆粒飽滿的粟米，怡然自得，即便聽到聲響，人來犬來，也不驚慌，也不逃避。一隻隻肚子吃得滾圓，鼠眼一眨一眨的，鼠鬚一翹一翹的，相當滿足，愜意且得意。那天，李斯茶喝多了，忽然內急，趕忙起身，直奔茅廁。他看到茅廁裡也有幾隻老鼠，正爭搶著吃污穢的糞便，聽到聲響，見有人來，嚇得驚惶逃竄，「哧溜」一聲沒了蹤影。李斯腦子靈活，不由暗想，同樣是老鼠，倉中鼠和廁中鼠為何不一樣呢？前者「食積粟，居大廡之下，不見人犬之憂」，而後者「食不潔，近人犬，數驚恐之」。李斯覺得有趣，接著做了一項實驗，捉幾隻倉中鼠放進茅廁，同時捉幾隻廁中鼠放進糧倉。觀察數天後，情況發生了變化：原先的倉中鼠變作廁中鼠，原先的廁中鼠變作倉中鼠，老鼠習性完完全全打了個顛倒。由鼠及人，李斯深受啟發，發出一句意味深長的感歎：「人之賢不肖比如鼠矣，在所自處耳！」意思是說，人有賢愚、貴賤、君子小人之分，

全看其處在怎樣的環境。比如老鼠，在糧倉就賢就貴，就是君子；而在茅廁就愚就賤，就是小人。「鼠在所居，人固擇地。」鑒於此，他要認真考慮考慮「擇地」的重大問題了。

所謂「擇地」，就是選擇環境，以利發展，以圖過上另樣的生活，尊貴的富有的生活。上蔡城裡的民眾絕大多數是奴隸。奴隸的身分最為卑賤，奴隸主把他們當作牲畜，隨意奴役和蹂躪，可以買賣，可以贈人，甚至可以殺害。上蔡城裡還有不少乞丐，大多是從外地流入的，一貧如洗，終日乞討仍難以果腹，每天都有人餓死在街頭。卑賤和窮困是一對孿生兄弟，卑賤者必窮困，窮困者必卑賤。人世間的嚴酷現實，促使青年李斯說出兩句很哲理的名言來：「詬莫大於卑賤，悲莫甚於窮困。」李斯研讀過《孝經》。該經云：「夫孝，始於事親，中於事君，終於立身。」孝有「始」、「中」、「終」三個階段三個層次，然而到目前為止，他只經歷「始」，尚未「事君」，尚未「立身」，又何以言孝，何以稱孝子？由此看，不講別的，光講孝道，他也該「擇地」，換個環境，去「事君」，去「立身」，通過建功立業以光宗耀祖，揚名立世。道理很簡單，環境決定人生，環境決定命運。老鼠待在茅廁，只能是廁中鼠；老鼠到了糧倉，那就成了倉中鼠。同理，我李斯待在上蔡，只能是個小吏，虛度年華，沒沒無聞；如果走出上蔡，換個環境，去闖蕩去拼搏，沒準兒能撞上大運，來個鳳凰涅槃，從而成為人上之人。他第一次覺得父親的遺囑過於消極，認為人生在世，首先應當追求達則兼濟天下，追求不著，無奈之舉才是窮則獨善其身。

李斯思量再三，決意「擇地」，那就得辭掉小吏職務。可是事到臨頭，他又有點躊躇。「擇地」，地在哪裡？地在何方？人說，男兒胸懷天下，男兒志在四方。可對弱冠之年的李斯來說，「天下」、「四方」還是個模糊的混沌的概念。他基本上是一隻井底之蛙，所見所聞只限於井口上方的一小片天空，至於大千世界的遼闊與精彩，他實在知之甚少。他思來想去，猛記得聽人說過有個叫蘭陵（今山東蘭陵）的地方，正有一位高人在那裡開辦學館，廣收弟子，教授帝王之學。那位高人叫荀卿，德高望重，學識淵博，世人敬仰，尊稱荀子。「工欲善其事，必先利其器。」李斯一攥拳，說：「好！就去蘭陵，投師荀子門下，求學深造，淬一淬知識、智慧之火，砥礪鍾煉，盡快把自己鍛成利器，一件鋒銳的能『善其事』的利器！」

隨即發生一件事，促使李斯堅定了辭官的決心。糧倉倉長姓范，好財好色，貪婪無厭。他新近瞞著妻子，包養了個二奶，錢老是不夠花。靠山吃山，靠水吃水，靠糧倉就吃糧倉。於是他動不動就到糧倉支取糧食，轉手倒賣給糧商變作現錢。他支取糧食，絕對不許記帳。因為記帳會留下證據，惹出麻煩。這天，他又支取糧食，張口就是十石稻穀十石麥子，還是不許記帳。李斯實在看不過眼，不冷不熱地說：「哎！我說頭兒！你經常支取糧食，不許記帳，那還要我這個文書幹嘛？年終盤庫，存糧與帳面不符，一個大窟窿，怎麼補呀？」范倉長滿不在乎地說：「瞧你，活人能被尿憋死？大窟窿怎麼補？誰讓你補了？就說糧食叫老鼠吃了，沒法補！」李斯愕然默然，頓時想起《詩三百》裡的《碩鼠》詩：

碩鼠碩鼠，無食我黍！
三歲貫（事，侍奉）女，莫我肯顧。
逝將去女，適彼樂土。
樂土樂土，爰得我所。……

他認定，范倉長就是碩鼠，肆意侵吞國家錢物，吸食百姓血汗的碩鼠。自己年紀輕輕，乾乾淨淨，焉能與這樣的碩鼠為伍，同流合污！他暗自說：「對不住，我『不貫女』了，我要『適彼樂土』了。」他鄙夷地看了看范倉長，當下宣布辭官，交出所有帳冊。范倉長猝不及防，十分尷尬，結巴著說：「這，這……」

李斯把辭職一事告訴家人。柴禾恪守婦道，不會埋怨更不會責怪丈夫。柴母無法理解，嘟囔說：「小吏當得好好的，怎麼說辭就辭了？這下好，沒了薪俸，全家人喝西北風去？」柴禾阻止母親，笑著說：「娘，我們家有幾畝土地，平日裡還有些積蓄，不會喝西北風的。」柴父說：「辭就辭了，我退下來，讓李斯接班，去當庠序老師。」

李斯志向高遠，可不想當什麼庠序老師。他忙前忙後，安頓好家事。西元前二五一年農曆二月二龍抬頭，二十六歲的李斯，身穿灰色長袍，頭戴黑色絨帽，肩背一隻籐製的箱子，懷著理想與抱負離開上蔡，前往蘭陵。妻子兒子和岳父岳母送行送到城外，千叮嚀萬囑咐，情深意切。黃狼撒歡，前後狂奔。柴禾懷抱李甲，看著丈夫，柔聲說：「獨自在外，吃飯穿衣，務要保重。」李甲時年四歲，不明白阿父為何要出遠門，稚聲嫩氣，說：「阿父，你要去哪？不嘛，我要你領著我和哥哥，還有黃狼，去，去追兔子逮兔子。」童言純真，童言無欺。李斯無法回應兒子的話，假意裝笑，喉嚨發哽，模模糊糊說一聲「我走了，你們回吧」，便大步向前走去，走出老遠老遠才回首遙望家人。家人仍站在原地，揮舞著惜別的手臂。李由高喊：「阿父，早點回來，回來！」黃狼像是附和，大吠：「汪！汪！汪！汪！」他的眼眶一熱，湧出幾滴晶亮的淚珠。

第二章 求學深造

李斯風餐露宿，十多天後抵達蘭陵。蘭陵位於楚國東北邊陲，臨近齊國和趙國，其富庶、繁華、開放程度，遠非上蔡可比。街道整潔，民居密集，樹木蔥蘢，行人熙攘。行人中，不乏衣飾華美、風度翩翩的紅男綠女。他們瀟灑、倨傲，他們路遇李斯，難免會投過詫異的一瞥。李斯明白那一瞥的含義：紅男綠女們是嫌自己來自異鄉，滿身土包子氣，一臉寒酸相，出現在蘭陵街頭，不合時宜。李斯是當過官的，還算曠達，對此全不介意，一不氣惱，二不自慚，暗笑道：「哎！蘭陵人，神氣什麼？你們只是命好，出生在一個好地方好環境而已，所以成了倉中鼠；倘若把你們挪個窩，挪到茅廁那樣的地方和環境去，那麼肯定就是廁中鼠！」他這麼一想，心情特佳，雄赳赳高揚頭顱，氣昂昂高挺胸脯，逕直走自己的路，旁若無人。

李斯略一打聽，便找到蘭陵學館。學館前有一條河叫蘭溪。他在溪邊洗洗涮涮，收拾一番，直覺得神清氣爽，怡然煥然。他跨進學館大門，迎面棕紅色影壁上鐫刻兩行金色大字：「治國安邦才，經天緯地人」。他凝視大字，激動得熱血沸騰。天哪！這裡是造就治國安邦才、培養經天緯地人的，而我，即將是其中的一員，何等幸運，何等榮耀！看來，本人「擇地」擇對了，辭官辭對了。繞過影壁，便是學館大院。大院很大，館舍很多，上百株雪松樹姿挺拔，樹冠壯美。迎春花、報春花綻放出金黃色小花，白玉蘭枝頭蓄滿銀白色花蕾。春光乍現，盎盎生機！

李斯拜見荀卿荀老夫子，恭敬施禮，腰彎成九十度，說明來意，並獻上微薄的束脩——上蔡特產，十斤風乾的兔肉。李斯看荀卿，年近六旬，中等身材，偏瘦，慈眉善目，斯文儒雅，笑眯眯的，顯得很和藹很親切。荀卿也看李斯，身材高高的，體格壯壯的，年輕、英俊、陽剛，眉宇間透著聰明、智慧、幹練。及與交談，荀卿知道李斯當過三年小吏，研讀過一些典籍，書法頗有造詣，為了求學深造便把官辭了。他很讚賞這個年輕人，手捋花白的鬍鬚，說：「我的弟子，辭官求學的，恐怕僅你一人，難得難得！」荀卿老師接著告訴李斯同學，蘭陵學館可不是一般庠序，是專門培養高級政治人才的；學館主課是帝王之學，由自己主講，另有助教輔導；學制四年；學館為學生提供館舍和膳食，收取少許費用……

李斯從此成了荀卿的弟子，蘭陵學館的學生。很快，他了解到荀卿老師的部分資訊：荀卿名況字卿，趙國趙（今河北邯鄲）人。思想家，教育家。學富才高，曾三次出任齊國稷下學宮的祭酒，繼到楚國為官，任蘭陵令。為官非他所長，不久仍回歸舊行，就在蘭陵辦起蘭陵學館，一面教書育人，一面從事著述。荀卿有著崇高的人格魅力。蘭陵因為有他及蘭陵學館，所以聲名遠播，楚、齊、趙國及韓、魏國的眾多學子投師求學，都紛紛來到蘭陵。

李斯與一個名叫姚賈的同學同住一間館舍。姚賈，魏國都城大梁（今河南開封）人。年齡跟李斯相彷。身材矮胖，圓臉，大眼粗眉，屬於消息靈通人士，熟知學館內外的很多事情，整天說東說西，沒完沒了。李斯嫌他淺薄，華而不實。後來，李斯聽人說，姚賈出身低賤，其父是個看管城門的門卒，自身年少時有過偷盜劣跡。這樣，李斯對他就有了成見，有意和他保持一定的距離。

荀卿開始講課，首先講的不是帝王之學，而是勸學，闡述學習的重要性，勸導學生學習，要有正確的目的、態度和方法，這樣才能學有所成，事半功倍。李斯端坐，但聽老師講道：「學不可以已。青，取之於藍而青於藍；冰，水為之而寒於水。木直中繩，輮以為輪，其曲中規，雖有槁暴，不復挺者，輮使之然也。故木受繩則直，金就礪則利，君子博學而日參省乎己，則知明而行無過矣。故不登高山，不知天之高也；不臨深溪，不知地之厚也；不聞先王之遺言，不知學問之大也。」李斯聽得全神貫注，滿臉歡欣。老師運用一系列新鮮貼切的比喻，娓娓說理，說「學不可以已」之理，說「學問之大」之理，多麼形象生動，多麼深刻透徹！再聽，荀卿講學習要有恆心，要善於積累：「不積跬步，無以致千里；不積小流，無以成江海。騏驥一躍，不能十步；駑馬十駕，功在不捨。鍥而捨之，朽木不折；鍥而不捨，金石可鏤。」又講學習要專心致志，要精力集中：「螾（蚯蚓）無爪牙之利，筋骨之強，上食埃土，下飲黃泉，用心一也。蟹六跪而二螯，非蛇鱔之穴無可寄託者，用心躁也。是故無冥冥之志者無昭昭之明，無惛惛之事者無赫赫之功。目不能兩視而明，耳不能兩聽而聰。」啊啊！深入淺出，妙語連珠。一位同學讚道：「這哪是講課？簡直是吟詩，是唱歌！」李斯附和，說：「我有同感，果然是大師，名不虛傳。對了，我等應建議老師把講課內容寫成文章，薰陶和激勵天下學子。」那位同學拍手說：「對，應當建議！」

事實上，無須他們建議。他們的老師早把文章寫成了，題目叫《勸學》——中國教育史上千古傳誦的名文。

荀卿正式開講主課帝王之學。帝王之學是一門新學科。李斯及其同窗們投師到荀卿門下，都是衝著這門學科來的。何謂帝王之學？荀卿的第一堂課作了解答，說：「所謂帝王之學，就是帝王擁有天下，治國理政的學問。學館開設這一主課，你等學習這一主課，倒不是要誰當帝王，主要是為了研究，研究帝王及圍繞帝王的諸多重大問題。研究擬從兩個層面進行：一是從帝王層面，即君道，看帝王應當具備怎樣的素質，怎樣駕馭臣屬，治理國家，統治百姓；帝王的一生，總是在奪取王權和鞏固王權的鬥爭中度過的，或賢明或昏庸，或仁愛或殘暴，或有作為或無作為，不一而足。二是從臣屬層面，即臣道，看臣屬應當具備怎樣的素質，怎樣輔佐帝王，治理國家，統治百姓；帝王身邊的高官重臣尤為重要，應當忠誠、勤謹、清廉，最忌奸佞、庸懶、貪腐。我想，在座的各位日後不大可能成為帝王，多半會成為帝王的臣屬。所以，你等研究的重點應放在後個層面上。當然了，你等當中，日後若有人能成為帝王，也好嘛，那可是蘭陵學館和我荀某人的光榮哦！」

荀卿在嚴肅的講課中，突然詼上一諧，幽上一默，贏得滿堂彩，眾弟子或微笑或大笑，繼而掌聲一片。

荀卿接著講：「自東周平王遷都洛陽以來的五百多年間，諸侯爭霸，列強爭雄，國家和社會處在大動盪、大變革之中，處在破舊立新、新陳代謝之中。需知破易立難，舊的體制、禮樂、秩序破了，新的體制、禮樂、秩序尚未立起來。在這種情況下，許多懷國憂民的賢人志士積極參與政治，創立許多思想學派，提出許多主張與觀點，鼓吹據稱是最完美的理想社會與極樂世界。紛紛紜紜，林林總總，於是就形成了百花齊放，百家爭鳴的局面。這樣的局面好啊，開放、活躍、熱鬧，世人的思想動起來了、活起來了，不再是死水一潭。眼下有諸子百家之說，其實沒有那麼多家，影響大的主要是道家、儒家、法家、墨家、縱橫家、兵家等。這幾家影響大的學派都研究帝王之學，思想與主張各有優劣、各具特色。從今日起，我將根據自己的理解與體會，結合幾家影響大的學派的思想與主張來講帝王之學，希望能有益於你等的學業，增長知識，開闊視野。講課方式是我講，你等聽，還要討論。討論要暢所欲言，不求一律，允許異議，歡迎爭鳴。怎麼樣？行不行？你等說行，那好，下面我先講道家與帝王之學，即道家政治，統稱帝道……」

荀卿講課，技巧過人。先立論，繼說理，廣徵博引，常用比喻和排比手法，明明是個深奧、枯燥的問題，他卻能講得紅黃綠紫，生龍活虎。時不時來個小詼諧小幽默活躍氣氛，逗得學生們滿心

歡喜，笑得前仰後合。李斯注意到，唯有一人與眾不同，有點古怪有點神秘。此人約莫三十歲，衣飾華麗，儀容俊美，顯然是一位貴公子。然其神態冷竣，不苟言笑，獨立特行。聽課，他來；課畢，他走。從未見他跟誰說過話，更未見他開顏笑過。姚賈交際廣泛，很快打探出那人的底細。那人姓韓名非，乃韓國公子；出身高貴，來蘭陵求學，還帶來一個老僕人和一個小書僮；學館方面視為貴客，專門騰出一個院落，三間正房三間廂房，供他們主僕居住。韓非天生口吃，不善言談，文章卻寫得好，像小品像寓言，頗有水準。姚賈特意傳抄幾篇──〈宋人酤酒〉、〈鄭人買履〉、〈守株待兔〉、〈濫竽充數〉、〈自相矛盾〉等，品評欣賞。李斯讀過這幾篇文章，果然是好，立意新穎，文筆優美。李斯也善文章，但比起韓非來，只能自歎不如。

李斯且把韓非放在一邊，全身心注重學業，聽老師講課，聽助教輔導，研究諸子百家，研究帝王之學。荀卿論學：「積土成山，風雨興焉；積水成淵，蛟龍生焉。」李斯深知，自己求學深造，就是在「積土積水」，以求「成山成淵」，能興起「風雨」，生出「蛟龍」。不知不覺過去三年，李斯審視自己還算欣慰。他初步通曉了道家帝道、儒家王道、法家霸道，兵家兵道，通曉了某些謀略和辯術。也就是說，他已成為一座「山」一個「淵」了，只是山還低淵還淺，還難以興起「風雨」，生出「蛟龍」來。

在第四個學年的初夏，韓非突然光顧李斯館舍，熱情招呼道：「哎！李斯學弟！韓非我請你吃，吃一頓飯，可否賞，賞光？」李斯受寵若驚。這位韓國公子居然知道自己名字，稱作「學弟」，還請吃飯，焉能拒絕？他略略收拾，便隨韓非到了韓非住處。那個院落寬敞而幽靜，花木扶疏，鶯啼蟬鳴。三間正房，韓非住一間，另兩間全是書架全是書。韓非請李斯落座，二人隨即交談起來。

韓非告訴李斯，自己是從荀卿老師的誇獎中知道他的，知道他人品好學業好書法好，所以決定與之交往。李斯也告訴韓非，自己早知他的大名，並拜讀過他的多篇大作，非常傾慕。二人接著談學業，韓非談的多，李斯聽的多。韓非談到，蘭陵學館的學生均從臣屬層面研究帝王之學，唯獨他從帝王層面研究帝王之學，算是「孤家寡人」。韓非談到，諸子百家各有所長又各有所短。道家厚古薄今，主張帝道，順應自然，無為而治；儒家重仁重義，主張王道，仁者愛人，己所不欲，勿施於人；法家崇法尚法，主張霸道，以法治國，依法治國。韓非說，道家帝道、儒家王道適用於治世盛世，而當今是亂世，治理亂世只能用法家霸道。韓非毫不掩飾地說：「我屬法家學派，主張霸道。」韓非最後談到兵家兵道，說：「不論道家、儒家、法家，還是其他家，遇到最糾結最尖銳的矛盾、衝突，都無力解決。怎麼辦？於是兵家出面，實施兵道。兵道就是戰爭，是政治鬥爭的延續，又是政治鬥爭的最高形式。實施兵道，就要殺人放火，攻城掠地，要死很多很多人。故而，兵家鼻祖孫子（孫武）云：『兵者，國之大事，死生之地，存亡之道，不可不察也。』」

韓非患有口吃毛病。可他談起學業談起諸子百家來，毛病並不明顯，辭盡達意，相當流暢。李斯聽得入神，又暗自吃驚。韓非求學，有思想有主見，有獨自理解與判斷能力，自己在這方面又不如他呀！老僕人和小書僮請主子和客人吃飯。李斯隨韓非進入廂房，嚇了一跳，滿桌都是美味佳肴，還有名酒。他真是開眼了，長見識了，生平第一次享用這樣高級這樣精緻的美餐。飯畢，韓非吩咐老僕人取三枚金餅遞給客人。戰國時，七國均發行貨幣，貨幣名稱、樣式、重量各異，只能在本國流通。黃金還不是流通貨幣，鑄成餅狀，可用作儲存貨幣，兌換各國的貨幣。李斯詫異地看向

韓非。韓非說：「是這樣的：我聽荀卿老師講，學弟家境並不富裕，手頭拮据，已欠學館三四個月的費用了，故想幫一幫你。三枚金餅於我是九牛一毛，於你卻能解決燃眉之急。收下吧，不用客套。你我是君子。君子之交純淡如水，客套過分反成虛偽。」李斯臉色微紅，沒想到韓非對自己的境況一清二楚，並主動伸出援手。他在經費上確實有燃眉之急，所以也就收了金餅，向著韓非深深一揖，說：「多謝公子，啊不，多謝學兄！恭敬不如從命。」

以這次飯局為契機，李斯和韓非成了朋友，進而成了知心朋友，成了摯友，惺惺相惜，親密無間。應當說，韓非也是李斯的一位老師，李斯在思想上受韓非的影響絕不亞於荀卿。他原本偏向於儒家王道，自從交往了韓非，眼前展現出一片新天地，經過深入思考，毫不猶豫地轉變立場，改而崇尚法家，主張霸道。這個轉變絕非見異思遷、投機取巧，而是因為在那個年代，法家的思想和主張確實比其他各家更吃香更管用，合乎社會發展潮流。李斯由於選擇和韓非站在一起，高舉法家大旗英勇戰鬥，所以才有了日後的功業與榮譽。對此他深有感觸，道：「韓非不遇李斯，韓非不失為韓非；李斯不遇韓非，李斯不得為李斯也。」

一場風雪迎來臘月。李斯和韓非求學四年，即將「畢業」。臘八節這天，韓非到李斯館舍，說要宴請恩師荀卿，特請學弟作陪。姚賈當時也在館舍，熱望韓非也能邀請自己陪宴。畢竟自己也是韓非的同窗學友，且是韓非的傾慕者與崇拜者。不想，韓非好像他不存在似的，看也沒看他一眼，拉了李斯就逕自離去。姚賈覺得受了污辱，狠狠摔碎一隻茶杯，恨恨地說：「哼！一頓破宴，請老子陪也不去，不稀罕！」姚賈由此深恨韓非，十三年後積極參與了謀殺韓非的罪惡勾當。

臘八節宴會是李斯終生難忘的一次宴會。宴間，韓非、李斯陪同尊敬的老師把酒言歡，暢談暢想學問、人生、未來和天下大勢，意氣風發，笑聲朗朗，很有點「指點江山，激揚文字，糞土當年萬戶侯」的味道。當然，就李斯而言，他是斷然不會把萬戶侯視作「糞土」的，他的真實想法應是「拚死搏個萬戶侯」，「萬戶侯」不成，搏個「千戶侯」、「百戶侯」也行。起初，他的人生定位是做倉中鼠。現在他淬火砥礪四年，初成利器，那個定位顯得太低，不合他的胃口了。

數日後，李斯正式「畢業」，急於回家。他這四年，沒有回過一次家，很想念家人，尤其是妻子兒子，還有黃狼。告別老師荀卿，告別學兄、摯友韓非，他依然肩背著那隻籐箱，踏上了回家的路程。此時的李斯已非四年前的李斯。最大的變化是他的頭腦，雄心勃勃，信心滿滿，自覺知識多多、智慧多多，心機、謀略和手段也多多，全身充滿力量。那力量像烈火、像狂飆，像要掙破骨骼和皮肉的束縛，往外衝，往外湧，往外冒。他真想放聲高喊：「給我一根長竿，我能把太陽捅下來！」

第三章 西赴秦國

李斯回到闊別了四年的上蔡，親人團聚，自是歡喜。李由八歲，依稀記得阿父的模樣。李甲六歲，根本不認識阿父了。黃狼記性倒好，撲向李斯，搖頭擺尾撒歡。柴禾做出一桌豐盛的飯菜。全家人重吃團圓飯，感慨良多，恍若隔世。夜間，李斯和妻子同床共枕，久別勝過新婚。李斯告訴妻子，自己在家只能住三個月，然後將去秦國，這一去，何時才能回來，很難說。柴禾依偎在丈夫懷裡，無語，偷偷抹淚。兩天後，李斯去上蔡糧倉看了看。那四個小吏還在，依然是小吏。小吏說，倉長換人了，原先的范倉長貪污，貪了七八百石糧食，事發後進了大獄，繼到邊地服苦役去了。李斯微笑，說：「該！罪有應得！」

過罷新年，李斯把精力花在整修父母和祖父母墓上，將兩個墓塚壘高了許多。又在兩個墓塚周圍栽植三十株松樹，寓義他已三十歲，此後不論走到哪裡，自己的心都會留在家鄉，留在親人身邊。李由領著弟弟李甲，引著黃狼，給阿父送飯。飯後，李斯和兩個兒子驅趕著黃狼去野外追逐野兔。黃狼還是很凶猛很敏捷，每次都能捕捉到獵物。回家。李斯剝兔皮、燉兔肉，兔肉好香啊！柴禾吃著兔肉，神往地說：「一家人，若能天天如此，多好！」柴母沒好氣地說：「你男人心大心野，這個家，關不住他！」柴父衝著柴母說：「婦人見識！男人若光守在家裡，那還算男人嗎？」

李斯不會介意和介入這樣的話題。四月初一，他去父母墓和祖父母墓前燒香叩頭，鄭重道別。次日，他仍像四年前那樣，身穿灰色長袍，頭戴黑色絨帽，肩背籐箱，前往秦國。妻子兒子和岳父岳母也仍像四年前那樣，送行送到城外。不同的是，大家的心都很忐忑，因為李斯這次去的地方是秦國，是外國，是異地，他去那裡人生地生能站住腳嗎？能有作為嗎？李斯自己也明白，這次去秦國實是冒險，更是賭博，等待著他的是未知、難料。但是開弓沒有回頭箭，為了改變命運，他必須也只能去冒險、去賭博，不容猶豫，更不容退縮。

李斯在上蔡時，知道有個秦國，但對秦國知之甚少。他真正了解秦國是在蘭陵求學期間，荀卿幫他了解了歷史的秦國，韓非幫他了解了現實的秦國。

李斯通過聽荀卿講課，逐漸知道秦人先祖姓嬴，擅長養馬馭馬。西周中期，有個叫嬴非子的因養馬馭馬有功，周天子將其封於秦邑（今甘肅清水東），從那以後有了「嬴秦」一說。東周平王遷都洛陽。嬴秦頭領參與護駕。周平王一高興，封了個秦國，秦國遂成了與其他各國並列的諸侯國。秦國奠都雍城（今陝西鳳翔），秦穆公在那裡成就了霸業，「開地千里，遂霸西戎」。秦國不甘心僅在西方獨大，急於向東方擴張勢力。於是秦獻公遷都櫟陽（今陝西臨潼境），秦孝公接著在櫟陽完成一件大事——商鞅變法。

商鞅原名衛鞅、公孫鞅，後受封於商地（今陝西商州）才稱商鞅，尊稱商君。「君」是爵號名稱，相當於「侯」。商鞅原先供職於魏國，長期不受重用，恰聞秦王下令求賢才到了秦國。他先後三次晉見、遊說秦孝公，前兩次大講道家帝道、儒家王道，碰了滿鼻子灰。第三次，他慷慨陳詞，大講法家霸道，大講變法圖強。秦孝公聽得笑顏逐開，決定採納他的意見實行變法。可是秦國上層人物大多，因循守舊，反對變法。秦孝公舉行朝會，鼓動商鞅跟老臣們辯論。商鞅無所畏懼，開場便說：「疑行無成，疑事無功。論至德者不和於俗，成大功者不謀於眾。是以聖人苟可以強國，不法其古；苟可以利民，不循其禮。」老臣的代表人物是甘龍、杜摯。甘龍說：「聖人不易民而教，智者不變法而治。」杜摯說：「利不百不變法，功不十不易器。法古無過，循禮無邪。」商鞅痛斥二人的觀點是「世俗偏見」，旗幟鮮明地說：「治世不一道，便國不法古。故商湯不循古而王，夏

桀不易禮而亡。反古者不可非，而循禮者不足多。」甘龍、杜摯等啞口無言。

秦孝公大喜，任用商鞅為客卿、左庶長，由他主持大刀闊斧地實行變法。商鞅變法共有兩次，其內容主要是：一，廢除井田制，獎勵農耕；二，建立軍功爵制，獎勵軍功；三，廢除分封制，推行郡縣制。根據變法內容，所有秦國人懂得若要出人頭地，只有走耕、戰兩條路子；出身如何無關重要，居家農耕或從軍作戰，只要立功即可窮變富賤變貴。軍功爵制度明確規定，共十八個等級爵位，每殺一個敵人就晉爵一級、賞田一頃、住宅九畝，普通的士兵可連連升級，可以當將軍，可以封列侯，享受相應的待遇。這一制度，誘惑力與感召力太大了，致使秦國士兵上了戰場沒有怕死的，只管衝衝衝，殺殺殺，殺死敵人，割下頭顱，返回軍營請功晉級，兌現封賞。你說，這樣的軍隊能不具備超強戰鬥力，一往無前、所向披靡嗎？

商鞅變法的實質是廢除奴隸制，推進封建制。這觸動了王親國戚、世家豪門的切身利益。太子嬴駟受人指使，公開誹謗、抵制新法。商鞅對此採取了堅決而有節制的措施：一面指出「法之不行，自上犯之」，即使太子犯法，也應處治；一面又指出太子乃國家儲君，不便施刑，但太子的老師難逃其咎。因此下令將嬴駟的老師公孫虔、公孫賈二人，分別處以劓刑和黥刑，以示懲戒。此舉不亞於一次八級地震，震得朝臣一片惶恐。然而，新法收到的成效是很明顯的：「秦民大悅，道不拾遺，山無盜賊，家給人足。民勇於公戰，怯於私鬥，鄉邑大治。」秦孝公看到了感受到了這一成效，七年後任命商鞅為大良造，由其掌握軍政大權，實際上是行使相國的權力。期間，商鞅奉命新建了一座咸陽城（今陝西咸陽東）作為秦都。秦都隨即遷至此城。

商鞅變法使秦國迅速強盛起來，「移風易俗，民以殷盛，國以富強，百姓樂用」。後來一貫支持商鞅的秦孝公駕崩，太子嬴駟繼位，是為秦惠文王。甘龍、杜摯、公孫虔、公孫賈一夥立刻跳了出來，秋後算帳，大肆造謠，誣衊商鞅將要謀反。秦惠文王正懷恨於商鞅，趁機下令將其逮捕，處以車裂的極刑，滅族。

荀卿崇敬商鞅，深情地說：「商鞅到秦國，年僅三十歲，死時五十二歲。他把人生最美好的年華都獻給了秦國，獻給了變法事業，結局卻很慘，既可敬可佩又可悲可歎啊！」李斯點頭稱是，牢牢地記住了商鞅到秦國遊說秦孝公，年齡是三十歲。

荀卿講到，商鞅死後，秦惠文王、秦武王和秦昭王治國理政，卻都沿習了商鞅的法家路線。秦昭王嬴則，在位長達五十六年，推行強權政治和遠交近攻戰略，秦國變得更加強大。著名的長平之戰歷時三年，秦軍大勝後，竟將投降的趙軍四十餘萬人全部坑殺，其殘酷其不義，駭人聽聞。荀卿一次和李斯隨意交談，特別談到長平之戰前夕，他曾去秦國考察，見過秦昭王及相國范睢。秦昭王問他：「儒無益於人之國？」他答：「儒者在本朝則美政，在下位則美俗，儒之為人下如是矣。」范睢接著問他：「夫子在秦國看到了什麼？」他答：「山水形勝，百姓純樸、官吏肅然、士大夫明通而公，朝廷辦事講效率，聽決百事不拖拉，治之至也；然而殆無儒，實秦之所短也。」

荀卿屬儒家學派，當著秦國君臣的面，說秦國「無儒，實秦之所短也」。李斯好奇，發問道：「這後兩句，秦國人能接受嗎？」荀卿手捋鬍鬚，笑道：「秦國歷來重法輕儒，儒家在那裡既無市場又無地位，我說的是實情，他們無法否認。」

李斯從荀卿的講課和談話中還了解到，秦國近百年來，擔任相國一職的實權人物，幾乎都是外國人，如商鞅、張儀、魏冉、范睢、蔡澤等。現時的相國呂不韋，是韓非的鄉黨，韓國人。

李斯進而通過韓非了解了現實的秦國。李斯問韓非：「秦國現時的相國是叫呂不韋？」韓非答：「是。呂不韋，韓國陽翟（今河南禹縣）人。我十多年前見過他那時是個商人，沒料想搖身一變竟成了秦國的相國。」韓非接著講述呂不韋的「搖身一變」，其人其事奇特得讓人難以置信。

原來，呂不韋年輕時跟隨父親經商，足跡遍及四海，家境豪富，人稱「巨賈」。此人是個經商天才，一眼就能看出商品的價值及行情，進貨出貨下手果斷，包賺不賠。這年，他在趙國都城邯鄲（今河北邯鄲）經商，意外遇到一個落魄青年，大感興趣。因為這個青年竟是秦國王孫，長期在趙國當人質，秦國似乎將他忘記，趙國經常予以刁難，以致飽受歧視，沒有尊嚴不說，還時時缺衣少食，出門連個馬車都沒得坐，因而很鬱悶很寡歡。呂不韋以商人特有的敏銳目光，看到了秦國王孫奇貨可居的潛在價值。他有意接近王孫，進一步獲知，王孫叫嬴異人，年齡二十一歲，祖父正是秦王嬴則，生父則是秦國太子嬴柱；嬴柱共有二十多個兒子，嬴異人在兄弟排行中靠後，生母夏姬身分微賤，不受寵愛。因此，嬴異人待在趙國也只能是這麼個餓不死也撐不著的狀況。如果嬴異人回秦國呢？又會是什麼狀況？呂不韋經商，走南闖北，熟知秦國形勢，前後左右一思索一權衡，腦海裡陡然蹦出四個字來：立主定國。細想這四個字，他自己都嚇了一跳。天哪！這可是一樁亙古未有的特大買賣、超大買賣呀！

呂不韋於是鄭重拜訪嬴異人，開門見山說：「我能使公子飛黃顯達。」嬴異人當他捉弄自己，說：「君是商人，自顧發財尚不滿足，怎會想到我這個人？」呂不韋說：「理由很簡單，公子顯達了，呂某自會跟著顯達。」隨後，他把自己所熟知的秦國形勢告訴嬴異人，並進行分析。他說：「公子祖父秦王在位日久，老矣。公子生父封安國君，已是太子。安國君妃妾眾多，然獨寵幸華陽夫人羋氏，楚國人，一直沒有生育。安國君不久必將繼位為秦王，華陽夫人也必將為王后。那時，誰將成為太子？公子兄弟二十餘人，你的排行偏後不被看重，加之長期質於趙國，沒有任何人脈基礎，肯定與太子無緣。但事在人為，只要努力爭取，公子還是有可能當上太子的。」

嬴異人搖頭，說：「異人身在異國他鄉，這樣落魄，一無所有，如何爭取？」呂不韋手拍胸脯，說：「有我呀！我幫公子爭取呀！我已想好，願西遊秦國說服安國君和華陽夫人，立公子為嫡嗣，那麼，公子就有可能當上太子。」嬴異人不禁心跳血湧，喜出望外，跪拜在地，稱呂不韋為「恩公」，說：「必如恩公謀劃，我分秦國與恩公共之。」

商人靠投資獲利。這一方式用到政治領域，投資就成投機。呂不韋精明過人，投資與投機並用，以獲一本萬利萬萬利。他當下給嬴異人五百枚金餅，供他改善處境和結交賓客。金餅金燦燦沉甸甸的，嬴異人樂壞了，他活了這麼多年，哪見過這樣多的錢？呂不韋再花五百枚金餅，收購一批珠寶珍玩，然後驅車直奔秦都咸陽。呂不韋確實有本事，他到了咸陽用金錢打通關節，一路暢通，居然見到了華陽夫人，居然說服了華陽夫人，使華陽夫人懂得「以色事人者，色衰而愛弛」的道理，所以必須在色盛時「樹本」，選立一位公子為嫡嗣，嫡嗣日後繼承王位，必尊自己為太后。那麼，選立誰為嫡嗣呢？質於趙國的嬴異人為最佳人選。為何？因為嬴異人「賢智，結交諸侯賓客遍及天下；而且賢孝，淪落邯鄲，日夜泣思父親及華陽夫人」。商人重利，其實所有人都重利。華陽夫人沒有親生兒子，顧及到長遠之利，心活了，心動了，遂給丈夫吹枕邊風，推銷呂不韋的說辭。安國君寵幸嬌妃，言聽計從。於是，秦國的太子和太子妃，熱情會見呂不韋，告之同意立嬴異人為嫡嗣，鐫刻玉符為證，並請呂不韋充當嫡嗣的老師。

呂不韋西遊大吉，滿載而歸。贏異人樂得眉飛色舞，恨不得把恩公叫親爹。時值立夏，呂不韋舉行家宴，邀請贏異人參加，慶賀雙方的合作，開局良好，超過預期。贏異人有了那些金餅，一掃落魄相，衣飾鮮麗、風度翩翩。酒酣，呂不韋愛妾趙姬，出面敬酒，又獻歌獻舞。贏異人看去，趙姬十六七歲，如花似玉，國色天香，歌甜甜，舞軟軟，宛若月宮嫦娥降臨人間。贏異人年過二十，尚未碰過女人，頓時心旌搖盪，全然不顧什麼體面，跪地說出一句厚顏無恥的話來：「請恩公割愛，將趙姬賜予異人做夫人。」

呂不韋好生氣惱，這個贏異人太不是個東西，我的愛妾，他也敢垂涎？況且趙姬已有身孕，正懷著我的種，焉能賜給外人？呂不韋轉而一想又釋然了，不就是一個女人嘛，何足道哉！自己做的可是立主定國的超大買賣，趙姬懷了我的種，歸於贏異人，沒準還會是超大買賣的一個環節哩！呂不韋把趙姬拉進內室，竊竊密議一番，隨即答應贏異人的請求，並且當夜就將趙姬送至贏異人所住的驛館，讓二人成婚。那一夜，贏異人領略了枕席風光，嘗到了女人滋味，心花怒放，大快平生。

趙姬也是個會算帳的女人。她伴隨呂不韋，只是個妾，身分永遠卑微；改換門庭跟隨贏異人成了夫人，前景又大好，何樂而不為？舊年過，新年到。就在新年（西元前二五九年）大年初一，贏夫人生了個兒子，取名政，兒子姓呂姓贏均不合適，那就先隨自己姓，叫趙政。趙政的生父是誰？呂不韋明白，趙姬明白。贏異人卻不明白，只當趙政是自己的種，樂不可支。

其後幾年形勢的發展，大體上如呂不韋所預料的那樣。秦、趙間爆發長平之戰，趙國敗得一踏糊塗。趙王要殺贏異人解恨。呂不韋顧不上又懷了身孕的趙姬及趙政，領了贏異人連夜逃離邯鄲。城門關閉出不了城。呂不韋大方出手，給了門吏六百枚金餅買得城門開啟。二人倉皇逃到城外的秦軍大營。秦軍統帥王齮核明王孫身分不敢怠慢，派出兵馬護送嬴異人和呂不韋回咸陽。趙王改而命捉拿趙姬和趙政。趙姬娘家趙氏在趙國也算豪門望族，盡力保護趙姬。趙姬母子在邯鄲提心吊膽，東躲西藏，雖然吃了不少苦頭，但還是保住了性命。趙姬臨盆，又生了個兒子。這個兒子確實是嬴異人的種，取名叫趙成蟜。

嬴異人回到咸陽，按照呂不韋的指點，特地穿上楚國服裝，拜見父親和華陽夫人。華陽夫人是楚國人，一見大喜，認定嫡嗣嬴異人的確賢孝；又聽說嫡嗣已婚，兒媳趙姬已給她生了個孫子，且又懷了孕。她已當上祖母了，更是笑臉如花，當場給嬴異人改了名字，叫子楚。接著，老邁的秦昭王駕崩，太子嬴柱為父王守喪，已是事實上的秦王。華陽夫人成為王后，嬴子楚成為太子。趙國頗識時務，趕忙通過趙氏家族請出躲藏了數年的趙姬給予高規格的禮遇，恭敬地將她及兩個兒子送至咸陽。途中，趙姬讓兩個兒子改姓嬴，一叫嬴政，一叫嬴成蟜。趙姬驟然成了太子妃，嬴政、嬴成蟜兄弟成了王孫。嬴柱是年已五十三歲，守喪一年除喪，於十月己亥日舉行儀式，正式即位為秦王。誰也不知什麼原因，這位秦王在位僅兩天，第三天辛丑日就突然嗚呼哀哉了，謚曰「孝文」。這樣，嬴子楚順利登上秦王大位。趙姬成了王后，嬴政成了太子。新任秦王兌現當年分秦國與呂不韋「共之」的承諾，任命呂不韋為相國，封文信侯，封地在洛陽，食邑高達十萬戶。呂不韋立主定國的超大買賣大功告成，投資和投機開始獲得最大的紅利回報。

李斯了解的歷史的秦國，是嬴秦開國到秦昭王時期的秦國。他了解的現實的秦國，正是呂不韋立主定國的秦國，嬴子楚為秦王、呂不韋為相國的秦國。嬴子楚在位已三年，軍政大權歸於呂不韋，秉持法家霸道，睥睨天下，虎視眈眈，使得東方六國無不惶惶惴惴，寢食難安。李斯清楚地記

得上年的臘八節宴會，韓非和自己陪同老師荀卿把酒言歡，暢談暢想學問、人生、未來和天下大勢的情景。韓非當時說：「天下大勢，合久必分，分久必合。當今天下自東國平王以來，分裂已五百多年，該合了，該一統了，民心思合思一統啊！方今秦、楚、齊、燕、韓、趙、魏七國，號稱七雄，哪一雄有魄力有實力來完成合的任務，實現一統？恐怕只有秦國了。天時、地利、人和，秦國全佔了，勢頭強勁啊！」荀卿點頭說：「我也這樣認為。秦國自商鞅變法之後，封建制的進程最快，綜合國力遠在東方六國之上。時下流行一種說法，叫『英雄用武，首選秦國』，這也是人心哪！」李斯所思所想的天下大勢也是這樣的，所以當荀卿、韓非詢問他「畢業」後的打算時，他毫不猶豫地答道：「斯聞今萬乘方爭時，遊者（遊說者）主事。今秦王欲吞天下，稱帝而治，此布衣馳騖之時而遊者之秋也。故斯將西說秦王矣。」他回想起四年前辭官求學的初衷，又補充道：「處卑賤之位而計不為者，此禽鹿視肉，人面而能強行者耳。故詬莫大於卑賤，而悲莫甚於窮困。久處卑賤之位，困苦之地，非世而惡利，自託於無為，此非士之情也。故斯將西說秦王矣。」

李斯的回答很真誠很直率。為了擺脫卑賤與窮困，追求尊貴與富有，他在新年初夏就急急踏上了西赴秦國的路程。儘管旅途勞頓，但他一直雄心勃勃、信心滿滿、豪情千丈，渾身充滿力量。當年商鞅入秦是三十歲，而今自己入秦恰好也是三十歲，這是多麼驚人的巧合！進了古老、險峭的函谷關，往西，美麗富饒的關中平原便呈現在眼前。他異常激動，登上一處高臺，遙望咸陽方向，高舉雙手，即興呼喊道：「啊！秦國！啊！咸陽！我，李斯，來了，來了！」

第四章 風雨咸陽

李斯是一路徒步到達秦國的。不是不想乘坐馬車或雇一頭毛驢，實是捨不得花錢。他懷中揣有一枚金餅，還是韓非在蘭陵學館資助的。共三枚。他在學館花了一枚，回家給妻子留了一枚，隨身自帶了一枚。這是他西赴秦國的全部家當，必須節省著花，花完可就沒了。這時他想到呂不韋，怎麼那樣有錢？一出手就是五六百枚金餅，眼皮都不眨一下，揮金如土，好氣派！不過，他倒是為徒步遠行找到了理由。孟子（孟軻）不是說「天將降大任於斯人也，必先苦其心志，勞其筋骨」嗎？自己正是「天將降大任」的「斯人」，勞動勞動腿與腳，應該的，算不了什麼。再則，徒步遠行也不錯，權當遊山玩水，滿有情趣。

關中平原東西綿延八百里，號稱八百里秦川，山水秀美，也確實值得遊玩。天空蔚藍，白雲絲絲，風和日麗，鶯飛燕舞，各種樹木繁茂蒼翠，蓊蓊鬱鬱。河渠池塘水滿，波光粼粼。桃、李、杏花季已過，開始結出累累青果。觀賞花卉牡丹、芍藥、薔薇、紫荊、貼梗海棠等競相綻放，姹紫嫣紅，芳香濃烈。片片麥田綠油油的，有農人吆喝著牲口，匆忙勞作。經問，那些農人都是農民，而非農奴。顯然，秦國的封建制進程確實很快，東方六國遠遠不及。前面是華山，號稱西嶽、華嶽。傳說女媧補天，一塊石頭落在關中成山，呈蓮花狀，故名華（花）山。風光以險著稱，險中見雄見奇見秀，落雁、朝陽、蓮花三大主峰鼎峙而立，好生壯美！前面是驪山，遠望宛若一匹蒼黛色駿馬，故名。山上有烽火臺，相傳西周幽王為搏褒姒一笑，烽火戲諸侯，就在此處。前面是霸水，古名滋水，秦穆公為紀念稱霸的功業，改稱霸水（後世稱灞水）。霸水兩岸，遍植楊柳，楊柳依依，柳絮似雪，呈現出一種特有的朦朧美，如夢如幻。

李斯一邊趕路，一邊觀賞山水，恰也優哉游哉。五月乙巳日，忽見一條東西流向，波濤洶湧的大河橫亙在面前，他知道這是渭河。渭河上建有一道木石結構的橋梁，如長虹臥波，稱渭橋。史載，此橋「廣六丈，南北三百八十步，六十八間，七百五十柱，廣二十梁。橋之南北有堤，激立石柱。」這是李斯見過的最寬最長最美的橋梁。渭橋北端，渭河北岸，那座城垣高峻、雄偉壯麗的城市就是秦都咸陽，就是李斯夢牽魂繞千里來投的咸陽。古代地理學常識：山之南為「陽」，水之北為「陽」。商鞅為秦國新建的都城，位於九嵕山之南、渭河之北，雙「陽」兼得，故名咸陽。

李斯聳了聳肩，深深吸了口氣，邁步走上渭橋。行至渭橋北端，猛見得岸上東西兩側，對稱著各立一尊巨型人像石雕，像是對他表示歡迎。近前細看，發現兩尊人像石雕，一叫孟說，一叫烏獲。孟說與烏獲都是秦國歷史上力大無窮的武士，雙手能舉起千斤重的石鼎。秦國人崇武尚勇，故用巨石把二人雕刻成像，矗立在渭橋橋頭，引以為驕傲與自豪。石雕後面便是咸陽城的南門。戰國時期，天文學上「四象」的概念尚未定型，通常是東曰蒼龍、西曰咸池（後固定為白虎）、南曰朱鳥（後固定為朱雀）、北曰玄武。所以咸陽城的南門叫朱鳥門。門洞前面，立有多名士兵，持刀執戟，檢查進城的行人。李斯出示路引，士兵放行。路引是古代人出遠門必須攜帶的路條，既是通行證，又起著身分證的作用。由基層地方官府發放，一塊小小白布上寫持有人的姓名、性別、籍貫等資料，蓋有地方官府印鑒。李斯是楚國人來到秦國，路引還帶有「護照」的性質。切莫小看這個路引，它的作用很大。當年，秦惠文王下令逮捕商鞅，商鞅逃亡，夜間投宿於某旅肆。商鞅新法規定，凡投宿客人必須持有路引，由旅肆登記備查。商鞅出逃得倉皇，何曾帶得路引？因此，旅肆老闆不敢收留他歇宿，說：「商鞅大人定下的法令，小人不敢違犯，違犯了可要治罪的。」商鞅萬沒想到自己制定的法令居然會束縛住自己，連個宿都投不成，喟然歎道：「嗟乎！為法之弊，一至此

哉！」結果，他只能被逮捕被處刑。

李斯在咸陽城內中心地帶尋到一家旅肆下榻。旅肆名叫「順順」，合乎李斯的心理，初到咸陽，順順最好。旅肆老闆登記，看了他的路引滿臉堆笑，說：「喲！楚國人，貴客貴客！本旅肆待客，既管住宿又管吃飯，每天收費五枚秦半兩，不知李公子是……」秦半兩是秦國貨幣，樣式類似後世的銅錢，重約半兩，故名。李斯從懷中取出那枚帶著自己體溫的金餅遞給老闆，說：「我恐怕得在這裡長住些日子，就又住宿又吃飯吧。這枚金餅，請兌換成秦半兩，給我少許零花，大頭存放在櫃上。」老闆說：「好哩！金餅對秦半兩的比價，目前是一比五百，小人這就給公子兌換去。」李斯腦海裡飛快地算帳，五百枚秦半兩可供在咸陽生活三個月，但願三個月後，自己能謀上官職，掙上大錢。老闆很快回來，給了李斯十枚秦半兩，說另外四百九十枚已存放在櫃上，公子隨時都可以支取。一名夥計引領李斯來到客房。客房是單間，陳設簡樸，被褥乾淨。李斯早早吃了晚飯，並用熱水泡了泡腳，然後上床，倒頭便睡。他長途跋涉一個多月，太累了，需要通過睡眠獲得休息，恢復體力與精力。午夜時分，外面風雨狂作也沒能使他驚醒。

旅肆面街三間大房稱大堂，餐飲營業對外開放，住肆客人有時也在這裡吃飯。辰時左右，李斯坐在大堂一角吃飯，紅豆小米粥，雜糧麵蒸餅，雪裡紅鹹菜。一名夥計風風火火從門外跑進來，高聲喊道：「老闆老闆！國喪國喪！」老闆道：「大清早，什麼喪不喪的，晦不晦氣？」夥計喘著粗氣說：「都說秦王駕崩了，官署正忙著掛喪帳呢！」

李斯聽得真切，伸出去夾鹹菜的筷子停在半空，僵住了。他忙問夥計：「哪個秦王駕崩了？」老闆代替夥計答：「秦國只有一個秦王，原名叫嬴異人，後來改叫嬴子楚，想必是他駕崩了。這個秦王年齡不大呀，即位才三年，怎麼就駕崩了呢？」李斯再問夥計道：「那誰繼位為新秦王？」夥計答：「聽說是太子，好像才十三歲。」李斯明白了，駕崩的秦王定是嬴子楚，繼位為新秦王的定是嬴政。他不禁一陣茫然。自己千里迢迢來到秦國，就是要見到和遊說嬴子楚的，可他，他怎麼就突然駕崩了呢？嬴政為新秦王，自己難道改而要見他遊說他不成？可他，他才十三歲，還是個少年是個孩子呀！

李斯做夢也沒想到，自己到咸陽的第二天就遇上一場狂風暴雨，就遇上秦國政壇的重大變故。他急於了解更多的真實訊息，所以向旅肆借一把布傘，走上了咸陽街頭。風還在颳，雨還在下，街道上處處都是污泥濁水，樹木倒伏，花草零亂，行人寥寥。他沿街向東走向王宮和官署所在地。遠遠看到那座佔地廣大統稱作咸陽宮的王宮，一座座巍峨的宮殿矗立在風雨當中，顯得很肅穆很清冷。他想走近王宮大門看看，早有守衛的士兵將他攔住。他只看到王宮大門上方及左右兩側，士兵正在懸掛黑底白花的巨幅喪帳。顯然，秦王的確駕崩了，國喪的確來臨了。王宮附近有大大小小的官署，所有官署門前都有人忙著懸掛喪帳。李斯心想，自己前來秦國，不論遊說哪位秦王，第一關總是要先見相國呂不韋的。於是他去相國署打聽，知道呂不韋平常不在相國署，只在相國府辦公，相國府在另一條街上，他遂折向那條街。相國府佔地同樣廣大，瀕臨渭河，東西逶迤足有二里長。相國府大門及門樓富麗堂皇，同樣也有人在懸掛喪帳。李斯拽住一個中年漢子，故意問：「相國府懸掛喪帳，請問誰死了？」中年漢子氣沖沖地說：「去去去！怎麼說話？我們秦國的大王駕崩了，國喪，相國府才懸掛喪帳，懂不懂？」李斯陪笑，說：「小人愚昧，不懂。既遇國喪，相國大人肯定忙壞了吧？」中年漢子說：「那是！新秦王繼位，我們家相國又加了個「仲父」頭銜，又是相

國，又是仲父，能不忙嗎？」李斯心中一驚，嘴上卻問：「仲父？仲父啥個意思？」中年漢子賣弄起學問來，說：「兄弟排行，老大老二老三，分別稱伯、仲、季；『仲』是二，是次。仲父，就是第二個父親、僅次於生父的父親，懂嗎？」李斯連連點頭，說：「小人本來不懂，聽官爺一說，好像懂了，懂了。」

李斯返回旅肆，一直在想，呂不韋又加個仲父的頭銜，肯定是嬴子楚臨死時的遺囑。嬴子楚的秦王大位，是呂不韋替他爭取到的；他的兒子嬴政繼位為秦王，還得靠呂不韋全力輔佐。嬴子楚當初叫嬴異人的時候，對呂不韋作過承諾：「必如恩公謀劃，我分秦國與恩公共之。」故而，他臨死時遺囑給呂不韋再加個仲父頭銜，也算是「分秦國與恩公共之」的延續吧？當天，大街上貼出露布宣布：駕崩的秦王謚曰「莊襄」；國喪歷時三個月；期間，官署停止對外辦公，民間禁止一切娛樂活動。李斯懵了傻了，叫苦不迭。官署停止對外辦公，整整三個月，自己找誰去？見誰去？遊說誰去？三個月，自己的錢差不多花光了，那時到哪兒住宿吃飯去？他深感這次來秦國，來的不是時候，真是倒大楣了。

咸陽那年的天氣真怪，打從那夜的狂風暴雨之後，天像是破了個大窟窿，既漏風又漏雨。風或大或小，有時還停一停。雨卻從來也沒有停過，是那種霏霏細雨日夜不曾停歇過。太陽似乎把自己當作了剛過門的小媳婦，很靦腆很害羞的樣子，偶爾露一下芳容，倏忽就又鑽到厚厚的雲層裡。太陽露臉的時候，雨也不停，細雨如絲如線，亮晶晶的金燦燦的，煞是美麗。這樣的風雨連續了十天二十天，連續了一個月兩個月，整座城市濕漉漉的。牆壁和門窗上長了毛，衣服被褥發了黴，連雞鴨都不生蛋了。五月芒種、夏至，六月小暑、大暑。種下的麥子根本就沒揚花沒抽穗，全爛在了地裡。麥子絕收，這日子怎麼過啊？

李斯窩居在順順旅肆，理想、抱負、雄心、信心均面臨著嚴峻的考驗。他反覆告誡自己：「既來之，則安之。風雨過後才會有彩虹，一切都會好起來的。」他曾多次去相國府大門前察看情況。懸掛的巨幅喪帳非常醒目，大門緊閉，只有一側的小門開著，間或有人出入。一天，他看到一夥士兵在大街上懲治三名男子，拳打腳踢，還用皮鞭抽。士兵向圍觀的民眾喊話道：「你等聽著，凡敢偷盜喪帳，褻瀆國喪者，一如這三人，嚴懲不貸！」李斯詢問，方知那三名男子家境貧窮，看到城門口懸掛的喪帳布料品質上等，遂趁夜色爬上城門剪了幾尺，打算拿回家給老娘做衣服穿。不想，守衛城門的士兵將三人抓獲，略略審問便押到人多處加以懲治，以警示民眾。李斯對此能夠理解，心裡道：「秦國注重法治，看來名不虛傳。」

李斯無所事事，飯前飯後常和旅肆老闆與夥計們聊天。通過聊天，他知道咸陽方言把聊叫作「諞」，把聊天叫作「諞閒傳」。李斯和旅肆老闆與夥計們諞閒傳，自然而然會諞到關中八大怪。古代秦國人多以函谷關為秦國的東大門，稱函谷關以西的地域為「關中」。關中八大怪，哪八大怪？答曰：

房子半邊蓋，
土炕連灶台。
鍋盔像鍋蓋，
鹵水也是菜。

方帕帕頭上戴，
大姑娘不對外。
凳子不坐蹲起來，
歌兒不唱吼起來。

李斯好奇，經仔細觀察與分析，覺得八大怪雖然怪，但怪得有理，怪得有趣。且看：

房子半邊蓋。通常是廂房，蓋成正房一半的樣子，後牆高度等同於正房。半邊蓋的房子又稱廈房，佔地小，用料少，很適用於人口多兒女多的家庭。

土炕連灶台。土炕與灶台相連，中間砌一道二尺高的薄牆隔開。作用在冬天取暖。燒火做飯，熱氣和煙氣通過土炕下面的煙道，從土炕另一側牆體外面的煙囪排出。這樣，土炕老是熱的。老人和小孩整天不離熱炕，暖暖和和。

鍋盔像鍋蓋。鍋盔是一種麵餅，用圓形平底鍋烤烙而成，很乾很硬，足有鍋蓋那樣大那樣厚。秦國軍人出征，大多不背糧食，只背一個鍋盔，三五天內隨時食用，有效保證了提高了軍隊的戰鬥力。鹵水也是菜。鹵水是醃製鹹菜的用水，含有鹽分，微酸。鹹菜吃完，鹵水捨不得倒掉，舀上一碟，用筷子蘸著，權且當菜吃。這是窮人家的生活方式，如果他們能吃上燒雞烤鴨的話，那是斷然不會把鹵水當菜吃的。

方帕帕頭上戴。這是中老年婦女的一種習慣，將一塊灰色或藍色的方形帕帕戴在頭上，可以擋土擋灰，也可以當洗臉擦手的毛巾用，帕不離身，取下戴上，戴上取下，非常方便。

大姑娘不對外。這是指農村一些大的村寨，已到婚齡的女孩，只願嫁給本村寨人，不願嫁給外村寨人。為何？本村寨人知根知底，而且娘家和婆家離得很近，彼此好有個照應。

凳子不坐蹲起來。蹲又叫「胳就」，全身重量都落在小腿和腳上。關中人尤其是男人，身體素質好，強壯，小腿和腳上功夫了得，吃飯、聊天總愛圍作一圈蹲著，有凳子也不坐，有時還專門在凳子上蹲著，習慣了，沒法改。

歌兒不唱吼起來。關中平原及其北沿地帶，分布著一道道磅礡的厚重的黃土高原。關中人長期受黃土影響，養成粗獷、豪爽的性格，高興時唱歌，不是唱而是吼，吼得雙眼圓睜、滿臉通紅，額上青筋爆起，聲嘶力竭，底氣十足，風雲為之變色。

李斯諞閒傳諞得輕鬆愉悅，可諞過之後又滿腹憂愁，情緒低落。自己從楚國來到秦國，從上蔡來到咸陽，難道僅僅是來諞閒傳，來研究關中八大怪的麼？他仍不厭其煩地去相國府門前轉悠，但見大門緊閉，死一樣地沉寂。約莫到了八月秋分時節，人們忽然注意到風雨全停了，早就進入秋天，必須準備冬天的衣物了。李斯心情由陰轉晴，趕忙再去相國府，看到喪帳撤去了，大門竟然開啟了，車水馬龍，進進出出。他很興奮，總算等到這一天了，抬腳就往大門裡跨。幾名士兵將他攔住盤問緣由，他說他從楚國來，有事要見相國大人。士兵問他，提前約了嗎？相國同意嗎？他搖頭。士兵立刻變了臉色，說：「相國大人輔佐王上，日理萬機，豈是你想見就能見，說見就能見的？」李斯擺出笑臉，百般解釋，近乎央求。士兵忠於職守，無動於衷，最後煩了，呵斥道：「快滾一邊去，別在這裡礙手礙腳！不然將你抓進大獄關上幾天，有你好受的！」

連著數日，李斯都想進相國府，都因士兵阻攔而吃了閉門羹。他氣惱氣憤卻又無可奈何，進而

有點心灰意冷。自己雄心勃勃、信心滿滿地前來秦國，想要遊說秦王，現在連相國府都進不了，連呂相國都見不上，又怎能見到秦王，當然更談不上什麼遊說了。俗話說：「閻王好見，小鬼難纏。」此話錯！正確的說法應是：「小鬼難纏，閻王難見。」李斯又算了算帳，存放在旅肆櫃上的四百九十枚秦半兩已經告罄，下一步住宿吃飯都成了問題。咸陽無法立足只能回家。回家，回家連個盤纏也沒有了呀！夜晚，他躺在床上，翻來覆去，難以入眠。大街上有幾個流浪漢喝醉了酒，踉踉蹌蹌、趔趔趄趄，唱著，不！是吼著，吼著他們自編的《流浪漢歌》：

哦哦哦
哦哦哦！
告訴我，
告訴我：
我該怎樣活？
我該怎樣做？
……

就這幾句，反反覆覆重複地吼，吼得人頭皮發麻、心慌意亂。李斯多次聽過這支歌，這天夜間再聽，覺得它格外切合自己的處境與心境，他真想衝到大街上去放開喉嚨大吼，問問他人：「我該怎樣活？我該怎樣做？……」

這天，李斯又去了一趟相國府，仍是吃了閉門羹。他很鬱悶，鬱悶到了極點。晚上，他坐在大堂一個角落，要了一碟鹽水黃豆、一碗米酒，自吃自喝地想著心事。現實很殘酷，自己在秦國是謀不上官職，掙不上大錢的，只能四處碰壁，虛度時日。此處不留爺，自有留爺處。所以得換個思路，趕快離開這裡到別的國家去。韓國有學兄、摯友韓非，去找他，或許……李斯正想著，忽見一人朝他走來，朗聲道：「呵！這位小兄弟大概就是李斯吧？楚國上蔡人，得是？」

李斯見來人，四十四五歲，中等身材，體瘦、臉黑、眉粗、眼小，其貌不揚，葛布衣衫，不佩飾物，活像個莊稼人。他忙起身拱手，道：「兄台何以知道李斯賤名？」來人狡黠一笑，道：「櫃上有旅客登記冊呀，一查不就知道了？」李斯大悟，又問：「敢問兄台大名？」來人答：「大名不敢，小名倒有一個：鄭國！鄭國的鄭，鄭國的國。」來人的自我介紹有些繞口。李斯反應極快，說：「好！兄台名字大氣，一個人就是一個國家（春秋早期時有個諸侯國叫鄭國）。」那個叫鄭國的來人看了看桌上的鹽水黃豆和米酒，說：「小兄弟就吃這個喝這個？」他不待李斯回答，轉身高喊道：「老闆！上酒菜！獅子頭、黃燜雞、水晶肘子、糖醋鯉魚，儘管上！酒，就上咸陽春！」

李斯心想這位鄭國究竟是何方神聖，出手這樣闊綽！

直道是山重水複疑無路，不曾想柳暗花明又一村。鄭國的突然出現，幫助李斯破解了天大困局。

第五章 相府舍人

在蘭陵學館時，李斯常在韓非處蹭飯，吃的都是山珍海味。今天在咸陽順順旅肆，遇上個鄭國，尚不知其來歷，他就要了一桌美味佳肴，並邀請自己共用。近三個多月來，李斯吃的都是旅肆的飯菜，清湯寡水，無滋無味，只能填飽肚子而已。現在見了咸陽名菜獅子頭、黃燜雞、水晶肘子、糖醋鯉魚和名酒咸陽春等，兩眼發亮，嘴裡直咽口水。鄭國說了個「請」字。李斯也就全不客氣，立刻吃喝起來。鄭國也是山吃海喝。酒酣，鄭國問李斯道：「敢問小兄弟滯留咸陽，所為何來？」李斯滿嘴雞肉，口齒不清地答：「旅遊，旅遊。」鄭國微笑，搖著手中的筷子，說：「非也！非也！只怕是來磻溪垂釣的吧！而且正為釣不著雙口相這條大魚揪心，是也不是？」

磻溪垂釣有個典故，說的是姜尚姜子牙的故事。商朝末年，周人崛起於渭河流域。姜尚具有經天緯地之才，經歷多舛，年近八旬，前來投奔周人首領姬昌（周文王）。他故弄玄虛，獨自在渭水支流磻溪（今陝西寶雞附近）垂釣，魚鉤卻是直的，且無魚餌，邊釣還邊念念有詞：「願者上鉤，願者上鉤！」結果，姬昌這條大魚上鉤了，聘用姜尚為太師，統領軍事。姬昌及其子姬發（周武王）依靠姜尚等人的輔佐，兵伐商紂王，一舉滅亡了商朝，建立了周朝（西周）。姜尚因此成為周朝的開國元勳之一，受封於營丘（今山東臨淄），其國稱齊國。從那以後，「磻溪垂釣」成為謀求高官厚祿的代稱，既有褒義又有貶義。至於「雙口相」，則無疑是指相國呂不韋了。

李斯聽鄭國說破自己心底秘密，大驚失色，再次起身拱手，說：「兄台真高人也！敢問……」鄭國示意小兄弟坐，笑著問：「你可知韓非？」李斯答：「當然知道，韓國貴公子是也。我和他在蘭陵學館同窗四年，他是我尊敬的學兄，親密的摯友。」鄭國說：「這就對了。我鄭某也是韓國人，和韓非也是朋友。我上年前來秦國，最近接到韓非書信，說他的學弟、好友李斯，楚國上蔡人，很有可能到秦國遊說秦王；韓非說考慮到你在咸陽人地兩生，所以要我盡可能幫幫你。我接韓非書信，尋了幾家旅肆，果然在這裡尋到你。瞧小兄弟這番光景，怕是不怎麼順利和如意吧？」

原來如此！李斯異常感動，說：「知我者，韓非也！慚愧慚愧。」接著，他如實講述了自己的不順利不如意處，末了說：「不怕兄台笑話，我確實是為磻溪垂釣而來秦國，而且第一步，必須釣著呂相國這條大魚。可是，我是個沒斤沒兩的小人物，連相國府大門都進不了，又何以能釣著大魚？這第一步都邁不開，那第二步、第三步更是想也不用想了。」

鄭國饒有興味地說：「假如，我是說假如，假如你能進入相國府，你能見到雙口相，那麼你敢保證就能將大魚釣著麼？」鄭國仍稱呂不韋為「雙口相」，可見他同呂不韋的關係非同尋常。李斯語氣堅定地回答：「能！」鄭國撫掌大笑，說：「好！那我鄭某就答應韓非，盡可能幫幫你！」

李斯驚愕、狐疑，臉上分明掛著個大大的問號：「幫我？兄台到底是誰？」鄭國依然大笑，說：「實話告訴你：呂不韋和我都是韓國陽翟人，我倆是鄉黨，十多年前就是朋友。現在，他是秦國的相國，我呢？平生喜愛水利，算是個水利專家。秦國渭北一帶常年乾旱缺水。去年，我特來秦國找到雙口相，說要幫秦國興修水利。他當然高興啦，叫我去實地考察考察再作定奪。這不？我考察回來了，正擬向雙口相彙報考察結果。你小兄弟好運氣，可隨著我，就當是我的助手，不就能堂而皇之地能進入相國府，見到雙口相了？」

喜從天降！李斯再度起身，向著鄭國深深一躬，說：「感謝兄台提攜。」鄭國再從懷中取出三枚金餅遞給李斯，說：「韓非知道小兄弟家境不怎麼寬裕，孤身在咸陽混事，手頭肯定緊張，故隨書信捎來三枚金餅讓我轉交。」李斯雙手接過金餅，眼眶發紅，聲音發顫，說：「學兄！摯友！

這，這……」鄭國說：「莫激動！區區金餅，對韓非來說是九牛一毛，不必介意。對了，那就說好，後天下午，我來接你，我們一塊去見雙口相，但願你能釣著大魚。」李斯答應。酒足飯飽。鄭國高聲招呼買單。旅肆老闆前來，說：「酒菜共五十枚秦半兩。」鄭國扔給老闆一枚金餅，說：「不用找零，多出的錢記在這位李公子名下。從明天起，每頓飯食給他加兩個葷菜。」說罷，朝李斯一點頭一抱拳揚長而去。

那一夜，李斯真失眠了。上年，他遇到韓非——一位貴人；今年，他遇到鄭國——又是一位貴人。尤其是韓非，兩次資助自己，都是雪中送炭，這是何等心意，何等恩情！今生今世永遠不能忘記啊！自己在鄭國跟前誇下海口：只要見到呂不韋，就一定能將這條大魚釣著。自己果真有這個能力有這個把握嗎？事到臨頭，他又有點心虛起來。他趕忙起床，打開那只籐箱，籐箱裡有關於呂不韋的資料，他要再閱讀再研究一番。俗話說：計畫沒有變化快。根據形勢的變化，他充分認識到，呂不韋將是自己立足秦國和步入仕途的敲門磚。因此在這個人身上，必須花足力氣，將他搞定。

第三天下午，鄭國乘坐一輛馬車，準時接了李斯馳往相國府。相國府門前，依然是車水馬龍，進進出出。士兵向前詢問，只詢問坐在馬車主座上的鄭國，看也沒看坐在副座上的李斯。鄭國自報姓名：「鄭國，來見相國大人。」士兵問：「提前約了嗎？相國同意嗎？」鄭國答：「約了的，相國同意的。」士兵忙去查看記事牌，記事牌上記著，相國下午接待的第一位客人就是鄭國。士兵立即滿臉堆笑，恭敬向鄭國施禮，說：「鄭大人請進！」馬車緩緩進了相國府。李斯好像認識那個士兵，心裡罵起了娘：「狗娘養的，狗眼看人低！老子前來多少次，都被你等攔在門外，今天怎麼不攔了！」其實，那個士兵也是公事公辦，詢問乘坐馬車進入相國府的人，通常只詢問坐在主座上的重要人物，不大注意坐在副座上的次要人物。次要人物無非是隨從、奴僕之類，無須詢問。那個士兵每天見到的人很多很多，即便看一眼李大公子也未必記得，未必記得他就是多次糾纏，妄稱要進相國府見呂相國的那個人。

馬車按照指點在一個廣場上停下。鄭國和李斯下車，鄭國將一束竹簡遞給李斯，命他拿著。李斯問：「這是什麼？」鄭國笑著說：「你是我的助手，手裡總該拿點什麼東西吧！」李斯也笑，說：「行！聽兄台的！」早有一名舍人迎了上來，引領客人去見相國大人。

相國府既大又美，儼若景色如畫的園林。荷池假山，花草竹石，小橋流水，曲徑通幽，七轉八拐來到一處由好多高屋華廈，組合成一座座精巧別致的院落。其中一座院落叫敬賢堂，那是呂不韋用來會見客人的地方。舍人請客人停在拱形門外稍候，入內通報。不一時，呂不韋親自出來迎接。鄭國快步向前，說：「哎呀！雙口相，小民驚動了大駕，罪過罪過！」呂不韋笑著說：「誰讓你我既是鄉黨又是故交呢！」鄭國介紹李斯，說：「這是我的助手。」李斯躬身向呂不韋施禮。呂不韋看看鄭國，又看看李斯，仍笑著說：「呵！我說鄭猴子，你也有助手了？瞧你乾瘦乾瘦，黑不溜秋的樣子，哪像個專家？再瞧你的這位助手，身材偉岸，天庭飽滿，地角方圓，倒是儀容堂堂，一表人才！」鄭國說：「我在渭北各地考察，整日風吹雨打日頭曬，能不乾不瘦不黑嗎？哪像你，錦衣玉食，養尊處優，光享大福。」說著去呂不韋耳邊道：「昨夜，又跟幾個小妖精熱火了？老實交代！」呂不韋哈哈大笑道：「哪能？老啦！不中用啦！心有餘而力不足啊！」

李斯從鄭國和呂不韋肆意的玩笑話中，知道二人的關係很鐵，已鐵到鋼的程度了。他趁勢打量呂不韋——自己所要搞定的第一人。呂不韋這年四十六歲，中等身材，由於保養得好，身體發福，

胖墩墩的；臉上的肌肉多了些，油光光的；山羊鬍鬚，修剪得整整齊齊；眼皮略略腫脹，那是權勢人物長期放縱酒色的共同特徵。李斯隨呂不韋和鄭國進入一座大廳，大廳裡陳設講究，商彝周鼎，金鳳銀鶴，富麗堂皇。呂不韋坐於主座錦榻上，鄭國坐於錦榻右側垂直方向的紅木榻上。李斯坐於鄭國的右側。一名妙齡侍女前來斟茶，隨即退下。呂不韋目視鄭國，說：「言歸正傳。你就先說說考察的情況吧！」鄭國忙從李斯手中接過那束竹簡，解開繫繩，取幾片放在自己面前，又取幾片放在呂不韋面前，並且還取出一幅繪在白布上的地圖，放在呂不韋面前，然後雙手指點著，彙報考察的情況，大意是：渭北一帶地域遼闊，只因乾旱缺水，故而民眾只能靠天吃飯，終年勞作仍不得溫飽。渭北其實是有水資源的，可引涇水，自仲山西抵瓠口，開鑿為渠，渠傍北山向東南向東延伸，經涇陽、三原等地，東注北洛水（渭河支流），總長約三百里，灌溉沿線農田。工程竣工後，必原田彌望，畎澮連屬，有豐歲，無凶年，關中為沃野，秦國得富強……

鄭國的考察是認真的，彙報情況娓娓道來。呂不韋看著面前的地圖，說：「整個工程投資很大吧？」鄭國說：「那當然，是得花費不少人力、物力和財力。不過值得，收效與投資總是成正比的嘛！」李斯斜了鄭國一眼，心想：雙口呂出身商人，收效與投資的正比關係，還用你教嗎？呂不韋想了想，說：「你是否可把考察的情況、工程的設想，以及所需的投資，寫成一個報告，我將報告奏明王上，同時提議由你主持修建這項工程，可好？」鄭國趕忙拱手，說：「好！好！」

鄭國接著手指李斯，說：「這位公子叫李斯，楚國上蔡人，乃荀卿荀老夫子的得意弟子。他其實不是我的助手，非常崇拜閣下、敬慕閣下，極想一睹閣下尊容，一聽閣下教誨，還想和閣下談談時局，怎奈進不了相國府，心甚怏怏。恰好，我今天來見閣下，所以自作主張，謊用助手之名，將他帶到閣下面前。閣下大人大量，當多關愛關愛年輕人，且聽聽他怎樣說，或許會有些益處。」鄭國這時改稱雙口相為「閣下」，顯得很正規很鄭重，早不是開玩笑了。

所有人，特別是地位高權勢重的人，總是最愛聽阿諛逢迎恭維話的。因為那些話聽來入耳入心，像三伏天飲冰水，四九天曬太陽，渾身舒坦舒暢。呂不韋聽說眼前這個英俊、中看的年輕人崇拜自己、仰慕自己，極想一睹自己尊容、一聽自己教誨，不由笑顏逐開，說：「是嗎？那就和本相談談。本相是很樂意交往年輕人的。」李斯裝出受寵若驚的樣子，起身恭敬施禮。鄭國亦起身，說：「那好，你倆談，我去那邊空房裡候著。」

大廳裡只剩下呂不韋和李斯二人。李斯挪到鄭國剛才坐的紅木榻上，距離呂不韋不過四五尺遠。他有點緊張，但很快就鎮定下來。因為這次談話至關重要，很可能將決定他能否留在秦國，他的仕途，乃至一生。還是呂不韋先開口，客氣地稱李斯為「公子」，笑著說：「公子有話儘管講，本相洗耳恭聽。」

李斯受到鼓舞，一抱拳，說：「晚輩李斯，斗膽向相國大人進言三個關鍵字：崇敬、憂慮、要務。」呂不韋捋了捋整齊的山羊鬍鬚，說：「哦？三個關鍵字？嗯，新鮮！」

李斯對這次談話已做足功課，說：「第一個關鍵字：崇敬。晚輩一直崇拜、敬慕相國大人的言行。立主定國，這是何等大事！相國大人不僅敢想，而且敢做，居然想成了做成了，其雄心、氣魄、膽略、勇氣乃亙古未有，大人擁立先王莊襄王登基，出任相國，統掌秦國大權，三年裡又完成兩件大事：一是攻滅東周，誅殺東周君。徒有其名的東周王朝、東周天子不存在了，七國爭雄也就名正言順，不再存在所謂的忠與不忠、義與不義的顧忌。二是攻魏、攻趙、攻韓戰爭均獲勝利，秦

國版圖大大擴展，新置了太原郡和三川郡，從而使秦國的東大門從函谷關向東推進了數百里。這兩件大事足以說明大人功德巍巍，晚輩焉能不崇敬！不僅晚輩，所有人都會崇敬的。」

這雖是肉麻的阿諛逢迎恭維話，聽得呂不韋卻心裡癢絲絲的甜蜜蜜的，心想這個李斯知道的挺多，挺有見識也挺會說話的嘛！

「第二個關鍵字：憂慮。」李斯說：「晚輩對相國大人的處境憂慮。恕晚輩直言，大人乃韓國人，因立主定國而任秦國相國，實屬一步登天、一飛沖天，惹得多少人眼紅與忌恨！大人封文信侯，食邑十萬戶。十萬戶是個什麼概念？秦國王親國戚和文武百官中，享有君或侯爵號的共一百多人，他們的食邑加起來還不足三萬戶，而相國一人就是十萬戶，這是多少倍數！還有，晚輩聽說相國府中男傭女僕多達萬人。這又是個什麼概念？咸陽時下人口總數為四十多萬。也就是說，咸陽每四十多人中就有一人為相國府中的傭僕。試問，這能不招人眼紅與忌恨嗎？」

呂不韋不笑了，臉露驚訝之色，似乎從來就沒考慮過這個問題。

李斯又說：「數月前，莊襄王駕崩，新王繼位，相國大人又加了個仲父頭銜。現在，大人集相國、仲父、文信侯於一身，金印紫綬，乾坤獨斷，位極人臣。晚輩恩師荀卿給晚輩講過〈臣道〉，他說『功高震主、位高震主、權高震主，乃為臣之三大忌也』。晚輩不知大人有沒有『震主』之三忌。現在可能沒有，那麼日後呢？新王今年十三歲，很快就會十四五歲、十六七歲。那時，大人還可能沒有『震主』之三忌麼？秦國最高議事與決策機構叫廷議，秦王主持，三公九卿參加。秦王尚是少年，廷議的實際權力其實掌握在大人手裡。事實上，當下就有民謠指斥大人覬覦王權，蓄有異心了。」

呂不韋驚問：「民謠？民謠怎麼說？」

李斯故作遲疑狀，但還是說了，其實是他即興胡編的：「民謠說：雙口相，雙口相。一口吃秦國，一口吃秦王。」

呂不韋一聽急了，臉變白了，氣變粗了，怒怒地說：「怎能這樣說？怎能這樣說？本相受先王之託，忠於秦國、忠於秦王，披肝瀝膽，天日可鑒！」

李斯勸解說：「大人切莫為兩句民謠動氣動怒。相國的忠心，相國自知，晚輩亦知，但願秦王和秦國人皆知。可問題在於人心叵測、人言可畏，總是懷持某種偏見來揣度大人、想像大人哪！這正是晚輩的憂慮所在。再則，『日中則移，月滿則虧』，這是規律，大人也應引以為戒才好。」

呂不韋微微點頭，說：「公子說的也是。那麼本相該如何做呢？」

李斯默想片刻，說：「兩句話八個字：放低姿態，多做少說。」

「放低姿態，多做少說。」呂不韋重複這兩句話八個字，好像心有所悟，臉上漸見喜色，特地呼喚那名妙齡侍女給李斯重新斟上一杯熱茶。

李斯喝了一口熱茶，接著說：「晚輩再說第三個關鍵字：要務。先請教一個問題：大人可知何為秦國的短板與軟肋」

呂不韋撓頭，說：「這？本相沒有想過。」

「文化，文化為秦國的短板與軟肋。」李斯用十分肯定的語氣說：「近二三百年來，世上出了多少文化巨人！如老子、孔子、孟子、莊子、墨子、孫子、屈子（屈原）等等，連健在的荀卿都被尊稱荀子了。這些人，可有一人出自秦國？沒有，一個也沒有！秦國的文學、音樂、歌舞等也不怎

麼樣。當年澠池會上，趙國上卿藺相如以威相逼，逼迫秦國昭王擊缶，並命史官記事：『某年月日，趙王令秦王擊缶。』天下傳為笑談。缶是瓦器，而在秦國居然是一種樂器，堂堂昭王還擊了它，這也太丟人了吧！秦國自商鞅變法以來，政治、經濟、軍事實力遠在其他六國之上，單單文化實力滯後，差強人意。因此晚輩以為，大人若能利用相國、仲父、文信侯的三重身分，將秦國的短板與軟肋補上，在文化實力方面有所建樹的話，那麼其功其德將是難以估量的。就相國個人而言，也應該注重文化。人生立世有三：一曰立德，二曰立功，三曰立言。今相國在立德立功上無懈可擊，所欠缺者唯立言耳。須知文章千古事，文名千古傳啊！」

「嗯！嗯！嗯！」呂不韋連連點頭，連「嗯」了三次，表明李斯所言正中他的下懷，剛想問「本相該怎樣做呢」，恰聽得李斯已這樣問了，並做了回答：「相國該怎樣做呢？這就是晚輩要說的要務。大人身居高位，日理萬機，要務很多，但要務中的要務應是兩個字：編書。編一部書，書名可用大人姓氏，如『呂氏』什麼什麼的，或『呂子』什麼什麼的。此書編成，必能補上秦國的短板與軟肋，使秦國的文化實力可比甚或超過東方六國的文化實力。編書哪有人手？人手？有啊！現成的，就是大人門下的那些舍人。當今天下流行時尚，魏國信陵君、楚國春申君、趙國平原君、齊國孟嘗君合稱「四公子」。四公子為標榜開明睿達、禮賢下士，均在門下蓄養三千名舍人，用來裝點門面。大人仿效他們的做法也蓄養了三千名舍人。這三千人，說實話恐怕不僅不能為大人裝點門面，反而會給大人帶來麻煩。他們無事必生非，無事必生亂，常打著大人的旗號橫行街市，飛揚跋扈，欺壓民眾百姓。咸陽的百姓對他們早怨聲載道了，只是懾於大人的威勢忍氣吞聲罷了。現在可把他們組織起來編書，盡其力盡其才，以造福當代遺澤後世！」

呂不韋又笑了，眉角上揚，連連搓手，乾脆從座位上起身，說：「太好啦！太好啦！你說的太好啦！我老想著這輩子還欠缺點什麼，叫你一語道破，欠缺立言；我也常為那三千名舍人惹事生非而犯愁，你給他們找到了事做——編書。哈哈！李斯，我真要謝謝你呀！你是個有頭腦有思想有見識的人，年紀輕輕的就能這樣，難得難得！」呂不韋在談話開始的時候，自稱「本相」，明顯是居高臨下的；現在他自稱「我」，直接稱李斯為「你」，進而直呼其名，二人之間已是平等的關係了。李斯也暗自歡喜因為他知道大魚已經釣著了。他跟姜尚一樣，垂釣用的是直的且無魚餌的魚鉤，但嚴格地說，魚餌又是有的，即那三個關鍵字：崇敬是吹捧，憂慮是警告，要務是建議。他將吹捧、警告、建議揉在一起，專為呂不韋配製出一粒複合型魚餌。這粒魚餌無形無色無味，然而卻又有著超強的吸引力與誘惑力，使得呂不韋這條大魚不能不吞食、不能不上鉤。

呂不韋站到李斯面前，直視李斯的眼睛，說：「李斯，真人面前不說假話：你所說的三個關鍵字，我愛聽，而且喜歡上你了。聽鄭國說，你是來秦國謀求官職的。那好，就先在我門下當舍人，規劃編書事項，待時機成熟我會向王上推薦的，怎樣？」李斯的心一陣狂跳，快跳到嗓子眼了。在呂不韋門下當舍人，規劃編書事項非他所願，但在當時那樣的情勢下，這個差事也算不錯。先在秦國安下身來站穩腳跟，抱定呂不韋這塊敲門磚，面見秦王遊說秦王只是個時間問題。他於是道：「晚輩感謝大人厚愛。」呂不韋開懷大笑，拍著李斯的肩膀，說：「好！你明天就可來相國府上班。」他轉身呼喊鄭國，道：「哎！我說鄭猴子！過來，你帶來的李斯歸我了，你可不許捨不得喲！」

次日，李斯背了那只破舊的籐箱到相國府上班。相國府總管麻裏在大門口候著，迎接他跨進大門。見到那幾個士兵，他昂首挺胸、趾高氣揚，心裡想：「老子今後天天都要進出這個大門，看你

等還敢阻攔不！」

麻襄，五十歲左右，身材矮矮的瘦瘦的，眼睛細長，見誰都笑，但那笑不怎麼自然和真誠，總給人一種皮笑肉不笑的感覺。他跟隨呂不韋已十幾年，鞍前馬後，絕對忠誠，所以呂不韋將他提升為相國府總管。麻總管的事情很多，權力很大，人們私下都稱他叫「麻二相」，意思是說在相國府，呂不韋是第一相國，麻襄是第二相國。麻襄引領李斯進入舍人大院，將他安置在代舍，獨自住一間舍房。麻襄告訴李斯，相國府三千名舍人是分等級的：上等僅五十人左右，有真才實學，水準高，住代舍，獨自住一間舍房；中等約二百人左右，水準次些，住傳舍，兩人或三人住一間舍房；其餘二千七百多人均屬下等，有一技之長，但夠不上什麼水準，住幸舍，二三十人合住一間舍房。上等舍人每十人為一舍，中等舍人每三十人為一舍，每舍均由一名奴僕伺候飲食起居。下等舍人不分舍，咸陽有家的可回家去住，咸陽沒家的睡通鋪，吃大鍋飯，飲食起居自理。另外，上、中、下等舍人，每人每月可分別領取三百、二百、一百枚秦半兩，算是「薪俸」，實際上是零花錢。

戰國時期，舍人俗稱食客或門客，是一個特殊的群體。他們由達官權貴私家蓄養，不屬朝廷官員，只為蓄養的主人效力，但若朝廷有事，他們亦可跟隨主人，或經授權，獨立去完成某項特定任務。「毛遂自薦」的毛遂，「完璧歸趙」的藺相如等，堪稱眾多舍人中的佼佼者。李斯前來秦國，曾為自己設想過多種角色，唯獨沒想到會在呂不韋門下當舍人。在老家上蔡，自己為小吏，好歹也是個官員，國家公務員。現在倒好，混了幾年，只混了個舍人，真是！不過事已至此，又能怎樣？舍人就舍人吧！反正我還年輕，年輕就是資本，混得起！相信麵包會有的，牛奶會有的，一切都會好起來的。

李斯領到了一個銅製的牌子。憑著牌子，他可以自由進出相國府大門，並在相國府內閒逛。閒逛後才知道，相國府分東園、西園兩大部分。東園佔全府四分之三面積，主要是呂不韋的辦公區域，還有佔地很大的舍人院。西園佔全府四分之一面積，主要是呂不韋的私人生活區。呂不韋的嫡妻邵氏眷戀故土，長期待在陽翟。呂不韋將這個邵氏幾乎忘了，打從邯鄲經商起就一直沒回過老家。所以，西園住的是他的十多房愛妾，還有些女性歌舞藝人。東園與西園之間有拱門相通。在拱門前，李斯看到許多打扮得花枝招展的女人。他不由想起妻子兒子、岳父岳母。尤其是妻子柴禾，自己常年在外，她只能獨守空房，真難為她了！李斯又想到自己當舍人，住宿吃飯不花錢，一不嫖二不賭，每月有「薪俸」三百枚秦半兩供零花，足夠了。因此他寫了一封家書，連同韓非資助的三枚金餅，去順順旅肆託旅肆老闆尋個可靠的客人，將家書和金餅捎回上蔡去交給妻子柴禾。

呂不韋是很把編書當回事的。他擁有權力，連下幾道命令，秦國各地官府便將大量書籍，車裝船載運送進相國府。同時又派出舍人，遠赴東方六國購買書籍。數月過後，舍人院內，書籍堆積如山，很多都是珍本、孤本。有人負責登記造冊，有人負責粗讀篩選，篩選出一批有價值的書籍分門別類，存放於幾間大房裡。李斯等一夥上等舍人的任務，就是在大房裡閱讀那批有價值的書籍，進行評價和討論，最終確定所編書籍的大綱或目錄。李斯這下有事做了，一頭扎進書籍的海洋，貪婪地吸取知識和智慧之水，滋潤與豐富整個身心。他在蘭陵學館已經閱讀了大量書籍，而今在相國府重新有了這樣的機會，多麼美好啊！閱讀，表面看是為了編書，其實是自己獲益。李斯在當舍人期間，又整整讀了兩年多的書，學富豈止五車，比十車百車還多！不久，李斯將在秦國政壇嶄露頭角，並步步高升，直至人臣極位的丞相，這跟他博覽群書不無關係。

第六章

奇貨嫪毒

李斯進相國府當舍人的兩年多裡，和呂不韋見面的機會不多，談話的機會更少。呂不韋太忙了，國事家事、公事私事，忙得不可開交，心力憔悴。李斯偶爾見到他，他總是筋疲力竭的樣子，臉色很難看，腫脹的眼皮更加腫脹了。一問，方知他剛從太后所住的寢宮回來，說是太后找他議事了。太后和相國議什麼事？李斯立刻明白，實際上議的是滿有韻味的皮肉事。太后趙姬原本是呂不韋的愛妾，這是公開的秘密。莊襄王駕崩那年，趙姬三十一歲，正值如狼似虎起步年齡段，哪耐得了床笫寂寞？於是稍一暗示，呂不韋就欣然而至，原夫原妾同床共枕，重溫舊夢。不過，這事畢竟很不光彩，姑且用「議事」這個由頭，以掩他人耳目。隨著「議事」的深入進行，呂不韋產生了嚴重的心理與精神負擔。一、他快五十歲了，力不從心，滿足不了太后那種瘋狂的無休止的掠奪式的索取；二、秦王嬴政一天天長大，這事若叫嬴政發覺，怎麼得了？肉體上的勞累，心理上和精神上的壓力，像兩塊巨大的石頭沉沉壓在相國大人肩上和心上，壓得他胸悶氣短，苦不堪言。

李斯理解不了呂不韋的苦衷，也幫不了呂不韋的忙，自管他的閱讀去。司馬遷著《史記》，在〈秦始皇本紀〉和〈呂不韋列傳〉中記述過一個叫嫪毒的人。其實，嫪毒這個人是有的，而「嫪毒」這個姓名卻是虛的。李斯有幸和此人交往過，見證了他從社會底層，到暴發顯貴，到叛亂敗死的全過程。

秦王三年（西元前二四四年）初春的一天，李斯讀了很長時間的書，起身伸伸胳膊踢踢腿，又到房外呼吸呼吸清新空氣。房外，陽光正好，春光正好。他信步在舍人院裡閒逛，不知不覺閒逛到了幸舍——下等舍人居住的地方。那裡一排一排，都是大房，環境可以說是髒、亂、差。好多下等舍人，聚集在一個空闊的廣場上，吵吵嚷嚷，大呼小叫：「抓住他！抓住他！」再看，只見十多名壯漢，正圍追堵截要抓一個青年。青年約莫二十二三歲，身材高高的，體態勻稱，皮膚白皙，眉清目秀，因在奔跑，面色白裡透紅，額上泛出一粒粒汗珠。青年的身手相當不錯，左衝右突，那些壯漢就是抓不住他。李斯問一名舍人：「這是幹什麼？」舍人答：「抓大陰人呀！」李斯聽說過幸舍有個大陰人，好像叫任愛，因生殖器長得又長又粗，故稱。在陰陽學裡，人身部位也是分陰陽的，頭為「陽」，生殖器為「陰」。李斯又問：「那個青年就是大陰人任愛？抓他做甚？」舍人答：「是！那青年就是任愛。抓他做甚？你就等著看風景看稀罕吧！」

廣場上的形勢發生了變化。大陰人任愛寡不敵眾，已被十多名壯漢抓住，摁在地上。任愛拼力掙扎，大罵髒話粗話。圍觀的舍人起鬨，齊聲高喊：「脫！脫！脫！」早有壯漢扯斷了任愛的褲帶，脫掉了任愛的褲子。於是，眾人齊向任愛赤裸的兩腿間看去，全都傻了，呆了，驚住了，震住了。任愛盡量用手護住下身，繼續大罵髒話粗話，面色蒼白，羞怯、無助，嗚咽而哭。關中方言多把男人的生殖器叫「毬」。一名壯漢高喊：「快！快找個桐木車輪來，讓這小子把毬插入軸孔，看能不能將車輪轉動起來？」有人附和：「對！快找車輪！快找車輪！」

原來這就是所謂的「看風景看稀罕」！李斯實在看不下去聽不下去了，大步向前，厲聲道：「混帳！你等這樣做，像話嗎？人人都有隱私。光天化日之下，你等肆意羞辱他人，拿其隱私來取笑取樂，是何居心？我若把今日之事報告相國大人，結果會怎樣，你等自知，吃不了兜著走！」

幸舍舍人知道李斯大有來頭，趕忙拱手認錯，口口聲聲說「鬧著玩的」、「下不為例」，匆匆散去。李斯提起一邊地上的褲子，扔給任愛，說：「快穿上，以後小心點。」

人與人交往，最動人處從來不在於錦上添花，而在於雪中送炭。任愛在被同類羞辱、欺凌的時候，李斯及時伸手救援，表現了路見不平，拔刀相助的俠義精神。這使任愛深受感動，自然而然對李斯產生了某種信任感與依賴感。他專門到李斯住處，稱李斯為「叔」，向李叔表達了感激之情，並敞開心扉向李叔傾訴了自己的身世。

任愛說，他的親生父母是誰，他的家鄉在哪裡，他一概不知。他五六歲時開始記事，記得養父任庚告訴他，剛出生就被父母遺棄，裹在襁褓裡扔在寶水岸邊。任庚可憐一個小生命，抱回家讓妻子餵養，所以他姓了任。任庚說，寶水是個好地方，附近有座寶城，數百年前出過一個大美女叫寶氏，後來當了王后。李斯暗想，「寶水」、「寶城」在哪裡？「寶氏」是誰？沒聽說過呀！他思來想去，想去思來，明白了：「寶」應該是「褒」，「寶水」即褒水，「寶城」即褒城（今陝西勉縣境），「寶氏」即褒姒——西周幽王第二個王后。任愛識字不多，把「褒」當作「寶」了。據此可以推斷，任愛應是漢中人。

任愛說，他養父任庚告訴他，他小時候長得好看，白白胖胖、粉雕玉琢，瓷娃娃似的，人見人愛，所以取名叫任愛。任愛從小愛玩水，五歲多常光著屁股在門前池塘裡游泳，引得很多人都來看，包括不少大姑娘小媳婦。小孩家游泳有什麼好看的？漸漸答案有了，原來任愛的小雞雞長得大，比成年人的毬還大。大姑娘小媳婦來看他游泳，都是衝著他的小雞雞來的。從那以後，任愛知道害羞了，再沒光著屁股在池塘裡游過泳。

任愛說，他養父任庚在當地算是富戶，養有一群羊，還有馬和牛。他從七歲起就放羊，直到十七歲。十七歲男人的那玩意兒，已改名叫「毬」了。養父有大丫、小丫兩個女兒，一個十六歲，一個十五歲，任愛和她倆以兄妹相稱，感情很好。這年，有媒婆登門給大丫說媒。大丫說她不嫁，要嫁就嫁給愛哥。養父氣得跳腳，說：「任愛和你是兄妹！」大丫說：「才不是！愛哥是爹的養子！」養父說：「任愛是個窮光蛋，你要嫁他圖個什麼？」大丫羞羞答答許久，說：「愛哥的毬大，我喜歡。」養父一聽，嘴巴張得老大，說不出話來。誰知小丫在大丫身後，冷不丁加了一句：「我也要嫁給愛哥，我也喜歡毬大的男人。」養父氣得咬牙切齒，捽捽打打，恨不得把兩個女兒扔進池塘裡淹死。

任愛說，他看得出養父任庚絕不會讓他再在任家住下去了。果然，一天他正放羊，一個受任庚指使的媒婆找他，說三十里外陸寨陸財主，家境富裕，夫婦倆只有一個寶貝女兒，有意招個上門女婿來養老送終。那個陸小姐的姿色可沒說的，雪膚花顏，傾城傾國，陸小姐聽說過任愛其人，所以指名要招他為夫婿。任愛想，自己既然在任家無法待了，因此答應去陸家當上門女婿。三五天後就是婚期，陸家車馬前來接任愛。任愛披紅掛彩騎大馬，大丫、小丫追著大馬放聲痛哭。任愛到了陸寨，拜見岳父岳母。岳父說，本地習俗，上門女婿上門，無須舉行什麼儀式，新郎新娘夜間同床共枕就成。任愛吃了飯，先進洞房。直到掌燈時分，新娘才姍姍出現，紅衣紅裙紅蓋頭，由兩位大嬸攙扶著。任愛一眼就看出，新娘是個瘸子，走路一跛一顛的。兩位大嬸扶新娘坐定，說了聲「百年好合，早生貴子」，吹滅紅燭自去，從外面鎖上了房門。任愛好生奇怪，尋找火具點亮紅燭，急急揭去新娘的蓋頭，再看，傻眼了：新娘竟然還是個瞎子，而且聾而且啞，只會張著嘴傻笑，口水流得老長。瘸、瞎、聾、啞、傻笑、流口水！世上竟有這樣的女人，這樣的新娘！任愛氣呀惱呀憤呀恨呀，恨不得殺人放火。夜深人靜之時，他不得不撬開洞房的窗戶鑽出去，逃之夭夭。

任愛說，他沒當成陸家的上門女婿又回不了任家，怎麼辦？他聽人說過，通過一條寶（褒）斜

道，穿越大山，山北有座咸陽城，美若天堂那是秦國的國都，於是他決定到咸陽去。通過寶斜道的種種艱辛自不別說，山北果真有一座城，一問，那還不是咸陽，叫陳倉（今陝西寶雞東）。他衣破鞋爛，饑腸轆轆，一步路也走不動了。恰有一家姓武的財主招用雜工，管吃管住。任愛要活命，就去武財主家當了一年多的雜工。雜工的差事很雜，主人讓幹什麼就得幹什麼。武財主有一妻和三房姨太太，三姨太姓胡，二十歲出頭，姿色妖冶，生性風騷，人稱「狐騷」。或許是天性，狐騷一見任愛，就喜歡上了這個外表邋遢，長相端正的小年輕。一天下雨，任愛在所住的廈房休息，四仰八叉睡著了。狐騷想和任愛說話，逕入廈房。一進門，只見任愛兩腿間撐起一頂粗壯的「帳篷」！狐騷且驚且訝，面紅心跳，直想撲上去。從那以後，狐騷對任愛更是親近，總是含情脈脈地看著他；總是笑靨如花地對著他笑；還偷偷給他好吃的，偷偷給他零花錢。臘月初的一個風雪之夜，狐騷淫心蕩漾，躡手躡腳進了任愛廈房，上炕，脫衣，又脫去熟睡的任愛的衣褲，赤裸的女人壓上了赤裸的男人，三搖兩晃，她覺得身體融化了，靈魂出竅了，正美間，房門被人踹開。武財主率幾名夥計，打著火炬，捉住一對赤裸的男女，用麻繩捆縛押往堂屋。武財主將任愛懸吊起來用皮鞭抽打。任愛說：「我正睡覺，什麼也不知道。」狐騷倒是仗義，說：「別打他，他確實什麼也不知道。是我上他的炕，是我脫他的衣，是我壓到他身上……」武財主氣得兩眼冒火，罵道：「你個婊子，淫婦，騷貨！」掄起皮鞭左右開弓，狠狠地抽向狐騷。狐騷立刻皮開肉綻，鮮血飛流。武財主本意要把一對狗男女打死，武妻前來制止，說千萬不可弄出人命。武財主一想也是，遂命夥計放下任愛，並轟出家門，讓他凍死餵狗去。武妻心腸還好，去廈房裡取了任愛的兩件衣褲塞到他手裡。任愛身穿單衣單褲，赤著腳，深夜面對風雪，四顧茫茫，渾身發抖。他進了一座荒廢的龍王廟，一頭栽倒在地失去了知覺。

任愛說，他醒來時發現已在一間暖和的大房裡，身上穿了厚厚的棉衣。一個矮矮瘦瘦的男人自我介紹說叫麻襄，因遇風雪耽擱了行程，在龍王廟裡看到了他。他已快凍死了，但毬還高高挺著，那人嚇了一跳，說從沒見過這樣長這樣粗的毬。那人認為他將有大用場，所以命人給他灌了一碗滾熱的薑湯，將他救活了。那人問了他姓名，風雪停住後便帶著他到了咸陽，每天好酒好菜伺候著，要他將養身體，盡快恢復元氣。越年開春，麻襄領了個大人物來看他，專看他的毬。大人物連聲驚歎，嘖嘖稱奇。麻襄還命人取來一個桐木車輪，鼓動他說：「把毬弄硬，插入軸孔當軸使，將車輪轉動起來。你若演示得好，定會出人頭地。」他聽了「出人頭地」一語，精神大振，撩撥幾下便將毬插入軸孔，車輪轉動了兩個大圈，面不改色。大人物拍手，叫了好幾個「好」字，叮囑麻襄說：「任愛是個人才，你給我安頓好，不要讓他再演示了，切莫傷了那玩意兒！」事後，他才知道，大人物竟是相國、仲父、文信侯呂不韋。呂不韋招賢納士，他以毬大為一技之長，當了舍人，住進幸舍。如今已五年多了，並未出人頭地。其他舍人都知他毬大，多叫他為「大陰人」，還動不動強行脫他的褲子，取笑取樂……

奇特！奇特！太奇特了！這是李斯對任愛身世的突出印象。靜靜細想，他想不明白，堂堂相國大人呂不韋及其管家麻襄，為何對任愛的一技之長這樣感興趣？他們要幹什麼？幹什麼？縱然想破腦袋，也想不出個頭緒。那就別想了！李斯轉而對任愛說：「任愛我看你也是個苦孩子，小小年齡就經歷了這麼多事，世間少有。我看你挺機靈點，現在在幸舍應該好好學認字，多讀點書，少跟那些不三不四的人來往才是。我這裡有一冊《孝經》，你拿回去慢慢讀，有不認識的生字和不懂的詞

語可來問我。」任愛雙手接過《孝經》，深深一鞠躬，說：「多謝李叔教誨。」。

秦王嬴政即位，大秦國共有三個孀居的寡婦尊稱太后。一是莊襄王遺孀、嬴政生母趙姬，尊稱秦太后；二是孝文王遺孀、嬴政庶祖母芈氏，尊稱華陽太后；三是孝文王遺孀、莊襄王生母、嬴政名義上的嫡祖母夏氏，尊稱夏太后。渭河南岸，渭橋南端，自西往東依次建有華陽宮、長慶宮、甘泉宮三座寢宮，分別供華陽太后、夏太后、秦太后居住。三座寢宮都很宏偉，雕梁畫棟、金碧輝煌。至於雕梁畫棟背後，金碧輝煌深處，隱藏有多少不為人知的秘密，隱藏有多少骯髒、齷齪的醜事，普通的善良人恐怕永遠也不會知曉。就在任愛向李斯叔傾訴自己身世的時候，甘泉宮裡已密謀出一條醜惡而又罪惡的彌天詭計來，詭計的中心人物竟是任愛。

呂不韋一面要和秦太后「議事」，一面要應付自家府中的十多位愛妾，越來越力不從心。他覺得他的精力快要被這群女人榨乾。近日裡，他還覺得老有一雙犀利的眼睛在盯著他，盯得他脊背發涼、心裡發毛。這雙犀利的眼睛，正是十六歲的秦王的眼睛。因此，他和太后的私情應該有個了斷了，他已替她物色一個年輕而優秀的替身，這個替身該出場了。

這天，呂不韋和趙姬「議事」，仍以失敗告終，赤裸裸地躺著喘著粗氣。趙姬很是不快。為了表示親熱，他叫趙姬為「小姬」，說：「小姬！你我之間的事該告一段落了。原因有二：一是我確實不行了；二是害怕，害怕我們那個兒子。」趙姬側轉身，問：「你說政兒知道你是他親爹嗎？」呂不韋說：「我想他不知道，但心裡有疑惑。」趙姬回憶說：「當年在邯鄲，政兒和鄰家小孩打架，鄰家小孩罵他是野種，他回家問我：『娘！我爹是誰？我為何姓趙？』我當時沒法回答他，九歲那年來秦國才改叫嬴政。」呂不韋輕聲歎息，說：「是啊！政兒只能叫嬴政，必須姓嬴！我這個親爹，在他那裡只能是外人，也必須是外人哪！」

趙姬伸手拽了拽呂不韋的鬍鬚，說：「你我的事告一段落，你好辦，我怎麼辦？我才三十四歲，難不成……」呂不韋把趙姬攬在懷裡，說：「用不著什麼『難不成』，我已找了個替身，專門侍奉你。」趙姬「謔」地坐起，說：「真的？替身是誰？」呂不韋說：「看把你急的！替身叫任愛，大約二十二或二十三歲，還是個處男。你可知他有何特點？特點是毬大，這麼長這麼粗。」趙姬見呂不韋比劃著，大笑說：「哪有這麼長這麼粗的毬，那不成驢毬了？」呂不韋說：「你還別說，任愛那小子還就長了個驢毬。我親眼見他演示過把毬插入桐木車輪的軸孔，竟能讓車輪轉了兩個大圈，而他卻面色不改，真神了！」

趙姬聽得入了迷，滿臉飛紅，忽然說：「哎！我問你：你兩次把我送給別的男人，你心裡好受？不吃醋？」呂不韋長長歎了口氣，說：「唉！哪能呢？怪只怪我這個人眼睛太毒，一眼就能看出可居的奇貨。當年在邯鄲，我看出先王嬴異人是奇貨，這才忍痛割愛把你送給他。想到你和他在床上尋歡做愛，我真想殺了他。但又想到你歸於他，對我立主定國的大買賣有利，也就忍了認了。不然，你怎能當上太子妃、王后、太后？我又怎能當上相國、仲父、文信侯？五年前，我又看出任愛是奇貨就一直儲藏著，現在該拿出來用了，用來換取你我的平安。在平安的前提下，我要保住權位權勢，並要叫你快活開心。你又要和一個毛頭小夥尋歡做愛，我能好受嗎？能不吃醋嗎？但這關係到切身利害，不好受也得受，醋再酸也得吃啊！」他停了停，又說：「這事，還有許多細節要一步步實施，你聽好了，哪一步也不能出現差錯。」

呂不韋接著講述了若干細節。需要趙姬做的是，她得以太后名義秘密宣召甘羅，命他執行一項

特殊任務：任主吏，選用一名可靠的小吏，對一個名叫嫪毒的罪犯施以腐刑，不是真腐，而是詐腐，但程序上要做得跟真腐一樣。為何要由甘羅任主吏？因為甘羅才十二歲，剛剛出使趙國完成了使命，回國後官拜上卿——秦國最年輕的高級官員。此人還是個少年，還不大懂得男女間的事，只以執行太后指派的特殊任務為榮，不會介意詐腐一個罪犯問題。嫪毒是誰？嫪毒就是任愛。任愛從被詐腐的那一刻起，「任愛」這個姓名就消失了，憑空出了個既生僻又拗口的「嫪毒」來——一個假宦官的姓名。到時候，甘羅、行刑小吏和麻襄會把嫪毒送進甘泉宮，趙姬收下嫪毒，打發甘羅等走人就是，其他事就不用管了。呂不韋最後說：「所有細節實施之後，這個世界上除了我、你、嫪毒外，沒有第四個人會知道嫪毒是個假宦官，連政兒也不知道。日後，即使有人認出嫪毒就是先前的任愛，也只當他是真宦官，而絕不會懷疑他是假宦官。你呀！就痛痛快快享用那個大毬吧！」

趙姬笑得前仰後合，去呂不韋面頰上親了一口，豎起大拇指，道：「高，高，實在是高！」

咸陽的春天短暫，夏天飛快到來。驕陽似火，熱浪滾滾。荷池的荷葉渾圓碧綠，綻放的荷花鮮亮芬芳。雞冠花、美人蕉花開得熱烈，那肥碩、濃厚的豔紅如火似霞。一天晚上，任愛突然來到李斯舍房，告訴李叔一個情況，讓人模模糊糊地摸不著頭腦。任愛說，麻二相當天找過他，說他很快會去金窟侍奉一位貴人，還有個大官要給他施腐刑，不過那是詐腐，然後他就榮華富貴了。麻二相說他很快就不叫任愛了，改叫什麼「烙矮」，叮囑他叫烙矮後可不能忘記他姓麻的，因為他姓麻的在陳倉救過他的命。任愛說：「我聽不懂麻二相的話，心裡直打鼓，很害怕。」李斯把「金窟」、「貴人」、「大官」、「施腐刑」、「詐腐」、「榮華富貴」、「烙矮」等幾個關鍵詞串起來狠想，也是不懂。但有一點可以肯定，任愛還不至於有什麼危險。他真誠地說：「任愛，別怕！沒做虧心事，不怕鬼敲門，堂堂正正，怕它什麼？不論遇到何事，你要沉著應對坦然、問心無愧就是。」

兩天過後，舍人院裡炸開了鍋，說任愛犯了強姦罪被官府抓去了，官府予以嚴懲，給他施了腐刑。何謂腐刑？就是閹，閹割。有人驚訝，有人感歎，有人同情，有人幸災樂禍。忽又有消息說，是上卿甘羅任主吏給任愛施的腐刑，閹了的兩個蛋比碗還大，血流了滿滿兩桶。不一會兒，又有消息說，渭河南岸剛發生一起凶案，幾個蒙面大漢襲擊一輛馬車，殺死馬車上的三個人。三個人是誰？一是上卿甘羅，一是甘羅手下的小吏，另一人竟是相國府總管麻襄！凶手是誰？據說是南山的土匪，抗擊官府追捕，又逃回南山了……

當天的咸陽，當天的相國府，當天的舍人院，可用一個詞形容：紛亂。李斯的思緒也是紛亂的。他終於明白，任愛大前天晚上告訴他的那些情況並非空穴來風。那幾個關鍵詞中，「大官」可以落實了，是指甘羅。看來，任愛的確是受了假腐刑，去「金窟」侍奉「貴人」了。那麼「金窟」是何處？「貴人」是何人？李斯不敢往下想了，再往下想，那會犯大忌的。數天後，秦王嬴政任命一批官員，有一個名叫嫪毒的人任給事中，薪俸千石。嫪毒是誰？誰是嫪毒？朝廷文武百官互相詢問，全都不知，連這個名字也沒聽說過，甚至很多人不認識「毒」字，誤讀作「毒」。李斯聽到這個消息，馬上聯想到「烙矮」那個詞語，嫪毒的讀音不正是「烙矮」麼？天哪！任愛果真成了嫪毒，當上了給事中嗎？

第七章
幸睹龍顏

李斯坐在舍房裡，面前打開一本書，像是在讀書，其實他是在整理思緒，想把任愛一事理理清楚。顯然，呂不韋早在五年前就把大毬任愛當作奇貨了，最近才拿出來使用。但他並未直接出面，而是讓管家麻襄參與其中。「金窟」明顯是甘泉宮，「貴人」明顯是秦太后。呂不韋一定是自身出了狀況，無法滿足太后「議事」的強烈需求，所以推出任愛作為替身。「金窟貴人」需要的是貨真價實的男人，而不是閹貨，這才有了詐腐的詭計。挑選甘羅任主吏實施詐腐，是因為甘羅還是個少年，意識不到詐腐的極大風險。將任愛改名為嫪毐，意在讓任愛這個人這個名字永遠消失。麻襄存有私心，也想榮華富貴，所以事先向任愛有保留地透露了少許訊息。甘羅等實施完詐腐，將嫪毐送至甘泉宮，自以為辦差辦得漂亮定會得到封賞，沒料想剛剛離開甘泉宮就命喪黃泉。為何？這定是殺人滅口。因為把一個詐腐的嫪毐送到太后身邊，這事太大了，屬於最頂級絕密，除呂不韋、秦太后、嫪毐三人外，所有參與者和知情者都必須死。嫪毐進了甘泉宮，明顯博得了太后的歡心，這才當上了給事中。可以預期這只是個起步，潑天的榮華富貴還在後頭哩！

任愛——嫪毐，嫪毐——任愛。李斯腦海裡反覆盤旋著這兩個名字。他善於運用邏輯思維，以事推理，以理演事，撥開重重迷霧，探求事實真相。應當說，他在任愛一事上所做的探求，得出的結論是最接近事實真相的。約莫未末申初，相國府敬賢堂那名舍人忽然匆匆前來，說相國大人正找李舍人，命他趕快到敬賢堂去。李斯嚇了一跳，莫不是自己扯進任愛一事讓呂不韋知道了，也要被殺人滅口？但看樣子，又不像要殺人，他只得強作鎮靜，跟隨舍人去到敬賢堂。敬賢堂拱門前停著一輛豪華馬車。呂不韋已坐在車上，道：「李斯，快上車，隨我去王宮。」李斯道：「去王宮？帶些什麼？」呂不韋說：「只帶你的腦袋。」李斯又嚇了一跳，心想要我的腦袋，在相國府一刀砍下不就得了，又何必去王宮？李斯勉強上車，方知是一場虛驚。

原來秦王嬴政派出內侍，宣召相國、仲父、文信侯進宮問事，擔心他回答不了，故允許攜帶一名有水準的隨從，以備問答。呂不韋說：「我的門下舍人數你有水準，所以就帶上你了。」李斯仍自稱「晚輩」，說：「這也太突然了，晚輩有點緊張。但不知王上要問何事？」呂不韋說：「君心難測！我也不知他要問何事，到時候隨機應變就是。」趁馬車前行的時候，呂不韋給李斯簡約介紹了秦王嬴政接受教育的情況。

呂不韋說，嬴政九歲那年到了秦國，認識不少字，主要是太后教的。一年多後，先王莊襄王繼位，嬴政成為太子。莊襄王非常重視太子的成長，聘用秦國最有名望的學者隗林當老師，有系統地教授太子六藝（禮、樂、射、御、書、數）。太子十三歲即位為秦王，隗林直到現在仍是他的老師。隗林是渭河南岸白鹿原人，人品與學問皆天下一流。王上學習相當刻苦，加上天資聰慧，悟性極強，所以在文、武兩個方面已遠遠超出常人。呂不韋有時還是有自知之明的，說：「你是知道的，我是商人出身，經商沒說的，至於治國理政總覺得不那麼得心應手。王上幾次問事，我都回答不上來。幸虧王上未予怪罪，但我總覺得丟人。」呂不韋正說著，馬車已抵達咸陽宮大門。守衛宮門的士兵見是相國大人，恭敬施禮放行。

咸陽宮大門朝東，寓義秦國眼睛時刻盯著東方，並要征服東方。李斯在初到秦國的三個多月裡，曾多次在宮門前徘徊，那時只能在遠處遙望，根本到不了跟前；而今，他隨著呂不韋，乘坐馬車風風光光地進了咸陽宮，誰也不敢阻攔。這就是權力，就是尊貴，權力和尊貴大到了一定程度就足以縱橫天下、暢通無阻。呂不韋和李斯步下馬車，走向巍峨高聳的咸陽宮正殿。咸陽宮正殿右側是羲和殿，左側是常儀殿。古代神話傳說，羲和與常儀是一對孿生姐妹，同嫁天神帝俊，姐姐生了十個太陽，為太陽之母；妹妹生了十二個月亮，為月亮之母。秦國崇拜太陽和月亮，所以把中央最宏大的宮殿稱作正殿，而把正殿右、左側的偏殿稱作羲和殿、常儀殿。正殿是秦王舉行朝會和大典的場所；羲和殿是秦王日常批閱奏書、會見官員、議事決事的地方；常儀殿則是一座寶庫，內藏價值連城的奇珍異物。從咸陽宮宮門到正殿和兩座偏殿，需要經過一個廣場和攀登六十級臺階。廣場周圍和臺階兩側，都有士兵持戟守衛。正殿門前，置放一隻體形巨大，紋飾精美、莊重典雅的銅鼎。銅鼎左面為銅雕鎏金麋鹿，右面為銅雕鎏銀仙鶴，麋鹿作奔跑狀，仙鶴作飛翔狀，形象優美，栩栩如生。如果說咸陽宮是秦國的中樞，那麼咸陽宮正殿和羲和殿、常儀殿，則是秦國的心臟與大腦，秦王一道又一道嚴厲如山的詔令皆出自這裡，並發往全國各地。

早有內侍向前，引領呂不韋和李斯進入羲和殿。少年秦王嬴政已在殿中央御座上坐定。呂不韋快走幾步拜伏在地，說：「臣呂不韋叩見陛下！」李斯學呂不韋的樣子也拜伏在地，說：「小民李斯叩見王上！」他還不是朝廷官員，只能自稱「小民」；對秦王，他也不宜稱「陛下」，應當稱「王上」。秦王說：「平身！」呂不韋說了聲「謝陛下」，李斯說了聲「謝王上」，起立。一名內侍端來一張圓杌供相國大人落座。李斯則恭敬地立在呂不韋身側。李斯知道這就是尊貴與卑賤的區別。呂不韋介紹道：「此人叫李斯，乃荀卿荀老夫子的弟子，現為臣門下舍人。」

「哦？」秦王「哦」了一聲，說：「寡人讀過荀卿的《勸學》：『君子曰：學不可以已。青，取之於藍而青於藍；冰，水為之而寒於水。木直中繩，輮以為輪，其曲中規，雖有槁暴，不復挺者，輮使之然也。故木受繩則直，金就礪則利，君子博學而日參省乎己，則知明而行無過矣。』」

他背誦到這裡，故作停頓，說：「下面，下面怎麼說來著？」李斯明白，秦王這是在測試自己，張口接道：「下面是：『故不登高山，不知天之高也；不臨深溪，不知地之厚也；不聞先王之遺言，不知學問之大也。』」秦王點頭，表示讚許，說：「不錯，是這樣的！」

李斯顧不上欣賞羲和殿的高大與輝煌，打量著端坐的秦王，有幸一睹龍顏。秦王果真是個少年，未著冠冕，只穿便服，烏黑的長髮在頭頂挽個圓柱形小髻，小髻上橫插一支碧色玉簪；米黃色綢衣綢褲，寬鬆合體；身材中等偏高、寬肩厚背、方臉高額、粗黑的眉毛、細長的眼睛，神態威嚴，威嚴中顯得冷靜與淡定。威嚴是一種氣質，一種風度，是一種內心強大而表現在言行舉止上的無形力量。少年秦王的威嚴正是這樣的，他端坐著不說話、不看你、不生氣、不發怒、就讓你覺得威嚴灼灼，雖然才十六歲卻無絲毫稚氣。李斯知道，秦王其實是呂不韋的兒子，試圖趁此機會將他們父子比較比較，看看有什麼相像之處。比較之後，他發覺秦王就是秦王，呂不韋就是呂不韋，在高貴的秦王身上，看不到一絲一毫商人出身的呂不韋的影子。呂不韋朝秦王一拱手，首先問話：「但不知陛下召臣問事，要問何事？」

秦王目不斜視，聲音不高不低，說：「詭道。寡人想問問文信侯，怎樣理解詭道？」

呂不韋心裡「格登」一下，三魂嚇掉兩魂。詭道？自己和太后密謀詐腐嫪毐也屬詭道，難道秦王發覺了？要追查？不過，這事做得天衣無縫，滴水不漏，秦王不可能發覺呀！即使發覺，也不可能這樣快！他於是定下心來，又一拱手，說：「這問題，臣知之不多，就由李斯代臣回答吧！」

李斯注意到一個細節，秦王只稱呂不韋爵號「文信侯」，而未稱「相國」與「仲父」。他在前來王宮的路上，設想過秦王要問的種種問題，如盤古開天闢地、女媧煉石補天、伏羲畫卦、武王伐

紂、諸子百家、天下一統等等，怎麼也沒想到問的竟是詭道。他為何要問這個問題？莫非……好在他博覽過群書，也閱讀過研究過《孫子兵法》，回答這個問題並不算難。他也向秦王一拱手，說：「《孫子兵法．始計篇》云：『兵者，詭道也。故能而示之不能，用而示之不用，近而示之遠，遠而示之近。利而誘之，亂而取之，實而備之，強而避之，怒而撓之，卑而驕之，佚而勞之，親而離之。攻其無備，出其不意。此兵家之勝，不可先傳也。』意思是說，戰爭是一種千變萬化之術，需要運用各種方法欺騙與迷惑敵人。如能力很強卻故裝軟弱；積極備戰卻故裝無意打仗；要攻擊近處目標卻故裝要攻擊遠處目標；要攻擊遠處目標卻故裝要攻擊近處目標；敵人貪心就用小利引誘他；敵人混亂就趁機進攻他；敵人實力雄厚，要謹慎防備；敵人勢頭強勁，要避開鋒芒；敵人衝動發怒，就設法挑逗他，使其喪失理智；敵人小心翼翼，就設法驕縱他，使其喪失警惕；敵人生活安逸，要設法騷擾他使其疲憊；敵人內部團結，要設法離間他使其分裂。在敵人沒有準備時突然發起進攻，在敵人意料不到的情況下突然採取行動。凡此種種，都是將帥們用兵取勝的奧妙，只能隨機應變、靈活運用，無法事先規定，刻板傳授。在孫子兵法裡，詭道是一切戰略的核心與基礎，由此生發出一系列戰術與手段來。兵無常形，以詭詐為道，就要善於不斷製造玄虛，實則虛之，虛則實之，讓敵人摸不清摸不透己方的真實意圖，然後抓住戰機突然出擊以克敵制勝。」

李斯用眼角餘光瞄了瞄秦王，秦王肯定聽得專注，但不形於色。李斯還瞄了瞄呂不韋，呂不韋頻頻點頭，大概在想：「李斯這小子知道的真多，又能說會道，切莫小瞧了他。」李斯接著說：「戰爭中實施詭道的戰例，不勝枚舉，如瞞天過海、借刀殺人、聲東擊西、調虎離山、欲擒先縱、金蟬脫殼、美人計、反間計、苦肉計、連環計等，均是詭道的具體運用。最鮮活的戰例是秦、趙長平之戰。秦將王齕統領秦軍，趙將廉頗統領趙軍，對峙於長平（今山西高平），三年決不出勝負。第三年，秦國派遣奸細赴趙國實施離間計，成功誘使趙王疑忌廉頗將其罷職，改用只會紙上談兵的趙括為趙軍統帥。秦國方面，立即秘密任命武安君白起為上將軍，統領增援部隊前往長平。趙括自大狂妄，對白起已到前線一無所知。兩軍交戰，結果趙軍慘敗，四十多萬軍隊投降，遭坑殺。」

李斯說到長平之戰，秦王心裡一動。他聽母后說過，他就是在長平之戰期間出生的，原名趙政，後來才改叫嬴政。呂不韋心裡也一動，他是在長平之戰之後，趙國要殺嬴異人，冒險領著奇貨連夜逃跑，花了六百枚金餅買通看守城門的門吏，才逃出邯鄲城的。李斯順著自己的思路，繼續說：「歷史上也有標榜『仁義』而拒不採用詭道的人，二百多年前的宋襄公就是個例子。宋襄公姓子名茲甫，為人迂腐，提出個所謂『君子作戰』的概念，主張戰爭中『不重傷』、『不以險阻』、『不鼓不成列』、『不擒敗兵』等。因此，他率兵打仗必打一面大旗，旗上繡著『仁義』二字。一年，宋國與楚國戰於泓水（今河南柘城西北）。楚軍開始渡河。宋襄公之子目夷說：『彼眾我寡，趁其正渡之時擊之。』宋襄公說：『不！那樣顯得我們不仁不義。』楚軍渡河畢，忙於布陣。目夷又說：『楚軍布陣尚未成形，當擊之。』宋襄公說：『不！人家還沒布好陣就擊之，有違仁義。』直到楚軍布好陣勢，宋襄公這才下令進攻。結果宋軍大敗，目夷陣亡，宋襄公負傷而歸，歸國後仍為自己的迂腐辯解，道：『君子不困人於戹，不鼓不成列。』大臣子魚沒好氣地說：『兵以勝為功，必如公言，即奴事之耳，又何戰為？』從那以後，宋襄公的所謂『君子作戰』傳為笑談。」

李斯注意到，秦王聽到這裡時神色依然。呂不韋卻好像是第一次聽說宋襄公的事，聽得津津有味，想表個態，卻又不知該褒該貶，乾脆沉默不語。李斯正不知是繼續說下去呢，還是就此打住。

但聽得秦王輕聲道：「說說詭道與政治。」

詭道與政治？這個題目太大了！李斯腦子飛轉，容不得有什麼停頓，只得繼續說：「詭道本是戰爭用語。『詭』的本義是千變萬化，且有詭詐、詭異之義。『詭』既然成『道』，那就成了一門千變萬化的詭詐學問，其內涵廣而大。小民以為政治領域的詭道，可分正、反兩個層面。先說正層面。君王擁有天下，熱愛臣民，治國理政光明正大，無須欺騙與迷惑國人，所以也就無須使用詭道。若使用，也只是為了對付他國或敵國。先王惠文王時，秦國就對楚國使用過詭道。當時，楚國與齊國結盟對抗秦國，秦相張儀奉命赴楚國遊說楚懷王，許諾楚國若絕齊向秦，那麼秦國願把六百里土地劃給楚國。楚懷王大悅，果然絕齊向秦。楚國使者來秦國索要土地。張儀三個月後才見楚使，硬說自己許諾的只是六里土地，而非六百里土地。楚懷王見上了當，氣得興兵攻秦，結果大敗，啞巴吃黃連，滿肚子苦卻說不出口。再遠點，吳國和越國爭霸，越國被吳國打敗，越國繼對吳國使用了詭道。一是越王勾踐在吳國為奴期間，偽裝忠誠，騙取信任，得以回歸越國；二是實施美人計，將絕色美女西施獻給吳王夫差，以腐化、瓦解夫差的心志。勾踐本人則臥薪嘗膽，奮發砥礪十餘年，終於使越國強盛起來，一戰而滅亡吳國，夫差敗死。」

李斯思路順暢，繼續往下說：「再說反層面，主要說君王身邊最親近的人，有時會對君王使用詭道。」這時，秦王的眉角明顯挑動了一下。呂不韋則略顯緊張，耳朵豎得筆直。李斯說：「君王身邊最親近的人，絕大多數忠於君王，恭順、服從、唯君王馬首是瞻。但也有少數是奸佞小人，甚或是野心家、陰謀家，奸詐、凶惡，擅長搞陰謀詭計，欺騙與迷惑君王，謀取他們不可告人的私利。這也是詭道。君王賢明睿智，通常總能通過現象看本質，看穿詭道，不會受騙上當。然而，君王如果不那麼賢明睿智就會受騙上當，從而產生嚴重後果。試舉兩個例子。一個例子是齊桓公姜小白，依靠相國、仲父管仲的輔佐成為春秋第一位霸主。齊桓公身邊有三個近臣：易牙烹殺兒子，製作肉羹給齊桓公享用；開方為衛國太子，甘願捨棄千乘之尊在齊桓公麾下效力；豎刁自行閹割成為宦官，勤謹侍奉齊桓公。三人實施詭道，騙得齊桓公的寵信。管仲病重時，告誡齊桓公，這三個人心地奸詐善於偽裝，切不可重用。齊桓公答應，將易牙、開方、豎刁三人驅逐。管仲死後，這三人繼續實施詭道，裝出可憐兮兮的樣子。齊桓公糊塗了，竟完全忘記了管仲的告誡，又將三人召回委以重任，寵信如初。易牙、開方、豎刁原是凍僵快死的毒蛇，現在甦醒了復活了，立刻露出凶殘、狠毒的本性。三人勾結齊桓公的夫人和兒子，居然將齊桓公囚禁於壽宮，塞宮門、築高牆，斷絕了齊桓公的飲食與用水。可歎一代霸主竟活活餓死渴死！死前想起管仲的忠告，沉痛地說：『嗟乎！聖人所見，豈不遠哉！死後若有知，我將何面目見仲父乎？』齊國王宮裡，沒有人介意齊桓公的死活。六十七天後，齊桓公屍體腐爛生蛆，蛆蟲從宮內爬到宮外，污水四流，蒼蠅嗡嗡，人們這才知道齊桓公早就死了。此後的齊國混亂不堪，齊桓公的霸業蕩然無存。」

李斯說順口了，想停也停不住，繼續往下說：「再一個例子是晉獻公姬佹諸，變好女色，擁有眾多夫人，其中年輕的大驪姬、小驪姬姐妹尤受寵愛。晉獻公早立太子申生，次子重耳、三子夷吾也已長大成人。大驪姬、小驪姬也各生了兒子，遂實施詭道，企圖為她倆的兒子謀取太子位。第一步，她倆撒嬌弄嗔，唆使晉獻公將申生、重耳、夷吾趕出京城，駐防外地；第二步，大驪姬在申生敬獻的祭肉上做手腳，放置毒藥，當著晉獻公的面取祭肉餵狗，狗立死。大驪姬假意大哭，一口咬定是申生下毒，企圖毒殺父親和庶母，同時咬定重耳和夷吾必是申生的同夥。晉獻公不辨真偽，全

盤相信大驪姬的話，發兵捉拿申生、重耳、夷吾三個兒子。申生被逼自殺。重耳、夷吾可不想當冤死鬼，逃亡他國避難。晉獻公因大驪姬的詭道而弄得家破人亡，晉國從此陷入內亂。十九年後，六十二歲的重耳回國奪得政權當上國君，他就是晉文公——春秋時的又一位霸主。」

李斯總算說完了，垂手侍立。秦王依然目不斜視地端坐著，似乎在回味，回味詭道，回味齊桓公與晉獻公的結局。兩人的結局令他吃驚與震撼，君王身邊最親近的人也會對君王實施詭道，這是務要警惕再警惕、防範再防範的呀！呂不韋看了看秦王，道：「嗯！詭道，說得不錯，說得不錯。」秦王冷不丁地問：「這個小民叫什麼來著？」呂不韋答：「李斯。」李斯要給秦王留下個印象，補充道：「木子『李』，其斤『斯』。」秦王又問：「李斯是文信侯門下舍人？」呂不韋答：「是。」秦王說：「三千分之一呀！」呂不韋摸不準秦王說這話的意思，又聽得秦王說：「文信侯門下有三千名舍人，人才濟濟，不缺一個小民。這個李斯，寡人要了。李斯！寡人現在就任命你為郎，你盡快到王綰處報到！」秦制，在秦王尚未親政的情況下，高級官員任免，需要通過廷議；中下級官員任免，秦王有權決定。

猝不及防！李斯反應過來，慌忙跨前一步拜伏在地，說：「小民李斯，謝王上隆恩！」

呂不韋和李斯乘坐馬車回相國府。呂不韋情緒有些低落，因為秦王對他過於冷淡，多少還帶點嘲諷的意味，當自己的面要走李斯，又任命其為郎，這使自己相當尷尬，好像自己長期以來故意壓制著李斯似的。李斯可沒想那麼多，沉浸在喜悅與興奮當中。他覺得榮幸，到秦國三年終於見到秦王，被任命為郎，已是秦國的一名官員了；他同時又覺得遺憾，秦王當天只問詭道，沒問天下一統，若問，自己會把精心準備的說詞全盤說給秦王聽的。當然，這事也急不得，需等待機會，相信機會就在不遠處，很快就會到來。

第八章 一山二虎

三天後，李斯去找王綰報到。郎又稱郎官，為武官序列，頂頭上司是郎中令。郎中令為朝廷九卿之一，職掌殿中議論、賓贊、受奏事，宮廷宿衛及殿中侍衛事，相當於秦王的秘書處和警衛處，位高權重，。郎官歸警衛處管理，具體任務是宿衛，即保衛咸陽宮及秦王的絕對安全。當時的郎中令是蒙武，蒙武生病一年多，其職由侍郎王綰代理。王綰，三十七八歲，世家出身，身材魁偉、體格壯實、皮膚黧黑、聲音宏亮，接到秦王旨意，在郎中令署接待新任郎官報到。他見李斯文弱的樣子，笑道：「夥計！不行哪！細皮嫩肉的，當不了郎官。從今天起，你得把自己變成壯漢，把拿筆翻書的手變成拿刀持戟的手先軍訓去！半年後再說。」於是，李斯去軍營，從列隊、稍息、立正做起，學刀劍、學騎射、學格鬥，成了一名帶有官銜的衛士。軍訓很艱苦，但他樂意。孔子云：「富而可求也，雖執鞭之士，吾亦為之。」李斯改動一個字，道：「官而可求也，雖執鞭之士，吾亦為之。」因為他已是個官了，真正步上了仕途，薪俸五百石，比起上蔡小吏來無疑是天上人間。

這期間，秦國政壇發生了變化，最重大的變化是嫪毐暴發顯貴，其速度之快令人瞠目結舌。這不？嫪毐封侯了，封作長信侯。

嫪毐自己都不甚明白，為什麼暴發顯貴會這樣快這樣猛。他記得那天受刑的情景。麻襄帶他進了一間密室，密室裡有個大漢，擺弄著刀刀剪剪之類；一個少年大官發令：「開始。」大漢把刀、剪摔得乒乓作響，還有人發出「啊——」的一聲慘叫。隨即，大漢像變戲法似的變出個木盤，木盤裡裝著血糊糊的穢物，據說是剛剛閹割的罪犯的兩個蛋。又用剃刀給他剃了鬍鬚。少年大官將一方白布塞到他手裡，說：「從現在起，你就是嫪毐。這方白布是你受腐刑的證明，上面有本官的簽字和官府大印。切記，腐刑是真的，不是假的，不論誰問都得這樣說。」然後，幾個人上了一輛馬車，馳往城南方向。麻襄對他擠眉弄眼，詭異而意味深長。馬車駛進一座宮殿，他被留下，其他人離去了。有人領他用膳，美酒佳肴，那是他長這麼大吃過的最奢侈的美味。接著沐浴，沐浴後僅披一條紗巾，被推進一間豪華房間。房間大床上躺著一個赤棵裸的女人，笑著招呼他：「快！上床呀！」那女人三十多歲，看上去還算風姿綽約，饒有風韻。他上了床。女人伸手抓住他的毬，驚呼道：「果真好大！」女人順勢躺下，拉他壓到身上。到了此時此地，他也就顧不上許多了，大毬勃起，直奔主題。那個女人受用無比，快樂無比。

淫事過後，嫪毒問：「這是什麼地方？你是誰？」女人笑得花枝亂顫，說：「你猜。」嫪毒搖頭說：「猜不著。」女人把嫪毒的大毬抓在手裡，說：「那我告訴你，可別嚇著。這裡是甘泉宮，我是秦國太后——當今秦王的生母！」

「啊！」嫪毒還是嚇著了，嘴巴張得老大，眼睛瞪得老大。秦太后哈哈大笑，說：「瞧你，傻樣！一切有我，你就坐享榮華富貴吧！」

太后取出綾羅綢緞衣服，金銀玉佩飾物，打扮嫪毒。嫪毒本就長得漂亮，經過打扮，更是英俊瀟灑、風流倜儻，活脫脫一個美男。太后集合甘泉宮七八十名宮監宮女，介紹嫪毒，說：「這位嫪毒是新來的宮監，專門侍奉本宮。他亦是甘泉宮總管，你等今後都得聽他的，他的話等同本宮的話。」宮監宮女們無不目瞪口呆，心想這個人是從何處冒出來的，太后為何對他如此垂青？甘泉宮大門前有士兵守衛，大門內院落套院落，門戶套門戶，花木勝景。最深處一個院落，便是太后寢殿。太后原先和呂不韋在此「議事」，現在改為和嫪毒「議事」了，議得熱火朝天、如膠似漆。太后「議事」上了癮，每天都得議一兩次，不議就吃不下飯，睡不著覺。嫪毒每天還有一項差事，就

是用鑷子拔鬍鬚。拔鬍鬚很疼，但不能不拔。他是個冒牌宦官，若長了鬍鬚，豈不露餡了？

按照禮制，每雙月朔日，秦王嬴政都得駕幸華陽、長慶、甘泉三宮，探視庶祖母華陽太后、嫡祖母夏太后、生母秦太后。嫪毒進甘泉宮的次月，秦王探視母后。秦太后給兒子介紹嫪毒。嫪毒緊張得要命。秦王看嫪毒很年輕很標緻，頗有好感，說：「只要母后喜歡，就好就好。」秦太后說：「嫪毒是專門侍奉娘的，且是甘泉宮總管，總得有個官銜吧！這樣，娘的臉上有光不是！」秦王說：「這有何難？那就任命他為給事中，薪俸千石。」秦太后朝嫪毒一使眼色。嫪毒趕忙拜伏在地，說：「謝王上恩典！」

秦太后視嫪毒為心肝寶貝，接二連三為他求封求賞。秦王孝敬母后，凡有所求一概應允。因此，三四個月後，嫪毒在咸陽城裡有了一處府第，規模不及呂不韋的相國府，但也佔地廣大，高房華屋，錦繡園林。次年初，秦王又頒詔給事中嫪毒封長信侯，食邑山陽（今河南焦作東）。此詔一下，朝野皆驚，紛紛打聽，這才明白嫪毒的身分，原來是個專門侍奉秦太后的宦官，任甘泉宮總管。有人憤憤不平，說：「宦官乃閹豎也，閹賊也，刑餘之人，下賤蟲蟻，焉能封侯？再說，秦國歷史上從未有過宦官封侯的先例！」可惜，秦王是聽不到這樣的聲音的，即使聽到又怎會改變既成的事實？

嫪毒封了侯就是朝廷重臣，就有資格參加朝會了。當嫪毒出現在咸陽宮的時候，立刻成了大明星。文武百官爭相和他打招呼，全都驚歎長信侯竟這樣年輕、俊美，這樣有風度有魅力。有人暗暗嘀咕：「長信侯一表人才，可惜是個宦官，不然願把待字閨中的女兒嫁給他，做他的老丈人。」相國、仲父、文信侯呂不韋看到嫪毒，有醋意也有妒意，但也得向前招呼，道：「長信侯真乃玉樹臨風啊！」嫪毐見呂不韋，有點發窘，但還是滿臉含笑拱手作揖，說了一句：「文信侯別來無恙！」。

嫪毐是一塊天生應該混跡於上層社會的料。他頭腦靈活、適應力強，參加幾次朝會便與許多王親國戚、文武官員混熟了，甚至稱兄道弟起來。他是朝廷新貴，很多人求他辦事。他通常都會爽快答應，而且大多能通過秦太后把事情辦成。一時間，咸陽上層社會對長信侯好評如潮，都認為此人前程不可限量，不久的將來有可能取代呂不韋出任秦國的相國。

秦王四年（西元前二四三年），嬴政十七歲，該大婚了。華陽太后、夏太后、秦太后都很操心嬴政的婚事，而且各有打算。三位太后分別是楚國、秦國、趙國人，所以主張嬴政王后的國籍應與自己的國籍相同。嬴政自有主見，說《周禮》規定，天子立一后、三夫人、二十七世婦、八十一御妻，寡人現在暫不立后，只立三夫人；三夫人的國籍可按三位太后的意思，楚、秦、趙國各一人，但首位夫人應與寡人國籍相同，須為秦國人。秦王金口玉言，三位太后只能贊同。朝廷九卿之一的宗正嬴希職掌王家、宗室事務，立即率宗正署官員忙碌起來。千挑萬選，挑中三名女子。頭名是已故將軍王齮的孫女，叫王嘩；另兩名是長住咸陽的楚、趙國望族芈氏、趙氏之女，一叫芈巧，一叫趙蟬。三名女子都是十五歲，美貌、端莊、賢淑。三位太后過目，無話可說。六禮程序逐一進行。八月、九月、十月，秦王連續舉行三場婚禮，咸陽宮後宮有了王、芈、趙三位夫人。

第一場婚禮是宗正嬴希主辦的，事事依禮，古板循舊，缺少喜慶氣氛。嫪毐老大不滿，央求秦太后，讓他主持辦下兩場婚禮，秦太后自然同意。嫪毐這小子還真行，在原有程序上增加三項內容；一、鼓動朝廷和地方官府向王上贈大婚喜詞，喜詞用金線繡在大紅綢緞上，懸掛於咸陽宮大門

前供人觀賞、品評。二、挑選六十名男童女童，穿同樣的五彩花衣，描眉塗腮，打扮得跟小天使似的，稱「花童」；花童手持花束，伴隨新郎新娘，反覆演唱嫪毐口編的《秦王大婚歌》：

恭喜秦王，祝福秦王。
新婚燕爾，舉國歡暢。
早生貴子，福祿綿長。
天下太平，萬壽無疆。

這成為婚禮上一道最亮麗的風景。三、喜宴結束，在咸陽宮廣場點燃篝火，王家樂隊演奏樂曲，歌舞藝人邊歌邊舞，通宵達旦。

這兩場婚禮辦得紅紅火火、風風光光、喜慶熱鬧，盡顯王家氣派，很長時間裡都是人們津津樂道的話題，長信侯嫪毐的大名無人不知，無人不曉。

嫪毐封侯，李斯還在軍營軍訓。李斯早就預料過嫪毐潑天的榮華富貴還在後頭，果不其然。大樹底下好乘涼。秦太后這株「樹」何其高何其大！嫪毐寄生在這株「樹」下，獲得高官顯爵，也不足為怪。代理郎中令王綰分派郎官李斯率領一支分隊值勤，多半是持戟站崗，守衛咸陽宮。站崗真夠辛苦的，白天黑夜，炎夏寒冬，即便天上下刀子也得直挺挺地站著，警惕各種動靜。比站崗更辛苦的是警衛護駕。秦王乘坐御輦外出。警衛衛士手執刀槍劍戟等兵器隨行護駕。御輦馳得飛快，衛士則全程都得跑步，跑得汗流浹背，上氣不接下氣。

李斯率分隊衛士站崗，多次見過嫪毐進出咸陽宮。他有意迴避，不想也不屑看一個冒牌宦官趾高氣揚、派頭十足的樣子。他也多次見過呂不韋進出咸陽宮。他也有意迴避，不想和這位竟敢對秦王使用詭道的大人物有過多瓜葛。秦王第三場婚禮那天，李斯夜間在咸陽宮廣場值勤。子初時分，篝火點燃，樂曲奏響，歌舞藝人歌舞起來了。李斯遠遠看到一群花枝招展的女人，眾星捧月般簇擁著一位衣飾華豔的貴婦走向廣場。貴婦右手搭在一個男人左臂上，男人左臂半彎半懸，點頭哈腰，滿臉媚笑。不用問，貴婦就是秦太后，男人就是嫪毐。這是在公眾場合，秦太后需要擺出尊貴架勢，嫪毐只是個為她服務、任她使喚的奴僕。秦太后搭著嫪毐在廣場上轉了一圈，然後登上馬車，疾馳而去。

李斯為郎官，消息非常靈通。越年，聽說嫪毐的食邑又增加了太原郡（今山西太原），而且太原郡更名為「毒國」。一個侯國，居然用宦官的名字命名，歷史上絕無僅有。嫪毐揚言，他的食邑總數不久要達到十一萬戶，超過呂不韋的十萬戶。接著發生了更離譜更離奇的事：嫪毐既非三公，又非九卿，秦太后堅持讓他列席秦王主持的廷議，可以發表意見。這樣，嫪毐就又管起朝廷事務來了，宮室、車馬、苑囿、馳獵等皆由他拍板定奪。他的府第稱長信侯府，男傭女僕已有三四千人；而且學呂不韋的樣子，也蓄養了數百名舍人。這些舍人無所事事，專門負責接待登門拜訪、求官的賓客，收受賓客贈送的厚禮。賓客中，竟有上千人請求仿效長信侯，閹割當宦官的。李斯還聽說，相國府幸舍舍人顏泄改換門庭投靠了嫪毐。此人的一技之長是賭博，擲得一手好骰子，賭場上從沒輸過錢。他一次在長信侯府門前，無意間認出嫪毐就是任愛，高興得要死，又羨慕得要死，當即提出要給嫪毐當差，想跟著沾光享享榮華富貴。嫪毐說：「行！你得學我，閹割了，當宦官！」顏泄

為難，說：「我倒是想閹割，可我老婆不讓呀！求你，不閹割，隨便給我個差事，打雜也成。」嫪毒正需要人手，遂收留顏泄，並讓他當了長信侯府總管。顏泄驟然抖起來闊起來了，回到幸社吹噓一通。這樣一來，相國府的舍人們全都知道了，今日的長信侯嫪毒正是昔日的大毬任愛。舍人們全都納悶，任愛不是強姦犯嗎？不是處了腐刑嗎？怎麼變成嫪毒，任官封侯，顯貴了呢？有人評價：「大毬任愛，真是因禍得福啊！」呂不韋也知道了這些情況，情況正如他當初設想的那樣：即使有人認出嫪毒是任愛，也只當他是真宦官，而絕不會懷疑他是假宦官。

李斯冷靜觀察著朝廷形勢。人常說「一山不容二虎」，意謂在一個特定的地域內，不能同時容納、存在兩個強者，否則會引起對立，發生衝突。秦國朝廷也是一座「山」，大老虎呂不韋苦心經營多年，牢牢確立了自己的權勢與利益範圍。突然，小老虎嫪毒橫空出世，依仗太后，利用秦王，大口大口地蠶食呂不韋的權勢與利益，勢頭凶猛，銳不可當。令人不解的是，呂不韋對嫪毒的攻勢，不僅不予反擊，反而一味遷就步步退讓，這是為何？官員任免是朝廷一件大事。嫪毒也插手此事了，經常提出官員人選名單，並通過太后轉告秦王，名單大多都能通過。比如衛尉一職，朝廷九卿之一，職掌宮門、城門警衛。咸陽宮正門門下有一條門線，門線以內，由郎中令警衛；門線以外直至咸陽各城門，由衛尉警衛。衛尉還負責京城社會治安事，統領著四五千兵馬，地位何等重要！秦王主持廷議，討論衛尉人選問題。嫪毒提名魏竭。呂不韋明知魏竭是嫪毒的親信，卻絕口不提異議，其他人附和，魏竭居然當上衛尉了。再比如內史一職。咸陽是國都，行政區劃稱「內史」，中央直轄的意思。內史的首長也稱「內史」，相當於中央直轄市市長，地位也非常重要。嫪毒用同樣的方法，又讓他的親信、哥們汪肆當上了內史。還有少府佐弋史竭、中大夫令蕭齊等也均為嫪毒的親信。嫪毒恣意攬權，咄咄逼人；呂不韋聽之任之，無動於衷。朝臣們左觀右望，無所適從，大發感慨道：「與嫪氏乎？與呂氏乎？」

李斯認為，嫪毒原本是一隻不起眼的綿羊，是呂不韋將他豢養成一隻老虎的。呂不韋可能相當後悔，後悔兩年前怎麼就走出尋找替身、詐腐宦官這步臭棋呢？現在，詐腐宦官變成小老虎，四處咬人，也咬自己這隻大老虎。說實話，呂不韋可能是害怕嫪毒的，不是害怕他怎樣強大，怎樣凶悍，而是害怕他狗急跳牆把詐腐一事給抖落出來。嫪毒說到底只是個地痞無賴角色，暴發顯貴，大紅大紫，最好不要惹他，怕若惹了他，什麼事都幹得出來，奇貨必成奇禍。光腳的不怕穿鞋的，嫪毒本來就一無所有，不怕失去什麼，赤條條來，赤條條去，如此而已。而呂不韋不一樣，從商人到立主定國，從擁立兩任秦王到相國到仲父到文信侯，一步步走來很不容易，擁有的權勢、積攢的利益豈可失去？李斯想，呂不韋可能還會怪罪、怨恨秦太后：我的小愛妾、老情人哪！看你把嫪毒嬌慣成什麼樣了？為何不能管束管束他？他張牙舞爪地蠶食我擠兌我，對你有何好處？膿瘡瘋長，總是要潰爛的。詐腐之事一旦暴露，嫪毒完蛋，我和你也得跟著完蛋呀！

春暖花開時節，李斯接到王綰命令，率分隊騎兵五十人護送秦太后赴雍城居住。秦太后在咸陽快活得像神仙，為何要去雍城居住？這是李斯不該想不該問的，他只能執行命令。李斯率騎兵趕到甘泉宮嚇了一跳，原來衛尉魏竭、內史汪肆各率五百名騎兵與五十輛馬車早到了那裡。各種器物均已裝車。秦太后和嫪毒最後登車。魏竭一聲號令，馬隊車隊啟動，浩浩蕩蕩直奔雍城。咸陽到雍城有寬闊平坦的官道，馬隊車隊只花三個時辰便到雍城，太后住進了大鄭宮。李斯將返回。長信侯嫪毒叫住了他，並將他引到一個偏靜處，說：「太后近來身體違和，卜人占卜稱咸陽宮中有邪氣，建

議徙遷西方以避邪。王上同意了，選定雍城大鄭宮供太后居住，估計兩三年內不會回咸陽。」嫪毐仍稱李斯為「李叔」，又說：「李叔！真人面前不說假話，我的真實情況你一概盡知。我做夢也沒想到事情會成現在這個樣子，我已騎在虎背上，想下也下不了。李叔！你是我最佩服最信任的人，聽說你當郎官，薪俸不過五百石，也太窩囊了！你若不嫌棄，可到我這裡來，想當什麼官、想要多少錢儘管提，我會幫你謀劃，包你滿意。」李斯嚇得連連拱手，說：「長信侯的美意，李斯心領了。對了，你事務繁忙，我不打攪，就此告辭回咸陽覆命。」說罷，他向嫪毐又一拱手，轉身離去，招呼分隊騎兵，躍上馬背，呼喇喇馳回咸陽。

李斯在回咸陽的路上暗想，秦太后到底為何要居住到雍城？果真是為了避邪？為何兩三年內不會回去？他想呀想呀，腦際猛然跳出兩個字：懷孕。嫪毐二十多歲，大毬堅挺；太后三十多歲，瑤池肥沃。大毬在瑤池裡播下的種子，能不發芽麼？對！太后一定是懷孕了，肚子漸鼓了，所以才謊稱避邪居住到雍城，以避人耳目的。秦太后確實是懷孕了。她發現懷孕時頗有些不安。這事如果傳出去，豈不叫人笑掉大牙？人們肯定會想到嫪毐是個假宦官，不然太后怎會懷孕？太后與嫪毐密商，密商出妙計：買通卜人占卜，編造出一個避邪的謊話來。秦王不知其中詭詐，恭請母后徙居雍城，嫪毐隨去侍奉。秦太后和嫪毐在雍城恣意淫樂，昏天黑地。年底，秦太后分娩，竟是雙胞胎，而且都是男孩。嫪毐樂得開懷大笑，說：「哈哈！我嫪毐當爹了，當爹了！」

第九章
驚豔遊說

秦太后居住到雍城，嫪毐在雍城和咸陽間來往奔波。嫪毐初進甘泉宮時，總愛看那些年輕貌美宮女的俏臉與豐胸，秦太后吃醋了，發出狠話說：「嫪毐！我警告你：你進了甘泉宮，就屬本宮專有。你可別吃著碗裡看著鍋裡，耍花花腸子。你若敢拈一瓣花，惹一葉草，本宮就把你剁成肉醬餵狗，你信不？」嫪毐嚇得面色如土，連聲說：「奴才信，奴才信！」由於有這樣的警告，嫪毐從不敢在外面歇宿，時間再晚，也得趕回家去陪太后「議事」。這個「家」，先是咸陽甘泉宮，繼是雍城大鄭宮。不知情的人都誇嫪毐，誇他侍奉太后真是一百二十個上心！

蒙武生病日久，辭去郎中令職務。郎中令位置空缺，多少人為之垂涎？最垂涎的是衛尉魏竭，竟想由他同時任郎中令和衛尉雙職，這樣便可掌控包括咸陽宮在內的整個咸陽。當然，秦王的安危，也在他的掌控之中，豈不美哉！他把這意思告訴嫪毐。嫪毐拍手叫好，立即把這意思轉告太后。太后對嫪毐所求無不應允，立即答應將把這意思轉告王上。嫪毐大喜，放話說魏竭即將同時任郎中令和衛尉雙職。此話一出，富於正義感的朝廷官員皆驚。魏竭一人任雙職，萬一有事，誰保衛咸陽宮安全？誰保衛秦王安全？

李斯自任郎官以後，直接接受代理郎中令王綰的領導與指揮。二人都是有志向有才幹的中年人，且惺惺相惜遂成好友，又似兄弟。王綰消息更加靈通，悄悄將嫪毐放出的話告訴李斯。李斯很是義憤，說：「郎中令一職非王兄莫屬。他魏竭竟妄想一人任雙職，想幹什麼？不行，我得尋呂相國去說說其中利害！」李斯還真是好樣的，果真去了相國府，見了呂不韋，陳述了郎中令一職絕不能旁落的理由。呂不韋深有同感，當夜進宮面見秦王。秦王這一次很果斷，避開廷議，僅和呂不韋商量一下就頒詔宣布：代理郎中令王綰任郎中令。這項任命特事特辦，速度非常之快。等到秦太后把嫪毒的意思傳到秦王耳中時，已是三天以後的事，晚了，改變不了生米已成熟飯的局面。

王綰絕對忠誠於秦王，出任郎中令實至名歸。王綰聽李斯講過，他隨呂不韋見過一次秦王，說過詭道；他極想再見一次秦王，說說天下一統，那才是他的本意與強項。王綰決定利用職務之便，幫幫李斯兄弟，幫他實現夙願。時值七月，天氣酷熱，王綰安排李斯連續三個夜晚在羲和殿前值勤。因為秦王夫人王曄臨盆在即，秦王看望過王夫人母子之後必在羲和殿小憩。李斯心知肚明，王綰是在安排他和秦王見面的機會，好生興奮與振奮。那是他值勤的第二個夜晚，天氣悶熱，長空深邃。一彎新月，如弦如鉤。銀河璀璨，北極星格外明亮，閃爍著晶瑩的迷人的光芒。約莫亥時，遠處出現兩個人影。李斯一陣心跳，看得出一人是秦王，一人是王綰。秦王、王綰走近。李斯右手持戟，單腿跪地，道：「臣，郎官李斯參見王上！」秦王見李斯，說：「哦？寡人認識你，木子『李』，其斤『斯』，是不是？」李斯說：「王上好記性！謝王上！」王綰趁機說：「李斯是臣下屬，十分崇敬王上，很想跟王上說說天下一統大事。」秦王說：「哦？好啊！進殿說。」王綰接過李斯手持的長戟，推了推他，說：「臣就不進殿了，在此警衛！」

李斯跟隨秦王進入羲和殿。羲和殿裡燭炬通明。秦王邊走邊解上衣鈕扣，說：「好熱呀！」早有內侍向前伺候。秦王揮手說：「你退下，有事會喚你。」內侍應聲退去。偌大的羲和殿裡只有秦王和李斯。秦王看了看四周，說：「現在僅你我二人，不必拘禮，乾脆脫去上衣，涼快涼快！」不待李斯回答，他已脫去上衣扔在一邊。李斯只好說：「臣遵命！」也就脫去上衣。君臣二人均赤裸著上身，胸脯和雙臂的肌肉同樣強健與結實。秦王坐於御座，操起一把芭蕉扇輕輕搧風，忽然問：「李斯，你有幾個孩子？」李斯答：「兩個，都是男孩。」秦王又問：「你初為人父時，是何感

受？」李斯答：「責任，感到身上有了責任。」秦王點頭，說：「是的，感到身上有了責任。告訴你，寡人也已是人父了，王夫人剛剛為寡人生了個王子。」李斯趕忙抱拳，說：「恭喜王上，賀喜王上，此乃秦國之福，萬民之福！」秦王咧嘴而笑，說：「但願如此吧！」

這是李斯第一次看到秦王笑。秦王笑起來是很好看的，陽光、燦爛、純真。此時的秦王是真實的秦王，並不威嚴。他，只是個胸無城府、不拘小節的年輕人，活潑可愛的大男孩。

秦王說：「言歸正傳，說說天下一統。」李斯恭立於秦王一側，抱拳說：「是！」他用當初韓非說過的話開頭，說：「天下大勢，合久必分，分久必合。當今天下自東周平王以來，分裂已五百多年，該合了，該一統了，民心思合、思一統啊！《詩三百》詩云：『普天之下，莫非王土；率土之濱，莫非王臣。』可現實不是這樣。現實是秦、楚、齊、燕、韓、趙、魏，七個諸侯國七位王，七位王共同擁有天下的土地和民眾。七國七王各自稱尊，為其利益紛爭不已。數百年來，哪一年沒有戰爭？戰爭的規模越來越大，死亡的人數越來越多。臣看過武安君白起將軍的戰報實錄，上面記載：『斬首二十四萬』、『斬首十三萬』、『沉其卒二萬』、『坑其降卒四十萬』。多麼驚心怵目的數字！因為分裂，天下的貨幣不統一，度量衡不統一，車軌不統一，文字也不統一，嚴重阻礙了社會經濟、文化的發展與交流。最受苦最遭罪的是芸芸眾生，衣不蔽體、食不裹腹，因戰亂和災荒而逃亡，多少人拋屍荒野成了孤鬼野魂！古人早就提出過『天下一家』、『天下大同』的理念。臣以為，經過長期的分裂，現在該是實現這個理念的時候了。分久必合，天下一統。這是時代潮流，民心所向，吾王對此不可不察！」李斯改用「吾王」稱呼秦王，感情上又近了一層。

秦王一邊輕輕搧風，一邊輕輕點頭，目光炯炯，顯然是贊同李斯的說詞的。李斯接著說：「分久必合，天下一統。方今天下七國七王，由誰來合？由誰來統？臣以為只能由秦國來合來統，也就是只能由吾王來合來統。昔者秦穆公稱霸，終不能東併諸國。何故？因為當時諸侯國眾多，周王室尚有餘威，就連齊桓公、晉獻公等『五霸』迭興也都尊奉周王室，所以秦國很難向東方擴展勢力。自秦孝公以來，秦國經過變法，綜合國力迅速增強，而周王室卻卑微不堪以致滅亡，東方只剩下六國，秦國乘勝役使它們已歷孝公、惠文王、武王、昭王、孝文王、莊襄王六世矣。六國服從秦國好比郡縣。而今，吾王英明睿哲，以秦國之強就像在灶臺上掃除灰塵一樣，足以兼併六國成就帝業，一統天下。此乃萬世之一時也！這件大事，如果懈怠而不抓緊進行，等待東方六國重新恢復元氣，相聚合縱，那麼縱有黃帝之賢亦不能兼併也。因此，臣願吾王速行之。」

分久必合，天下一統。早在李斯之前，蘇秦、張儀等縱橫家們就作為一個口號提出過，目的無非是譁眾取寵。至於天下七國七王，由誰來合來統，他們則是根據功名利祿需要，信口開河，遊說哪個國家哪位王，必說當由那個國家那位王來合來統。只有李斯旗幟鮮明地認定，只能由秦國來合來統，而且認定只能由秦王嬴政來合來統。這是他的見識有超人之處。秦王嬴政當時才十八歲，而李斯看到了他的資質、潛力、雄心和未來，真乃高瞻遠矚，非同凡響。

秦王聽得專注，起身，圍著御座緩緩踱步，說：「說說秦國的優勢。」李斯說：「是！天時、地利、人和，秦國具有多方面的優勢，但臣以為最大的優勢在於秦國長期奉行了法家路線。法家為諸子百家中的一家，強調以法制為核心，以富國強兵為己任，政治上實行霸道，加強中央集權。秦國自商鞅變法起，歷任君王均奉行法家路線，注重改革，所以各項事業欣欣向榮、發達興旺。當今，奴隸制迅速瓦解，封建制蓬勃興起。在這方面，秦國遠遠走在東方六國的前面，早就廢除了井田制，承認土地私有，地主階級和農民階級取代了原先的奴隸主階級和奴隸階級，地主和農民建立起新的雇傭關係，有力推動了社會進步，促進了生產發展。反觀東方六國，稀里糊塗，恐怕他們自己都不明白他們奉行的是什麼路線，更不明白他們應當奉行什麼路線。楚國早非昔日的楚國，現都陳城，實際上是個流亡朝廷。齊國也早非姜尚、齊桓公的齊國，齊簡公時，權臣田常陰蓄野心，弒君篡國，把姜氏齊國變成田氏齊國，這個田齊政權很不得人心。燕國地處一隅，可用『老朽』二字形容，暮氣沉沉。韓、趙、魏三國是原晉國瓜分的產物，唯趙國有些實力，但經長平之戰也一蹶不振了。尤其要看到六國的王們，皆為渾渾噩噩、鼠目寸光之輩，只圖安逸享樂，不思進取，還嫉賢妒能，熱衷於窩裡鬥，上下離心。而吾王正年富力強、血氣方剛、文武雙全、胸懷天下。吾王比起東方六王來，猶如鴻鵠比燕雀，猶若天壤啊！」

秦王聽了這些恭維話又笑了，笑得欣暢、笑得開心。他想了想，又說：「再說說天下一統的策略與方法。」秦王惜言如金，說話簡潔而明白。李斯說：「是！吾王要實現天下一統的偉業，歸根到底要靠秦國強大的政治實力、經濟實力和軍事實力，同時要採用行之有效的策略與方法。策略與方法很多，但臣以為最重要的一條是用間，即使用間諜。用間本是軍事技巧與藝術，但同樣又是政治技巧與藝術。就其實質而言，它是詭道，是詭道的具體運用。《孫子兵法》中專門列有《用間篇》，可見用間相當重要。《用間篇》的大意是這樣的：凡興兵十萬，征戰千里，百姓的耗費，國家的開支，每天都要花費千萬金。前方後方騷動不安，士兵疲憊奔波於途，七八十萬家庭不能從事正常生產活動。兩軍相峙數年，就是為了某一天的決勝。如果吝惜爵祿與金錢，不善用來重用間諜，以致因為不能掌握敵情而導致失敗，那是不仁不義到極點的事了。這種人不配做軍隊統帥，算不上國家輔佐，也不可能成為勝利主宰。賢明君王和優秀將帥之所以能戰勝敵人，功業超越眾人，就在於能預先掌握敵情。預先掌握敵情，無須求神問鬼，無須用日月星辰運行的位置進行驗證，只需要從那些熟悉敵情者的口中獲取真實情況。間諜可分五種：鄉間、內間、反間、死間、生間。五間同時使用，敵人無從捉摸我用間的規律，這是用間的神妙之處，也正是君王克敵制勝的法寶。所以在軍隊中，最親近的人是間諜，最該獲得優厚獎賞的人是間諜，最最不為人知的人是間諜。只有睿智超群者才能使用間諜，只有仁慈慷慨者才能指使間諜，只有謀慮精細者才能得到間諜提供的真實情報。微妙啊微妙！間諜無時不在，間諜無處不在。凡是要攻打的敵方軍隊，要攻佔的敵方城市，要刺殺的敵方人員，都須預先了解其主管將領、左右親信、守門官吏及門客幕僚的姓名，指令我間要將這些訊息偵察清楚。君王必須親自了解與掌握五間的使用情況，尤其對反間人員，要給予優厚的待遇。從前殷商朝興起，原因在於重用了伊摯，伊摯在夏朝為臣，熟悉並了解夏朝詳情。周朝興起，原因在於重用了姜尚，姜尚在商朝為臣，熟悉並了解商朝詳情。所以賢明的君王和優秀的將帥皆能用智慧高超的人充當間諜，這樣就一定能創建大功大業。這是用兵的關鍵，整個軍隊都要依靠間諜提供的情報來決定軍事行動。」李斯進而提出建議，說：「孫子的《用間篇》，講的是軍事策略與方法。吾王志在天下一統，也完全可以使用這些策略與方法。其要點當是：暗中派遣謀士，齎持金玉，遊說東方六國諸王；賄賂諸王的權臣與近臣，促使他們心向秦國歸附秦國，拒絕者就刺殺之；使用五間來離間六國的君臣關係。待時機成熟，吾王命一良將統率一支勁旅，一戰而定大局。」

秦王將芭蕉扇丟在御座上，輕輕拍手，說：「一名良將，一支勁旅，一戰而定大局，好！那

麼，秦國當務之急該做些什麼？寡人該做些什麼？」李斯略一思索，說：「秦國要做好自身的事情，要穩定、要團結，要堅定不移地奉行法家路線，獎勵耕戰積累兼併東方六國的實力。據臣所知，吾王尚未親政，僅是主持廷議而已，實際上沒有什麼權力。這樣不行！吾王一定要盡快親政，將諸多大權牢牢掌握在手中！」李斯覺得自己的說詞該結束了，又一抱拳，朗聲道：「總之，臣希望不久的將來合與統能變成現實。江山一統，四海歸一，東方六國六王不復存在，普天下只有一國一王，那就是秦國和吾王，吾王將會是唯一的王、永恆的王、不朽的王。貨幣是統一的，度量衡是統一的，車軌是統一的，文字也是統一的。普天下再無兵爭、再無戰火，黎民百姓能有飯吃有衣穿有房住，再不用逃亡和流浪。」

秦王嬴政久處深宮，接受的是正規的傳統的王家教育。他的老師隗林是一位老學究，教授秦王六藝，遵循一個「禮」字，注重四平八穩，不敢越雷池一步。秦王憑其天賦，避著老師於六藝之外，又讀了一些書籍，學了一些東西，使其性格中增加了某些不安分、不拘常禮，甚至逆向反叛，劍走偏鋒的成分。李斯說吾王「英明睿哲」，「文武雙全」，那是阿諛之詞。但不可否認，秦王與同齡人相比早熟了許多，有獨立主見，除了母后，誰也左右不了他的意志。他未必「胸懷天下，志在一統」，但他確實想像過，由秦國消滅東方六國，由他來做普天下的王，然而那只是個不切實際的想像。今天，他遇到了李斯，李斯的說詞使他聽到了另外一種聲音，一種進入耳朵進入心田，便會發芽便會生長的聲音；也使他看到了另外一種境界，一種令人心動令人神往的境界，必須為之奮鬥為之拼搏的境界。他是已在權力峰巔的秦王。李斯的說詞等於給他支起一架雲梯，他沿著雲梯可以攀登上更高更廣更大的權力峰巔。在那個峰巔上，他將號令、役使整個天下。剛剛步入青春期的秦王感動了、激動了、陶醉了，直想放聲高喊：「啊！普天下唯一的王、永恆的王、不朽的王，捨我其誰！」

秦王真正感覺到了自己崇高的存在。他穿上上衣，示意李斯也穿上上衣。他依然圍著御座踱步，踱了一圈又一圈，然後沉穩落座，忽然道：「李斯聽旨！」李斯一驚，反應過來，慌忙拜伏在地，說：「臣李斯聽旨！」秦王道：「寡人任命你為長史，賜爵左庶長。長史為國尉屬官。考慮到目前國尉位置空缺，權且給你安排個臨時上級——郎中令王綰。你的職責是協助寡人用間，直接對寡人負責，具體事項可與王綰商量。」李斯叩頭，道：「謝吾王隆恩！」

李斯平身，千言萬語想對秦王說，可一句話也說不出來。本來他的說詞是準備遊說莊襄王的，不曾想五年後竟遊說了莊襄王之子——當今秦王嬴政。可喜可慰的是，秦王嬴政聽從了遊說，給自己升了官賜了爵，好英明的秦王啊！萬山磅礴必有主峰。李斯意識到，年輕的秦王嬴政就是主峰。這主峰將是他一生的靠山。他將依仗這一高大巍峨、堅強有力的靠山，去搏取高官顯爵、地位權勢、功名利祿，徹底告別可詬的卑賤和可悲的窮困。他記得二十五歲那年，辭去上蔡小吏一職赴蘭陵學館求學深造，曾決心把自己鍛成一件利器。歷時整整十年，，這件利器總算鍛成了，不妨設想它是一把劍。這把劍因秦王的信任與重用而閃閃發光，而鏗鏗鳴響。

縱觀秦國歷史，共有三次遊說夠得上令人驚豔的水準。第一次是商鞅遊說秦孝公，秦孝公同意實行變法，從而使秦國走上了強盛之路。第二次是范睢遊說秦昭王。秦昭王十八歲即王位，生母宣太后專政，舅父魏冉封穰侯，出任相國。宣太后的另一個弟弟和兩個侄兒，分別封華陽君、高陵君和涇陽君。在二十多年的時間裡，秦國的朝政大權實際上掌握在外戚家族手裡。魏國人范睢到了秦

國，遊說秦昭王，一針見血地說：「陛下上畏太后之嚴，下惑於奸臣之態，居深宮之中，受群小包圍，終身迷惑，不明奸惡。以致秦國只知有太后和穰侯，而不知有秦王。這樣下去，大者宗廟滅覆，小者身以孤危，此臣之所恐耳！」這番話振聾發聵。秦昭王大悟，斷然採取霹靂手段，逼迫宣太后退居後宮，驅逐以魏冉為首的外戚集團，奪回了旁落多年的權力。第三次就是李斯遊說秦王嬴政。三次遊說的出發點相同，均是異國人遊說秦王，展示抱負與才學，以搏取官爵，實現人生價值。然三次遊說的著眼點不同。商鞅、范睢的遊說，著眼點僅限於秦國，視野比較狹窄。李斯的遊說，著眼點是整個天下。李斯實際上是用粗線條，簡約勾勒出一個帝國的大概輪廓。隨後，是秦王嬴政以其雄才大略，駕馭文臣武將，指揮百萬鐵騎，用血與火促使這個輪廓一步步真實起來、清晰起來，最終建成了一個天下一統，疆域廣大、民族眾多，中央集權的大秦王朝。

第十章
神秘長史

秦國中央政府建制為三公九卿制。三公指相國、御史大夫、國尉。九卿指奉常，職掌宗廟禮儀；郎中令，職掌宮殿警衛；衛尉，職掌國都城門警衛與社會治安；太僕，職掌馬政車政；廷尉，職掌刑律；典客，職掌外交與民族事務；宗正，職掌王家宗室事務；治粟內史，職掌租稅錢穀與財政；少府，職掌山海川澤收入，宮殿、陵寢建築及王室工藝品製造。國尉職掌軍事，相當於國防部長。李斯新任長史，乃國尉屬官。當時國尉一職空缺，所以秦王指定郎中令王綰為他的臨時上級。王綰是李斯的老上級，兩人又是好友、兄弟，李斯對這樣的安排歡喜不盡。

王綰找李斯談話，說：長史必須具備三個條件，一要忠誠堅定，有頭腦有學識；二要洞察大勢，熟悉秦國及東方六國情況；三要精通詭道，善於用間。秦王物色許久，這才發現兄弟你最合適，故予以任命。長史為朝廷中級官員，薪俸千石；左庶長為十八級軍功爵制自下而上的第十級，收入約三百石左右。秦王還特地賜給李斯一處第宅，就在王綰府第隔壁。秦王叮囑李斯把家屬接到咸陽來，讓人家夫妻長期兩地分居，不是回事。李斯聽了異常激動，面向咸陽宮方向，一抱拳道：「吾王隆恩，李斯牢記在心！」王綰還告訴李斯說，秦王關照了，你任長史，所需人手和金玉，均由郎中令署提供，要多少給多少，不打折扣。

李斯察看秦王賜予的第宅，大大的院落，十多間房屋，正房、廂房、廚房、水井、家具等一應俱全。李斯大喜，請王綰派遣兩人去楚國上蔡接家人。不一日，一輛馬車停在第宅門前。李斯迎接，親手扶著妻子柴禾下車。李由、李甲早跳下車，叫了聲「阿父」，飛也似地跑進第宅。李斯看柴禾，分別五年多的妻子容顏依舊，但掩蓋不住歲月留下的印記，臉上減少了幾分紅潤，額頭和眼角增添了不少皺紋。他問妻子：「岳父岳母怎麼沒一起來？」柴禾紅了眼圈，說：「我爹我娘上年過世了，我和由兒、甲兒操辦了喪事，怕你公差太忙，沒告訴你。」李斯駭然，說：「我李斯不孝，愧對二老呀！」李斯牽著妻子的手走進第宅，看了所有的地方。這裡比上蔡老家，不知大了多少倍，美了多少倍。柴禾不敢相信，問：「這是我們的家？我們以後就住這裡？」李斯微笑點頭，答：「對！這就是我們的家，是秦王恩賜的。」李由、李甲早把家看過兩三遍了，跑過來說：「這個家，我們喜歡！」李斯看兩個兒子。李由十四歲，個頭快跟自己一般高了；李甲十二歲，個頭也快齊自己的肩膀了。面對妻子和兒子，李斯心底升起歉疚之情。這麼多年來，作為人夫人父，自己為妻兒做的事情、盡的責任太少太少。好在從今往後全家人會居住在一起，自己會讓妻兒過上美好的甚或是富貴的生活，讓妻子為她的丈夫而驕傲，讓兒子為他們的父親而驕傲。

王綰府中的廚師幫忙，李斯和妻兒在咸陽新家吃了一頓酒菜豐盛的團圓飯。李斯問起老家情況，問起自家的土地和房屋，問起自己在父母和祖父母墓周圍栽植的松樹，還問起黃狼。柴禾告訴丈夫，土地租給一家可靠的鄉黨耕種，收成對半分成；房屋先鎖著，拜託鄰家照看。李由告訴阿父，那些松樹都有碗口粗了，都有鳥兒在樹上築巢了。李甲告訴阿父，黃狼早死了，黃狼的兒子小黃狼也很漂亮，他本想把小黃狼帶來咸陽可阿母不讓，硬把它送給鄰家二傻了。柴禾又告訴丈夫，由兒和甲兒在老家讀庠序成績一般，兄弟倆好動貪玩，坐不住。雞毛蒜皮，張短李長。這就是家，真實的家，溫暖的家。時隔多年，李斯又找回了這種家的感覺，妻子和兒子都在身邊，一起吃飯，隨意說話，真好！入夜，李斯和妻子溫存，熱情高漲，酣暢淋漓。激情過後，李斯說：「這多年，讓你一人上顧老下顧小，真難為你了。」柴禾說：「還行。你每半年就捎回家三枚金餅，我倒不怎麼為難。」李斯驚訝，道：「我還是頭一年捎回家三枚金餅，何曾每半年就捎回家三枚金餅？」柴

禾更驚訝，道：「這是怎麼回事？捎金餅的人每次都說，他是韓國人，姓韓，是受你所託把金餅捎回家的，所以我就收了，從沒懷疑過。」韓國人？姓韓？李斯明白了，自語道：「肯定又是韓非派人所為。」柴禾問：「韓非是誰？」李斯講述了韓非和自己的親密關係。柴禾點頭，說：「人敬我一尺，我敬人一丈。韓公子對你對我們家有恩，我們務要想法報答人家呀！」李斯說：「放心，我會的。」

李斯告訴妻子任長史後的雙重收入。柴禾驚呼：「天哪！這樣多！」李斯得意地說：「以後，我還會升官，收入會越來越多。有條件了，我們家應該雇用兩三個傭僕。你呀，該享福了，當好長史夫人，讓人伺候著就行。」柴禾趕忙搖頭，說：「千萬別雇用什麼傭僕！我們一家四口，何必要讓外人插進來？我才三十多歲，不缺胳膊不缺腿，何必要人伺候？不就是做飯、洗衣、掃除之類的家務嘛，我自己做，外人做我還不放心呢！」李斯說：「你就是個辛苦勞碌的命！」柴禾說：「為丈夫為兒子辛苦勞碌，我樂意，我開心！」多麼真情、賢慧的妻子啊！

李由、李甲把咸陽城跑了個遍，咸陽的雄偉與繁華令李氏兄弟震撼與驚歎。李由提出要養一匹小馬，李甲提出要養一條狼狗。李斯笑著說：「你倆先把養馬養狗事放在一邊，得先上庠序。萬般皆下品，唯有讀書高，懂嗎？」

李斯所任的長史，說好聽的，是地下工作者；說不好聽的，是特務，是特務頭子。領導著指揮著一個特殊機構，專門從事特務培訓、情報收集、策反、暗殺、製造恐怖事件等罪惡活動。王綰在衙署裡專門騰出一個僻靜小院，供長史使用；又從手下四千人中精心挑選出三人，充當長史的助手。這三人，李斯用松、竹、梅為之化名，分別稱松友、竹友、梅友，合稱「三友」。松友善文，擅長辯術、口若懸河，頗有縱橫家之風。竹友、梅友善武，使刀使槍使劍使棍，技藝嫻熟，一人能敵二三十人，能穿堂入室，飛簷走壁。「三友」手下，又各有數十名專業人員可供差遣。李斯講述了自己官差的特殊職責、性質與紀律，並將「三友」的薪俸翻了三倍。錢多能使鬼推磨，「三友」表示願意跟隨、護衛長史，赴湯蹈火，萬死不辭。

李斯作為長史，是有資格出席朝會的。朝會每天卯正在咸陽宮正殿舉行。那裡金碧輝煌、氣象萬千。那裡每一塊磚瓦，每一根梁柱，都顯示著權力、尊崇，莊嚴與神聖。李斯任郎官期間，多次手持長戟在咸陽宮正殿前警衛，看到眾多文武百官衣冠楚楚、昂首挺胸地魚貫進入正殿出席朝會。他很羨慕與嚮往，渴望也能成為他們中的一員，進入正殿，朝拜秦王，討論國事。現在他已成為他們中的一員了，然而卻很少出席朝會，偶爾出席也只是出現在最不顯眼的角落裡。他的職責決定了他必須低調，必須沉默，以致很多人都不知道有個神秘長史叫李斯的。他對秦王嬴政直接負責，但秦王不宣召，他是不能面見秦王的，若有急事，可以通過王綰轉告秦王，由秦王決定是否召見。李斯一天回家，發現自家門楣上多了個門牌，一塊塗了紅漆的長方形木板，用藍漆書寫四個大字：李長史府。一問，知是李由的傑作。李由解釋說，附近一帶都是當官的，家家都有門牌，寫上姓氏、官職名稱，再加個「府」字，自己仿效著也製作了這麼一塊。李斯笑了，說：「好兒子，你來咸陽才幾天，就學會了這一手！你阿父辦的是沒沒無聞的官差，必須保持低調，我這個人以及我們這個家越沒沒無聞越好，懂嗎？去！把門牌去掉，等阿父位列三公九卿，那時自會有個大大的漂亮的門牌！」父命毋違。李由不得已，只好很不捨地取下了門牌。

耳聽為虛，眼見為實。秦王六年（西元前二四一年）夏、秋之際，李斯在咸陽消失了將近四個月。這是為何？原來，他徵得王綰同意，由「三友」陪同，實地考察東方六國去了。考察是秘密進行的。李斯或扮作遊客，或扮作商人，或扮作算命先生，「三友」則扮作同伴或隨從。身上帶有多份路引，路引的姓名均為化名，夜住旅肆，用不同的路引登記，每份路引只用一次。考察的路線大致是韓都新鄭——魏都大梁——楚都陳城——趙都邯鄲——齊都臨淄（今山東臨淄）——燕都薊城（今北京）。重在調查，搜集情報。在萬無一失的前提下，遊說並賄賂六國權臣，使其在暗中為秦國效力。在齊國和燕國，刺殺了一名御史大夫和一名將軍，因為這兩人激烈反對秦國，公開發表了很多反秦言論。另外，憑藉金玉的力量，還在六國共發展了二十多名間諜，他們長期潛伏，隨時向秦國遞送重要情報。

李斯回到咸陽，用了一個月時間，寫出一份《東方六國考察報告》，絕密級，密封，由王綰呈給秦王。秦王閱讀報告，各國王室、權臣、國庫、軍隊、民心的情況等，內容詳盡、一目了然。報告中還附有兩份名單：一份為遊說並賄賂的六國權臣名單，一份為發展的間諜名單。報告中還有一首名叫《七歸一歌》的童謠，秦王特別感興趣。童謠云：

一二三四五六七，七六五四三二一。
七七七，不吉利，七七七，當歸一。
七減一，等於六，六是六個一；
六減一，等於五，五是五個一；
五減一，等於四，四是四個一；

四減一，等於三，三是三個一；
三減一，等於二，二是兩個一；
二減一，等於一，一不減，一是一，
一最大，一是一。
一是一，天下會統一；
一是一，天下會合一。
誰來統一與合一？
自西而東有黃帝。
誰來統一與合一？
自西而東有黃帝。

童謠唱的不正是天下要一統、會一統、能一統麼？末句中的「黃帝」預示誰？隱喻誰？呀呀！預示、隱喻的莫非就是寡人吧？

秦王七年（西元前二四〇年）開年，彗星先出東方，繼見北方，再見西方。星象家言，其兆不祥，必折大將。這樣一來，秦國夠級別的將官、校官們都很緊張，唯恐凶兆應在自己身上。秦國軍制，國尉職掌軍事，下設將官、校官若干人，平時統領都尉及其以下的衛官、千夫長、百夫長、士兵駐紮在軍營，進行軍事訓練。遇有戰事，朝廷任命一名或多名將官、校官統兵出征作戰，這一名或多名將官、校官才稱「將軍」。戰事結束，將軍回歸本位，仍是將官、校官。任兩次以上將軍

者，人們習慣上尊稱其為「大將」。數月過去，一切正常。五月初，凶兆突然應驗，大將蒙驁患急病，不治身亡。蒙驁，齊國人，秦昭王時投奔秦國，精通軍事，成為繼白起之後又一位傑出的將軍。近十多年來，蒙驁領導和指揮了秦國幾乎所有的對外戰爭，戰戰大捷，功勳顯赫。秦王有心拜蒙驁為國尉。而蒙驁為人謙遜，聲稱自己只是一介武夫，不善運籌帷幄，所以婉言謝絕。在以軍功論地位論富貴的秦國，蒙驁這樣淡泊名利，品格何等高尚！前往蒙府弔唁的人很多，政界軍界要人悉數而至，齊向這位過世將軍致以最後的敬意。蒙驁之子蒙武、蒙嘉，蒙武之子蒙恬、蒙毅，身著重孝跪於一側，迎接和感謝弔唁者。弔唁者中的高官顯爵，享有一項榮譽：當場在白色綢緞上書寫輓詞，專門有人用針線將輓詞固定在黑布上，製成輓帳，懸掛於牆壁，清哀肅穆。輓詞多為「將星殞落」、「逝者千古」、「音容宛在」之類，無甚新意。下面署上寫輓詞者姓名，以利眾人觀賞。相國、仲父、文信侯呂不韋寫的輓詞是「人之楷模，將之風範」，算是上乘之作。長信侯嫪毒也書寫了輓詞：「音容完在」。字寫得歪歪扭扭倒在其次，要命的是他根本不會寫「宛」字，只能寫作「完」字。製作輓帳的人為難，請示蒙武。蒙武無奈地說：「他是長信侯，大人物！就把他的輓詞製成輓帳，掛！」嫪毒看到自己寫的輓帳懸掛出來，且與呂不韋寫的輓帳並列，洋洋得意。

李斯也前往弔唁，因官階偏低，沒有資格書寫輓詞。這時，秦王也弔唁來了。王綰率數十名郎官嚴密護衛。蒙武、蒙嘉、蒙恬、蒙毅伏地叩頭，感謝秦王御駕光臨。秦王向蒙家兄弟、父子致哀，並觀看懸掛的輓帳，當看到嫪毒的「音容完在」時，緊皺了眉頭。蒙武、蒙嘉恭請秦王書寫輓詞。秦王走向書案。一來，他沒有準備；二來，他的思緒還在那個「音容完在」上。所以當手執毛筆，面對雪白的綢緞時，腦際一時竟是空白，想不出任何恰當詞語來。他放下筆，踱起步，裝作沉思的樣子，其實心裡很急，越急越想不出恰當詞語來。他用眼角瞄了瞄在場的官員，幸好李斯在，遂迅速投過去意味深長的一瞥。李斯何等機警，立刻明白這一瞥的含義，秦王是在求助！在那種場合，李斯是不能靠近秦王跟秦王說話的，恰好王綰立在近處，於是他走向王綰，悄聲低語數句。王綰會意，走向秦王，裝作請示彙報重要事項的樣子，轉告了李斯的話。秦王點頭，雙眉舒展，又踱了幾步，踱到書案前重新拿起毛筆，在綢緞上寫下兩行字來：「江山砥柱，社稷長城」，並在下面署上「嬴政」二字。片刻間，秦王的輓帳懸掛出來，懸掛在最顯著最醒目的位置。蒙武、蒙嘉、蒙恬、蒙毅看那八字，熱淚盈眶，伏地叩頭，道：「謝王上御賜輓詞！」在場的文武官員也伏地叩頭，齊呼：「王上聖明！」

「江山砥柱，社稷長城」八字輓詞，出自李斯之口，成之秦王之筆，立足點高、立意高，這才是對蒙驁最真實最準確最崇高的評價。當秦王思路卡關的時候，李斯及時相助，等同在危急時刻挺身救駕，維護了秦王的體面與尊嚴，其功甚巨。更可貴的是在事後，李斯從未和任何人提說過此事，好像此事從來就沒發生過似的。母雞下了蛋，伸長脖子，拼命叫喚，那是輕浮、那是淺薄。雌獅生了崽，靜靜臥著，不聲不響，那是深沉、那是厚重。輕浮、淺薄，惹人譏笑；深沉，厚重，令人尊敬。低調是金，沉默是銀。長史李斯是深諳此道的。

李斯弔唁蒙驁，結識了蒙恬、蒙毅兄弟。蒙恬為兄，十七歲；蒙毅為弟，十六歲。兩兄弟接受了良好的教育，秉承家風，學文習武，體格健壯，渾身透著英氣與豪氣。相信他倆很快就會走上政治舞臺為秦王效力，從而成為國家棟梁的。

福無雙至，禍不單行。蒙驁的喪事剛剛結束，五月十六日，秦王名義上的嫡祖母夏太后病故

了。夏太后是個悲苦不幸的女人。秦昭王時，她是一名宮女，十五六歲，長得水靈秀氣，人見人愛。太子、安國君贏柱寵幸太子妃華陽夫人，另有眾多姬妾，兒女都一大群了。他又看中夏宮女的純潔，召其侍寢，就這一夜情毀了夏宮女的一生。她懷孕生了兒子贏異人，獲得個「姬」的名分，由此遭遺棄，守起了活寡。母賤子賤，贏異人八九歲時，被送到趙國去當人質，夏姬孤寂一人苦熬光陰。十多年後，贏異人回到秦國，改名子楚，竟認了華陽夫人為嫡母，生母夏姬反倒成了庶母。這樣的荒唐滑稽事，跟誰說去！贏子楚當了秦王，尊封兩位太后，華陽太后才是真正的太后，所謂的夏太后僅是個陪襯。夏太后完全不認識不熟悉的孫子贏政繼為秦王，她成了祖母級太后，然而王家的尊崇、榮華與富貴，跟她何干？她堅持長慶宮大門前用不著士兵守衛，只由一名老宮監負責早上開門、晚上關門就行；宮裡用不著七八十名宮監宮女，只用五六人負責做飯、掃除就行。她不穿綾羅綢緞，不佩金玉首飾，不吃山珍海味，一直過著樸素、簡單近乎清貧的生活。她的丈夫孝文王葬在壽陵，她的兒子莊襄王葬在芷陽陵。因有華陽太后，她明白死後不可能與丈夫合葬，所以選擇了壽陵與芷陽陵之間的杜東作為墓地。這個守了一輩子寡的女人，臨死時飽含辛酸淚水，卻故作寬慰狀，說：「吾葬杜東，東望吾子，西望吾夫，百年之後，這裡定會有個萬戶城邑。」她的不孝子、她的無情夫，值得她「望」嗎？問蒼天，問大地，蒼天無語，大地無語。

秦王贏政決定為夏太后守一夜靈。他倒不是多麼尊敬、緬懷這位太后，只是出於同情和憐憫。一個女人，一生中只和一個男人親熱過一夜，然後就守寡到老到死，這世上能有幾例？秦王叮囑王綰，讓李斯混雜在侍衛當中參與守靈。長慶宮與華陽宮、甘泉宮相比，沒有豪華與奢靡，只有簡樸與整潔。太后靈柩停在正殿，前側一盞長明燈，左右幾爐安魂香，燈光搖曳，香煙嫋嫋。秦王點燃三炷香插在香爐裡，步進正殿一間房裡落座。

身著郎官戎服的李斯恭立一邊。秦王開門見山，說：「《東方六國考察報告》很好，說說童謠《七歸一歌》。」李斯說：「是！那是在魏都大梁，一天傍晚，臣在街頭漫步，在一座石橋附近，只見一群兒童乞丐圍著一位老者學歌。老者教一句，乞丐學一句，因歌詞簡明，句式有規律，不一會兒，乞丐們都會唱了。老者年近六十，花白鬍鬚，頭戴缺邊的斗笠，手搖一把破芭蕉扇，長相和衣著都邋裡邋遢的。我向前招呼老者。他理也不理。我取一枚金餅給他，想跟他套近乎。誰知他接了金餅，往空中一拋又接住，對乞丐們說：『小子們！有錢囉！跟我走，買麵餅吃，買米糕吃，買果子吃！走囉！』乞丐們發出歡呼，簇擁著老者離去，邊走還邊唱：一二三四五六七，七六五四三二一……」秦王至尊至偉，其身分其地位決定了他不會也不可能有推心置腹、肝膽相照的朋友。他通過與李斯有限的接觸，已視李斯為亦臣亦友，遇事願意聽聽亦臣亦友的意見。他問：「李斯，你說君王最忌諱的是什麼？」李斯不假思索地答：「大權旁落。臣上次說，吾王要早日親政、盡快親政，將諸多大權牢牢掌握在手中，就是這個意思。還有，王權的核心是軍權。軍權決定王權，軍權決定命運，任何時候軍權必須掌握在吾王和絕對忠誠可靠的人手裡！眼下，蒙驁將軍仙逝，很可能會有人覬覦軍權，吾王不可不察。」秦王不能不佩服亦臣亦友的李斯。這人思想敏銳、目光犀利，觀察問題與分析問題總能抓住本質，一語道破。

秦王近來心中有事，所思所想就是大權旁落問題。他自即位至今剛滿七年，七年來大權確實旁落了，旁落於相國、仲父、文信侯呂不韋。前五年大權旁落情有可原，因為自己尚未成年，由呂不韋處理與斷決國事。可這兩年，自己滿十八歲了，已是成人了，諸多大權仍由呂不韋掌握，那就不

正常了。他上次聽了李斯的遊說後，曾委婉地對呂不韋提說過親政之事。哪知呂不韋斷然反對，理由是陛下尚未行冠禮，未行冠禮親政有違禮法與祖制。秦國男子，二十二歲才行冠禮。也就是說他還得等兩年才能親政，天知道這兩年裡會發生什麼事情！秦王還想過，自宦官嫪毒進入甘泉宮以後，部分權力也旁落於長信侯，旁落於長信侯的實質是旁落於母后。後宮本不該干政。可母后依仗是自己的母后，偏愛嫪毒、抬高嫪毒，為其要官要爵要錢要物，簡直到了貪婪無厭的地步。這也怪自己愚孝，對母后凡有所要無一不從，這才使嫪毒成了氣焰熏灼的新權貴可以列席廷議，權勢之盛快和呂不韋不相上下了。李斯說，眼下很可能會有人覬覦軍權。此話說對了。這不？蒙驁屍骨未寒，王弟成蟜就自告奮勇說要當將軍。華陽太后傳話，母后也傳話，支持成蟜當將軍。將軍豈是說當就能當的？

秦王心中有事，有點煩悶，但事關呂不韋、嫪毒，事關王弟、母后及庶祖母，也事關自己，不宜對外人說，即便對李斯也不便說。他又問了問李斯考察東方六國時的見聞，李斯一一回答。丑末寅初時分，李斯辭別秦王，悄悄離開了長慶宮。

第十一章

成蟜造反

那些日子裡，秦王嬴政時時都在考慮行冠禮問題，只有行了冠禮親了政，才能把包括軍權在內的諸多大權牢牢掌握在手中。偏偏有一人，時時糾纏著他說要當將軍，此人便是嬴成蟜，他的胞弟，封長安君。當年在趙都邯鄲，呂不韋將愛妾趙姬賜予秦國王孫嬴異人為夫人，趙姬先生了個兒子，就是嬴政；三年後又生了個兒子，就是嬴成蟜。當時，嬴政、嬴成蟜都姓趙。長平之戰後，嬴異人和呂不韋先回了秦國，趙姬帶著兩個兒子，為逃避趙國官府的抓捕東躲西藏，吃了不少苦頭。嬴異人改名子楚，成為秦國太子，趙姬母子三人才到了咸陽，趙政、趙成蟜改姓嬴。嬴政十三歲即秦王位，對共過患難的胞弟手足情深，特封為長安君，封地長安就在咸陽——渭河南岸，南抵秦嶺，東西長二百里最肥美的土地，食邑萬戶。同時賜予一座豪華的龍鼎宮供弟弟居住，宮中男傭女僕超過三百人。這年，成蟜十七歲，那可是咸陽第一美男。身材偉岸、眉目清秀，稜角分明的橢圓面龐。因此他幾乎成了所有女孩心目中的白馬王子。她們全都做著美夢，幻想著能嫁給長安君成為王妃，那將會多麼美滿多麼幸福啊！秦王心愛弟弟。秦太后心愛這個兒子。華陽太后更心愛這個孫子，每當見到成蟜總是無限歡喜、無限開心。

成蟜自到咸陽以後，一直被人愛著寵著捧著，既是天之驕子，又是紈褲公子，性格中自私、驕縱、任性、狂妄的特點十分明顯。他有兩大愛好：一美女，二駿馬。龍鼎宮、甘泉宮、華陽宮姿色出眾的宮女任他隨意臨幸。龍鼎宮中養有二百匹駿馬，他不時騎馬去野外射獵，侍從、獵犬、獵鷹隨行，那場面蔚為壯觀。這個成蟜在蒙驁死後，突然向兄王提出要當將軍，就是要當蒙驁那樣的將軍。秦王告訴弟弟，說當將軍第一步要當兵，要立功，要一級一級晉升至校官、將官，遇到戰事能統兵出征作戰，那才是將軍。成蟜說：「那我就先當將官，你給我一支軍隊。」秦王千解釋萬解釋，說這不行。成蟜一跺腳，去了華陽宮，又去了雍城，央求華陽太后和母后對兄王施加壓力。華陽太后心愛孫子，秦太后心愛兒子，遂雙雙傳話給嬴政，說成蟜是你弟弟，你就滿足他的心願吧！秦王哭笑不得，且把這事擱置不提。

越年為秦王八年（西元前二三九年）。這一年，風雷激蕩、波詭雲譎，成蟜造反，使秦王嬴政遭遇了即位以來一場最嚴重最驚心的王權危機。

初春，呂不韋及其門下舍人花費數年時間編撰的那本大書完稿，定名為《呂氏春秋》，分十二紀、八覽、六論、共二十六卷，二十餘萬字。呂不韋將該書抄寫十多冊，分贈給秦王及朝廷重臣，同時用十多匹白綾，抄寫全書內容，懸掛於咸陽城南門，聲稱：「凡諸侯、遊士、賓客，能增損一字者，賜予千金。」這是秦國相國、仲父、文信侯的著作，誰敢為了千金去改動一字？秦王讀了《呂氏春秋》並不感興趣。因為該書內容龐雜，其基調是道家學說，不合他的胃口。他聽說《呂氏春秋》懸掛在咸陽城南門觀者甚眾，不禁皺起眉頭，心想呂不韋這樣做什麼意思？「春秋」一詞，含有法則、典制的意義。呂不韋書名裡用了這個詞，實是想表明他的書是為未來秦國繪製了藍圖，寡人應當將它當作法則、典制來遵循才是。寡人明年就將親政，此時此刻將該書拋出，並懸掛在公眾場所，明顯帶有要影響、牽制寡人的性質。笑話！我嬴政治國如何理政，自有自己的思路與方略，豈是他的一本書所能影響與牽制的！

秦王坐在羲和殿，正為《呂氏春秋》而不快，忽內侍報告：「華陽太后駕到！」秦王一驚，老太后怎麼到這裡來了？慌忙起身迎接，恭請太后坐於一張軟榻上，說：「太后有事，喚孫兒去華陽宮就是，怎敢勞動鳳駕到羲和殿來？」華陽太后滿面春風，拄著鳳飾拐杖，說：「我是專門為成蟜

的事來的。我不是傳話了嗎？成嶠想當將軍，就讓他當吧！沒有戰事，當不了將軍，那就先當將官，給他一支軍隊，讓他歷練歷練。他是你弟弟，當將軍當將官有什麼不好？『兄弟同心，合力斷金』嘛！這事就這樣定了！我說了，讓他先當將官，給他一支軍隊歷練歷練。若有人反對，叫他到華陽宮反對我去！好啦！我是專門為這事來的，事完啦，走啦！」華陽太后沒容秦王插話和表態，顫顫巍巍來，顫顫巍巍去，真讓人匪夷所思。

華陽太后對成嶠的事為何這樣上心？這裡另有蹊蹺。秦孝文王駕崩那年，華陽太后四十八歲。她從王后到太后再到庶祖母級太后，那守寡的滋味可真不好受。她看著孫子成嶠一年年長大，越長越英俊。她心愛孫子，起初只是想摸摸他親親他，一天忽然心猿意馬，竟想與之私通，享用他佔有他。女人哪怕是老年女人，一旦淫心蕩漾，臉面、道德、人倫等就一錢不值。恰巧成嶠想當將軍，央求太后幫忙。太后含笑滿口答應，年前就給秦王嬴政傳了話。大前天，成嶠又到華陽宮。五十九歲的華陽太后特意精心打扮，承諾自己一定能讓成嶠先當將官，再當將軍，但有一個條件：成嶠要當一回宋文公。宋文公的故事載於《左傳》，成嶠是知道的。那是春秋早期，宋國有一位王后叫王姬，盛年守寡，兒子即王位，她為太后。這位太后有多個孫子，其中一個稱公子鮑，是個大美男。宋王患了重病，諸王爭奪王位。公子鮑各方面均不佔優勢，但王太后對他說：「汝委身於吾，吾即立汝為王。」這話的誘惑力和殺傷力太大了。公子鮑遂與祖母太后苟且，順利坐上王位寶座，是為宋文公。華陽太后提出條件，這是赤裸裸的性交易。成嶠一陣慌亂，但很快就鎮定下來。老太后是秦國元老級人物，說話比秦王還管用。自己只要能當上將官、將軍，當一回宋文公又有何妨？於是，太后和成嶠寬衣解帶上了床。成嶠對這番折騰沒有什麼感覺。太后卻大快平生，她說話算數，不容秦王推諉與拒絕。

秦王正在愣神。忽內侍又報告：「太后駕到！」秦王又是一驚，母后在雍城，大老遠地來此做甚？慌忙起身迎接，但見母后很富態、很精神，眉眼皆笑，道：「母后貴體越發好了！」秦太后說：「那自然！娘在雍城有嫪毐侍奉，心靜神定，能吃能睡，身體能不好嗎？對了，娘今天是為成蟜的事來的，他想當將官當將軍，就讓他當吧！他是你弟弟，你倆都是娘身上的肉，打斷骨頭還連著筋呢！」她跟華陽太后一樣也不容秦王插話和表態，說：「這事就算定了，你先讓成蟜當將官，打仗時再當將軍。對了，娘已當奶奶了，還沒見過乖孫孫呢！走，陪娘看看去！」

秦太后是秦王五年春徙居雍城的，三年來沒回過咸陽，秦王每半年去探視一次母后以盡孝道。這三年裡，秦王的三位夫人，王曄生了兒子叫扶蘇，芈巧生了兒子叫稚高，趙蟬生了個女兒。另外，秦王又納了兩個女御李氏、安氏，統稱「美人」。秦王陪同母后到了後宮。王、芈、趙三位夫人和李、安兩位美人拜伏在地，向婆婆太后請安。扶蘇、稚高虛年四歲，跪在地上叫「奶奶」。問起出生年月，秦太后微微臉紅。扶蘇、稚高和她在大鄭宮生的雙胞胎同歲，論出生月份，她的雙胞胎兒子得把兩個孫子叫「哥哥」！她有點心虛，連備好的家宴都不吃，聲稱還有他事，匆匆別過兒子兒媳，當天就回了雍城。

兩宮太后親自奔走為成蟜說情。秦王決定召集廷議討論成蟜當將官問題。大出秦王意外的是，呂不韋和九卿們異口同聲地同意成蟜當將官。嫪毐更是舉雙手贊成。秦王為顧全弟弟、母后、庶祖母的面子，樂得做個順水人情，頒詔任命成蟜為將官，統領三萬軍隊，駐紮白水軍營。事後，王綰告訴秦王，華陽太后和秦太后在廷議之前派人對呂不韋和九卿們傳了話，要眾人不得反對成蟜當將

官。秦王異常驚駭，兩宮太后這樣干政也太過分了吧！

成蟜如願以償地當了將官，樂得心花怒放。他帶領二十名親信走馬上任去白水軍營，三萬軍隊列陣歡迎。成蟜檢閱兵馬，派頭十足，儼若將軍。可接下來的事就不好玩了。他這年十八歲，花花公子一個，對於軍務一竅不通，比如軍隊怎麼紮營、怎麼訓練、怎麼進退、怎麼保障後勤供應等。衛官們請示軍務，他回答不了；衛官們彙報軍務，他全然不懂。他在軍營裡住了兩天頭都大了，直是後悔，攬了個這樣倒楣的差事。華陽宮華陽太后是知道這個孫子幾斤幾兩重的，有心幫幫「宋文公」，特地指派一人到軍營充當成蟜的軍師。這人名叫樊於期，二十三四歲，長得虎背熊腰、豺眉狼目、通曉兵法、能文能武。出任軍師後，嚴申軍紀，整頓軍隊、制定了幾項規章，短短兩個多月竟把三萬軍隊調教得井然有序。樊於期用長安君成蟜名義給朝廷寫了一份報告，總結了軍訓經驗。秦王和呂不韋等閱後大加讚賞，沒想到成蟜還真是塊當將官的料，過去實在小瞧他了。

成蟜當不當將官，長史李斯是無權過問的。成蟜當將官，當得風聲水起，這倒引起了他的注意。成蟜嬌生慣養，愛美女愛駿馬，從沒碰過刀槍劍戟，為何當將官這樣在行？難道是個軍事天才不成？李斯不動聲色，派了「三友」暗中調查，方知有樊於期這麼個人；再作深入調查，結果嚇人一跳，這個樊於期居然是華陽太后的外甥！

這牽扯到十多年前的一樁貪污大案。那是秦莊襄王即位的次年，呂不韋任相國，封文信侯，執掌軍政大權，清理國庫發現短少了三萬枚金餅，去向不明。職掌租稅錢穀與財政的治粟內史叫范乙厄。詢問此人，此人支支吾吾，搖頭三不知，有人告發他常把國庫的物資弄回家去。呂不韋決定對范乙厄抄家，抄出一個深埋在地下的地窖，地窖裡金光燦燦的全是金餅，每枚金餅上都有國庫印記。秦國對貪污官員懲治極嚴，范乙厄及家人下獄將處死刑。范乙厄妻子芈氏，恰是華陽太后的姐姐。當初，商人呂不韋為「奇貨」嬴異人事西遊咸陽，正是先打通這位姐姐的關節，所以才能見到太子妃華陽夫人的。范乙厄案發時，華陽夫人已是太后。太后為救姐姐、姐夫，曾求呂不韋手下留情，法外開恩。誰知呂不韋新官上任需要立威，硬是公事公辦，處死范乙厄夫婦及其家人。范乙厄夫婦小兒子范羽器，當時因在華陽宮逃過了劫難。華陽太后覺得愧對時年十二歲的外甥，命其改姓改名叫樊於期，去南山深處拜一位太乙老道為師習武學藝。整整十年，樊於期長成一個壯漢，武功了得且知兵法。期間，他在所住山洞石壁上，刻下「父仇不報，誓不為人」八個大字，以表心志。樊於期二十二歲出山，到華陽宮找到姨母。華陽太后通過衛尉魏竭，給外甥安排了個衛士的差事。樊於期幾次想刺殺呂不韋，只恨勢單力薄不能如願。成蟜當了將官，需要個內行予以輔助，於是華陽太后將外甥派去白水軍營當了成蟜的軍師。

李斯掌握了這一絕密情報，不敢聲張。在時局發展尚不明朗的情況下，緘口不語，絕對是上上之策。

盛夏時節，秦王開始考慮來年行冠禮的事。來年，他二十二歲，行冠禮佩劍，隨即親政，合乎禮法與祖制，看他呂不韋還敢阻撓不！忽然有消息說，東方楚、齊、燕、韓、趙、魏六國代表，正在邯鄲聚會商討合縱攻秦問題。東方六國畏懼秦國，謀劃了多次合縱攻秦，怎奈六國六心，雷聲大雨點小，從來也沒有真正合縱過。秦國採用連橫策略，拉攏六國中的一兩國，許以蠅頭小利，合縱頃刻便土崩瓦解。然而這一次不同，據說由楚國相國、春申君黃歇為合縱長，各國出兵兩萬，兵分東、南、北三路齊攻秦國，秦國顧此失彼必敗無疑。這還只是個消息，確切與否尚未得到證實。將官成蟜倒是消息靈通，立即上書秦王，請求自任將軍統兵出征。他在上書中著重分析了合縱軍的北路軍，認為北路軍主要由趙軍、燕軍組成，進軍方向將是太原郡（時為毒國），從蒲津關（今陝西大荔東）西渡黃河，再南向進攻咸陽。因而成蟜請求率部先東渡黃河，駐紮於屯留（今山西屯留）一帶阻擊北路軍。而且駐軍屯留，向東向東南，可對趙都邯鄲、魏都大梁、韓都新鄭構成強大的震懾力。成蟜在上書中寫道：「敵之鐵騎猖狂侵犯秦國，吾不為秦國擊之誰擊之？敵之長矛凶惡地刺向兄王，吾不為兄王當之誰當之？屆時，吾將舉旗揮戈為秦國而戰、為兄王而戰，創建偉大功業以慰列祖列宗！」表現了一腔愛國愛兄的赤誠與豪情。

秦王讀了弟弟的上書深受感動，又召集廷議討論成蟜的請求。呂不韋和九卿們均認為成蟜的請求可行，至少沒有什麼害處。於是秦王便頒詔宣布，正式任命長安君嬴成蟜為將軍，統兵三萬東渡黃河，駐紮於屯留，後勤供應從優。

這一任命，軍界普遍懷疑與不解。大將蒙驁死後，秦國將官級、校官級人物還是很多的。資歷僅次於蒙驁的有王翦、桓齮，四十多歲；其後有王賁、楊端和、羌瘣、辛勝、歐陽騰等，三十多歲。他們都曾當過將軍，而這一次卻讓一個十八歲的小青年當了將軍。當然，他們的懷疑與不解是不能說出口的，因為十八歲的小青年是嬴成蟜，華陽太后的孫子，秦太后的兒子、秦王的弟弟，還封作長安君！

朝廷文武百官中，恐怕只有長史李斯知曉嬴成蟜不懂軍事，不可能寫出這樣的上書，上書肯定是出自樊於期之手。他還不明白樊於期為何要把軍隊拉到河東屯留去，但直覺告訴他此舉極不尋常，絕非好事。又要打仗了，秦國的青壯年歡呼雀躍，紛紛報名要求從軍。十八級軍功爵制深入人心，青壯年們渴望走上戰場衝鋒陷陣，割下敵人首級以換取榮華富貴。

七月是咸陽一年中最熱的月份。陽光熾烈，樹木花草拼命生長，葉子全是綠油油的，蒼翠欲滴。山茶花開得火紅，鳳仙花開得俏麗。許多菊花也提前開了，五彩花朵散發出濃濃的芳香。鴿子在天空飛翔。知了聲嘶力竭像是比賽歌喉似的。這天午休時分，秦王正在羲和殿小憩。郎中令王綰快步進殿，報告道：「王上！長安君嬴成蟜造反了！」秦王沒有反應過來，問：「什麼？」王綰把話重複一遍，隨手遞給秦王幾片竹簡，說：「這是剛剛收到的檄文。」秦王忙看檄文，但見：

長安君嬴成蟜布告中外臣民知悉：傳國之義，嫡統為尊；覆宗之惡，陰謀為甚。文信侯呂不韋者，以陽翟之賈人，窺咸陽之主器。今王嬴政實非先王之嗣，乃呂不韋之子也。始以懷娠之妾，巧惑先君；繼以姦生之兒，遂蒙血胤。恃行金為奇策，邀返國為上功。兩君之不壽有由，是可忍也？三世之大權在握，孰能御之！朝豈真王，陰已易嬴而為呂，尊居假父，終當以臣而篡君。社稷將危，神人胥怒，某叨為嫡嗣，欲豈天誅！甲冑干戈，載義聲而生色；子孫臣庶，念先德以同驅。檄文到日，望磨礪以待，高舉義旗，討逆懲凶！

秦王一下子懵了，像是挨了一記悶棍，老半天說不出話來。

幾乎在同一時刻，呂不韋看到了檄文，華陽太后看到了檄文，秦太后看到了檄文，咸陽廣大官民也看到或聽說了檄文。這像一枚重磅炸彈突然爆炸，把所有人都炸懵了震懵了。

成蟜檄文的矛頭是直接對著呂不韋的。檄文說，呂不韋是個野心家、陰謀家，用金錢為「奇

策」，篡二國之政權，早懷政治企圖——「竊咸陽之主器」。為此，才將「懷娠之妾」的趙姬賜予「先君」莊襄王，又用「姦生之兒」冒充嬴氏「血胤」。今秦王嬴政，「實非先王之嗣，乃呂不韋之子也」；呂不韋「大權在握」，暗中將嬴氏天下變成呂氏天下，尊稱「假父」，激起「神人胥怒」。檄文說，我嬴成蟜才是嬴秦的「嫡嗣」，故望廣大官民擁戴我跟隨我，「磨礪以待，高舉義旗，討逆懲凶」。

應當說，這篇檄文在很大程度上是揭露了事實真相。呂不韋做立主定國的超大買賣，主觀上與客觀上都達到了將嬴氏天下變成呂氏天下的目的。二十多年來，他從賈人到相國、仲父、文信侯，讓親生兒子登上秦王寶座，靠的是冠冕堂皇式的奸詐與欺騙。而今，檄文將他虛假的罪惡的偽裝統統剝去，將其竊國大盜的真面目，赤裸裸地暴露在光天化日之下，他真是狼狽至極，難堪至極。他很納悶的是自己的所作所為絕對夠隱密，嬴成蟜一個毛頭小孩，怎會知道得這樣多，分析得這樣透徹呢？

成蟜檄文的矛頭對著的是呂不韋，而受衝擊最重的卻是秦王嬴政。檄文使天下人皆知，他嬴政是來路不正的「姦生之兒」，「實非先王之嗣，乃呂不韋之子也」。這一說法如果成立，那麼就徹底動搖了摧毀了他的秦王位的根基。他的秦王資格、王位的合法性受到了質疑與挑戰，他感到一種前所未有的壓力。他納悶有些檄文所寫的內容連自己都不甚清楚，而成蟜卻說得頭頭是道，這是為何呢？

秦太后看到檄文叫苦不迭，她根本沒想到成蟜會造反，更沒想到成蟜會把自己和呂不韋的往事公布於眾。「始以懷娠之妾，巧惑先君；繼以姦生之兒，遂蒙血胤。」成蟜啊！你是我兒子，這話是你說得的嗎？你這樣說，我不成了呂不韋的同夥與幫凶了嗎？還好，檄文中沒提到嫪毐，真乃不幸中的一幸。

華陽太后看到檄文，有幾分欣喜與得意。她恨呂不韋，因為呂不韋忘恩負義，殺害了她的姐姐、姐夫及其家人。她恨秦太后，因為這個兒媳太過風騷，每每在公眾場合搶了自己的鋒頭。她也恨嬴政，因為嬴政不怎麼尊重自己。比如嬴政立王、芈、趙三位夫人，自己主張首位夫人應立楚女，而他卻聽了窮酸老婆子夏太后的話，立了秦女。因為恨，所以才讓外甥樊於期去當成蟜的軍師。現在看似成蟜造反，實際上是樊於期造反。樊於期為報父仇，造呂不韋的反，把呂不韋、趙姬、嬴政之間枝枝蔓蔓都抖落了出來，真是好戲啊！華陽太后待人處事有一條原則：「你讓我一時不痛快，我讓你三天不痛快；你讓我三天不痛快，我讓你一年一生不痛快。」她甘願做一根攪屎棍，要把呂不韋、趙姬、嬴政等攪得身敗名裂、臭不可聞。

咸陽廣大官民看到或聽說了檄文，街頭巷尾、茶餘飯後有了饒有興味的話題。王家與宮廷，歷來就是污穢之地，什麼樣的齷齪事都會發生，檄文所說的那些醜事也就見怪不怪。當今秦王姓什麼並不重要，重要的要看他能不能為秦國為民眾辦些實事、謀些利益。檄文說嬴政姓呂不姓嬴，可信可不信；同樣，檄文說他嬴成蟜就是嬴氏「嫡嗣」，也可信可不信。所以最佳的做法應是觀望，尤其不要盲目輕信嬴成蟜，高舉什麼義旗，討什麼逆懲什麼凶。

咸陽官民包括為數眾多的嬴氏宗室成員，這群人的思想最為矛盾。呂不韋執政，有意壓制嬴氏宗室，只用嬴希一人為宗正，其他人皆與三公九卿無緣。嬴氏宗室中有威望有影響的共有四人：嬴班、嬴沖、嬴希、嬴子嬰。嬴班、嬴沖是莊襄王的同父異母弟弟，嬴政當稱之為「王叔」；嬴希、

嬴子嬰是莊襄王的堂侄，嬴政當稱之為「王弟」。他們不滿呂不韋大權獨攬，但對檄文所言，又不敢貿然贊同，關鍵是沒有證據，證明不了嬴政到底是姓呂還是姓嬴。果真姓呂，當然要把他轟下臺趕下臺，處以極刑；然而如果他姓嬴呢？檄文中寫有「兩君之不壽有由」一句話。「兩君」指孝文王和莊襄王；「不壽」指過早死亡；「有由」指不明不白，另有不為人知的原因，圍繞這句話又流言四起。大意是說：孝文王即位，揚言要納百名美女為妃嬪，華陽太后時為華陽王后，醋勁大發，在孝文王即位的第三天，就用一杯鴆酒結果了他的性命。又說，莊襄王在位期間，其實是知道太子嬴政是呂不韋之子的，曾想廢嬴政，改立嬴成蟜為太子。呂不韋翻臉，遂神不知鬼不覺毒殺了莊襄王，把年僅十三歲的嬴政推上秦王位，還給自己加了仲父頭銜……「兩君之不壽有由」？天哪！事情太複雜太詭異，真假是非，無法分辨。嬴氏宗室更加疑惑，更加無所措了。商量的結論也只能是觀望、等待，且看形勢怎樣發展再作定奪。

酷熱的七月，咸陽騷動，秦國騷動，人心惶惶。秦王嬴政陷入了突如其來的巨大危機之中，弄不好有可能天坍地陷。但是他沒有自亂方寸，沒有驚慌失措，君王必須具備臨危不亂品格，因此他必須鎮定和堅定。不論檄文怎樣寫怎樣講，官民怎樣想怎樣說，他必須顯示定力，讓世人知道：我嬴政姓嬴，是正統的秦王，法定的秦王！同時，他決心動用手中有限的權力與資源，盡快平定成蟜造反，權當是親政前夜的一場軍事演練。

第十二章

絕妙詭道

秦王嬴政行動起來了。他沒有舉行廷議，直接宣召王翦、桓齮任命為將軍，各統領五萬兵馬，分別駐守蒲津渡與函谷關，切斷嬴成蟜反軍的歸路。又宣召衛尉魏竭和內史汪肆，命加強警衛與巡邏，維護咸陽的社會治安。再宣召治粟內史彭德，命立即停止對嬴成蟜反軍的所有後勤供應。

長史李斯看到並研究了嬴成蟜的造反檄文。第一個感覺是檄文肯定又是出自樊於期之手，憑嬴成蟜的水準是寫不出這樣的文字來的；第二個感覺是檄文總體上是揭露了事實真相的，秦王嬴政確實姓呂而不姓嬴。但是，李斯現在是秦王的臣子，官職、薪俸是秦王給的，連第宅也是秦王給的。他更知道秦王是他的靠山，他要追求尊貴與富有，這個靠山必須堅實，必須穩固。他已和秦王結成了共榮共損的命運共同體，如今秦王遭遇王權危機，他有責任站出來為秦王分憂解難，實際上也是為自己的未來預鋪道路。他反覆考慮後，通過郎中令王綰，第一次請求面見秦王，陳述實施詭道，為秦王化解危機的方案。秦王沉吟良久，最終點頭同意他的方案，並應其所請給嬴成蟜寫了兩句勸慰語。

李斯由「三友」陪同，驅馬直奔趙都邯鄲。秦王嬴政和嬴成蟜都是在邯鄲出生的，那裡大有文章可做。趙國權臣郭開接受了李斯的巨額賄賂，早就成了秦國間諜。李斯找到郭開並說明來意。郭開滿臉是笑，說：「好辦！好辦！」李斯在郭開府中住了三天，精心準備了「證據」，積極培訓了郭開物色的一男一女。男的叫趙義，六十歲出頭，身分是二十多年前邯鄲驛館的館長；女的叫周媼，五十歲左右，身分是二十多年前邯鄲驛館的女僕。然後，李斯等還是騎馬，郭開派出一輛馬車載了趙義和周媼一起前往屯留。

屯留方面，長安君嬴成蟜心慌意亂、寢食難安。對於樊於期建議東渡黃河，駐軍屯留。他是讚賞的，覺得那樣自己才像個真正的將軍，才像個統兵出征的樣子。待到了屯留，樊於期鼓動他造反，他慌了，連聲拒絕。樊於期繼續鼓動，說嬴政本是呂不韋兒子，姓呂不姓嬴，是呂不韋替他竊取了秦王大位，他當秦王非法；你君侯嬴成蟜才是嬴氏嫡嗣，是莊襄王之子，最有資格當秦王。嬴政現在坐在秦王位上，怎麼辦？只有造反將他推翻，那時秦王大位就是君侯你的。嬴成蟜聽得疑疑惑惑，說：「我手下就這三萬兵馬，憑什麼造反？造反不是找死嗎？」樊於期說：「這無須發愁。我已為君侯起草了一篇檄文。檄文一發布，秦國官民自會熱烈響應，青壯年踴躍投軍，兵馬即刻就會增加到十萬人二十萬人，而且東方六國也會回應，派出合縱兵前來支持君侯的。」樊於期取出檄文，遞給嬴成蟜。嬴成蟜一看，嚇得面色如土，說：「不行不行！對呂不韋，你怎麼批他罵他唾他都可以，但不能牽扯我哥我娘。」樊於期惱怒地說：「婦人之見！君侯造反，就是要造你哥嬴政的反，檄文怎能不牽扯他？嬴政是誰？他是你娘和呂不韋的兒子，檄文又怎能不牽扯她？告訴你，檄文已經發出，想改也改不成了。」嬴成蟜嚇得氣得渾身哆嗦，手指樊於期，說：「你，你，你……」樊於期笑著說：「開弓沒有回頭箭。反，既然造了，只能造到底。造反成功了，君侯當秦王，君臨天下；我當相國或國尉，輔佐你。」

按照樊於期的設想，檄文發布後秦國官民會熱烈響應，青壯年會踴躍投軍，反軍人數會迅速增加的。然而事實並非如此，檄文發布後迴響並不大，只有屯留縣及鄰近蒲鶮縣的數百名青壯年前來投軍。這些人投軍，是為了走上戰場，殺敵建功，搏取榮華富貴的，投軍後方知是要造反早就嚇傻了，又全都回家去了。樊於期急得兩眼冒火，威逼屯留、蒲鶮兩縣官吏悉數出動強行抓兵，抓兵編成軍伍。一時間，兩個縣鬧得雞飛狗跳，亂成一鍋粥。這天，李斯抵達屯留。竹友先往偵察，得知樊於期去了蒲鶮，當天不回屯留。李斯大喜，引領一行逕住嬴成蟜軍部。

嬴成蟜軍部位於一個獨立院落，院落門前有十餘名衛兵站崗。梅友靠前，也不知使了什麼手段，一把鋒銳的匕首已頂著一個頭目模樣的人的喉嚨，低聲喝道：「不許喊叫！命衛兵放下兵器，去院落一角蹲著！」頭目保命要緊，只能乖乖照辦。這樣，李斯、松友牽著馬，車夫趕著馬車順利地進入院落。梅友和那個被繳了械的頭目站在院落門前，像是站崗的樣子。竹友嚴密監視著蹲地的衛兵。

嬴成蟜正坐在院落正房一張方桌旁喝酒。房裡很熱，嬴成蟜只穿米色短衣短褲，長髮胡亂盤在頭頂，面容憔悴、目光空洞，全然沒了往昔英俊王子的神采。他的本意是只想當將軍，從沒想過要造反，是那個樊於期將他推上了造反的不歸路。樊於期所說的十萬二十萬兵馬，鬼影也沒見一個；反倒招來了王翦、桓齮統領的十萬朝廷兵馬駐紮在蒲津渡與函谷關，朝廷停止了所有後勤供應。一夜之間，原先三萬軍隊逃亡了一半。造反造反，造成這麼個局面，真是滑稽可笑！樊於期去蒲鶮抓兵了，自己做什麼？無事可做，只能獨自喝悶酒，酒能消愁啊！

這時，李斯等人步進了正房。嬴成蟜是認識李斯的，驚問：「李長史，你到此做甚？」李斯笑答：「來此和君侯求證兩個問題。」嬴成蟜端坐未動。李斯坐到他對面的圓杌上。松友、趙義、周媼立在李斯身後。李斯發問：「請問君侯：君侯的兄王名政，『政』是何意？」嬴成蟜答：「我母后說過，兄王是元旦那天出生的，元旦為正，正通政，故名。」李斯說：「很對！君侯兄王出生於趙都邯鄲，時為趙孝成王七年（西元前二五九年）元旦，於秦國則為秦昭王四十八年元旦。那年農曆為壬寅年，也就是民眾所說的虎年。此前一年為辛丑年，則是牛年。再問君侯，女人妊娠通常是幾個月？」嬴成蟜答：「這算什麼問題？十月懷胎，一朝分娩，誰不知曉？」李斯說：「很對！那麼，現請君侯看一樣東西。」趙義向前，取出一方白綢鋪展在桌上。嬴成蟜看去，只見白綢上寫有兩行字：「我等證明秦公子嬴異人和趙姬是在牛年正月元宵節夜成婚的。」其下署有十多人的姓名，每個姓名下都摁有紅色指印。趙義說：「君侯！我叫趙義，就是白綢上署名的第一人。二十多年前，我是邯鄲驛館館長，下屬約有三十名僕役，專門負責各國人質的衣食住行。君侯的父親，那時我等都稱他為秦公子，住在驛館約莫十年，我和他也算是朋友。我記得，那個牛年元宵節，驛館裡掛了好幾個大紅燈籠，挺喜慶的。晚飯過後，秦公子好像剛喝了酒，紅光滿面地從外面回來，大笑著說他要和呂府的趙姬成婚，當夜就成婚。事出突然，我等立刻忙碌起來。不一會兒，呂府就用馬車將趙姬送至驛館。」周媼插話說：「我叫周媼，二十多年前在驛館當女僕，專為秦公子洗衣做飯。那個牛年元宵節晚上，秦公子和趙姬突然成婚，秦公子原來的住房成了洞房，是我臨時把洞房打掃乾淨，並給床上換了新床單新枕巾。沒有新被子新褥子，只好用了原來的。洞房裡光線太暗，我請趙館長從院落裡解下兩個紅燈籠掛到洞房裡，洞房裡一下子亮堂了。」趙義說：「事過多年，驛館的僕役一半人已經過世，健在的還有十四人。我近日將這十四人叫到一起回憶往事，大家全都記得，秦公子和趙姬成婚的時間就是那個牛年的元宵節之夜，絕對沒錯。所以我寫了這證明，他們都署了名。」周媼又說：「秦公子和趙姬成婚太過倉促，連喜酒也沒吃成。秦公子和趙姬進了洞房，我隨手斟了一杯酒，讓二人共同喝了，就算是合巹酒了。」

嬴成蟜看著白綢，聽著趙義、周媼的敘說，起初還不明白什麼意思，漸漸明白了，他們是在反駁、批判那篇造反檄文。檄文云：「今王嬴政實非先王之嗣，乃呂不韋之子也。始以懷娠之妾，巧惑先君；繼以姦生之兒，遂蒙血胤。」而趙義、周媼以親身經歷證明那是謊言，彌天的謊言。這時的嬴成蟜也認為那是謊言。因為趙義、周媼的敘說，很細節很具體，肯定是真實的。他完全相信先

王和母后是在牛年元宵節那天成婚的，那麼兄王在隔年元旦出生完全正常，何來「懷娠之妾，巧惑先君」之說？何來「姦生之兒，遂蒙血胤」之說？可惡可恨的樊於期編造了謊言，讓我來背黑鍋，我是跳進黃河也洗不清哪！

松友向前一步，一抱拳，說：「君侯！在下是李長史的隨從，本不該饒舌，但此時此刻禁不住想說上幾句。君侯造反，檄文上應當寫秦王如何荒淫、如何失德、如何誤國、如何害民，這樣才符合造反宗旨。而君侯呢？卻胡編亂造謊言玷污親人，實在不該，大不該呀！你給你父王戴了一頂綠帽子，你父王若九泉有知，他能安息嗎？你說你母后是『懷娠之妾』，和你父王成婚是『巧惑先君』，這將你母后置於何地？跟娼婦何異？跟騙子何異？你可知你母后看了檄文後的反應？她破口大罵，大罵你不孝，是豬狗不如的畜牲，早知如此就該在你剛出生時把你丟進馬桶裡溺死！還有，你說你兄王是呂不韋之子，姓呂不姓嬴。據在下所知，你兄王待你不薄啊！是誰封你為長安君？是誰給你萬戶食邑？是誰給你一座龍鼎宮？是你兄王！你的食邑就在咸陽，渭河南岸的膏壤之地。當時有人反對，說這裡不應作為你的食邑。你兄王怎麼說？他說：『長安君是寡人的親弟弟。最美最好的土地不給弟弟，難道給他人不成？』聽聽，他多麼愛你，多麼深情！你倒好，恩將仇報，不僅要造他的反，還在檄文裡無中生有，糟蹋他、污辱他，你說你還是人嗎？恕在下直言，像君侯這樣的人，連父王、母后、兄王都敢肆意玷污的人，枉為人子人弟，縱然造反也絕不會成功！」

李斯當天對嬴成蟜採用的策略是曉之以理，動之以情。趙義、周媼敘說是理，松友所言是情。松友口才出色，所言大多是推理、想像之詞，雖是信口道來，卻很管用，只見嬴成蟜面色煞白，起身，突然跪地放聲大哭，道：「父王！母后！兄王！成蟜確實玷污了你們，枉為人子人弟，不是人，不是人哪！成蟜不想造反呀！那篇檄文也不是成蟜寫的呀！」

李斯向前扶起嬴成蟜，說：「那麼請問君侯，那篇檄文出自何人之手？」嬴成蟜滿臉淚水，答：「樊於期。」李斯問：「君侯可知樊於期底細？」嬴成蟜搖頭。李斯於是講述了十多年前的范乙卮貪污大案，樊於期正是范乙卮存世的兒子范羽器。嬴成蟜聽得心驚肉跳、目瞪口呆。李斯取一片竹簡放在桌上。嬴成蟜看竹簡上寫的是一個名叫太乙老道的證明：「樊於期拜吾為師，習武十年。一次酒後，他說他是原治粟內史范乙卮之子范羽器。他在所住山洞石壁上，刻有八字：『父仇不報，誓不為人』。」嬴成蟜又哭了，帶著哭腔說：「我哪知這些情況啊？實不相瞞，樊於期到白水軍營出任軍師，管理所有軍務。軍隊東渡黃河，駐紮屯留，是他提議的；接著就鼓動我造反，我不同意，他卻起草並發布了檄文才告訴我。現在軍隊都聽他的，我只是個光桿將軍。」嬴成蟜說是「實不相瞞」，其實還是有所瞞的。他並未說樊於期是華陽太后派到軍中的，更未說他曾經當了一回「宋文公」的事。

李斯又取一小片白綾遞給嬴成蟜。嬴成蟜一看，那是兄王寫給他的：「成蟜吾弟：醒悟吧回頭吧！汝還是寡人之弟長安君。嬴政。」嬴成蟜再次跪地，放聲大哭，並叩頭，道：「兄王兄王！成蟜對不起你，成蟜罪該萬死啊！」

李斯再次扶起嬴成蟜，說：「事已至此，君侯對王上總得有個交代不是？」嬴成蟜擦擦眼淚鼻涕，說：「我致書兄王請罪。」他於是取筆取竹簡給兄王嬴政寫信，信中大意是：自己無意造反，是樊於期用自己名義造了反；樊於期起草的檄文全是捏造，通篇謊言；兄王是先王嫡子，姓嬴，這一點不容懷疑；歸還將軍大印；自己罪該萬死，且居屯留，願受任何處罰。他在信末署上自己名

字，還摁了個紅紅的大拇指指印。

李斯屯留之行達到了預期目的，取道洛陽進函谷關回咸陽。趙義、周媼乘坐原馬車回邯鄲，將領取郭開承諾的大筆酬金。秦王接見李斯，聽取彙報，大喜，又傳召嬴氏宗室嬴班、嬴沖、嬴希、嬴子嬰等共同聽取李斯彙報，並看李斯帶回的「證明」、太乙老道的「證明」，以及嬴成蟜的親筆信，還有那枚將軍大印。嬴班、嬴沖等聽了彙報、看了「證明」後拜伏在地，齊聲說：「王上聖明！此後，誰若再敢拿王上身世說事，臣等必共討之！」

嬴氏宗室這樣表態，意味著秦王遭遇的王權危機化解了，從此誰也不敢會懷疑他的姓氏，他是正統的法定的秦王，貨真價實的秦王。秦王向李斯投去讚賞的一瞥，意思是說汝之詭道，絕妙也！

是的，李斯是一位詭道高手，實施詭道確已達到絕妙境界。呂不韋將愛妾趙姬賜予嬴異人，嬴與趙成婚，明明是在四月立夏之夜，而李斯通過造假，編造謊言將這個時間提前到正月元宵節之夜，於是，趙姬肚裡的孩子就由呂不韋的種變成了嬴異人的種；這個謊言，二十多年後由二十多年前的「參與人」、「知情人」現身說法，煞有介事地一忽悠就成了真理，真得沒法再真了。數天後，「三友」報告說趙義、周媼乘坐的馬車進入趙國境，失控跌進懸崖，趙、周和車夫當場摔死。李斯輕輕一笑。從此，他所炮製的「證明」就成了鐵證死證，誰也別想翻案了。

秦律，造反是第一等大罪，懲治最為嚴厲。秦王不再舉行什麼廷議，自行斷決軍政大事，頒詔宣布：削去嬴成蟜長安君爵號，收回萬戶食邑，免去將軍職銜，其人且居屯留自省，以待押回咸陽受審。秦王需要報答嬴氏宗室的支持，又頒詔宣佈嬴班封昌平君，嬴沖封昌文君，食邑同為三千戶，二人同時任左相國，薪俸八千石；嬴希調任奉常，嬴子嬰出任宗正，薪俸六千石。嬴氏宗室歡欣鼓舞。三公九卿中，嬴氏占了四席，這是空前的。

將軍王翦上書報告，據偵察嬴成蟜的反軍大量逃亡，目前只剩下兩三千人；樊於期在屯留、蒲鶮兩縣抓兵，編入軍伍者約四五百人。秦王下令王翦軍東渡黃河殲滅反軍，這是一場雄獅撲羊之戰，所有反軍及屯留、蒲鶮縣官吏盡被斬殺，並戮其屍。樊於期獨自逃往燕國。嬴成蟜死在所住的軍部，看樣子是自殺。王翦再上書報告戰果。秦王下令以庶民禮就地埋葬嬴成蟜，屯留、蒲鶮兩縣民眾全部徙遷臨洮（今甘肅岷縣）。徙遷就是流放，上萬名民眾拖兒帶女、扶老攜幼，踏上了苦不堪言的流放之路。屯留、蒲鶮兩縣成為荒野，數年不見人煙。

嬴成蟜造反歷時三個月。秦王採用了李斯以詭道為主、軍事為輔的方略將其平定，成功化解了王權危機。他還擔心另外一事，即東方六國合縱尚未停止。李斯告訴秦王，說此事無須擔心。燕國偏居一隅，其實沒有參加合縱，所謂合縱僅有五國，合縱長是楚國相國、春申君黃歇，自己已通知李園，命其設法離間楚王與黃歇的關係，只要黃歇一去，五國合縱必胎死腹中。

這又是李斯實施的詭道。當時的楚王為考烈王，後宮群雌粥粥，卻沒能為他生個兒子，太子之位空懸多年。權臣李園有一妹，姿色出眾，黃歇納為愛妾。李女懷了身孕，黃歇意欲長久專權，遂將其進獻給楚王。李女不久生了個男孩。楚王大喜，以為那是自己的種而立為太子。這事屬於絕密，只有黃歇、李女、李園三人知曉。李園收了秦國的豐厚賄賂，接受李斯指令，有保留地放出關於太子身世的少許訊息。訊息傳到楚王耳中，楚王疑心大起，立命召回正在邯鄲謀事的黃歇。五國合縱沒有了挑頭的合縱長，再次土崩瓦解作鳥獸散。越年，楚考烈王死，太子即位為新楚王，李園設謀殺死黃歇自任相國，掌控了楚國大權。李斯事後發現，黃歇事和呂不韋事存在著驚人的相似之

處，不同的是：呂不韋將懷孕愛妾趙姬賜予的對象是秦國王孫，帶有放長線釣大魚性質；而黃歇急功近利將懷孕愛妾李女進獻給楚王，用心更加露骨與大膽。

秦王讚賞李斯的詭道，褒獎李斯的功勞，頒詔宣布任命他為客卿，薪俸五千石，其長史職務仍然保留。李斯任客卿已進入高級官員行列，再晉升就能躋身於九卿了。李斯心疼妻子過於辛勞，主張雇用兩三名傭僕，協助做些家務。柴禾不同意，理由仍是：「我們一家四口，何必要讓外人插進來？」李由、李甲支持阿父。最終採取一個折衷方案：購置一輛馬車和兩匹馬，雇用一名車夫，車夫既餵馬又趕車，這樣李斯外出就可以乘坐自家的馬車了。李由愛馬，央求阿父，多買了一匹馬，時時騎馬去城外馳騁兜風，真是開心！

第十三章

冠禮驚變

秦王嬴政平定嬴成蟜造反，經受了考驗與鍛鍊，增長了應對突發事件的能力，政治上變得更加堅強和成熟了。李斯說君王最忌諱大權旁落，尤其忌諱軍權旁落。他對此有了更深刻的認識與體會，決意立即行冠禮，立即親政，把所有大權都牢牢掌握在自己手中。按照計畫，他該在秦王九年（西元前二三八年）元旦行冠禮並親政。可是在行冠禮前夕，偏偏又見彗星，見西方，見北方，又大又亮，持續了整整八十天，冠禮只好推遲至四月舉行。嬴希原任宗正，調任奉常。奉常職掌宗廟禮儀，地位與名譽居九卿之首。嬴希新官上任，負責冠禮籌備事項格外謹慎，不容出絲毫差錯。

自嬴成蟜造反檄文發布之後，呂不韋像霜打的茄子徹底蔫了。長期以來，他像一隻彩繪的巨型氣球，高高飄在咸陽和秦國上空，人人仰視、萬眾敬畏。那篇檄文無疑是將氣球戳了個洞，氣球漏了氣掉在地上，再也飄不起來了。檄文寫的那些事，他既不能承認又不能否認，最要命的是沒法說也說不清。他有一種百孔千瘡、體無完膚的感覺，再也不宜在公眾場所露面，因此以身體不適為由，不再參加每天的朝會。他雖然仍是相國，但秦王又任命了嬴班、嬴沖為左相國。左與右以右為尊，他就是說右相國即正相國，二嬴為副相國，但他知道他這個正相國已名存實亡了。另外，呂不韋還有一大心病，總覺得嫪毐詐腐的事遲早會敗露。果真到了那一天，天哪！怎麼好？

秦太后在雍城有點心神不寧。嬴成蟜的檄文把她說得像娼婦、像騙子，她很惱火。天下哪有兒子這樣爆料老娘醜事的？不孝大不孝！現在，那個不孝子死了，活該，報應！但她和呂不韋一樣，也有心病，而且比呂不韋的心病還要大：嫪毐詐腐，大鄭宮裡還藏有他的兩個兒子呀！兩個雙胞胎兒子，以「寶貝」二字命名，一叫大寶，一叫大貝，長得一模一樣，粉雕玉琢似的，愛死人了！大寶大貝雖說是情愛的結晶，卻又是罪惡的鐵證。嫪毐、兩個兒子，像是兩顆不定時炸彈，隨時都有可能爆炸。嬴政即將到雍城行冠禮，天哪！炸彈該不會在這時候爆炸吧！

華陽宮華陽太后先是得意繼是失意。得意是她這根攪屎棍確實使呂不韋、趙姬、嬴政臭了一陣子、慌了一陣子。失意是造反失敗了，嬴成蟜死了，樊於期逃了；而且有人查出樊於期就是她的外甥范羽器，又有人懷疑是她毒殺了孝文王。唉！真是搬起石頭砸了自己的腳啊！還好，她讓嬴成蟜當「宋文公」的事尚無人提說。那事如果爆光，那自己這張老臉就沒處放了呀！

這半年多來，嫪毐生活得最為滋潤。嬴成蟜檄文寫到的幾個人都很卑劣與骯髒，唯獨沒有寫到他，可見他是正派的乾淨的。他有官有爵，有權有勢，有府第有食邑，日進千金，錢多得幾輩子都花不完。最開心的是他有兩個兒子，宦官也有兒子，親生兒子，誰能想到？嬴成蟜造反，意在推翻秦王嬴政。嫪毐暗暗高興。一天，他和太后「議事」分外賣力，議畢，突發奇想地問太后，道：「嬴家兄弟內鬥，萬一嬴政垮台或亡故，成蟜又當不上秦王，那就由你我的兒子大寶或大貝當秦王，可否？」太后雙眼迷離，笑而不答。他伸手胳肢她，非要她回答。太后怕癢，笑得滿床亂滾，喘著氣說：「可！可！」這明明是敷衍是戲言，可嫪毐還是當了真。他想，嬴政、嬴成蟜、大寶、大貝都是太后生的，自然都可以當秦王。他現在是嬴政的「假父」，大寶或大貝一旦當了秦王，這個「假」字就會去掉。父以子貴。嘿！那是何等光景！

那個顏泄投靠嫪毐，當上長信侯府總管，幾年來發大了。嫪毐的食邑在山陽在毒國，都是由顏泄去收取田賦和稅款，他只需截留十成中的一成，就成了咸陽屈指可數的大富翁之一，而且嫪毐提攜他，還給他弄了個中大夫的官職。顏泄感激涕零，恨不得把嫪毐叫爹。此人善擲骰子，常去雍城陪嫪毐賭博，輸贏千金萬金，眼皮都不眨一下。這天，嫪毐由顏泄陪同回雍城，乘坐馬車路過陳倉，忽然記起十年前的舊事。那時，他叫任愛，曾在武財主家當雜工。武財主三姨太狐騷見他毬大，在一個風雪之夜爬上他的熱炕，鑽進他的被窩。武財主率夥計捉姦，將兩個赤裸的男女吊在房梁上一頓毒打，然後將他轟出家門。武妻心腸不錯，塞給他兩件衣褲。冰天雪地。他鑽進一座龍王廟，險些凍死。今天，他要報這個仇，於是他命隨從傳來陳倉令找到武財主家，命其全家人跪在院落裡。他認出了那個面黃肌瘦的狐騷，宣布道：「武家家產，三之二歸狐騷，三分之一歸武妻。武財主終生為狐騷之奴，若敢違抗，罰去邊地服苦役。」他轉而對陳倉令說：「陳倉令！本侯的決定由你監督執行。」陳倉令趕忙點頭哈腰，說：「是！是！下官照辦！下官照辦！」嫪毒大笑，喚了顏泄，乘坐馬車自去。武財主惶惑，始終沒弄清那個「本侯」是誰。狐騷和武妻想起來了，那個「本侯」是十年前的雜工任愛，不禁感慨萬千。

嫪毒心中也有不快與牢騷。秦王不再舉行廷議，使他失去了參與決策軍政大事的權力。相國呂不韋失勢，按說應由他接任相國，可秦王並未免呂不韋的職務，反而又任命兩個左相國，三位相國，一正二副，把他嫪毒生生地晾在了一邊。還有，朝廷收回嬴成蟜的封地長安，那是天下最肥美的土地，就在渭河南岸。他想把長安變成自己的食邑，要秦太后去向秦王索要。哪知秦太后很不熱心，反說他貪婪無厭。他覺得秦太后近來有心事，對自己比較冷淡。這可不是什麼好兆頭，那個老徐娘可是他的天使，萬一她厭惡、拋棄了自己，他將會一無所有。

客卿兼長史李斯是最了解嫪毒底細的。他在任郎官期間，曾奉命護送秦太后去雍城避邪。他當時就分析太后一定是懷孕了，所以才謊稱避邪，住到雍城去避人耳目。三年多後，他為了驗證自己的分析，大膽地派竹友、梅友去雍城偵察一回，看看那裡到底有何門道。偵察太后隱私非同小可，李斯叮囑再叮囑，此事出不得出半點紕漏。數日後，竹友、梅友歸來，報告了驚人的消息：大鄭宮裡有個隱秘小院，小院裡有兩個男孩，專有兩名宮女照看，稱男孩為「小侯爺」；嫪毐和秦太后有時會到小院，男孩把嫪毐叫「爹」，把秦太后叫「娘」……

驚人的消息在李斯的預料之中。只是大鄭宮裡有兩個男孩，是他不曾想到的。李斯掌握了這一絕密情報卻不敢對任何人說，包括秦王。因為太后是秦王的生母，這是見不得人的淫穢事，又牽扯到嫪毐和呂不韋，呂不韋又是秦王事實上的生父，說了，弄不好是會鬧得天翻地覆的。但是，這事太重大，他作為長史裝著全然不知則是失責，嚴重的失責。他經過反覆思考，決定選擇一個適當時機向秦王作某些含蓄的暗示，也算盡到責任了。

四月姍姍到來，彗星消失，八百里秦川風和日麗。通過占卜，秦王冠禮定在吉日己酉日舉行，地點在雍城嬴氏宗廟，秦王召集高級官員研究奉常嬴希彙報的冠禮程序。古代男子尤其是貴族男子，行冠禮是人生中的一件大事。《禮記》云：「冠者，禮之始也，嘉事之重者也。」男子只有行了冠禮並佩劍，那才算是真正的男人，真正的男子漢大丈夫。行冠禮的年齡通常是二十二歲，但也可以變通，十八歲或二十歲也未嘗不可。呂不韋執意獨攬大權，以禮法與祖制為由，硬壓著秦王直到二十二歲才得以舉行。冠禮需要確定一個重要角色——禮賓，即冠禮的見證人，要由此人給秦王加冠佩劍。這位禮賓按理應當是相國、仲父、文信侯呂不韋。可呂不韋捎話，他正臥病在床無法出席冠禮。那麼還有誰有資格擔任這個角色呢？秦王一錘定音：「吾師隗林！」隗林激動得熱淚縱橫，道：「榮幸榮幸，天大之榮幸也！」秦王傳令：將軍王翦統兵馬三萬，留守咸陽；將軍桓齮統兵馬兩萬，受左相國，昌國君嬴班和昌文君嬴沖節制，護駕往雍城。郎中令王綰護駕，手下四千名

衛士，一半前往雍城，一半留守咸陽宮。

眾人退去。李斯有意留下，說：「臣想報告一些情況。」秦王說：「講！」李斯說：「是！考慮到吾王將赴雍城，臣故派人先去雍城進行一次暗訪。雍城很多人都說長信侯可能不是宦官，理由是喉結很大，頭髮濃密，聲音宏亮，與宦官特徵迥異，嘴巴四周老是紅紅的，像是拔去鬍鬚留下的印痕。」秦王驚問：「你是說嫪毒的宦官身分有詐？」李斯抱拳，說：「臣只是如實報告雍城人的說法。另外，據暗訪發現衛尉魏竭、內史汪肆和長信侯交往甚密，魏、汪每隔三五天必去雍城會見長信侯，三人秘密飲宴議事，雍城官員有時也參加，這很不正常。衛尉、內史手下均有兵馬，萬一生變，恐怕會出麻煩。臣請吾王明察。」秦王面色嚴峻，說：「寡人知矣！」李斯用語巧妙，暗示含蓄，並未提及太后及兩個男孩。至於秦王怎樣理解怎樣處理，那就由不得自己了。

丁未日，秦王鑾駕前往雍城。鹵簿先行，千軍萬馬跟進，旌旗蔽日、槍戟如林，車馬隊伍浩浩蕩蕩地綿延三十里，盡顯王家氣派。嫪毒和雍城官員在雍城東門外迎駕。秦王有意地注視嫪毒，見他果然喉結很大、頭髮濃密、聲音宏亮，嘴巴四周紅紅的。秦王駐駕於蘄年宮。王綰布置了嚴密警衛。下午，秦王前往大鄭宮拜見母后。秦太后又是笑又是哭，說總算看到政兒行冠禮的這一天了。嫪毒在公眾場合是威風八面的長信侯，而這時卻穿著粗布衣服恭恭敬敬立在太后身後，就是一個宮監、一個奴僕。秦王實在看不透，宦官嫪毒到底是真是詐？

己酉日前夜，即戊申日晚，舉行盛大酒宴，慶賀秦王將行冠禮。秦王露了一面接受敬酒，隨即回寢殿休息。文武百官開懷暢飲，觥籌交錯，笑語喧譁。亥正，酒宴結束。長信侯嫪毒和中大夫顏泄興猶未盡，相約去雍城鬧市宏利賭館，繼續飲酒並賭上幾把。這一飲一賭，飲出賭出禍事了。

嫪毐和顏泄是宏利賭館的常客。賭館老闆親自接待，並喚了兩個小廝為他們服務。賭具就是一粒骰子，大點壓小點，大點為贏。賭注大得嚇人，一把百枚金餅。二人落座，各飲一大口酒，擲開了骰子。嫪毐這天手氣大順，連贏十把，贏了千枚金餅。小廝甲替他管帳，面前金餅堆得老高；小廝乙替顏泄管帳，面前金餅只出不進。嫪毐每贏一把必飲一大口酒，大聲說：「痛快！痛快！」還得意地哼起了流行小曲。其實，顏泄是在使欲擒故縱之術，有意讓嫪毐先贏。當他輸了兩千枚金餅時，拿出絕技開始反擊，大拇指、食指和中指搓動骰子，擲在玉盤裡，想要幾點就是幾點，每把都壓過嫪毐一兩點。片刻間，顏泄成了贏家，反贏了嫪毐三千枚金餅。這下子，嫪毐臉上掛不住了。你顏泄是我的管家，你怎敢贏老子的錢？輸錢贏錢事小，關鍵是你傷了老子的臉面。嫪毐這天晚上一直在飲酒，早醉了，控制不住腦子和舌頭了。他怒不可遏，抬手掀翻賭桌，伸手抓住顏泄衣領，瞋目叱道：「你個混帳，竟敢對老子不恭！你可知老子是誰？老子乃太后之夫，秦王之假父也！老子和太后生有二子，二子日後將為秦王，那時老子就，就……，呃！」他說到這裡，打了個響亮的酒嗝，酒氣污穢能把人熏死。顏泄微舉雙手，陪著笑臉，只當嫪毐在說醉話胡話，道：「侯爺息怒。世人皆知侯爺是受了腐刑的，怎會成了太后之夫，秦王之假父……」嫪毐揮手給了顏泄一記耳光，斥道：「你娘的，不信老子的話？那就讓你見識見識！」他說著，隨手解了褲帶露出醜陋的大毬，還將大毬撥拉了兩下，笑道：「瞧！這是什麼？毬，大毬，太后喜歡！哈哈，哈哈哈！」正笑著，雙腿一軟，癱倒在地成了一堆爛泥。

顏泄原有五六分酒意，及看到那個大毬，嚇得只剩兩三分酒意。賭館老闆嚇傻了，忙叫來嫪毐的隨從，把不省人事的嫪毐抬上馬車回了大鄭宮。顏泄需要自保，慌不擇路地直奔蘄年宮。

這時已過子正，已是己酉日凌晨。李斯在蘄年宮偏殿當值，正準備休息，忽見衛士帶進一人。那人進門就跪地，說：「李客卿救我！」李斯見是顏泄，問：「中大夫何出此言？」顏泄酒意全消，敘說了剛才發生的事情。李斯吃驚，忙與當值的王綰商量，決定先囚禁顏泄，再派衛士查封宏利賭館，嚴控嫪毒醉話的擴散範圍，並立即報告秦王。秦王披衣而出聽取報告，神色嚴峻。嫪毒宦官身分有詐，李斯曾有過暗示，他對此並不怎麼驚訝，驚訝的是嫪毒和母后生有二子，這二子日後還要當什麼秦王。他默想片刻，問：「嫪毒現在哪裡？」李斯答：「據顏泄講，爛醉如泥的嫪毒回了大鄭宮，估計兩三個時辰內醒不來。此人酒醒後發覺失言，很可能會狗急跳牆。若此，吾王冠禮……」秦王道：「冠禮照常舉行。王綰！傳旨昌國君、昌文君、桓齮對敢叛亂者喊話三遍『放下武器』，三遍後不放者，立殺！」王綰答：「是！」李斯說：「臣擔心咸陽方面。」秦王點頭，又對王綰說：「傳旨王翦：對敢叛亂者鎮壓，嚴懲不貸！」王綰答：「是！」

秦王仍回寢殿休息。王綰派出兩名衛官分別傳旨。李斯睡意全無，乾脆和王綰謅起了閒傳。二人覺得秦王比上年成熟了許多，應對突發事件的從容淡定已經到了臨危不亂、處變不驚的境界。

卯正，彩霞滿天，太陽升起，瑞鳥爭鳴。秦王鑾駕前往雍城城中嬴氏宗廟。王綰全神貫注地率兩千名衛士護駕。宗廟大殿裡，牆壁上繪有秦國歷任君王的肖像，一個碩大青銅香爐裡焚香祭祀，常年香煙嫋嫋。出席典禮的高官顯爵全部到齊，肅穆恭立。獨獨缺了個長信侯嫪毒，這是為何？衛尉魏竭、內史汪肆好生疑惑。雍城一名官員對二人耳語，告以夜間發生的事情。魏、汪大驚，覺得不妙而悄悄離開宗廟大殿，匆匆回了咸陽。秦太后也出席典禮，但女人不能進宗廟大殿，故被安排在一間廂房裡飲茶。辰正，典禮準時舉行。嬴希主持，高聲道：「奏樂！」莊嚴雄渾的樂曲聲響起。嬴希道：「吉時到，請吾王登臺受禮！」秦王嬴政步入宗廟大殿，登上一個臨時搭起的木臺，站定。眾人放眼見他堅毅俊朗、容光煥發，一身嶄新袞服，衣裳上彩繡日、月、山、河、龍、火、米等絢麗奪目的圖案。木臺上有一長桌，桌上放一頂九旒玄冕冠和一個精美的劍鞘，劍鞘裡裝的是天下名劍太阿劍，劍柄古樸，鑄有龍紋。嬴希道：「禮賓隗林給吾王加冠佩劍！」隗林年約五十歲，儒雅斯文，神采奕奕地穩步登臺向秦王施禮，先將九旒玄冕冠莊重地戴在秦王頭上，再將裝有太阿劍的劍鞘佩在秦王腰間。嬴希高聲朗誦祝詞：「孝嗣嬴政，年二十有二，特告於宗廟，四月吉日加冠佩劍，乃主國事。顯揚先王之光曜，秉承皇天之嘉祿。欽奉孟夏之吉辰，普尊大道之方域。推遠沖孺之幼志，蘊集文武之懿德。欽若昊天，六合是式。率爾祖考，永永無極。敢告。」

這是一個輝煌的、不朽的時刻。從這一刻起，秦王嬴政加冠了，佩劍了，也就親政了。未來的秦國注定是嬴政的秦國，未來的天下也注定是嬴政的天下。李斯見證了這一時刻，內心充滿強烈的激情與感動，遂和前後左右高官顯爵們一起拜伏在地，高呼道：「恭賀吾王，萬壽無疆！恭賀吾王，萬壽無疆！」「萬壽無疆」出自《詩三百．豳風．七月》：「稱彼兕觥，萬壽無疆。」從此成了稱頌帝王的一個專用頌詞。

冠禮最後一道程序是秦王上香，祭祀諸位先王。禮成，秦王鑾駕回蘄年宮，他要親眼看看那個嫪毒，到底怎樣狗急跳牆。

嫪毒酒醒，已是巳時。他第一個念頭是：哎呀！怎麼誤了秦王的冠禮？又想，不對呀，頭天夜間好像和顏泄飲酒賭博，好像發生了爭執。再想，想起來了，自己說醉話了，好像還把大毬亮出來炫耀來著。他嚇出一身冷汗，急忙穿衣，大聲道：「顏泄何在？」隨從答：「顏總管夜間沒有回

來，好像去了蘄年宮。」顏泄去了蘄年宮？嫪毒猶如雷擊，知道那人是告密去了。他默想片刻，以為與其束手待斃，不若鋌而走險，叛他娘的！秦太后保管著秦王御璽，秦太后亦有太后印。太后的寢殿就是嫪毒的寢殿。他不費吹灰之力就拿到了秦王御璽和太后印，憑藉這兩件寶物迅速地將大鄭宮衛士與宮監、雍城官員與士卒等動員起來，命他們自備武器進攻蘄年宮，理由是有「反賊」潛進宮裡，需要前去「護駕」。眾人哪知事實真相？果真發出鼓譟，手執武器殺向蘄年宮。秦太后回大鄭宮得知緣由，頹然跌坐在軟榻上，自語道：「完了完了！劫數到了！」

蘄年宮門前，兩千名宮廷衛士刀劍出鞘，嚴陣以待。秦王由王綰、李斯陪同，登上二樓平臺察看情況。他身穿金盔金甲，腰佩長劍，威風凜凜、氣宇軒昂，看到狗急跳牆者只有七八百人的烏合之眾，不由發出冷笑。倏忽，由昌平君、昌文君節制，桓齮統領的兵馬包圍上來，「放下武器，放下武器」的喊話聲驚天動地。那七八百人中有靈醒者，乖乖放下武器，跪地投降；有遲鈍者，還東張西望地不明白是怎麼回事，武器未及放下便被斬殺。清理算不上戰場的戰場，死者二百多人，降者六百多人，卻未見嫪毒。詢問降者，降者說嫪毒手中握有秦王御璽和太后印，他命眾人進攻蘄年宮，自己卻並未同來。

秦王聞報略略震驚。秦王御璽一直由太后保管，現在落在嫪毒手裡，問題相當嚴重。他立即傳旨：通緝嫪毒，生擒者，賜錢百萬；殺之者，賜錢五十萬。

嫪毒在官場上混了這些年，也算長了些見識。他知道雍城方面，鋌而走險只能白白送死，所以他把烏合之眾鼓動起來之後，自己卻開溜了。他命一隨從攜帶秦王御璽和太后印騎快馬去咸陽，讓衛尉魏竭、內史汪肆等立即起兵進攻咸陽宮。長信侯府的舍人、男傭等全部參加。咸陽方面如果得手，那嫪毐就還有得玩。嫪毐躲在一角，觀察蘄年宮前的動靜。桓齮統領的兵馬出現把他嚇得屁滾尿流，他不顧那幫烏合之眾了，也不顧大鄭宮裡的兩個兒子了，騎上駿馬，急急馳往咸陽。

咸陽的戰鬥才像個戰鬥。將軍王翦接到秦王旨令，用十八級軍功爵制激勵將士：每斬殺一名叛亂者，賜爵一級。魏竭、汪肆手下士兵共有五千人，長信侯府舍人、男傭共有千人。魏竭、汪肆，還有佐弋史竭、中大夫令蕭齊等都是嫪毐的死黨，他們用秦王御璽和太后印作號召，鼓動這六千人進攻咸陽宮，並縱火焚燒咸陽四城門，以製造恐慌與混亂。六千人意識到這是叛亂、是造反，三成逃亡了兩成。王翦指揮兵馬護衛咸陽宮，撲滅城門火，嚴厲鎮壓叛軍。刀槍對刀槍，戈戟對戈戟。那是真正的生死對決，王翦兵馬佔有絕對的優勢。日落之前，戰鬥結束，叛軍死約八百多人，降約一千二百多人。魏竭、汪肆、史竭、蕭齊等二十名頭目皆被生擒，梟首示眾。在魏竭身上搜得了秦王御璽和太后印，王翦派遣一名校官星夜馳往雍城，向秦王報告戰況與戰果，並呈上秦王御璽和太后印。

雍城方面，嫪毐已被生擒。生擒嫪毐者乃一名青年小軍官：蒙驁之孫、蒙武之子蒙恬。蒙恬是年十九歲，從軍已一年，在桓齮騎兵中任百夫長，統領百名騎兵。嫪毐逃竄，桓齮派出多路騎兵追擊，蒙恬也擔負了追擊任務。他率領本部一路向東，追至好畤（今陝西乾縣），發現一個老漢穿著官服，牽著駿馬，一副很陶醉的樣子。蒙恬向前詢問，老漢說：「剛才一位官爺，非要用他的官服、駿馬換我的粗布衣服和破牛車不可，我沒法就跟他換了，你說那人……」蒙恬不待老漢說完，命令道：「追！」不消片刻便追上牛車，將牛車包圍。嫪毐身穿粗布衣服，還在臉上衣上抹了很多泥土，試圖偽裝農民前往咸陽。蒙恬一眼就認出了他，笑道：「長信侯怎麼這般模樣？」嫪毐面如

死灰，欲哭無淚。蒙恬命將他五花大綁，橫放在馬背上馳回雍城。秦王面無表情，命將嫪毒戴上手銬腳鐐打入死牢。又命兌現旨令給蒙恬賜錢百萬。蒙恬謝恩，將百萬錢全部分給了他手下的騎兵。

那一夜，秦王嬴政徹夜未眠。他想著大鄭宮的母后，心中有著徹骨的寒冷。這世上，所有人包括胞弟嬴成蟜都可以反對他背叛他，唯獨母后不可以。因為母后生養了他，理當親他愛他。可母后怎麼做的？瞞騙他，通姦一個假宦官穢亂宮闈，而且生有二子，還謀劃日後由二子當秦王。母親這個詞語象徵著慈愛、溫暖、崇高、聖潔；而他的母親卻給予他極度的難堪、羞恥與屈辱。那一夜，大鄭宮的秦太后也是徹夜未眠。事情發生得太突然太凶險，她的反應跟不上節奏，老重複著一句話：「怎麼會這樣？怎麼會這樣？」她意識到她的天堂生活終結了，她的未來將是地獄。

第二天，秦王嬴政帶領王綰及三十名衛士來到大鄭宮。秦太后蜷縮在一張軟榻上，沒有化妝，驚恐絕望地好像驟然蒼老了二十歲。秦王故意道：「我已親政，秦王御璽不該再由母后保管，請予歸還。」秦太后歸還不了秦王御璽，失神地沉默著。衛士去隱秘的小院搜出兩個男孩，帶到秦王面前。兩個男孩哭喊著叫娘，秦太后痛苦地閉上了眼睛。秦王見衛士抓著的兩個男孩，長得漂亮，比他的長子扶蘇漂亮。他臉色鐵青，下令道：「囊撲！」囊撲是秦國一種死刑名稱，即把人裝進布袋摔死。秦太后這下有了反應，忙跪地磕頭，說：「千錯萬錯都是我的錯，我造的孽，後果我承擔，你可把我殺了。大寶大貝還是孩子，求你饒過他倆，他倆也是你的弟弟呀！」「你的弟弟」，此話不說還好，一說立即引發了秦王胸中怒火。他一揮手示意施刑。衛士已將大寶大貝塞進一個布袋，紮緊袋口拋向空中，布袋落地，發出沉悶的聲響。大寶大貝發出一聲慘叫。秦太后瘋了，披頭散髮，臉面扭曲得猙獰可怕，大罵秦王：「嬴政！你太殘忍！你沒人性！你不得好死，不得好死！」

衛士又將布袋拋向空中，布袋落地，滲出鮮紅的血跡。秦太后歇斯底里地呼天搶地，匍匐著爬向布袋，暈死過去……

越日，宮廷內侍到大鄭宮傳旨：太后徙遷棫陽宮自省，由一名老媼隨去伺候。

辛亥日，秦王鑾駕回咸陽。行前，命將中大夫顏泄斬首。嫪毒囚於囚車，押回咸陽審訊。王翦率眾將官、校官在咸陽西郊迎駕。秦王撫慰王翦，像是不經意地問：「文信侯可好？」王翦答：「聽說文信侯仍臥病在床。據報嫪毒黨羽魏竭、汪肆等叛亂，相國府大門緊閉，無一人參與叛亂。」秦王點頭，再無下文。

審訊嫪毒乃九卿之一廷尉巫克的職責。秦王考慮此案涉及太后，關乎王家體面與尊嚴，所以叮囑審訊秘密進行，重點要審清嫪毒詐腐的情節。巫克主持審訊，過程頗費周折，耗時三個月也未能審清嫪毒詐腐的情節。嫪毒一口咬定，他是由相國府總管麻襄將他帶到某處實施腐刑的，他的罪名是強姦；由一個少年大官坐鎮主持施刑，然後給了他一方白布，說他改名叫嫪毒，已是宦官了；再然後，少年大官和麻襄將他送進了甘泉宮。嫪毒說：「查清此事不難，你把那個少年大官和麻襄找來一問，不就明白了！」少年大官指甘羅。甘羅和麻襄，還有那個施刑的小吏早死了，屍骨早化成灰了，巫克找誰問去？

巫克審訊無果。秦王不悅，決定改由客卿兼長史李斯繼續審訊。在秦王心目中，李斯除是亦臣亦友外，還是一名絕對可靠的親信。李斯最早暗示自己，嫪毒可能不是宦官；同時暗示自己，衛尉魏竭、內史汪肆等是嫪毒死黨可能生變。事實證明李斯的暗示是正確的，此人忠誠、精明、有才幹，堪可大用。

李斯在監獄裡提審嫪毒，只見他的模樣慘不忍睹。衣服破爛，滿身污穢發出刺鼻臭味；鬍鬚數月未拔，長得竟有二三寸長；大大的喉結顯得越發突出。他傷痕累累明顯受了獄卒的虐待，還斷了幾根肋骨；瘦得皮包骨頭，目光渾濁，形神俱失，只能算是個活物而已。嫪毒見到李斯眼睛似乎亮了一下，仍稱李斯為「李叔」，說：「李叔！我想問問，太后怎樣了？兩個孩子怎樣了？」聲音虛弱又微弱。李斯說：「太后徙遷棫陽宮自省，兩個孩子處以囊撲。」嫪毒閉上了雙眼，許久無語。李斯仍稱嫪毒本名，趁勢說：「任愛！還記得在相國府舍人院時，我對你說過的話嗎？我說：『沒做虧心事，不怕鬼敲門，堂堂正正，怕它什麼？不論遇到何事要坦然應對，問心無愧就是。』可你這些年做了多少虧心事！你堂堂正正嗎？你問心無愧嗎？你犯了欺君、穢亂宮闈、叛亂三宗大罪，每宗大罪都可以殺你一百次一千次，你還妄想苟活嗎？」嫪毒睜開眼睛，無力地說：「李叔！我知道我生不如死。給我點吃的，你問什麼，我答什麼，絕不回避。」李斯命獄卒給他取一塊熟牛肉和一碗酒。嫪毒一下子把肉吃了，把酒喝了。李斯說：「我只想知道你詐受腐刑的情節。」嫪毒如實回答，前邊說的跟對巫吉說的一樣，關鍵在後邊說的，帶出了呂不韋。他說進了甘泉宮侍奉太后，太后身心大快，多次眉飛色舞地講述呂不韋的替身術。原來，呂不韋和太后私通日久，漸漸地力不從心，又怕秦王發覺，所以找了大毬的他做替身。詐受腐刑，是呂不韋策劃的，相國府麻襄參與其中，太后宣召甘羅命其執行詐腐任務。詐腐之後，甘羅、麻襄和行刑小吏乘坐馬車將他送進甘泉宮，隨即返回。呂不韋及時製造一起殺人案，將甘羅、麻襄和行刑小吏殺死，旨在殺人滅口。於是他受詐腐之事，就只有呂不韋、太后和他三人知曉……

書吏飛快地記錄嫪毒的話，隨後讓嫪毒畫押。嫪毒看也不看，畫了個「十」字，又摁了個指印。他對李斯說：「讓他們盡快施刑，我要到陰間尋大寶大貝去！」

九月，秦王審閱嫪毐爰書（案卷、卷宗），親自給嫪毐定了雙刑，先處以腐刑，再處以車裂並滅族。嫪毐只是孤身一人，實際上無族可滅。嫪毐門下舍人，罪重者戮，罪輕者判處鬼薪——為嬴氏宗廟砍柴三年。參與叛亂的官員全部削職奪爵、沒收家產，連同其家屬共四千餘人，徙遷房陵（今湖北房縣）。

嫪毐詐腐案、叛亂案，比起嬴成蟜造反案來，對秦王嬴政的刺激與衝擊更強烈更狠猛。因為母后和相國、仲父、文信侯呂不韋合謀，聯手實施詭道欺騙他，而他卻全然不知。這一年，對他而言可謂是快意與憤怒混雜的一年，光榮與恥辱並存的一年。他想，好在自己親政了，旁落的大權收回來了，今後一定要審時度勢、明察秋毫，做一個真正聖明的秦王。李斯跟秦王不同，這一年他只有快意只有光榮。他憑忠誠，精明與才幹和秦王結成了更加緊密的命運共同體，獲得了秦王的高度信任。他自信他的仕途將會更加順暢，不久將跨進九卿之列不是沒有可能。

第十四章

精準判斷

秦王八年和秦王九年，秦國政壇經歷了兩次激烈動盪，秦王嬴政經受了兩次嚴峻考驗。進入秦王十年（西元前二三七年），這年，秦王二十三歲，呂不韋五十六歲，秦太后四十一歲，李斯四十歲。前三人實際上是一家人，可是權力利益與愛恨情仇交織，明明是一家人，卻不能說是一家人。四人中，只有李斯是局外人、旁觀者。他這個旁觀者對人對事冷靜觀察、冷靜分析，因而能夠做出精準判斷，並付諸言行，這樣就能立於不敗之地。在當時的秦國只有李斯具備這種能力。

新年伊始，秦王反覆審閱嫪毐爰書，在如何處治呂不韋問題上大犯其難。呂不韋一手策劃了嫪毐詐腐，犯了欺君之罪；呂不韋蓄意殺害了上卿甘羅，犯了擅殺朝廷大臣之罪。僅此兩條，呂不韋按律當斬，這是毫無疑問的。但是真要殺呂不韋，他怎麼也下不了這個手。嬴氏宗室群情洶洶，聲稱不殺呂不韋天理不容。這一年的嬴氏宗室，在左相國、昌平君嬴班和昌文君嬴沖，奉常嬴希，宗正嬴子嬰之外，又增加了兩個顯要人物：衛尉嬴焱、內史嬴光。原衛尉魏竭、內史汪肆參加嫪毐叛亂而被梟首，兩個職位空缺。嬴班薦舉嬴沖之子嬴焱出任衛尉。嬴沖也薦舉了嬴班之子嬴光出任內史，秦王均予批准，於是嬴氏宗室的實力驟然澎脹。三公九卿和內史，嬴氏佔了六席，號稱「六嬴」。呂不韋長期壓制嬴氏宗室，而今嬴氏宗室得勢，群起要清算、報復呂不韋，非要他的老命不可。這使秦王承受了巨大的壓力。

郎中令王綰和李斯是惺惺相惜的朋友和兄弟，二人比鄰而居，無話不說，常在一起飲酒，密談朝廷之事。一天，王綰問李斯：「王上會不會殺呂？」

李斯答：「不會。」

「為何？」

「因為呂是王上的生父。」

「那是嬴成蟜造反檄文上的說法，你不是給澄清了嗎？那是謊言！」

「然而那謊言並非謊言，說的卻是事實。我硬把事實說成是謊言，那是為王上分憂解難，化解王權危機。因為王上要坐穩秦王大位，必須說他是嬴氏血統，姓嬴而不姓呂，然其內心深處，肯定另有所想。呂和太后之間的私情，王上不會不了解。王上的內心深處對於身世也定有默認，只是這一點萬萬不能承認，不能說破罷了。你想，秦王內心深處既然默認自己其實姓呂而不姓嬴，又怎能忍心殺其生父呢？」

「那王上會怎麼做？」

「我估計，他第一步會免去呂的相國職務。」

「不削奪爵號？」

「暫時不會。」

果不其然，數天後，秦王頒詔宣布：免去呂不韋的相國職務，並未削奪其爵號。「仲父」只是呂不韋的榮譽頭銜，存在與否全看秦王的態度，秦王認為在它就在，認為不在它就不在。

王綰和李斯還常密談太后之事。上年四月，秦王將太后徙遷棫陽宮，繼又下了一道詔令：「勿以太后事諫，敢諫者，戮而殺之，蒺藜其脊。」這道詔令措詞嚴厲，無人敢冒險諫事。半年後，大夫陳忠居然敢迕龍鱗，大膽進諫了，說秦王徙遷母后幽禁母后有失孝道。秦王冷笑，命衛士剝去陳忠衣衫，放在蒺藜之上捶而殺之，陳屍於咸陽宮一側。秦王再下詔令：「復有以太后事諫者，視此！」誰知朝臣中竟有一群勇敢無畏者前赴後繼，仿效陳忠諫太后事，斥秦王不孝。秦王兌現詔令

所言，凡諫者必殺，其屍體與陳忠屍體放在一起。從上年到新年，共殺了二十七人，屍體堆積，人心惶怖。王綰憂心忡忡，問李斯：「王上為何要殺這麼多人？」

李斯答：「形勢需要。」

「怎麼講？」

「陳忠等二十七人，均為大夫、御史等中下級官員，均是嫪毒通過太后提拔起來的。王上借諫太后事殺之，實是在剷除嫪毒的殘餘勢力，也是在剷除太后干政的的殘餘勢力。」

「噢！原來如此。那你認為還會有人站出來死諫嗎？死諫管用嗎？」

「我想應該有，也應該管用。下一個死諫的人必須符合三個條件：一、他是外國人而非秦國人；二、他有膽識有勇略；三、他諫事的角度不應僅限於孝道，更應放在天下一統上。此人一諫，王上定會順水推舟、借驢下坡，迎回太后。」

王綰很快地發現李斯簡直是料事如神。

又是四月，咸陽宮門前出現一位穿白衣者，四十四五歲，身材中等偏高，長髮飄逸，氣度儒雅，面向宮內喊叫：「齊客茅焦，願進諫秦王！」宮門衛士勸其離開。茅焦不聽，自顧喊叫。衛士只好入內通報。秦王正在羲和殿與幾位大臣議事，命衛士道：「問他，所諫何事？若諫太后事，速去。」衛士去了又回，通報：「茅焦說正是要諫太后事。」秦王道：「可領他看看堆積的屍體，告訴他那就是諫太后事的下場。」衛士照辦，不一會兒又通報：「茅焦看了屍體，仍要進諫。他說：『吾聞天有二十八宿，降生於地為人。今死者二十有七，尚缺其一。吾所以諫者，欲滿其數耳，又何畏死哉！』」秦王發怒了，道：「狂徒敢犯我禁！」立命內侍在羲和殿前架起油鍋，生火燒油。

衛士奉命再問茅焦：「大王已架起油鍋欲烹汝，汝尚諫乎？」茅焦道：「烹不足懼，諫！」

秦王命將御座移至羲和殿大門外，按劍而坐。幾位大臣恭立於兩側，神情嚴肅。油鍋裡的油漸沸，油浪翻滾，油煙升騰。衛士引領茅焦進諫。在攀登六十級臺階時，茅焦故意走得緩慢。衛士催促。茅焦道：「王欲烹吾，緩吾須臾，何害？」茅焦徐徐行至秦王座前，拜伏在地。秦王面色冰冷，道：「講！」茅焦抬頭，直視秦王，朗聲說：「臣聞：『有生者不諱其死，有國者不諱其亡。諱死者不可以得生，諱亡者不可以得存。』夫死生存亡之道，陛下欲聞之否？」秦王道：「講！」茅焦又說：「夫忠臣不進阿順之言，明主不蹈狂悖之行。陛下有逆天之悖行，而陛下不自知；臣有逆耳之忠言，而陛下又不欲聞。臣恐秦國從此危矣！」秦王仍是一個字：「講！」茅焦接著說：「陛下今日不以天下一統為事乎？今天下之所以尊秦者，非獨威力使然，亦以陛下為天下之雄主，忠臣烈士畢集秦庭故也。然而，今陛下車裂假父，有不仁之心；囊撲兩弟，有不悌之名；徙遷母后於棫陽宮，有不孝之行；誅戮諫士，陳屍闕下，有夏桀、商紂之治。夫以天下一統為事，而幽禁生母，所行如此，何以服天下？臣恐諸侯聞之，由此皆背秦矣！」他略一停頓，最後說：「臣自知冒犯陛下者必死，只恐此後再無以言進者，怨謗日騰，忠謀結舌，中外離心，秦之帝業垂成，而敗之此舉，惜哉惜哉！臣諫事畢，請就烹！」茅焦說完，也不待秦王表態，自行起立，解帶脫衣，旁若無人似地走向油鍋。所有人都屏聲斂氣，場面靜得嚇人。只有李斯氣定神定，輕輕朝王綰一點頭，意思是說：這個姓茅的，還行，死不了！

當茅焦接近油鍋時，秦王忽然大聲道：「慢！」並命內侍。撤去油鍋他隨即起身，稱茅焦為「先生」，拱手道：「寡人特試先生耳。先生雅量，幸勿介懷。前諫者但數寡人之過，未嘗明悉存

亡之道，天使先生開寡人之茅塞，寡人敢不受教！」他復落座，宣布拜茅焦為上卿、太傅，賜住於驛館，隔日隨駕赴雍城迎歸太后。

這一戲劇性的結果大出人意外，就連李斯也暗暗吃驚。李斯吃驚的不是茅焦進諫本身，而是秦王如此看重和禮待那個齊國人。自己在秦國辛辛苦苦拼搏十年，才混到客卿兼長史的位置上；而茅焦憑三寸不爛之舌，僅用一個時辰諫一件事就官拜上卿、太傅，地位等同九卿，職秩高出自己半級，薪俸高出自己一千石。他第一次有了一種嫉妒心理，嫉妒茅焦初來乍到，就壓過自己一頭，憑什麼？

且說雍城棫陽宮秦太后，這一年跌落在人生谷底，心中五味雜陳，早品嘗不出生活到底是什麼滋味了。初始，她恨秦王嬴政凶殘暴戾，活活摔死她的大寶大貝，那是多麼可愛的兩個兒子啊！她被徙遷到棫陽宮，那是一座廢棄的舊宮，斷壁殘垣、荊棘叢生，哪是人住的地方？陪伴她侍候她的老媼姓許，是一名老宮女，五十多歲，倒還能幹。若不是許媼，她怕是死過十八回了。後來，她苦受煎熬，靠回憶打發時光，又深恨三個男人：呂不韋，瘋狂追逐權力，兩次將自己推進別的男人的懷抱；嬴異人，垂涎自己姿色，自己歸了他，他卻回了秦國，自己亦到秦國，他卻過早地一命嗚呼了；嫪毒，靠大毬贏得自己歡心，暴發顯貴卻不知珍惜，居然謀反叛亂，致使自己身敗名裂，落到現在這種人不人鬼不鬼的地步。她由此得出結論：這世上的男人，沒一個好東西！呂不韋兩次拋棄自己，自己都是同意的樂意的。尤其是第二次，詐腐嫪毒，參與密商策劃，費了多少心思！當然，也是因為自己淫迷心竅。女人一淫上了癮，就變得下流下賤、不知羞恥，沒得救！再後來，秦太后想過改嫁，就嫁給雍城的一個普通男人。然而這是不可能的，因為她曾是王后，是秦莊襄王享用過的女人，禮法與祖制不容許她改嫁。她的婆婆夏太后就是個例子。夏太后曾和秦孝文王有過一夜情，所以成了「王上的女人」，不能也不容再嫁他人，只能孀居守寡至死。

時間是治療心病的良藥。進入新的一年，秦太后看開了想開了，覺得自己尊崇過、富貴過、淫樂過，足夠了！自己一直在天堂裡生活，現在也該到地獄裡體驗下等人和窮苦人的艱難了，何況棫陽宮還不算是地獄。她這麼一想，心態頓時平和了許多，不再流淚、不再哀歎、不再鬱悶。她脫去華麗衣裙，摘去金玉首飾，穿上粗布衣服，拿起鐮刀鐵鍬，竟和許嫗一起砍草翻土種植起蔬萊來；還養了一群雞鴨，母雞母鴨都下蛋了。遠離咸陽，遠離喧囂，無失無得，每天勞作、洗漱、吃飯、睡覺，這種生活方式也挺好。但願後半生都能這樣，死後就埋在棫陽宮也挺好。

就在秦太后為她的生活方式感到滿意和知足的時候，秦王嬴政的鑾駕到了棫陽宮。秦太后當時正頭戴方帕、捲著衣袖給菜苗澆水，還沒反應過來，秦王已跪在她跟前，說：「孩兒不孝，幽禁母后，今知過錯，特來迎請母后回歸咸陽。」他又指著同來的一位穿白衣者，說：「這位乃齊客茅焦先生，正是先生死諫才讓孩兒迷途知返，決意痛改前非。」茅焦微笑著一抱拳，道：「謹問太后安好。」秦太后瞄了那人一眼，僅此一眼，她半死的心好像動了一下，又不怎麼安分了。

事情太過突然。秦太后有點暈眩，夢幻一般。許嫗急忙將她拉進臥室，幫她梳洗換衣，化了淡妝，然後秦王扶著母后，登上自己乘坐的御輦。御輦啟動。秦太后這時流下淚來，說：「許嫗，還有那些雞鴨，都得隨我回咸陽。」秦王笑答：「母后放心。許嫗和雞鴨就在後面車上。」秦太后很想問問那位茅先主的情況，話到嘴邊又硬生生地嚥了回去。

秦太后回到咸陽，仍住甘泉宮。物是人非，感慨萬千。呂不韋得知秦太后回歸，略略心安。他

走了詐腐嫪毐這步臭棋，既害了自己又害了太后。嬴政還算有良心，沒讓他的生母在羞恥、屈辱中度過餘生。華陽太后得知秦太后回歸，心甚怏怏。她以為那個媳婦——騷貨和破鞋會死在棫陽宮，不曾想又風風光光地回來了。嬴政那小子真讓人捉摸不透。上年對他娘那樣凶狠，今年對他娘又這樣仁愛，這裡頭有何玄機？

俗語云：江山易改，本性難移。秦太后的本性是一個「淫」字。及至見到茅焦，不由自主地心猿意馬起來，又奔放起來。那人年齡和自己相當，姿容豐偉、風度翩翩，有著成熟男人的成熟魅力。因為那人死諫，所以自己才得以脫離地獄，重回天堂。這是英雄救美，這是緣分！而且那人已官拜上卿、太傅了，這或許是政兒的有意安排吧？她甚至想，她曾是王后，早是「王上的女人」，秦禮法與祖制不容許她和茅焦成為正式夫妻，那就做偷情式的地下夫妻，偷情往往更刺激更歡樂。秦太后心猿意馬，欲罷不能，不一日特意置酒宴請茅焦。她精心梳妝打扮一番，談不上如花似玉，恰也楚楚動人。太后宴請，茅焦不敢不到。宴間，太后一再敬酒致謝，道：「抗枉令直，使敗更成，安秦之社稷，使吾母子復得相會者，盡茅君之力也。」她稱茅焦為「茅君」，那是個很親切的稱謂；更重要的是她的語氣柔和，富有穿透力與誘惑力；眼神脈脈，秋波流轉，傳遞著濃濃的愛意，羞羞的嬌媚與怯怯的風情，很撩撥人的。茅焦並不遲鈍，明顯感受到了太后試圖征服自己、佔有自己的急切欲望與熱辣攻勢。他有點心慌，但還能把持。他在齊國，有妻妾有兒女，到秦國是為了富貴，而不是為了美色。天下美色多矣，但眼前這位太后是斷然不可染指的，誰染指誰遭殃，必成又一個嫪毐！茅焦這樣想著，目不斜視，保持定力，再飲幾杯酒後，便很紳士地找了個藉口禮貌告退。太后好生不快，趕忙去照鏡子，自己果真人老珠黃了？果真殘花敗柳了？果真不討男人喜歡了？果真……

李斯冷靜思考與分析，終於明白秦王看重和禮待茅焦的原因了：秦王是在暗中撮合太后和茅焦成就好事哩！茅焦若是個平民百姓或小官小吏，又怎能匹配太后？他秦王的臉上也無光呀！李斯把這一判斷告訴王綰。王綰說：「嗯！有道理。那麼茅焦和太后的事能成嗎？」李斯搖手說：「我看成不了，而且姓茅的很快會離開秦國。」王綰驚問：「這又是為何？」李斯笑答：「『六嬴』勢頭正盛，豈能容姓茅的分享權力？」

這一次，李斯的判斷又是精準無誤。

茅焦官拜上卿、太傅，最惱火最憤恨的就是「六嬴」，尤其是衛尉嬴猋和內史嬴光。嬴猋和嬴光認為茅焦憑一張嘴就任上卿、太傅，沒準兒不久還會升任相國呢！他倆的父親好不容易才當上左相國，呂相國已被免職，難道還要再出個茅相國不成？兩兄弟一商量，決定給茅焦一個警告。方法很簡單，買通驛館館長，在茅焦住房裡做點手腳。這天，茅焦早上醒來，猛見書案上盤著一條粗壯的眼鏡蛇，蛇頭昂起一尺多高，幽綠的雙眼死死盯著他，鮮紅的信子一吐一吸，嚇得他三魂掉了兩魂；再看，還有一把鋥亮的匕首，半插在書案上，嚇得他剩下的一魂也掉了。許久許久，魂才歸位。茅焦因此意識到秦國的上卿、太僕萬萬當不得，再留下就得搭上性命。他很識趣，當天即收拾行囊，來了個不辭而別，掛印自去。秦王獲知此事，已是三天之後了。秦王確實是想暗中撮合太后和茅焦成就好事的，怎奈茅焦不領情，那也沒法。秦太后獲知此事更晚些，未免傷感與失落，落花有情，流水無意，看來自己日後注定要面向孤燈，獨守空房了。

茅焦掛印自去。李斯覺得奇怪，派竹友、梅友一偵察，方知是嬴猋、嬴光搗了鬼，恰合自己的

判斷。十月，文信侯呂不韋獲准離開京城，前往封地洛陽頤養天年。絕大多數的朝廷百官都是呂不韋一手提拔起來的，過去對呂不韋馬首是瞻，而這時卻像躲避瘟疫一樣地回避，和呂不韋劃清了界線。以致呂不韋在離開京城時，竟無一人為他送行，可見世態多麼炎涼。呂不韋倒是坦然。這種局面，歸根到底是自己造成的，現在能保住老命就算萬幸了，此外還指望什麼？

呂不韋自嬴成蟜造反檄文發布之日起就稱病不出，淡出了人們的視野。他被免去相國職務，陸續遣散了萬名傭僕和三千名舍人，給了每人充足的安家經費。他和十多房愛妾帶往洛陽的除了重要衣物外，還有書籍，裝了四五十輛馬車。相國府的地產和房產，他已留話要捐獻給朝廷。車隊馳出咸陽南門朱鳥門，馳過渭橋，馳過甘泉宮前。呂不韋回首凝望，有些不捨與傷感。咸陽，一座宏偉壯美的城市，一座人人嚮往的城市，曾給過他巨大的權勢、尊崇、光榮與財富，而這一切瞬間便灰飛煙滅了。但他還有一絲牽掛，牽掛咸陽宮裡那個叫嬴政的秦王。嬴政啊嬴政！你可知你本該叫呂政，我才是你的生父啊！他也牽掛甘泉宮裡那個叫趙姬的太后。趙姬啊趙姬！你、我和政兒，原本是一家人，然而卻成了現在這個樣子，夫妻不成夫妻，父子不成父子，離別時連最後見上一面，道個別都不能夠，到底為什麼呀？呂不韋出身商人，歷來精明絕頂，而此時此刻卻恍恍惚惚、迷迷糊糊，回答不了所思所想的任何問題。

車隊緩緩前行，抵達霸水上的霸橋。路邊忽閃出一人，向著呂不韋乘坐的馬車躬身施禮，道：「晚輩聊備薄酒，為文信侯大人餞行。」呂不韋看去，大感意外，驚道：「李斯客卿！」

李斯這時在這裡出現是經過深思熟慮的。他認為秦王內心深處是默認呂不韋是生父的，他對生父談不上愛，甚至懷恨，但恨中肯定是有敬的。因為生父畢竟功大於過，是大於非，值得敬愛與敬重。基於此，李斯從不貶斥、詆毀呂不韋，並在別人冷落、遠離呂不韋時，特意在霸橋為其餞行，權當是在未經授權的情況下，代替秦王送呂不韋一程。這樣，自己在秦王心目中的地位必定會有所提升。

呂不韋下車，隨李斯來到一株樹下。樹下已有一張方桌，桌上有四碟涼菜和一壺酒。李斯請呂不韋落座，為之斟酒，自己亦坐，斟酒，敬酒致詞，無非是此去洛陽，後會無期，務請珍重之類。呂不韋強作笑顏，說：「呂某已是昨日黃花，客卿大可不必為我餞行的。」李斯說：「不！大人仍是堂堂的文信侯，理當受到敬重。更何況大人對晚輩有恩，十年前是大人收留了我，並引我見到了王上，晚輩才得以有今天。」呂不韋搖頭歎氣，說：「可你瞧我現在這德性！就像下棋，一著不慎，全盤皆輸啊！」李斯說：「古語云：人非聖賢，孰能無過？知過能改，善莫大焉。大人能認識到『不慎』處，並有所領悟，亦聖賢也。然晚輩以為，大人的功業世人是不會忘記的。大人經商，是一位成功的商人；大人從政，是一位卓有建樹的政治家；大人著文，是一位勇於創新的思想家。一部《呂氏春秋》，雖然不算十全十美，但它將會是秦國文化的一個標誌，定會流傳千古。」呂不韋眼眶微微發紅，拱手道：「李客卿過譽了，愧不敢當！」呂不韋在離開咸陽之際，很想說說他和太后、秦王之間的那些事，那些剪不斷理更亂的事。李斯慌忙岔開話題，說：「這世上許多事，存在的就是合理的，千萬莫捅破莫說破，最好就讓它永遠埋在心底。」呂不韋一想也是，也就不說了。

菜是簡單的菜，酒是普通的酒，二人吃菜飲酒話別，興味盎然。管家催促主人上路，呂不韋起身，再問：「呂某前往洛陽，客卿有何告誡？」李斯忙說：「告誡不敢，但有一個願望，願洛陽無

消息，便是好消息。」呂不韋重複李斯的話，點頭，表示明白它的意思了。呂不韋走向馬車，又停步，說：「請向王上轉告呂某兩句話：一、嬴氏坐大，恐非秦國之福；二、善待太后。」李斯說：「晚輩遵命！」呂不韋登上馬車。馬車啟動，李斯端立，目送著馬車馳過霸橋，馳向遠方。

李斯回家，剛剛坐定。宮廷一名內侍前來傳旨：秦王宣召客卿。李斯急忙去咸陽宮，拜見秦王。秦王端坐於御座，冷聲問：「你為何要餞別文信侯？」李斯驚出一身冷汗，原來自己的行止盡在秦王掌握之中。他不想隱瞞，也不敢隱瞞，竹筒倒豆子似的如實報告了自己的想法與做法，重點報告了自己對文信侯經商、從政、著文三個方面的評價。秦王沉吟，只聽不語。李斯最後轉告呂不韋的兩句話。秦王眉角微挑，分明是心有所動：兩句話，一句是國事，一句是家事，那位自己只能在內心深處默認的生父，在離開咸陽時還是牽掛著國事和家事啊！秦王放眼，透過高高的窗戶，遙望悠遠而深邃的天空，很久才說：「先生，你是個有思想有情意的人，寡人感謝你！」秦王對李斯，總是直呼其名的，而今天卻稱「先生」，稱讚他感謝他。李斯受寵若驚，拜伏在地，說：「臣不敢承謝，臣只做了臣該做的事情。」

李斯對人對事精準判斷，料事如神，餞別呂不韋得到秦王讚賞，心情愉悅。可他獨獨沒有判斷出，一場政治風暴迅猛襲來，險些毀了他的仕途他的前程。

第十五章
逐客風暴

十月小雪，十一月大雪。隨著這兩個節氣的到來，關中平原進入風雪瀰漫、滴水成冰的寒冬季節。十一月下旬，秦王嬴政感染風寒，臥榻休息，連續六天沒舉行朝會。就在這六天裡，一場政治風暴迅猛而起，席捲咸陽，秦國惶恐，整個天下為之震驚。呂不韋留言：「嬴氏坐大，恐非秦國之福。」這場風暴的源頭正是嬴氏——以「六嬴」為代表的嬴氏宗室。

呂不韋任秦國相國十餘年，有意壓制嬴氏宗室，朝廷最高層官員三公九卿中，只安排嬴氏一人任宗正，職掌王家宗室事務。呂不韋失勢，秦王倚重嬴氏。昌平君嬴班、昌文君嬴沖兩位左相國，已經取代呂不韋統領百官，擔負起前所未有的重任。嬴沖之子嬴焱任衛尉，嬴班之子嬴光任內史，佔據了兩個重要部門和強勢職位。加上奉常嬴希、宗正嬴子嬰，「六嬴」的勢力確實達到了「坐大」的程度。秦國自商鞅起，歷任相國以及許多高官都是來自東方六國的異客，俗稱「老外」。因此，嬴氏宗室執掌大權，最痛恨最仇視的就是老外。尤其是嬴焱、嬴光二人，四肢發達，頭腦簡單，不知天高地厚，偏激狂傲，關中方言稱作「二桿子」，恨不得把所有老外都㖒嚓了，不㖒嚓也該宣布他們是「不受歡迎的人」，趕出秦國去。

嬴氏的仇外排外情緒蘊積日久，已成一個火藥桶，只需一粒火星就會引發爆炸。倏忽，火星有了，就是鄭國間諜案。

鄭國，韓國人，呂不韋的鄉黨和朋友，水利專家。十年前，他就到秦國，通過呂不韋獲得支持，任水工（官職名），在渭北主持興修水利。具體項目是開鑿一條灌溉農田的水渠。工程非常浩大，花費了大量人力、物力和財力，初見成效，但還未最後竣工。鄭國常年住在涇陽，一天和縣裡的錢師爺喝酒，不覺大醉，醉後竟說他幫助秦國興修水利，其實是韓國實施的「疲秦計」，目的在於消耗秦國實力，「疲秦弱秦」，以延緩秦國攻滅韓國的時間。這一情節非同小可。錢師爺立即報告江縣令，江縣令立即報告朝廷。左相國嬴班、嬴沖當即認定鄭國是韓國間諜，命將其逮捕下獄，同時報告秦王。鄭國下獄，方知酒後失言，闖下大禍，按律定是死罪。他在秦國無親無故，死後由誰收屍？倉促間想到李斯，遂託一名好心的獄卒前往咸陽，希望能找到李斯，通報一下自己下獄的消息。

李斯長子李由這年十九歲，庠序畢業，在藍田縣謀了個縣尉的差事。秦王生病的第四天上午，李斯送兒子去藍田縣報到。下午剛回到咸陽便見到那名獄卒，獄卒通報了鄭國的消息。李斯大驚失色，想起十年前和鄭國的短暫交往，正是鄭國幫忙才讓他釣著了呂不韋這條大魚，從而在咸陽有了立足之地，隨後進入仕途，步步高升。而今鄭國有難，自己理當救援，即使救援不成，也該去見上一面，弄清楚情況再說。因此，他喚了「三友」，隨著獄卒騎馬直奔涇陽。當晚，李斯見到鄭國。鄭國敘說了事情原委。原來，鄭國最早確實是受韓王指派來到秦國的，但來了之後只想著興修水利，早把間諜身分忘光了，期間從沒回過韓國，也從沒和韓國人有過任何聯繫。李斯覺得事情還不算太糟，寬慰鄭國數語，便住宿於一家旅肆，思量救援鄭國的方法。次日凌晨，松友急急喚醒李斯，遞上一方白色葛布，說：「快看，秦王詔令！」李斯接過葛布，輕聲讀道：

> 韓國水工鄭國，為其主遊間於秦，罪在不赦。凡六國異客事秦者，大抵皆心懷二志，不利於秦而適足為害。令到之日，一律逐之。

這道詔令，通稱《逐客令》。李斯連讀三遍，臉色大變，問：「這是哪來的？」松友答：「涇陽街頭多處張貼有這樣的詔令，我就揭了一份來。」李斯說：「『凡六國異客事秦者，……一律逐之』，什麼意思？秦王賢明睿達，為何要發布這樣的詔令？」松友說：「現在執掌大權者，可是『六嬴』哪！」

李斯原想當天會會涇陽江縣令，說說鄭國案的。這時心急火燎地顧不上了，匆匆地到監獄和鄭國告別，叮囑保重，推說京城有急事，然後便和「三友」快馬加鞭返回咸陽。咸陽城裡已經大亂了，亂得很怪異很恐怖。到處張貼有《逐客令》，到處可見衛尉署和內史署的士兵，手執兵器在驅趕民眾。許多人家大門上用白灰畫了個圓圈，圓圈裡寫個大大的「逐」字。許多人家已遭驅逐，男女老幼或坐車或徒步，哭哭啼啼地由士兵押解著緩緩走向城外。商家歇業，庠序停課。不時有舉著小旗的小隊士兵走過，有節奏地呼喊什麼《逐客歌》：「秦國天下，嬴氏江山；異客老外，統統滾蛋！」李斯目睹這種景象，直覺得心裡發堵發慌。秦都咸陽，一日之間怎會變成這樣？

李斯急急趕往家中。自家大門上也畫有圓圈，寫有「逐」字，而且貼上了白麻布封條，封條上蓋有官府大印。自家馬車停在門前，妻子柴禾和車夫馮老漢正將兩個包袱放到車上。柴禾見到丈夫，哭出聲來，說：「我們沒有家了。這，這……」李斯拍拍妻子的肩膀，安慰道：「沒事的，沒事的！」次子李甲正情緒激動地和十幾名士兵爭執著。一個頭目模樣的小吏走近李斯，說：「你就是李斯？本吏奉命逐客，負責查封你家第宅，並押解你及家人出境。」李斯冷聲問：「你奉誰之命？」小吏說：「奉衛尉嬴焱、內史嬴光之命，當然也是奉秦王之命呀！」李斯怒道：「你們這是違法犯紀！不行，我要見秦王！」小吏說：「是否違法犯紀，你說了不算，嬴焱、嬴光說了才算。

嬴焱、嬴光特別交代，說你是異客代表人物必須驅逐，沒有資格再見秦王！對不起，已過午時，你及家人應立刻上路！」

李斯這時是文人遇見兵，有理說不清。他去隔壁王府，想跟王綰打個招呼。王府人說，王綰在王宮當值，好幾天都沒回家了。小吏催逼，李斯無奈只得忍氣吞聲，答應上路。松友、竹友、梅友立在一邊，滿眼都是怒火。李斯苦笑說：「他們是奉命行事，不必與之計較。你們三人，權且先回郎中令衙署，我會跟王綰說要如何安排的。」「三友」跟隨李斯數年，彼此間已結下兄弟般的深厚情誼，不忍就此分離。三人同時抱拳，說：「不！李兄此去，我等有護衛之責，至少要見你安全出函谷關，那時才會放心。」

西北風凜冽，天色陰沉，下起了芝麻粒大的小雪，打在人臉上，鑽心刺骨的痛與冷。李斯呼喚柴禾、李甲登上馬車。小吏下令：「上路！」馬車啟動。小吏率十餘名士兵，手執兵器押解，走在馬車兩側。「三友」騎馬緊隨其後。馬車馳出咸陽南門朱鳥門，馳過渭橋。李斯像呂不韋離開咸陽時一樣，回首凝望，有些不捨與傷感，更多的是悲涼與悲愴。他在這座城市拼搏了十年，不可謂不辛苦，不可謂不忠誠，到頭來卻似囚犯般地由士兵押解著遭驅逐、遭搶劫，他和家人除了一輛馬車和兩個包袱外，已經一無所有。柴禾深情地看著丈夫，說：「我們回家，回楚國上蔡，那裡還有幾間草房呢！」李甲說：「對，回家！回家後，阿父仍帶著哥哥和我追野兔去！」李斯知道妻子、兒子是在寬慰自己，淒然歎道：「十年咸陽一場夢啊！唉！」柴禾又擔心起李由來，問：「他們會不會也逐由兒？」李斯搖頭，回答不了這個問題。

前後左右都有遭驅逐、遭搶劫的異客老外，都是拖家帶口。押解逐客的士兵窮凶極惡，揮舞著

刀劍與皮鞭，大聲呵斥與責罵行動遲緩者，全無人性。當晚宿於霸水兩岸，風狂雪猛、天寒地凍。沒有住處，沒有食物，無法生火，連飲用的熱水也沒有。老人哀歎，小孩啼哭，婦女垂淚，夜間凍死十幾個人。《史記》記述這次逐客，用了「大索」二字。通過這二字可以想像，那是一種怎樣的暴力，怎樣的場景！悲慘的背後，浸裹著多少人的辛酸與血淚。

翌日，逐客隊伍繼續東行。在一個叫耿鎮的地方，李斯下車活動活動腿腳。松友讓他騎馬並為之牽馬。松友善文，在「三友」中最愛動腦子，說：「秦王的《逐客令》來得蹊蹺，李兄就不懷疑？」李斯說：「我懷疑過，但這一路走來，所見的《逐客令》內容全都相同，又怎麼懷疑？」松友說：「即便如此，李兄也該寫一篇諫書進諫秦王，直陳逐客之謬之錯。」李斯說：「秦王是王上是天子，縱然有謬有錯，又哪會承認哪！」逐客隊伍中有不少官員認識李斯。一時間，逐客們全都知道李斯官任客卿兼長史，深得秦王信任。天道的不公，求生的本能，促使他們齊刷刷跪地，眼中露出乞求、期待的神色，懇請李斯上書秦王拯救逐客危難。李斯慌忙下馬，打躬作揖，請眾人起身，說：「李斯之痛，亦如諸君。怎奈目前『六贏』坐大，執掌大權，李斯即使上書秦王，諫書也送不出去，更到不了秦王手裡啊！」幾個小吏見狀擔心生變，揮舞著刀劍與皮鞭，厲聲呵斥與責罵。正當這時，後面呼喇喇馳來一隊騎兵，為首者乃一英氣奪人的青年，銀盔銀甲，披一件鮮紅色大氅。青年見到李斯，滾鞍下馬，單腿跪地，道：「晚輩蒙恬，拜見客卿大人！」

蒙恬上年生擒嫪毐，並將秦王賞賜的百萬錢全部分給手下騎兵，傳為美談，人人敬佩。郎中令王綰喜愛這個將門虎子，通過秦王將他從桓齮軍中調進郎中令衙署任郎官，僅一年便升任衛官。李斯見到蒙恬露出驚喜之色，忙將他扶起。蒙恬說：「蒙恬奉郎中令王綰之命，前來煩請先生上書秦王，速速廢止《逐客令》。『六嬴』作祟，凡六國異客事秦者一律逐之，不僅先生，就連我蒙氏恐怕也難倖免。」李斯驚道：「他們也要驅逐蒙氏？」蒙恬說：「因為晚輩爺爺是齊國人，家父、叔父和我等也該驅逐！王郎中令命我轉告先生，《逐客令》已使咸陽大亂，亂勢正向全國蔓延，若不廢止，秦國將亡，秦國必亡！」

《逐客令》蔓延會導致秦國亡國，可見問題嚴重到了何等程度！李斯面色如冰，問：「我上書秦王，諫書能到秦王手中麼？」蒙恬回答肯定：「能！王郎中令說了，他會把諫書當面呈給秦王。」李斯聽了這話，胸中升起百丈憤情與千丈豪情，大聲道：「取筆，磨墨！」逐客們見事態有了轉機，無不欣喜。

松友背包裡常備文房四寶。竹友、梅友搬來一塊大石和一塊小石，權當桌子和凳子。松友取出硯臺，注水磨墨，擺放竹簡與毛筆。押解逐客的小吏企圖阻止，蒙恬拔出佩劍指向他們，道：「你等識相的，趕快放下兵器，向我的騎兵報告姓名，登記在案，然後設法去附近村寨弄點柴草來，生幾堆火讓逐客們暖暖身子。違者，我會報告王郎中令，叫你等吃不了兜著走！」蒙恬本來就英氣勃發，又搬出人人敬畏的王郎中令來，小吏們嚇得連連點頭，乖乖照辦。

朔風恣意肆虐，雪花恣意飛舞。李斯在「凳子」上落座，巋然宛若山岳。他定一定神，提筆濡墨，在竹簡上寫下第一個字「臣」，隨後便像天馬行空，無羈無絆，一發而不可收。在空曠的野外，在冰涼的「桌」上，在呼嘯的風雪中與逐客的注目中，他用筆抒發鬱積於心的不解、幽怨與悲憤，同時也抒發為官從政的正義、良知與責任。胸中情思，筆端波瀾，也就是半個時辰，他一氣呵成寫完諫書，丟下筆，長長地舒了口氣。逐客們固然不知李斯寫了些什麼，但他們知道李斯是智

者，李斯在為他們申訴、為他們吶喊，要為他們討回公道、化解危難。

蒙恬立在李斯身後，看著李斯筆下跳出的每一個字，愛恨悲喜難以自已。書成，墨跡未乾，有雪花印痕，像是淚滴。蒙恬將諫書捲起揣進懷裡，說：「晚輩這就回咸陽覆命。先生權且暫駐於此，靜候佳音。對了，晚輩已留下十名騎兵在此護衛先生，以防意外。」蒙恬說罷上馬，招呼其他騎兵，風也似的疾馳而去。鮮紅色大氅隨風飄拂，像是飛雪中躍動的穿行的一團火焰。

當夜，秦王嬴政臥在寢殿病榻上，讀到了李斯的諫書。但見：

臣聞吏議逐客，竊以為過矣。昔穆公求士，西取由余於戎，東得百里奚於宛，迎蹇叔於宋，來丕豹，公孫支於晉。此五子者，不產於秦，而穆公用之，並國二十，遂霸西戎。孝公用商鞅之法，移風易俗，民以殷盛，國以富強，百姓樂用，諸侯親服，獲楚、魏之師，舉地千里，至今治彊。惠王用張儀之計，拔三川之地，西並巴蜀，北收上郡，南取漢中，包九夷，制鄢郢，東據成皋之險，割膏腴之壤，遂散六國之從，使之西面事秦，功施到今。昭王得范雎，廢穰侯，逐華陽，彊公室，杜私門，蠶食諸侯，使秦成帝業。此四君者，皆以客之功。由此觀之，客何負於秦哉！向使四君卻客而不內，疏士而不用，是使國無富利之實，而秦無彊大之名也。

今陛下致崑山之玉，有隨和之寶，垂明月之珠，服太阿之劍，乘纖離之馬，建翠鳳之旗，樹靈鼉之鼓。此數寶者，秦不生一焉，而陛下說之，何也？必秦國之所生然後可；則是夜光之璧，不飾朝廷；犀象之器，不為玩好；鄭衛之女，不充後宮；而駿馬駃騠，不實外廄；江南金錫不為用，西蜀丹青不為采。所以飾後宮，充下陳，娛心意，說耳目者，必出於秦然後可；則是宛珠之簪，傅璣之珥，阿縞之衣，錦繡之飾，不進於前，而隨俗雅化，佳冶窈窕，趙女不立於側也。夫擊甕叩缶，彈箏搏髀，而歌呼嗚嗚快耳者，真秦之聲也；鄭衛桑間，韶虞武象者，異國之樂也。今棄擊甕叩缶而就鄭衛，退彈箏而取韶虞，若是者何也？快意當前，適觀而已矣。今取人則不然；不問可否，不論曲直，非秦者去，為客者逐。然則是所重者，在乎色樂珠玉，而所輕者在乎民人也；此非所以跨海內，制諸侯之術也。

臣聞地廣者粟多，國大者人眾，兵彊則士勇；是以泰山不讓土壤，故能成其大；河海不擇細流，故能就其深；王者不卻眾庶，故能明其德；是以地無四方，民無異國，四時充美，鬼神降福，此五帝三王之所以無敵也。今乃棄黔首以資敵國，卻賓客以業諸侯，使天下之士，退而不敢西向，裹足不入秦，此所謂藉寇兵而齎盜糧者也。夫物不產於秦，可寶者多；士不產於秦，而願忠者眾。今逐客以資敵國，損民以益讎，內自虛而外樹怨於諸侯，求國無危不可得也。

這就是千古傳誦的名篇《諫逐客書》。王綰趁機報告咸陽幾天來的亂象，秦王緊鎖眉頭，沉思良久，輕拍手中的竹簡，說：「嗟乎！若無此書，寡人之過，將葬送秦國矣！傳旨：立即召回李斯。」王綰高聲答：「是！」快步走向殿外。蒙恬正在殿外等候，等候的正是召回李斯的詔令。

當蒙恬和他的騎兵再次出現在耿鎮的時候，已是又一天凌晨。蒙恬傳達秦王旨意：「立即召回李斯。」李斯手指眾多逐客，問：「他們呢？」蒙恬答：「王上沒說。」逐客們的希望變成失望與絕望，嗚咽道：「願先生勿棄我等。」李斯高聲說：「諸君且請等待，待我面見王上，說服王上，《逐客令》非廢止不可。我與諸君同為外客，休戚與共。諸君留，我留；諸君不留，我亦不留！」

為了表明這一態度，他將妻子、兒子和「三友」留在原地，獨自隨蒙恬回咸陽。

王綰見到李斯非常高興，立即引他去見秦王。一般人是進不了秦王寢殿的。李斯步入寢殿，拜伏在病榻前，說：「客臣李斯，謹問吾王龍體安康。」他有意用了「客臣」一詞，以示自己是「客」。秦王臥在病榻上，見李斯風塵僕僕，面帶倦容，說：「先生受苦了，也受委屈了。平身！」李斯並未平身，從懷中取出一方白色葛布呈給秦王，那是松友在涇陽街頭揭下的《逐客令》，說：「客臣想確認一下，這樣的《逐客令》果真是吾王本意麼？」秦王接過葛布，粗看一眼，沒發現什麼問題。再看，猛地坐起，面帶怒色，大聲道：「取原始文書來！」一名內侍取來一個木盒。秦王從中取出一片竹簡，那是左相國嬴班、嬴沖起草的《逐客令》原稿，末尾兩句「令到之日，一律逐之」中間，分明有自己用朱筆加寫的「凡如鄭國者」五字，而白色葛布上卻沒有這五字。秦王惱惱地將竹簡遞給李斯。李斯一看恍然大悟，原來有人在秦王詔令上做了手腳！李斯又拜伏在地，說：「現在國人見到的《逐客令》，均非吾王御定的《逐客令》，其影響之大、危害之烈難以估量。當務之急，臣請立刻廢止《逐客令》，讓成千上萬的逐客盡快回家。他們現在正由士兵押解著跋涉在風雪路上，飽受羞辱與饑寒。他們雖是外客，但均在秦國生活多年，視秦國為第二故鄉，同樣是吾王的臣民哪！」

秦王也覺得事態非常嚴重，決定動用非常手段。他對王綰說：「傳旨王翦，命派出五千名騎兵，務須今明兩天內遍告咸陽及各郡縣，宣布《逐客令》廢止，所有逐客回家，任何人不得阻止與刁難。另外，通知百官明日舉行朝會。」

李斯午夜時分回家。令他欣喜的是柴禾、李甲已回到家中。妻子、兒子告訴他，有騎兵在耿鎮宣布了《逐客令》廢止的消息，滯留的逐客全都回家了，眾人都在笑，都很感激他啊！李由也連夜騎馬從藍田縣趕回家中。全家人猶如劫後重逢，感慨、唏噓，真想抱頭大哭一場。

秦王嬴政臥病六天，第七天舉行朝會。一些外客官員尚未回到京城，所以咸陽宮正殿顯得有些空曠與冷清。左相國嬴班、嬴沖和衛尉嬴焱、內史嬴光，已知《逐客令》廢止事，並看到了李斯站在班列前面，局促不安。秦王頭戴金冠，身著袞服，冰冷的目光投向兩位左相國，問：「嬴班、嬴沖！《逐客令》共發出多少份？」嬴班答：「約三萬份。」嬴沖答：「三萬五千八十份」秦王道：「份數不少嘛！發出去的《逐客令》，是你倆的版本，還是寡人御定的版本？」嬴班、嬴沖就像五雷轟頂，慌忙跪地叩頭說不出話來。秦王：「按寡人御定的版本，『令到之日，凡如鄭國者，一律逐之』，秦國逐客，逐的是鄭國那樣的間諜，總數約二十人左右，至多不會超過三十人；而按你倆的版本，『令到之日，一律逐之』，逐的是『凡六國異客事秦者』，光咸陽就是七八萬人，全國則是數十萬人。而且，你倆的行動還挺快，稱得上是大刀闊斧、雷厲風行哪！」嬴班、嬴沖：「臣罪該萬死！」秦王：「無須萬死，一死就足夠了！」

嬴焱、嬴光跪地叩頭，為其父承擔責任，說兩位左相國的《逐客令》版本，在呈送秦王的同時，他倆就派人手抄寫了，御定版本出來後，他倆不想返工就索性一錯到底，仍按原版本抄寫，隨抄寫隨發送，以致……

秦王冰冷的目光轉向嬴焱、嬴光，道：「凡事均有個度，失度而不近人情者、必有大奸佞。在這次逐客中，你倆就是唯恐秦國不亂的大奸佞。據悉，你倆濫用職權，在內史署組建了所謂的『逐客總部』，一任『都督』，一任『副都督』，是不是？」嬴焱、嬴光叩頭如搗蒜，答：「是！

是！」秦王：「你倆還謀劃要驅逐蒙氏，驅逐洛陽的文信侯，甚至要驅逐華陽太后和寡人的母后，是不是？」嬴焱、嬴光只顧叩頭，雖說是寒冬，額上卻滾下豆大的汗珠。秦王：「你倆驅逐了李斯，因其兼任長史知道很多機密大事，所以密謀要將他殺死在驅逐途中，是不是？」

李斯聽到這裡，驚駭悚然，原來嬴焱、嬴光竟要置他於死地，若不是「三友」和蒙恬騎兵嚴密護衛，他恐怕早拋屍在驅逐途中了。他不由怒從心頭起，惡向膽邊生，跨前一步，拱手道：「臣請揭露嬴焱、嬴光三事。」秦王：「講！」李斯：「其一，上卿、太傅茅焦為何掛印而去？實是嬴焱、嬴光買通驛館館長，用眼鏡蛇與匕首恫嚇將他趕走。」秦王怒視嬴焱、嬴光。嬴焱、嬴光叩頭：「臣該死！」李斯：「其二，嫪毐叛亂獲雙刑，長信侯府收歸朝廷，而嬴焱、嬴光依仗權勢予以瓜分，各佔其半。」秦王怒視嬴焱、嬴光。嬴焱、嬴光叩頭：「臣該死！」李斯：「其三，原衛尉魏竭、內史汪肆參加嫪毐叛亂，梟首，家屬徙遷房陵，而嬴焱、嬴光分別留下魏竭之女和汪肆之女，收為愛妾。」秦王怒視嬴焱、嬴光。嬴焱、嬴光嚇得支撐不住了，匍匐在地上，尿了褲子。

秦王從御座上站起，在金殿上踱步，臉色陰森。他站定，面對百官，說：「衛尉嬴焱、內史嬴光，位列九卿，無視王法，亂國殃民，罪大惡極，斬！」

一個「斬」字，如石破天驚，雷霆萬鈞。早有四名刀斧手進殿，拖起嬴焱、嬴光走向殿外。嬴焱、嬴光反應過來，發出絕望的呼喊：「王上！饒命哪！爹！救救兒子啊！」百官垂手侍立，幾乎不敢喘氣。不一時，刀斧手獻上兩顆血淋淋的人頭。

嬴班、嬴沖一直跪地，眼見得兒子被斬首心如刀絞、魂飛魄散。秦王的目光又盯向他倆，他倆像篩糠似的瑟瑟發抖。秦王說：「嬴班、嬴沖！你倆作為左相國，在《逐客令》問題上犯了欺君之罪，在嬴焱、嬴光問題上犯了薦人失察之罪；你倆作為人父卻教子無方，甚至有縱子作惡之嫌。本當嚴懲，念你倆為嬴氏宗室老人且曾有功勞，姑且從輕發落，著免去左相國職務，保留昌平君、昌文君爵號，食邑減半。」嬴班、嬴沖保住了性命，惶惶叩頭謝恩。

秦王所患風寒尚未痊癒，這時一陣咳嗽，臉脹得通紅，忙揮手宣布：「退朝！」

逐客風暴起勢迅猛，平息得也快。在這場風暴中，嬴氏宗室利令智昏、得意忘形，「六嬴」垮掉「四嬴」，元氣大傷，徹底退出了秦國最高權力中心。這正是秦王嬴政所希望所需要的結果。呂不韋語：「嬴氏坐大，恐非秦國之福。」秦王歸根到底姓呂，不能容許嬴氏「坐大」，懲治嬴氏也就收回了旁落於嬴氏的權力。李斯在這場風暴中，以一篇《諫逐客書》出盡了鋒頭，並因此而成為一位著名文學家。《諫逐客書》是一篇政論性散文，思想性與藝術性完美結合，寫得汪洋恣肆、酣暢淋漓、情詞懇切，極富文采，很有說服力。司馬遷《史記》為李斯立傳，全文收錄了《諫逐客書》，並給予高度評價。魯迅先生云：「秦代文章，李斯一人而已。」是為至論。

第十六章

雪夜追賢

逐客風暴告一段落，李斯的思想又集中到鄭國間諜案上來。鄭國是他的朋友、他的貴人，他要盡其所能給予救援。然而鄭國犯的是間諜罪，審理權歸於職掌刑律的廷尉，他是局外人，救援相當困難。怎麼辦？他一時也沒有什麼好的辦法，只能先去涇陽把案情了解清楚再說。於是，他和「三友」又冒著風雪去了涇陽。

就在李斯去涇陽的第二天，一位風塵僕僕的老者到了咸陽。老者年近六旬，花白鬍鬚，身穿灰色葛布長袍，腳踏黑色千層底布鞋，步履矯健、目光犀利，這裡看看，那裡瞧瞧，時而微笑，時而蹙眉，有著一種特別的神采與氣度。時值中午，衛官蒙恬騎馬回府。那馬是一匹名馬，身高體長膘肥，毛色赤紅，見到老者，猛地兩前腿騰空作人立狀，發出長嘶，險些把主人摔落地上。蒙恬由此認定老者絕非常人，趕忙下馬恭敬施禮，詢問姓名。老者答：「世外之人，無姓無名。」蒙恬不甘，緊跟著詢問。老者反問：「你小哥是誰？」蒙恬答：「晚輩姓蒙名恬。」老者這才認真打量小哥，說：「看來你可能是蒙驁的孫子。」蒙恬大驚，說：「老人家知道晚輩爺爺？」老者說：「你爺爺是齊國人，入秦為名將，戰功卓著，誰不知曉！看在你爺爺份上，告訴你：老朽乃尉繚也。」

尉繚？蒙恬聽到這個名字，先是驚訝，繼是欣喜，說：「老人家就是尉繚？晚輩自小就讀你的大作《尉繚子》，今日得見尊顏，真乃榮幸。敢請老人家上馬，辱臨敝居下榻，容晚輩伺候左右，聆聽教誨。」尉繚全不推辭，一縱身就俐落地坐上馬背。那馬好像很興奮，昂首擺尾，呼呼噴氣。蒙恬畢恭畢敬的為之牽馬。街道上的人都是認識蒙恬的，見狀無不驚歎：騎馬的老頭是誰，竟能享受如此禮遇？

尉繚，魏國大梁人，據說和蘇秦、張儀、孫臏、龐涓一樣，也是神秘大師鬼谷子的弟子，潛心研究兵法，著有兵書《尉繚子》，《尉繚子》共十二篇，融合法、儒、道、墨諸家思想論兵，許多觀點新穎獨到，別具一格，其名在軍界僅次於兵家鼻祖孫武。尉繚下榻蒙府，見到了蒙恬父親蒙武、叔父蒙嘉、弟弟蒙毅，受到了熱情歡迎與款待。蒙武原任郎中令，病休數年，身體完全康復。他設酒宴為尉繚接風，蒙武說：「我讀先生大作，懂得了什麼是戰爭，懂得了戰爭有正義與非正義之分。『故兵者，凶器也；爭者，逆德也；將者，死官也。故不得已而用之』；『兵者，所以誅暴亂，禁不義也。兵之所加者，農不離其田業，賈不離其肆宅，士大夫不離其官府，故兵不血刃而天下親』；『兵不攻無過之城，不殺無罪之人。夫殺人之父兄，利人之貨財，臣妾人之子女，此皆盜也』。這些論述，精彩精闢，為他人所不能道。」蒙嘉時任中庶子，說：「先生把軍事與政治的關係，比作植物的軀幹與種子的關係，『兵者，以武為植，以文（政治）為種，武為表，文為裡，能審此二者，知勝負矣。』此論至為深刻。」蒙恬說：「晚輩讀老人家大作，印象最深的是關於將的論述：『將者，心（大腦）也；群下者，支節（四肢）也』，『權敵審將，而後舉兵』；『夫將者，上不制於天，下不制於地，中不制於人』，『一人之兵，如狼如虎，如風如雨，如雷如霆，震震冥冥，天下皆驚』。因此，本人只想當將軍。」蒙毅時年十九歲，注重研究刑律，已在廷尉署任書吏，說：「老人家論治軍，重法制，明賞罰，同樣精彩精闢：『凡誅賞者，所以明武也。殺一人而三軍震者，殺之；賞一人而萬人喜者，賞之。殺之貴大，賞之貴小。當殺而雖貴重，必殺之，是刑上究也；賞及牛童馬圉者，是賞下流也。』只有這樣一支軍隊，才有凝聚力與戰鬥力。」

蒙氏一家三代人都讀《尉繚子》，兩代人當面稱讚此書，引用書中論述，背誦如流，尉繚是既高興又開心。他也不謙虛，笑道：「治兵者，只需讀懂讀透《孫子兵法》與《尉繚子》二書，並在

實戰中加以運用，必能攻無不克，戰無不勝。」蒙武等全都贊同，連聲稱是。

次日，尉繚由蒙恬陪同，實地考察了咸陽附近兩處戰略要地：一處是霸上（今陝西西安東南），十多年後，王翦大軍將從這裡出發，經藍關（今陝西藍田境），出武關（今陝西丹鳳境），攻滅楚國；一處是子午谷（今陝西西安南），三十多年後，漢王劉邦將經由此谷前往漢中，採納張良建議，燒毀了途中所有棧道。考察休息時，蒙恬懇請尉繚繼續著述兵書傳於後世。尉繚大笑，道：「老朽之《尉繚子》傳世足矣，復何有它求！」

第三天上午，一位貴客造訪蒙府。衛士嚴密警衛。尉繚住在廂房看到那陣勢，猜想貴客必非常人。果然，蒙恬悄聲相告，貴客乃秦王嬴政。秦王到蒙府，和蒙武單獨談話。蒙恬趁機問尉繚，要不要見見秦王？尉繚搖頭，說：「我乃一介布衣，見他做甚？」秦王從進蒙府到離開蒙府，約莫半個時辰。尉繚透過窗戶，兩次見到秦王，秦王真容給他的印象糟透了，以致在吃午飯時突然提出要回魏國，飯後就走。蒙恬好生奇怪，百般挽留。怎奈尉繚脾氣古怪，性格狷介，說一不二。蒙恬沒法，只好告訴父親。蒙武畢竟和尉繚不熟也不便強留，只好和蒙嘉等熱情送客。尉繚仍騎馬，蒙恬仍為之牽馬，直送過渭橋，又向東送出十餘里。尉繚下馬逕去，走出十餘步又回轉來，問蒙恬道：「李斯現任何職？」蒙恬答：「客卿兼長史。怎麼？老人家認識李斯？」尉繚說：「我認識他，他不認識我。」他從懷中取出一枚金餅遞給蒙恬，又說：「煩你小哥把這枚金餅還給李斯。」蒙恬不解，說：「這……」尉繚說：「你告訴李斯，三年前他在大梁街頭，曾給一個教歌的老者一枚金餅，那個老者無功不受祿，理當歸還。」說罷自去，再也沒有回頭。一陣西北風颳起，又見雪花飛舞，紛紛揚揚，天地朦朧。

那天晚上，李斯從涇陽返回咸陽，請王綰到家中飲酒，想說說鄭國案情。王綰卻搶先說了秦王造訪蒙府的事，說：「王上和蒙武單獨談話，蒙武可能復出，重新擔任郎中令。」李斯默想片刻，笑道：「蒙武復出是肯定的，但不會重新擔任郎中令。」王綰說：「為何？」

李斯說：「三公九卿中，王上最在意最看重的就是郎中令一職。近三年，秦國發生多少大事！你王兄跟隨王上，鞍前馬後地護衛王上，功勞、苦勞比其他任何人都多。所以這時候，王上絕不會換你王兄。蒙武復出，可能仍回軍界本行。這時李甲引領一人來見阿父。李斯和王綰一見來人，同聲驚呼：「蒙恬！」蒙恬見頂頭上司王綰在場，趕忙施禮，隨後取出一枚金餅遞給李斯，轉述了尉繚的話。李斯一聽，立刻想起大梁街頭，那個邋遢的老者，想起《七歸一歌》，想起《尉繚子》，並把三者聯繫起來，大驚失色，急問：「你見到尉繚了？他在哪裡？」蒙恬簡約敘說了尉繚來去匆匆的經過。李斯迅即起身，對蒙恬說：「快！追！」王綰莫名其妙，說：「怎麼回事？」李斯說：「這事三言兩語說不清楚。你可進宮報告王上，就說《七歸一歌》的作者是尉繚，和兵書《尉繚子》的作者為同一人。此人正在秦國，但即將離開，我和蒙恬去追，希望能追上他，勸他留下為秦國效力。」

朔風凌厲，雪花紛飛。李斯和蒙恬頂風冒雪，策馬奔馳。二人分析，尉繚徒步，半天之內不會走得太遠，憑著快馬的速度定能將他追上。兩馬馳過霸橋、馳過耿鎮，白雪皚皚，曠野茫茫。前面是岔道，一道向東，一道向北。李斯說：「尉繚回魏國，只會向東，不會向北。」於是，兩馬繼續馳向東方，略略放慢些速度，注意大道兩側的動靜。蒙恬詢問《七歸一歌》是怎麼回事？李斯講起三年前在大梁見到那個老者教歌的情景。蒙恬說：「這個尉繚，真是個怪人。」李斯說：「是啊！

大凡賢人與高人，都是怪人！」再往前數里，大道兩側遍布小山與丘陵。蒙恬忽然說：「先生你聽！」李斯駐馬，聽到有人在輕聲哼歌，是一位老者在輕聲哼歌。再聽，聽出了歌詞內容，原來是《詩三百》裡的《秦風．蒹葭》：

蒹葭蒼蒼，白露為霜。
所謂伊人，在水一方。
溯洄從之，道阻且長。
溯游從之，宛在水中央。

蒹葭萋萋，白露未晞。
所謂伊人，在水之湄。
溯洄從之，道阻且躋。
溯游從之，宛在水中坻。

蒹葭采采，白露未已。
所謂伊人，在水之涘。
溯洄從之，道阻且右。
溯游從之，宛在水中沚。

這是一首名詩，主題是懷念想念「伊人」，看似很近，其實很遠，相見很難。詩的格調是溫情的甜美的，可經老者哼唱卻顯得幽遠而蒼涼。李斯臉上露出喜色，道：「此必尉繚也！」二人下馬循聲前行，遙見一點火光，近前看，那是個避風的山洞，生有一堆火，一位老人背靠洞壁倚坐，一面往火上加柴，一面輕聲哼歌。蒙恬下馬，跑步向前，大聲道：「老人家！」尉繚見是蒙恬，頷首微笑；見到蒙恬身後的李斯，無驚無喜，道：「李客卿別來無恙！」李斯朝尉繚施禮，說：「晚輩謹問先生安好。」李斯比尉繚年輕得多，一如蒙恬也自稱「晚輩」。

李斯從家中出發時，匆忙中帶了些酒菜。蒙恬去馬背上取了來，大盤小碟擺放在火堆旁邊。尉繚好像是餓了，也不客氣地自顧飲酒吃菜，有滋有味。李斯席地而坐，凝視火光映照下，尉繚岩石般冷峻的面孔，問：「晚輩有一事不明：三年前在大梁，晚輩見過先生一面，先生為何就知晚輩是李斯？」尉繚嘴裡吃著雞肉，答：「這是個小兒科問題。你從秦國到魏國，身帶路引住宿於旅肆，登記的姓名總是『李思』、『李司』、『黎斯』、『木子其』、『木子斤』等，讀音與字形，不外乎是『李』與『斯』二字在變花樣，去其偽存其真，不就是『李斯』？」李斯恍然：這就是賢人與高人的智慧，其觀察能力皆分析能力與判斷能力，非常人可比。他又說：「晚輩敢問先生：先生剛才哼唱《秦風．蒹葭》，分明是為『伊人』而來秦國，為何在咸陽僅住三天，就又匆匆離開？」尉繚被李斯說中心思，有點不大自在，乾脆坦白地說：「『伊人』令老朽失望。」李斯驚道：「先生見過『伊人』？」尉繚搖頭又點頭，說：「就算見過吧！但他可沒見到老朽。」蒙恬在一旁聽得雲裡霧裡的，二人說的「伊人」，倒是誰呀？

尉繚接著說：「不瞞李客卿，老朽這次來秦國，確實是有心而來。孫子著《孫子兵法》，並親

自指揮吳國進攻楚國的戰爭大獲全勝，驗證了他的兵法理論是正確且可行的。老朽著《尉繚子》，理論正確與否、可行與否，也需要通過實戰進行驗證。老朽在魏國沒有這個機會，所以來了秦國。當今七國，秦國最強，實現天下一統者必是秦國，當然也就必是秦王。老朽作《七歸一歌》，結尾兩句是『誰來統一與合一？自西而東有黃帝』，這是把秦王比作黃帝，在他身上寄託了美好的理想與願望。可白天在蒙府見到秦王，他的真容給老朽兜頭潑了一盆冰水。」蒙恬總算聽明白了，「伊人」是指秦王。

李斯笑問：「那麼先生見到的秦王真容是什麼樣的？」尉繚答：「蜂準（高鼻）長目，摯鳥膺（胸部突起），豺聲。長有這種面相的人大多凶狠寡恩，而有虎狼之心。有求於人時故作虛心誠懇狀，一旦被冒犯就會異常殘暴，若使得志於天下，天下皆為其虜矣。老朽乃仁義之人，不願與長有這種面相的人相處。」

蒙恬插話道：「老人家還會相面？那就請給晚輩相相。」尉繚說：「老朽在蒙府，就給你和蒙毅相過了，剛才見李客卿也相了相。你們三人面相大體相同，有喜有憂：喜者，三人因同一個大人物而飛黃顯達，為將為相，位極人臣；憂者，三人又因同一個小人物而蹇舛，直至……」他想說「直至喪及性命」，但「喪及性命」一語太過傷人，所以硬是嚥了回去。蒙恬問：「『直至』什麼？」尉繚打馬虎眼說：「相面學裡也有天機，天機只有天知，老朽不便妄測。」

言歸正題。李斯說：「晚輩同意先生所言：當今七國，秦國最強，實現天下一統者，必是秦國，當然也就必是秦王。這種大勢，正是先生作《七歸一歌》的緣由。晚輩以為，秦王面相是天生的，父母給的，想改變也改變不了。面相並不重要，關鍵要看其思想與作為。秦王親政才一年多，據晚輩觀察，他有雄心、有韜略，已經定下實現天下一統的宏偉目標，那就絕不會半途而廢。可以預期未來幾年十幾年的秦國將是最威武最雄壯的歲月，秦王憑藉強盛的國力將會發動一系列的兼併戰爭。英雄用武，首選秦國。這是天下智者的共識。晚輩為先生計，覺得先生應當留在秦國，參加這一系列的兼併戰爭，不為創建功業，只為在實戰中驗證《尉繚子》理論的正確性與可行性。這個機會千載難逢，錯過未免可惜。《尉繚子》目前只有十二篇。晚輩相信先生親身經歷了實戰，還會大大豐富和擴展它的內容的，那時先生留給世人的將會是一部更全面更完美更偉大的《尉繚子》！再說了，先生把秦王比作黃帝也是對的，比的不是面相，而是功業。黃帝自西而東，統一的是眾多部落；而秦王自西而東，統一的將是整個華夏，整個中國。這樣的功業，亙古未有！」

這世上，並非每個人都有強點，但可以肯定的是每個人都有弱點。尉繚的弱點在於過分看重《尉繚子》，那是他的孩子、他的生命。文章千古事，得失寸心知。《尉繚子》要在實戰中接受驗證，同時要修改要補充要完善，還要增寫若干內容，尉繚心中一清二楚。李斯針對他的弱點，勸他留在秦國，使他怦然心動。但是他已聲稱要離開秦國，都在半路上了，再回去，豈不有損老臉？他想了想，便說：「秦軍嗜殺，人稱虎狼之師、殘暴之師。老朽主張兵不血刃，仁義惜殺，道不同不相為謀也。」李斯大笑，說：「先生差矣！在由秦國發動兼併戰爭，統一天下這個大『道』上，先生和秦國其實是相同的，足以『為謀』。秦軍殘暴嗜殺不假，這種情況必須改變，但一般人改變不了，只有像先生這樣有名望有權威的高人方有可能。先生若能為秦國效力，必能感化秦軍，改造秦軍，使之也變成仁義之師。正義戰爭的實質是以武制武，以武止武。請想想，秦國若用這支仁義之師去兼併六國，統一天下，那將會少殺多少人，少死多少人！若此，先生之功之德，可謂偉矣！」

李斯給尉繚戴了頂很高很高的高帽子，尉繚反而沒話說了。

遠處好像有人聲馬聲。不一時，忽聽得通報：「王上駕到！」話音剛落，秦王身著便服，披一件金黃色大氅，手執馬鞭，由郎中令王綰陪同，大步進了山洞，帶進山洞少許風雪。李斯、蒙恬好生驚訝，慌忙拜伏行禮。尉繚坐著未動。倒是秦王，含笑拱手，朗聲道：「這位想來就是尉繚先生，寡人這廂有禮了。」尉繚不好意思，說：「老朽乃山野之人，不慣繁冗禮儀。」秦王道：「誠然。繁冗禮儀豈為先生而設哉！」王綰一招手，幾名衛士捧進幾個食盒，取出秦王御用的酒菜，擺放在地上，餘溫尚存。這些酒菜色、香、味俱全，蒙恬斟酒，秦王脫去大氅，席地坐到尉繚對面，向尉繚敬酒。王綰、李斯、蒙恬亦向尉繚敬酒。山洞裡酒香菜香，笑聲朗朗，暖意融融。

秦王目視尉繚，說：「寡人自即位之日起，就讀兩本兵書，一為《孫子兵法》，一為《尉繚子》。先生之書，以兵者為凶器，以仁義為鵠的，力主誅暴亂，禁不義，寡人深以為然。先生大作云：『蒼蒼之天，莫知其極；霸王之君，誰為法則？往世不可及，來世不可待，能明其世者，謂之天子。所謂天子者，四焉：一曰神明，二曰垂光，三曰洪敘，四曰無敵。此天子之事也。』寡人書之，置於座右，時時警勉。寡人三年前就知有《七歸一歌》，今日始知該歌亦為先生所作，敬佩之至，敬佩之至。數百年來，天下紛爭，殺伐不休，蒼生塗炭，民不聊生。先生洞察大勢，預見到七國必歸於一統，預見到七國必由秦國及寡人歸於一統，且神龍現世，光臨秦國，實乃天賜寡人也！寡人聞報，唯恐神龍棄寡人他去，故即尾隨李斯、蒙恬二卿追賢至此，意欲禮聘先生留於秦國，以利寡人朝夕問教，並請輔佐寡人平紛爭、弭戰火，實現兼併六國、統一天下之偉業，讓億萬百姓過上太平日子。此乃寡人之願也，不知尊意如何？」

就在對面，尉繚得以近距離觀察秦王。其「蜂準長目，摯鳥膺」的真容是沒錯的，但聲音有異，宏亮爽朗，不像「豺聲」。從其談吐看，溫和而謙遜，說明他有教養有風度，不見什麼凶狠相與寡恩處。尉繚因此對秦王有了些好感。更重要的是秦王了解他及他的著作，包括《七歸一歌》，並給予了很高的評價。作為一國之王——當今七國最強勢的王，在風雪之夜，在荒郊野外，驅馬數十里，來禮聘他並問教也使尉繚感動。人常說良禽擇木而棲，良臣擇主而侍。看來，秦王這個「主」是可以「侍」和值得「侍」的。尉繚想到這裡，冷酷的面孔有所舒緩，破例有了一抹笑容，試探著問：「夫兵有三勝：道勝、威勝、力勝。三勝既有區別又相互聯繫，請問秦王偏向於何勝？」秦王說：「願聞其詳。」尉繚說：「道勝乃不橐甲而勝，主勝也；威勝乃結陣而勝，將勝也；力勝乃拼戰而勝，臣勝也。」秦王說：寡人願聞何以道勝。」尉繚說：「所謂道勝，無須興兵，戰勝於朝廷是也。」秦王滿臉放光，拱手說：「請先生賜教。」尉繚雙眼直視秦王，說：「當下以秦國之強，東方六國諸侯好比郡縣之長不足掛齒。老朽擔心的是六國諸侯合縱，聯合起來出其不意，這是智伯、夫差、閔王之所以滅亡的原因。秦王既然問道勝，那就不要愛惜錢物，用錢物去賄賂各國權臣以擾亂其謀略。這樣不過花三十萬金，而六國諸侯則可以盡數滅矣！」

尉繚提到的三個人，大致情況是這樣的：智伯，春秋時晉國權臣，韓、趙、魏三家大夫聯手攻滅之，晉國由此分成韓、趙、魏三國；夫差，春秋末吳王，後敗於越王勾踐，自殺，吳國滅亡；閔王，戰國時齊王，死於燕、趙、魏、秦等聯合攻齊，謚曰「閔」。

秦王聽罷道勝，面露狐疑之色：這一計策，李斯數年前建議過，秦國一直在秘密使用，只是花費的金錢沒有這樣多；如果花三十萬金就能滅六國諸侯，統一天下，那還要軍隊幹什麼？還要戰

爭幹什麼？李斯也有狐疑，斷定尉繚還會強調威勝與力勝。李斯還驚訝「三十萬金」這個數字。「三十萬金」係指三十萬斤黃金，一斤合十六兩，就是四百八十萬兩。自己作為長史，賄賂六國權臣，數年來花費的黃金不會超過十萬兩，而尉繚一開口就是四百八十萬兩，真乃大謀略大手筆也！尉繚看出了秦王和李斯的狐疑，接著說：「當然，兵家用兵光講道勝是不現實的，更要講威勝、力勝，要三者並用，相輔相成。戰爭是政治鬥爭的最高形式，最終還要靠威勝、力勝解決問題。」秦王聽到這裡，茅塞大開，笑道：「古人云：『得一人勝得一國。』今日信矣。寡人再次鄭重禮聘先生留於秦國，以利寡人朝夕問教，並請輔佐寡人實現兼併六國、統一天下之偉業。」尉繚輕輕點頭，卻又說：「老朽願在有生之年，為秦國、秦王一效微薄之力，但有三個條件。」秦王道：「請講。」尉繚說：「一、老朽素喜清靜，效力於秦，只管軍事，不問他事；二、老朽不慣禮儀，效力於秦，不參加朝會之類的會議；三、老朽生性散慢，留秦則留，離秦則離，來去自由。」

秦王高興地打了個響指，起身，披上大氅，大聲道：「先生的條件，寡人全都答應。備馬！迎請先生回京城！」

尉繚來到山洞外面，被眼前的景象嚇了一跳。但見約兩千名全部戎裝的宮廷衛士立於戰馬一側，精神抖擻地手舉燃燒著的油脂火炬。火光映照飄落的雪花，雪花飛舞如夢幻一般。秦王請尉繚先上馬，自己後上馬。王綰、李斯、蒙恬亦上馬。王綰命令：「全體上馬，護衛王上和尉繚先生回京城！」衛士齊聲回答：「是！」縱身上馬，一千騎前導，一千騎殿後，迎風冒雪，疾馳一陣，然後緩行，像是一條火龍蜿蜒在秦川大地。在前來的途中，秦王將《七歸一歌》歌詞告訴王綰。王綰轉而告訴眾衛士。歌詞內容通俗，句式有規律，眾衛士全都記住了。這時，王綰命令道：「唱《七歸一歌》！」有人起了個頭，於是兩千名衛士放聲高唱：「一二三四五六七，七六五四三二一。……誰來統一與合一？自西而東有黃帝。」歌聲雄壯活潑，連唱多遍，響徹夜空，氣壯山河。尉繚和秦王並馬而行。尉繚是個心如鐵石的老者，這時竟有些激動，側臉說：「歷史潮流，浩浩蕩蕩。秦國、秦王有秦軍，兼併六國，統一天下，指日可待。」秦王笑答：「但願先生吉言成真。」

越日朝會，秦王宣布三項重大人事任命：一、隗林任相國；二、馮去疾任御史大夫；三、尉繚任國尉。隗林是秦王的老師，德高望重。馮去疾任九卿之一的少府十多年，正派勤謹。這二人出任相國、御史大夫，完全在人們的意料之中。第三項任命引起轟動。國尉，三公之一，職掌武事，薪俸八千石，直接受命於秦王。尉繚因《尉繚子》一書而名滿天下，此人怎麼到了秦國，當上國尉了？塵封了約二十年的國尉署重新啟用，成為與相國署同等重要的衙署。秦王和尉繚在國尉署會見秦國將官、校官級武官。令人驚異的是，尉繚居然能叫出大多數將官、校官的姓名，並能說出他們的年齡、籍貫及主要經歷。僅憑這一點，人們毫不懷疑，尉繚將會是一位出色的稱職的國防部長。秦王打算賜給尉繚一處第宅及多名傭僕，尉繚婉言謝絕，堅持在國尉署裡收拾出幾間房作為住所；又物色一個名叫王敖的男孩作為隨從。王敖十四五歲，長相憨厚，手腳勤快，負責照料尉繚的飲食起居。秦王禮敬尉繚，見之「亢禮，衣服食飲與繚同」。尉繚哪肯接受這樣的禮遇？盡可能少與秦王見面，對於秦王賜予的衣服、美食，除接受一兩罈御酒外，其他一律拒收。

尉繚能夠留在秦國並任國尉，李斯功不可沒。歷史上有蕭何月下追韓信的故事，傳為美談。其實，李斯雪夜追尉繚，比蕭何月下追韓信還早三十多年，二者有著異曲同工之妙。但凡水準突出、

才幹突出的高人，都有個性、都有脾氣，稍不如意便會賭氣出走，另謀高就。這時，需要有人把賢人與高人追回來，盡量滿足其要求，使之發揮水準與才幹，從而完成一番大事業。從一定意義上說，追賢者的品質更加可貴，因為追賢者大多是伯樂，慧眼如炬，一旦發現千里馬，是斷然不會讓它從眼皮底下溜掉的。數月前，茅焦因諫太后事任上卿、太傅，李斯產生過嫉妒心理，嫉妒茅焦初來乍到就壓過自己一頭，憑什麼？現在，尉繚初來乍到也壓過他一頭，他不僅不嫉妒，反而心悅誠服。為什麼？因為他深知尉繚的名望及價值，秦國有了尉繚，如同虎生雙翼，要統一天下將更有把握。當然，尉繚受到的禮遇太高，李斯心裡也不怎麼平衡，但轉而一想就想通了、釋然了。因為他為秦王效力八年，忠貞不二，秦王早把他當作自己人甚或自家人了，再講什麼禮遇反倒生分了。李斯還想，尉繚的強項在於軍事，那人說得明白，「只管軍事，不問他事」，這不會對他的仕途構成威脅。再就是年齡，尉繚已是花甲之年，縱然顯達也是「夕陽無限好，只是近黃昏」；而自己才四十歲，正是如日中天的好光景。不是說多年的媳婦熬成婆嗎？自己現在還是必須低眉順眼，再苦苦熬上若干年，方能修成正果。

第十七章 死牢救友

逐客的事告一段落，尉繚的事也已抵定，李斯回過頭來要救援鄭國。為了鄭國，他兩次赴涇陽，至今尚無頭緒。這天，廷尉署書吏、蒙恬弟弟蒙毅透露給李斯一個訊息：廷尉巫克已命將鄭國從涇陽監獄轉移至咸陽監獄，打入死牢擬判死刑，按照「殺人過年」的習俗，要在小年（臘月二十三日）之前執刑。李斯一聽，驚出一身冷汗。因此，救援必須趕在判刑之前進行，一旦判刑，鄭國就死定了。最要命的在於，他是客卿，無權插手鄭國案，鄭國已在死牢，怎麼救援？

李斯救援鄭國，起初只是救援朋友。中間耽擱了半個多月，他覺得救援有了新的意義，超出了單純救友的範疇。他通過與鄭國幾次接觸，確信鄭國為韓國作間諜是有其名而無其實，因為鄭國已和秦國融成一體，所想所做的都是為了秦國。李斯比任何人都認識到鄭國的價值，認識到鄭國所鑿水渠的價值。他第二次赴涇陽，曾察看水渠現場，那是一項規模浩大、氣勢宏偉的工程，效益已經初顯，功在當代，利在千秋，對於秦國統一天下的偉業將發揮無法估量的巨大作用。因此，救援鄭國符合秦國的利益，從長遠看也符合自己的利益。救援鄭國雖有阻力與風險，但值得一試。他已想好介入鄭國案的理由：他兼任著長史職務，不論秦國在他國的間諜或他國在秦國的間諜，他都有權過問。他把理由告訴新任相國隗林和御史大夫馮去疾。隗、馮表示同意，並通知了巫克。於是李斯就堂堂正正地參與到了鄭國案的審理當中。

巫克年近花甲，身矮體胖、臉圓嘴闊、絡腮鬍鬚、面相威嚴，任廷尉多年，以用刑嚴酷著稱，沒有辦不了的案件。可是他在嫪毒案上栽了跟頭，審理三個月，竟沒能審清嫪毒詐腐的情節。秦王惱火，不得不換人，改由李斯審理。李斯只用一塊熟牛肉和一碗酒，嫪毒那小子就乖乖招供詐腐的真相了。巫克覺得丟了臉面，心中暗恨李斯。現在，李斯又介入鄭國案，他一百個不樂意，可頂頭上司相國、御史大夫發話了，他還得硬著頭皮，裝出笑臉以表示歡迎。李斯在巫克面前相當謙遜，自稱「下官」。

古時沒有「犯罪嫌疑人」之說，但凡被認為有罪，進了大獄的就都是「罪犯」。李斯和巫克面對鄭國爰書，討論罪犯判刑問題。巫克以不容置疑的口氣說：「死刑！」李斯詢問原因。巫克說：「鄭國犯的是間諜罪，凡是間諜必判死刑。」李斯再詢問鄭國作間的事實。巫克從爰書裡取出兩片竹簡，一片是涇陽縣錢師爺寫的，報告他和鄭國喝酒，鄭國醉酒後所說的話；一片是涇陽縣江縣令寫的，將錢師爺的「告發」報告朝廷。巫克說：「這就是事實。」李斯看過竹簡，說：「下官不敢苟同。事實應是具體的實在的。比如鄭國為韓國作間，事實是指他刺探了秦國哪些情報？怎樣將情報傳送給了韓國？他在秦國發展了哪些奸細？等等。這些犯罪事實一件也沒有，焉能就判處死刑？就像某人說他是殺人犯，而他殺人的動機、時間、地點、凶器，以及被殺者的屍體等證據全無，就判處他死刑，合適嗎？」

李斯長於遊說，辯才卓越。巫克難以招架，說：「鄭國自己供認，他到秦國興修水利，其實是為韓國實施『疲秦計』。他鑿水渠，消耗了秦國大量人力、物力與財力，達到了『疲秦』目的，這不就是作間的事實！」李斯不緊不慢，說：「下官查過相國署的檔案，鄭國根據考察情況，就開鑿水渠的設想，以及所需的投資寫過一個報告。前相國呂不韋批示同意，並任命鄭國為水工主持整個工程。王上那年剛剛即位，在報告上御批了『可』字。這說明，鄭國主持開鑿水渠是秦國的國家工程，當然需要投資。這十年來，秦國在水渠上確實花費了不少人力、物力與財力，但花費並未超過預定的額度，且呈逐年減少趨勢。尤其是近五年來，水渠開始部分發揮效益，投資有了可觀的回

報，百姓歡欣鼓舞。所以下官認為鄭國鑿渠並未達到『疲秦』目的，倒是起到了『富秦』、『強秦』的作用。」

巫克辦了多少年的案，何曾遇到過這種情況？臉色難看，說：「鄭國間諜案，你我意見南轅北轍，那就報告王上請求廷議會審。」李斯欣然同意，說：「行！」

廷議會審是指專門為決斷疑難案件而舉行的廷議。巫克攜帶鄭國爰書，拜見隗林、馮去疾，說明自己和李客卿在鄭國量刑問題上的分歧，故請求廷議會審。隗林不大習慣這類事務，讓馮去疾將巫克的請求報告秦王。秦王問：「馮卿以為，巫、李二人，誰更佔理？」馮去疾答：「臣偏向於李斯佔理。罪犯量刑要講兩句話：以事實為根據，以法律為準繩。巫克光重準繩而輕根據，難以服眾。」秦王點頭，說：「傳旨：廷議三天後舉行，專題會審鄭國案，不必打擾隗相國，就由馮卿主持。寡人參加。巫克和李斯可各帶兩名證人。」

三天後是臘月二十日。李斯向來沉穩，這時竟也有些忐忑與緊張。二十日，他救援鄭國若能如願，鄭國無罪獲釋；救援如果失敗，鄭國將判死刑，並將在小年前即二十一日或二十二日執刑。如果這樣，鄭國存活的日子只剩四或五天了。鄭國一死，巫克等人高興，以為那是法律的勝利，殊不知鄭國主持開鑿的水渠，勢必半途而廢，這對秦國尤其是對渭北百姓來說則是一大損失。對他李斯來說也將是一大損失，他歷年來積累的功績、聲譽將遭到質疑，人們會在背後議論他嘲笑他，說：「這個李斯，逞什麼能？救援一個間諜，怎樣？栽了吧！」果真出現那樣的情況，那麼他在秦國官場上還怎麼混？當然，李斯同時又是自信的，他相信自己的判斷，相信鄭國作間有先而無後，主持鑿渠完全是為了秦國。他救援鄭國，實際上是為秦國謀事，為秦王謀事，為秦國和秦王的長遠利益與偉大未來謀事。他相信秦王會一如既往地信任他和支持他的，幫他成功地救援鄭國。

臘月二十日，天色陰沉，朔風凜冽，厚厚的積雪沒有融化。辰時，朝會結束，三公九卿順勢來到一座偏殿，出席廷議會審。新任內史歐陽騰是咸陽市長，通常都會列席廷議。至於李斯列席，則是因為他參與了鄭國案的審理，且與巫克的意見針鋒相對。秦王最後駕到，坐於御座。多名書吏坐於一側，記錄會審進程。

秦王親政之後，廷議大多親自主持，有時也指定由相國主持，但最終決斷權牢牢掌握在他的手裡。這天由馮去疾主持會審。巫克、李斯分別陳述對罪犯鄭國量刑的意見及理由。巫克引用法律條款，天網恢恢，判處間諜鄭國一百次死刑都不冤枉。李斯反駁，質問鄭國作間的事實，闡述鄭國所鑿水渠的意義，結論是鄭國無罪且有功勞。二人唇槍舌戰，針尖對上了麥芒。眾人好像聽得明白，又好像糊塗，忽兒心向巫克，忽兒心向李斯，完全沒了立場。

馮去疾叫停，命傳喚罪犯鄭國。鄭國戴著腳鐐，由兩名獄卒押著進了偏殿，默然跪地。鄭國時年五十四五歲，葛布短袍，體瘦臉黑。在李斯的關照下，他在死牢裡沒受虐待，也沒挨餓，身體還算結實，但目光暗淡、精神萎靡。馮去疾厲聲問：「鄭國！汝可知罪？」鄭國輕聲答：「始，吾為間，然渠成亦秦之利也。」馮去疾問：「汝為韓作間，是如何作間的？如何禍秦的？從實招來。」鄭國還是答：「始，吾為間，然渠成亦秦之利也。」馮去疾又問了兩個問題。鄭國的回答始終是那句話。以致有人懷疑他在死牢裡是不是受了刺激，精神失常了？其實，鄭國這樣回答，乃是李斯授意。李斯在探監時交代：「不論誰怎樣問，你都回答這句話，待遇到一位大人物時，你便可把所想的所做的痛痛快快地講出來。」

馮去疾不再理會鄭國，命傳喚證人。巫克帶來兩名證人，涇陽縣錢師爺和江縣令。李斯只帶來一名證人，涇陽縣瓠口鄉穆鄉長。先是錢師爺進殿，一見跪地的鄭國便也跪地，叩頭說：「鄭水工！我姓錢的不是人，對不起你呀！」馮去刧問：「怎麼回事？」錢師爺轉向馮去疾，自稱「草民」，說：「啟稟大人：草民和鄭水工是好友，常在一起喝酒。那天他喝醉了，說他是韓國間諜，來秦國興修水利，實是韓國實施的『疲秦計』。草民是豬腦子，沒多想就把此事報告江縣令。哪知事情鬧大了，引發了逐客風暴，鄭水工被捕下獄，還要判處死刑。這都是草民的報告惹的禍，故請撤回報告，免得害死鄭水工啊！」馮去疾提示說：「講鄭國作間的事實。」錢師爺說：「不！鄭水工其實並未作間啊！這些年，他光想著鑿渠，吃的苦受的累渭北民眾看在眼裡、疼在心裡。他是天下少有的好人好官！草民的父母、親朋都在涇陽，全都感受到了鄭水工所鑿水渠的好處。他們聽說是草民的報告使得鄭水工獲罪下獄，全跟草民翻了臉，罵草民恩將仇報，豬狗不如。所以，草民今天作證，但朝廷千萬千萬莫判鄭水工死刑。」

巫克見狀，直想罵人：這個錢師爺，哪是他的證人？明明幫給鄭國作證，讓自己出醜！

接著是江縣令作證。江縣令倒沒有給鄭國下跪叩頭，但也給鄭國鞠了一躬。轉向馮去疾，說：「下官很後悔倉皇地把鄭水工的事報告朝廷。下官害得鄭水工下獄，並將判處死刑。因此涇陽縣民眾無不罵我恨我，深夜裡往縣衙投擲磚瓦，還把徵收租賦的衙役趕回縣城，聲稱『鄭水工若不活著回來，我等就不再交納租賦』。馮大人！下官和鄭水工共事十年，了解他是個熱愛水利事業而忘卻一切的人，是個踏實做事而從不計較私利的人，這樣的人若被處死，人心不服，天道不公啊！」

巫克氣得牙根癢癢：這個江縣令怎麼跟錢師爺一樣，也向著鄭國？他瞄了一眼李斯，李斯端坐，雙手抱在胸前，目光直視前方，一副氣定神閒的樣子。

馮去疾命傳喚下一名證人穆鄉長。穆鄉長帶來多束竹簡，經允許由書吏分發給與會者，每人一束。眾人看竹簡，發現那是一份表格，名稱叫《瓠口鄉鑿渠十年一覽表》，項目包括「用工數」、「用錢數」、「用糧數」、「水田畝數」、「糧食畝產數」、「交納田賦數」等；時間從秦王元年（西元前二四六年）至秦王十年（西元前二三七年），逐年列出資料，直觀清晰，一目了然。李斯看著表格面露微笑。表格是他命松友、竹友、梅友三人協助穆鄉長，走村串寨，實地調查後製作的，用數字說話最有說服力。穆鄉長面向馮去疾，說：「瓠口鄉是鄭水工所鑿渠渠首所在地，民眾受益最多，都稱該渠為『惠民渠』、『福來渠』。請諸位看表，前三項即『用工數』、『用錢數』、『用糧數』，十年來逐年減少，表明投資逐年減少，鄭水工沒有濫用秦國的人力、物力與財力；其餘各項都是逐年增加的。『水田畝數』從三十畝增至五千畝，多少倍？『糧食畝產數』從十八斤增至二百斤，多少倍？『交納田賦數』從一萬五千斤增至七十萬斤，多少倍？這些好處都是鄭水工鑿渠帶來的，現在有人要用什麼間諜罪，判處鄭水工死刑，我等不答應！」

偏殿裡一時很靜。巫克感到所有目光都聚焦在自己身上，如坐針氈。片刻，馮去疾問：「江縣令！瓠口鄉是涇陽縣屬鄉，這表格上的資料，有沒有造假？」江縣令答：「沒有，絕對沒有！若有，唯下官是問。另外，下官還要補充一點：十年前，瓠口鄉乃至涇陽全縣，由於缺水只能靠天吃飯，災荒年份有三分之二民眾外出逃荒，很多人死在逃荒路上。自從鄭水工鑿渠以來，解決了缺水問題，年年豐產豐收，外出逃荒者也是逐年減少，近年來基本絕跡。前些年災荒連連，民眾都要官府救濟，哪有糧食交納田賦？近些年不一樣了，民眾得了水渠之利，糧食多了，瓠口鄉就交納田賦

七十萬斤，全縣交納田賦約五百萬斤。這是多大的變化！過去想也不敢想啊！」江縣令停了停，又說：「下官還要說一事：鄭水工官階相當於縣衛，薪俸六百石。他主持鑿渠，但從不經手錢糧，算得上是一身正氣，兩袖清風。他長年累月吃住在水利工地，資助、接濟過的窮苦百姓超過千人。他在涇陽的家產，只有兩間草房及少許廉價器物。他多次說過，他已是秦國人，想的做的只有水渠一件事，待水渠竣工，死也心安，死後務要把他埋在瓠口附近的水渠旁。……」

這就是鄭國。一位熱愛秦國的、敬業的、清廉的鄭國，已經紮根在渭北民眾心中的鄭國。這時，跪地的鄭國冷不丁又重複了那句話：「始，吾為間，然渠成亦秦之利也。」

會審進行過程中，秦王嬴政只是看只是聽，尤其是對那份表格看得很仔細。他聽了鄭國的話，忽然開了金口，問：「鄭國！汝翻來覆去只說這一句話，寡人倒想聽汝親口說說，所謂『渠成亦秦之利』，到底是個怎樣的利？」

鄭國跪在地上，原先就猜想坐在御座上那個氣度不凡的人，可能是秦王，現在聽那人自稱「寡人」，果然是秦王！秦王在問自己話。他很激動，抬眼看李斯。李斯朝他輕輕點頭，給了鼓勵、支持的眼神，意思明顯是：遇到大人物了！快講，痛痛快快地講！鄭國於是挺了挺腰桿，朗聲說：「回王上話：涇水發源於六盤山，流經渭北，水量充沛，且含污泥，富有肥力可用以灌溉，並可淤田壓鹼改良土壤。過去不知利用，資源白白浪費了。臣經過考察，決定在涇陽鑿渠，從仲山引涇水向西到瓠口作為渠首，然後利用西北高、東南低的地形特點，引水向東南向東伸展，經三原、高陵注入北洛水。幹渠長約三百里，支渠長約千里，形成一個蛛網式的自流灌溉系統。涇水既是水又是肥。整個工程竣工，可灌溉農田四萬餘頃：涇陽、三原各一萬五千頃，高陵五千頃，禮泉、蒲城、富平共五千頃。種植一季變成兩季。糧食畝產將提高到一鍾。那時，大片不毛之地將成為肥沃良田，民眾豐衣足食，秦國得以富強，渠成之利必超過都江堰。」

鄭國是一位水利專家，足跡遍及渭北各地，水渠的所有細節都裝在心中，從實道來，如數家珍。其時，他的神情也變得容顏煥發、光彩熠熠。秦王腦子裡飛快地算帳：灌溉農田四萬餘頃，一頃為一百畝；畝產一鍾，一鍾為二百餘斤。就四百萬畝，二百斤，這兩個數字相乘之積，是八億斤糧食，八億斤糧食啊！這個利何其大也！

馮去疾代替秦王，問了一個眾人都很關心都想知道的問題：「鄭國！你主持開鑿的水渠已進展到什麼程度？何時可以竣工？」鄭國立刻回答：「工程已完成百分之八十，這部分已發揮效益；再用兩至三年時間，主要是鑿高陵、禮泉、蒲城、富平諸縣的支渠，那時便可竣工，全部發揮效益。吾初為韓間，只想為韓延數歲之命；終為秦臣，唯願為秦建萬代之功。」

這是一名間諜的心靈告白。沒有虛偽，只有真誠；沒有做作，只有坦率。

古人經常鼓吹法律「至高無上」，標榜什麼「不別親疏，不殊貴賤，一斷於法」。然而，官場上的高手都明白，那是騙人的假話。奴隸制、封建制國家的性質是「家天下」，君王擁有天下，君王的意志就是法律，勝過法律。鄭國判不判刑，判怎樣的刑，最終的決定權不在法律，而在秦王。秦王完全可以說個「斬」字，那麼鄭國立刻就會人頭落地，縱然有千萬個李斯來救援也是白搭。馮去疾深知這一奧義，注目秦王，意思是說：會審就這樣，請王上決斷。秦王起身，圍繞著御座踱步。他已被鄭國的情懷與良知感動了，被證人提供的事實與資料感動了，說：「禮者禁於已然之前，法者禁於已然之後。今鄭國為韓國作間，屬『已然』，但『已然』之後，並無作間的事實，反

倒是為秦國效了大力、謀了大利。鄭國所鑿渠竣工後，每年可生產八億斤糧食。這是個什麼概念？據寡人所知。秦國每人每年平均用糧為四百斤。若按此標準計算，那麼八億斤糧食就是二百萬人一年的用糧。秦國現有人口約五百萬。也就是說，鄭國所鑿之渠，每年可以解決秦國約四成人口的吃飯問題。蜀郡水利工程都江堰，灌溉農田為三百萬畝。鄭國所鑿渠灌溉農田比都江堰還多一百萬畝，其利確實超過了都江堰！一處都江堰，一處鄭國所鑿之渠，真乃天賜秦國，天賜寡人也！故而，寡人決定赦免鄭國，命其繼續主持鑿渠，為秦建萬代之功。」

王上金口玉言。所有人包括巫克在內都拜伏在地，高呼：「王上聖明！」鄭國也拜伏在地，痛哭流涕。獄卒趕忙給他去了腳鐐。李斯快步向前，給了他一個緊緊的擁抱。鄭國說：「好兄弟！感謝你呀！」李斯說：「你我之間，不說『感謝』二字。走！到我家喝酒去，為鄭兄壓驚。」李斯拉了鄭國回到家中。鄭國見到了李斯妻子柴禾和兒子李甲。柴禾是聽說過鄭國其人的，按照丈夫吩咐，做了咸陽名菜獅子頭、黃燜雞、水晶肘子、糖醋鯉魚等，還備了名酒咸陽春招待客人。鄭國看到桌上的名菜名酒，說：「李斯兄弟！這酒菜怎麼似曾相識？」李斯說：「十年前，小弟初到咸陽處境困窘，住在順順旅肆，正是兄台出現，請我吃了這些名菜名酒，並引我見到呂不韋，小弟才時來運轉啊！」鄭國大笑，說：「嗯！好像有這麼回事！」

鄭國在李斯家住了三天，重返涇陽繼續主持鑿渠。兩年後，整個工程竣工，效益比預計的還要理想。該渠為秦國、秦王兼併六國、統一天下發揮了巨大作用。《史記·河渠書》：「於是關中為沃野，無凶年。秦以富強，卒並諸侯，因命名曰鄭國渠。」漢高祖劉邦建漢（西漢），奠都長安，在其後的二百年間，關中地區因有鄭國渠而成為天府之國。漢武帝時傳唱一首民謠，真切唱出了廣大民眾敬仰鄭國，感激鄭國的心聲：「田於何所？池陽谷口。鄭國在前，白渠其後。舉鍤為雲，決渠為雨。涇水一石，其泥數斗。且溉且糞，長我禾黍。衣食京師，億萬之口。」

秦王十年的冬天，事情紛繁，風雲變幻。李斯經受了逐客風暴的考驗，繼而雪夜追賢，接著死牢救友，所作所為都是為了秦國、為了秦王兼併六國、統一天下的大業，歸根到底也是為了自己、為了仕途。秦王高度讚賞李斯的忠誠、智慧、見識與才幹，更加信任他與倚重他。《史記》為這一年進行總結，特別寫道：「……而李斯用事。」「用事」二字，精準而生動地描摩出李斯突兀崛起的情狀，他開始擁有並行使重大權力，已經成為秦國政壇上一位舉足輕重的人物，一顆閃閃發光的明星。

李斯「用事」，首先是協助尉繚，確定秦國對外用兵的戰略方向。他所兼任的長史，原本是國尉屬官。他掌管著秦國的諜報系統，熟知秦國在他國的間諜，以及秦國歷年來所賄賂的他國高官。現在他需要將這些情況如實向國尉彙報，並接受指示。尉繚出任國尉，立刻進入角色，考察了各個軍營，接觸了大量將士，參觀了國庫及武器庫。秦國不愧是秦國，兵強馬壯、武器精良、戰備物資充足。尤其是將士們的精神狀態，喜戰思戰，渴望走上戰場，在戰爭中衝鋒陷陣，創建功業，也為自己及家庭搏取榮譽與利益。尉繚也非常讚賞李斯，他聽說李斯曾向秦王建議，陰遣謀士齎持金玉以遊說諸侯；諸侯名士可下以財者，厚遺結之；不肯者，利劍刺之；離其君臣之計，乃使其良將隨其後。他覺得這一建議比他用三十萬金賄賂六國豪臣的建議更全面更適用。兵者，凶器也。兵者，詭道也。戰爭就是要綜合運用政治的軍事的外交的金錢的多種手段，尤要注重詭道的作用才能克敵制勝。因此，在尉繚和李斯合作共事的兩年多時間裡，二人的關係是很密切很和諧的。

風雨送春歸，飛雪迎春到。秦王十一年（西元前二三六年）新年剛過，秦王就和三公隗林、馮去疾、尉繚研究兼併六國、統一天下的宏偉方略。李斯有幸，獲准參加了這天的「四巨頭」會議。會議研究的中心議題是備戰，備戰需要多長時間？秦王性急，主張一至兩年或兩至三年。隗林、馮去疾、李斯附和。尉繚搖頭，說：「備戰是大事，務要充分和紮實。古語：欲速則不達。所以老朽主張，備戰以四至五年為宜。因為秦國將要發動的戰爭，不同於以往任何一場戰爭，是一場兼併戰爭。兼併，就是吞併，不僅僅要打敗對方，更要消滅對方。戰爭是要攻城掠地的。往常的攻掠在於消滅敵人有生力量，獲取戰略物資，戰罷大多撤退。而兼併戰爭是不講撤退的，只有進，沒有退，攻一城，掠一地，進而滅一國，那裡便劃入秦國版圖，土地和民眾便歸於秦國。秦國要分兵駐守，要任命官員實施管理。東方六國疆域有多大？人口有多少？估計大約相當於七八個秦國，甚至還要大還要多。秦軍在短時間內打敗六國是不成問題的，但能將它們消滅嗎？恐怕很難。因為我們的兵員有限，分不出太多的兵力，駐守攻掠到手的土地；特別是可以用來任命的官員太少，無法對攻掠到手的土地和民眾實施管理。那些土地雖然名義上歸於秦國，實際上卻處於無政府狀態，就會出現盜匪，出現新的割據勢力，混亂，爭鬥，遭殃受苦的還是芸芸蒼生。兼併戰爭是一打響便不能停頓，只能勝而不能敗的戰爭。秦國要以一國之力消滅六國，勢必要一股作氣、速戰速決，停頓不得，拖延不得，停頓和拖延消耗太大是最不利於秦國的。在秦國將要發動的戰爭中，不論是就戰略全域而言，還是就一次戰役一次戰鬥而言，秦軍只能勝而不能敗，若敗，何以兼併六國？何以統一天下？《尉繚子》云：『戰不必勝，不可言戰；攻不必拔，不可言攻。』說的就是這個意思，戰必勝，攻必拔，否則就別戰別攻。有人說『勝敗乃兵家常事』。此說錯，大錯！實是打敗仗者為其

『敗』尋找藉口。還有人說『戰爭千變萬化，勿以勝敗論英雄』。此說同樣錯，大錯！在秦國將要發動的戰爭中，就是要以勝敗論英雄，唯有勝者才是英雄！」

尉繚頓了頓，接著說：「老朽主張備戰四至五年，這是積極的備戰而非消極的備戰，是有針對性的備戰而非盲目的備戰。期間，秦軍要輪流出擊進攻韓、趙、魏、楚國當作練兵，以戰代練，同時使受到進攻的國家神經緊繃，惶惶不可終日。秦國和六國中的任何一國單打獨鬥，對方根本不是對手。老朽擔心的是合縱，六國、五國、四國或三國、兩國合縱，都會給兼併戰爭帶來麻煩。我們備戰期間要解除這個麻煩，必須故意放話說秦軍要進攻某國，以觀六國動靜，讓它們合縱，然後分別應對。首謀之國，迎頭擊之，從謀之國，分而化之，實施詭道，使它們之間互相猜忌，產生並保持一種『各人自掃門前雪，莫管他人瓦上霜』的心理。若此，秦國真正打響兼併戰爭的時候，六國定會是一盤散沙，觀望自保，縱有姜尚轉世也無力合縱。秦國將他們一國一國地消滅，從而順利歸於統一。」尉繚最後說：「備戰是未雨綢繆，備戰要深謀遠慮。老朽認為在備戰期間，需要著重解決這幾個問題：一、秦國現有兵員為三十七八萬人，遠遠不夠，需要擴充一倍；二、戰車、弓弩、雲梯等兵器的數量也遠遠不夠，需要盡快打造；三、日後攻滅楚國將有水戰，需要組建一支水軍，並建造一批戰船；四、培養人才，主要是培養各級官員，為日後管理所滅之國儲備待用。」

這就是一位軍事家的謀略與智慧，高瞻遠矚、知己知彼，規模宏大又嚴謹縝密。秦王微笑，拱手道：「先生高見！寡人把備戰之事想得過於簡單了，收回剛才的浮淺之語，同意用四至五年時間備戰。當務之急要按先生意見來擬定幾個方案，比如關於擴充兵員、打造兵器、組建水軍、培養人才的方案等等。方案擬定，就要行動並逐一落實。」秦王面向李斯，說：「李卿最近就協助先生擬

定這幾個方案，可好？」李斯忙說：「臣遵旨！」秦王又面向隗林、馮去疾，說：「打仗說到底是打錢糧。秦國國庫錢糧雖然充裕，但仗打起來，錢糧就會只出不進像流水一樣往外流。所以隗、馮二卿的任務就是要統領百官、輔佐寡人大力發展生產，抓錢抓糧，為尉繚先生用兵當好後勤。」隗、馮說：「臣遵旨！」尉繚看秦王，仍是「蜂準長目，摯鳥膺」的面相，但並不凶狠，還相當和藹地接受自己的意見，頗有從諫如流的氣度，不由心情大好，說：「老朽的《七歸一歌》有言：『誰來統一與合一？自西而東有黃帝』。陛下可不是『後勤』，是『黃帝』！老朽等各司其職，皆是為『黃帝』效力。」秦王聽了這樣的恭維話，哈哈大笑，說：「承蒙先生錯愛！」

秦國的備戰就此開始。當年，秦國放話秦軍將進攻某國。果然，王翦、桓齮、楊端和等率兵進攻趙國、魏國十多座城邑，以攻戰代替練兵，攻城掠地但隨即撤回不停留。六國諸侯摸不清秦國意圖，緊張、不安而又茫然。他們畏懼、憎恨強勢的秦王，卻又不得不討好這位秦王，紛紛挑選本國最美貌的女子，聲稱是公主送往秦國，希望通過聯姻搏得秦王的好感。秦王呢？來者不拒，一概笑納，臨幸後成為嬪妃，封號美人。他的美人越來越多，兒女也就越來越多。他到底有多少美人多少兒女？他自己也說不清楚。

第十八章

洛陽消息

越年為秦王十二年（西元前二三五年），王綰跟李斯說起一位久違了的大人物：呂不韋。前年十月，李斯餞別呂不韋，曾說「願洛陽無消息，便是好消息」，意謂呂不韋從此退出政治舞臺，再無人提起他，那對他而言無疑是一件好事，盡可以安安樂樂地頤養天年。然而，王綰所說的情況讓李斯吃驚，原來秦王竟安插眼線監視著呂不韋，線人時時報告呂不韋的消息，消息大多負面。

呂不韋回洛陽是得到秦王批准的，但秦王對這個只可默認而不可承認的老爹，並不十分放心。因為老爹在他親政問題上壓制過他，在嫪毐詐腐問題上欺騙過他，他要引以為戒。洛陽隸屬於三川郡。秦王因此交給郡守姚廣一項特別任務：秘密監視文信侯，隨時報告消息。姚廣報告的消息，主要是東方六國諸侯派出賓客使者拜訪問候文信侯，車馬來往，相望於道；文信侯門下三千名舍人又聚集到洛陽，據說常奉文信侯之命接待六國的賓客使者，答應對方提出的許多要求，等等。這些消息令秦王不快、不安並生疑。他最擔心老爹禁不住蠱惑，可能背叛秦國而到六國中的某國去，甚或出任高官顯爵。如果那樣，他及秦國在政治上受到的損害將是致命的。鑒於此，他一陣心血來潮，衝動壓過理智，大筆一揮寫下了一道詔書，指派一名內侍為使者，專程送往洛陽。

呂不韋生活在洛陽，金錢、美色、衣食、車馬應有盡有，外人看來一如在咸陽，極度得意。其實這只是表象，往實裡說，呂不韋內心是苦悶的、失落的、不甘的。他從一個商人，質變為一位政治家，注定要與權力為伴，要與權力同行，又怎能像一個閒居老頭，無所事事，默默老死呢？所以，他是人在洛陽，心在咸陽。咸陽有他的事業和心血，當然，還有他。無法割捨的兩個人——秦王嬴政和太后趙姬。他希望著，期待著某一天能重返咸陽，再振雄風。秦國即將發動一場兼併六國、統一天下的戰爭，這場戰爭將是亙古未有的、驚天動地的。自己才五十八歲，耳不聾，眼不花，體格強健，思維敏捷，不能也不該缺席！舉目西望。咸陽的天空沉默著，咸陽的道路寂寞著，希望與期待好像存在，又好像相當渺茫。

初夏四月，朝廷使者突然到了洛陽，進了文信侯府。呂不韋一陣欣喜，以為是秦王召他回咸陽了，不想使者只是冷冷地遞給他一道詔書。詔書很短，只有三十字：

君何功於秦，秦封君河南，食十萬戶？君何親於秦，號稱仲父？其與家屬徙處蜀！

呂不韋閱讀詔書，面色蒼白，虛汗淋漓。三十字，字字像尖刀、像利劍，更像秦王那寒冰般冷酷的眼神直刺他的心，刺穿了他的心。

使者下榻於三川郡滎陽驛館，自回驛館休息。呂不韋努力使自己鎮定下來。他細想秦王下此詔書的原因，一定是懷疑自己跟東方六國存在什麼瓜葛，這才痛下狠手。他不禁搖頭，直呼秦王姓名，自稱「老爹」，苦笑道：「嬴政啊嬴政！你小子根本不了解老爹的稟性，更低估了老爹的氣節與操守啊！蛟龍酷愛大海，猛虎酷愛山林。老爹的『大海』和『山林』在秦國，又怎會看上東方六國那樣的小池塘小園圃？再則，六國的喪鐘已經敲響，老爹又怎會拿自己的晚節，去為六國的滅亡殉葬？」他再次閱讀詔書，有點怒意，道：「『君何功於秦』？『君何親於秦』？好小子！這話你該去問莊襄王嬴異人呀！該去問你母后趙姬呀！我呂某『何功』『何親』，嬴異人和趙姬最清楚，相信你小子心裡也跟明鏡似的，只是揣著明白裝糊塗罷了。你呀，忘恩負義，好沒良心！」他的目光停留在最後一句話上。呂不韋的父親和嫡妻邵氏早就亡故。在邯鄲，他和趙姬有個兒子，本該叫

呂政，卻先叫趙政，後叫嬴政。在咸陽，他又有十多房愛妾，但愛妾們並未給他生下兒女。所以，他的所謂家屬也就是那些愛妾。他有點憤然，道：「『其與家屬徙處蜀』。哼！這不是把老爹等當作囚犯流放蜀地嗎！蜀道之難，難於上青天。一入蜀地，哪還有回歸之日？好小子！虧你想得出這樣的狠招！」

呂不韋獨坐於書房面對詔書，心緒空前狂野。詔書出自秦王之手，申辯沒有意義。如何應對？他已做出決定，但還有許多事情要交代要處理，所以喚來呂廷。呂廷是他的一個遠房侄兒，五十歲左右，精明幹練，繼麻襄之後被他用為管家。此人最大特點是忠誠，凡老爺交辦的事情，從不問為什麼，總是全力照辦。這些年來，他協助自己，有時代表自己，在咸陽管理相國府，在洛陽管理文信侯府，不貪財，不好色，勤謹正派，廣有人緣。呂不韋看重呂廷的人品，特意將其兒子呂羅任用為洛陽令。因此呂廷、呂羅父子就像兒子對待父親，孫子對待爺爺一樣對待呂不韋，對呂不韋言聽計從，即便上刀山下火海也絕不會皺一下眉頭。呂不韋讓呂廷看了詔書，然後把要交代要處理的事情一件一件講明。呂廷心如刀割，含淚聆聽。對他來說，老爺的話就是聖旨，只能答應，只能照辦。

咸陽方面，王綰把使者攜帶秦王詔書去了洛陽的事告訴李斯。李斯大驚，歎息道：「呂命休矣！」王綰說：「詔書上沒說要殺呂呀！」李斯說：「那比殺呂還要厲害。詔書全盤否定了呂，又是譴責，又是命令，視呂為囚犯處以流放。呂是講體面講尊嚴的，焉能受此羞辱！所以必然會做出過激反應，以死抗爭。」王綰跟著歎息，說：「但願事情別太糟糕。」

洛陽方面，呂不韋的愛妾和舍人都知道朝廷來了使者。眾人詢問呂廷，呂廷按照呂不韋的吩咐，說：「使者是奉秦王之命前來問候老爺的，無甚大事。」眾人信以為真，全然不疑。

人人都以為無甚大事。第二天夜深人靜之時，洛陽令呂羅身著便服，悄悄進入文信侯府與父親會合。呂不韋站在花木扶疏的庭院裡，享受清爽夜風的吹撫，欣賞深邃夜空的神秘。夜空有一彎殘月，有很多星星。倏忽，一顆流星劃過，劃出一條晶亮的直線。他笑了，暗道：「那顆流星就是我吧？」他回到內室，呂廷、呂羅已準備好一大盆熱水供他沐浴。他脫去衣服，半躺在水盆裡，伸展四肢。啊！好舒服好愜意啊！他審視著撫摩著自己的身體，像是檢閱，又像是告別。他明顯感到自己老了，滿身肌肉粗糙、鬆弛，而且醜陋。沐浴完畢，他將稀疏的頭髮盤在頭頂，挽一個圓髻，橫插一支玉簪；穿上最舒適的熏香衣服，戴上一枚最喜愛的棕色玉佩，罩上一件藍緞繡花大氅；白絨長襪，厚底布鞋。他緩緩步入正廳，端坐到正廳中央的錦榻上。錦榻前有一張矮桌，桌上放著托盤，托盤裡有一隻白玉酒杯和一小瓶酒。那酒是鴆酒，是用美麗鴆鳥的羽毛浸泡過的酒，奇毒無比。他伸手拿起那小瓶酒，擰去密封的瓶蓋，將酒液傾注在玉杯裡。酒液是金黃色的，有玉色相襯，格外的明亮、精緻、華貴，散發出綿綿的溫馨的芳香。他想，這杯酒將結束自己的生命，此時此刻自己怕死嗎？回答是：不怕！因為死亡也是人生的一部分，有生便有死，死亡只是給人生畫上一個終止符號，這樣人生才是完整的。死亡和醉酒可有一比：醉酒是短暫的死亡，死亡是永恆的醉酒。他凝視著酒液，快速回想自己的一生。應當說，他的一生是精彩的、輝煌的，從韓國到趙國到秦國，從陽翟到邯鄲到咸陽，從經商起步，幹成一樁立主定國的超大買賣，擁立兩任秦王，位極人臣，一度甚至是秦國實際上的一把手，立在權力頂峰，睥睨天下，發號施令。而且，現在坐在秦王位上的那位秦王，名義上姓嬴，實際上姓呂，是他呂不韋的骨血，當叫呂政。就是說，他已成功地

讓他的兒子當上了秦王，天下第一強國，已在神不知鬼不覺中姓了嬴。這大概就叫偷天換日吧？一個男人，能偷天、能換日，能把事業幹到這種高度和極致的，古今能有幾人！

呂不韋嘴角向上揚了揚，露出一絲不易覺察的笑意。他繼續回想，想到那個名叫趙姬，令他愛恨交織的女人。他擁有過年輕美貌，風情萬種的趙姬，那是他一生中最放蕩最開心的時光。他當初將趙姬賜給嬴異人，很難說是對是錯。反正她自覺不自覺地成了他立主定國超大買賣中的一個環節，這才有了後來光怪陸離式的故事與傳奇。他感謝趙姬給他生了個兒子，儘管這個兒子姓趙姓嬴，不曾姓呂，但天知地知，你知我知，兒子姓呂，貨真價實，絕非偽劣產品。趙姬！我第二次將你推進別的男人的懷抱，那肯定是個錯，是我一生中走得最臭的一步棋。不過，你也太淫了太浪了，迷上嫪毒的大毬，致使那個無賴那樣張狂，居然發動叛亂，把事情鬧到不可收拾的地步。結果，你遭徙遷遭幽禁，蒙受羞辱，我則被罷職，來到洛陽。趙姬啊趙姬！我記不清你我最後一次見面的確切時間了，如果有來生，那就在來生再見面吧！呂不韋回想，自然而然想到他和趙姬的兒子，即那個坐在秦王位上的秦王。他真真切切地感到秦王長大了、成熟了，瞧那小子親政後的作為，真乃好手段好氣魄，像個君王的樣子！嬴政啊嬴政！不！應當叫呂政！呂政啊呂政！儘管你凶狠、寡恩，對你母后和老爹毫無孝敬可言，但老爹還是讚賞你喜愛你的，並因你而欣慰而驕傲。俗話說『無毒不丈夫』。作為君王，切不可太過仁慈，就應當像你狠毒一些、暴戾一些，這樣才能幹成大事。你即將兼併六國、統一天下。好小子！放手幹吧！老爹支持你！」老爹保佑你！呂不韋回想，他這一生有遺憾嗎？他自答：「有的，有兩大遺憾。其一，沒能聽到親生兒子叫自己一聲『爹』或『父親』；其二，沒能親身參加兼併六國、統一天下的戰爭，當然也就看不到天下一統，整個天下都姓呂的那一天了。」

子夜早過，已是新的一天的寅時。呂不韋覺得累了、倦了，應去該去的地方了。他抬眼看了看呂廷和呂羅。呂家父子忠於職守，佇立在遠處，並不近前打擾自己。他再靜坐片刻，然後伸手端起玉杯，輕輕地晃了晃，金黃色的酒液微漾，芳香馥郁。他很從容也很優雅，毅然地將鴆酒一飲而盡，還不忘把玉杯放回原處。他倚靠在錦榻的靠背上，雙手交叉在胸前。鴆酒在他腸胃中穿行，像一條狂怒的火蛇，烈焰騰騰，橫衝直撞，燃燒、凌虐、摧毀、吞噬……。從此，這世上再無呂不韋。

呂不韋死了，死在那個靜謐的初夏之夜。沒有牽掛、沒有痛苦，堅定堅毅，曠達灑脫。

呂廷、呂羅快步向前，將呂不韋平放在錦榻上，用溫熱毛巾擦去他嘴角、鼻孔的淤血，再取一冊竹簡書籍《呂氏春秋》當作枕頭置於他頭下。這是呂不韋交代的，他死後要用《呂氏春秋》當枕頭，並以它作為唯一的陪葬物，金銀珍寶等一概不要。天明，呂不韋諸妾和舍人們獲知呂不韋飲鴆自殺都大感意外，群情洶洶。呂廷出示秦王詔書，說明老爺是以死抗爭；同時出示老爺遺書。遺書云：「吾之死乃吾之意，無關他人。後事由呂廷經辦，原則有三：勿叫朝廷為難，勿讓舍人生事，勿使諸妾受苦。竊葬，入土為安，謹遵毋違。」所謂竊葬，就是悄悄地秘密埋葬，不講究任何禮儀，不留下任何痕跡。有此遺書，保證了呂不韋的後事得以順利進行。

洛陽距滎陽（今河南滎陽）約二百里。呂羅派人把文信侯的死訊報告郡守姚廣和朝廷使者。姚廣和使者趕到洛陽，看到停殯在錦榻上的呂不韋，衣飾普通，神態安詳。使者了解到死者是飲鴆自殺，道：「這是抗旨！」呂羅請示如何安葬文信侯。使者回答不了，只是重複那句話：「這是抗旨！這是抗旨！」姚廣是秦王安插監視呂不韋的線人，態度曖昧，含含混混。

使者要回咸陽覆命。姚廣陪同離去。呂廷把三千名舍人組織起來竊葬老爺。舍人們對於竊葬是有情緒的，但有呂不韋遺書在，也只好節哀盡力。楠木棺材打製好了，邙山南坡墓穴開挖好了。酉時，呂廷指揮大斂。呂不韋諸妾身穿孝服跪在一邊。呂廷說：「老爺交代，他要寧靜，請莫哭泣。」戌時，天色黑定。呂廷指揮出殯。靈柩被抬上馬車，馳出文信侯府。諸妾送喪，限定不出府門。其中一人控制不住感情，猛地哭出聲來：「老爺！你怎麼說走就走了啊？」這一聲哭感染了多人，引起一片哭聲。

月黑風高。三千名舍人頭上各纏一條白色布帶，隨著馬車前行。沒有孝子孝女，沒有哭喪，沒有喪杖，沒有冥錢，沒有招魂幡，有的只是一支沉默的佇列，一種無聲的陣勢。呂羅率領部分衙役，加入到竊葬的佇列。到了邙山南坡，沒有舉行任何儀式，呂廷指揮著從馬車上抬下靈柩，放入一丈多深的墓穴，隨即填土。直到次日寅時，填土與地面齊平。呂廷再指揮，從遠處鏟來一些草皮，鋪展在剛填的新土上。沒有墓塚，沒有墓碑，沒有任何標識，誰也不會想到這裡埋葬著一位曾經尊崇顯赫、叱吒風雲過的大人物呂不韋。呂廷給眾舍人施禮，說：「老爺竊葬於此，入土為安，務請各位保密，拜託拜託！」

呂廷埋葬了呂不韋，再辦另外兩事。一、遣散呂不韋家屬——十多房愛妾。按照秦王詔書，她們是要「徙處蜀」的。呂不韋不忍心她們受流放之苦，所以生前「休妻」，給每人都寫了休書。此舉意謂著諸妾已不是他的家屬，也就無須「徙處蜀」。他還交代發給每人五十枚金餅，讓她們或回家或改嫁。諸妾接到休書和金餅不禁悲從心來放聲大哭，但事已至此，只得收拾些衣物自去。二、遣散舍人。這事難度極大。呂廷用他的真誠，苦口婆心講理與勸說，才使舍人們平息了怒火，沒有生出事端，大多數人離開洛陽，只有少數人留下，說要為呂不韋守喪三年。

整個三川郡及鄰近地區的百姓，都是文信侯的邑戶。呂廷根據老爺生前交代，宣布這種關係廢止，部分邑戶歷年來虧欠的賦稅全部免除。另外老爺還交代，文信侯名下的所有財產包括地產、房產等全部上交朝廷，因此呂廷搬出了文信侯府。縣衙在府門上貼上了封條。

秦王下達詔書，呂不韋飲鴆自殺，朝廷使者回了咸陽。竊葬是呂不韋的遺命，但畢竟不合法度，有對抗朝廷之嫌。呂廷思量再三，決定讓呂羅去一趟咸陽，爭取見到秦王以便報告竊葬緣由，並要將老爺的一件遺物呈交秦王。

咸陽，幾乎所有人都知道呂不韋自殺了，竊葬了。最難堪最憤怒的是秦王。呂不韋以死抗命，是對他的蔑視；竊葬，更是對他的挑戰。他命召來王綰、李斯商量對策，他要嚴懲呂不韋的家屬和那些舍人。王綰陪著小心請王上息怒。李斯倒是敢於直言，但說話斟字酌句。他說：「臣觀吾王詔書，措詞嚴厲了些，但只是要文信侯及家屬徙遷到蜀地去，並非賜死。文信侯看重體面與尊嚴選擇了自殺，客觀上落下了抗命的後果。這種事情本不該發生的，但還是發生了，需要看看是哪個環節出了問題？」這話說得巧妙，言外之意是秦王不該下達那道詔書，沒有那道詔書，文信侯也就不會以死抗命。李斯接著說：「吾王命使者將詔書送交文信侯，按理這位使者就是詔書的執行者。可是使者在文信侯死後回了咸陽，那麼誰又是詔書執行者？很不明確。如何安葬文信侯？用君侯之禮，朝廷同意嗎？用平民之禮，文信侯家屬和舍人同意嗎？在無人作主和誰也作不了主的情況下，竊葬不失為一種最好的葬法，逝者入土為安就好。臣以為吾王當用寬廣的度量看待和處理這件事，以慈悲為懷，文信侯都死了，就再也沒有必要嚴懲他的家屬及那些舍人了。」

秦王聽了李斯的話，憤怒之情緩解了許多。他轉而責怪起地方官員來，說：「三川郡和洛陽縣真是差勁！都多少天了？為何還不報告呂不韋後事？」話音剛落，便有宮門衛士報告：「報：洛陽令呂羅求見王上！」

呂羅，三十歲上下，中等身材，方臉粗眉，身著官服官帽向秦王跪拜。秦王命平身。呂羅再向王綰和李斯施禮，然後自我介紹，特別說到其父呂廷是文信侯的管家，按照文信侯遺命，他們父子二人一手經辦了文信侯的後事。呂羅取出文信侯遺書呈給秦王。

呂羅報告著呂不韋如何安排自己的後事，事事清晰。秦王靜聽著，心情複雜。李期思索著，有意問道：「呂縣令！文信侯在洛陽生活一年多，你的印象如何？」呂羅答：「他是個大人物，又是個大好人，看透了世事，注重晚節，潔身自愛。比如東方六國諸侯派遣賓客使者前往拜訪問候，車馬塞滿洛陽街道，但文信侯從不會見那些人，讓那些人全吃了閉門羹。他門下的三千名舍人又聚集到洛陽。他也從不會見。舍人中有幾個激進分子，私下接待六國的賓客使者，他聽說後很生氣，對家父說：『那幾人是舍人中的敗類，得設法讓他們滾蛋！』文信侯是要讓那幾人『滾蛋』，而不是『離開』，可見他對舍人中的敗類多麼厭惡。」

這個問題是李斯有意為秦王而問的。秦王聽後頓有所悟。他意識到三川郡郡守姚廣報告的消息並不真實，或者說是錯誤的。自己根據錯誤的消息，做出錯誤的判斷，寫下一道錯誤的詔書，從而導致呂不韋飲鴆自殺。真是不該，大不該啊！這時，呂羅從懷中取出一個小小布包呈給秦王，說：「這個布包是文信侯向家父交代的最後一件事。布包裡裝的是他給王上的一件禮物，珍藏多年都無法交給王上。他這一死，心猶不甘，所以只能將布包交給家父。文信侯說：『注意！這事絕密，布包必須由你或呂羅當面進呈王上，絕不可落入他人之手。切記！』恰好，下官前來報告文信侯後事，並得以將布包當面進呈王上，也算遂了文信侯的遺願。」

秦王狐疑地接過布包。外層的包布很舊，年代確實久遠了。包布嚴嚴實實地用針線密縫，需用剪刀剪去針線才能打開。打開第一層包布，還有第二層。打開第二層包布，還有第三層。打開第三層包布，始見一個精美的銀盒。開啟銀盒，裡面是一枚玉質印章。玉是晶瑩的和闐玉，其價勝過同等重量的黃金。印章呈方形，印鈕雕作一隻活潑可愛、栩栩如生的幼虎。秦王端詳印文，印文書體係大篆，自左而右並列二字：呂政。秦王大驚，心跳如鼓。繼見印章下面墊有折疊著的白綾，取出，展開，上面寫有兩行小字：「政兒滿月，雕此印章紀念。呂不韋，壬寅年二月一日，邯鄲。」秦王認識，那是呂不韋的字跡。頃刻間，他明白了，全明白了：千真萬確，呂不韋就是自己的父親。壬寅年元旦，自己在邯鄲出生，二月一日滿月，父親特雕刻這枚印章作為紀念。印章與他同歲。也就是說，父親將印章珍藏了二十五年，臨死時才交給管家呂廷，鄭重交代務要當面進呈……

秦王面色凝重，心緒大亂。他輕輕揮手，示意王綰、李斯、呂羅可以告退了，他需要獨自靜一靜。呂不韋是他的父親，這一事實已確鑿無疑。歷歷往事湧向腦際。他自小叫趙政，生活在邯鄲，九歲時隨母到咸陽，改叫嬴政，直到成為太子才認識時任相國的文信侯呂不韋。他的老師隗林，就是呂不韋給聘請的。他十三歲坐上秦王大位。先王遺囑給呂不韋加仲父頭銜。那些年，秦國所有大權都掌握在相國、仲父、文信侯手中，呂不韋對他這個禮儀上的秦王，挺親和又挺嚴厲。記得呂不韋時時向隗林詢問王上的學業，有時還親自教誨王上。他十五六歲時知道呂不韋和母后舊日的關係，知道若不是呂不韋先王和自己都不可能坐上秦王大位。他聽到過一些傳言，說呂不韋是他的生

父，但半信半疑。嬴成蟜造反檄文發布，他的信勝過疑。李斯實施詭道，證明他姓嬴而不姓呂，那是為了讓他坐穩王位，對付嬴氏宗室的伎倆，其實他內心深處已默認呂不韋是生父了，只是絕不可公開承認罷了。呂不韋遲遲不為他行冠禮，令他氣恨。呂不韋策劃嫪毐詐腐，更令他憤怒。他斷然免去呂不韋的相國職務，批准其回洛陽。記得呂不韋離開咸陽之日，曾託李斯轉告自己兩句話：「一、嬴氏坐大，恐非秦國之福；二、善待太后。」自己現在才明白，那是一位父親就國事和家事對兒子提出的告誡和希望啊！然後就是這一年多來，自己命人監視呂不韋，根據錯誤消息寫下錯誤詔書。回頭看，那道詔書是多麼荒謬，多麼殘酷無情哪！正是他的詔書戕殺了父親的老命！

秦王靜坐，默想許久，吩咐駕幸甘泉宮。甘泉宮秦太后已知呂不韋死訊，是死於嬴政的一道詔書，死於飲鴆自殺。她覺得不可思議，反覆自言自語：「怎麼會這樣？怎麼會這樣？」秦王探視母后，取出那個銀盒，說是文信侯臨死時託人轉交給自己的禮物。太后一見銀盒，立刻就認出了它，雙手發顫地撫摸著，眼中浮動著隱隱的淚光。太后回憶起往事，第一次直言不諱告訴兒子，呂不韋正是他的生父。她說，她原本是呂不韋愛妾，懷了身孕才歸於秦國王孫嬴異人。壬寅年元旦臨盆，兒子出生，取名政。兒子怎麼姓？姓嬴不合適，姓呂不合適，所以姑且隨母姓，叫趙政。呂不韋當然知道趙政是他的骨血，遂用價格昂貴的和闐玉，製作一枚印章，刻了「呂政」二字；因壬寅年為虎年，故印鈕雕作一隻幼虎；還在一片白綾上寫下兩行字，寫明製作印章的緣由，裝在這個銀盒裡，既作為禮物，又作為紀念，在趙政滿月的二月一日交給她，讓她永久保存。她當時住在邯鄲驛館，怎麼保存？萬一讓嬴異人發現，又怎麼解釋？所以她主張就由呂不韋保存，待兒子長大再交給兒子。呂不韋一想也是，就同意了。沒想到呂不韋保存此物，保存了整整二十五年！

秦太后這些年經歷的太多太多，青春已經消逝，熱情已經耗盡，對眼前這個兒子秦王說不上愛，也說不上恨，只是覺得很遙遠、很陌生。她凝觀兒子良久，像不認識似的，說：「我生了四個兒子，成蟜、大寶、大貝都死在你手裡。現在你生父也死在你手裡。請問你有沒有感覺到，你這個人太狠心太絕情了？」秦王聽了這話慌忙跪地，說：「母后！」他想解釋，可找不到解釋的詞語，陷入一種理屈詞窮的窘境。

秦王心情惡劣，連續取消三天朝會。王綰憂心忡忡，問李斯道：「呂羅進呈一枚印章，惹得王上失魂落魄似的，這是怎麼回事？」李斯道：「這枚印章非同尋常，是文信侯珍藏多年，臨死時才交代讓設法進呈王上的。我猜想，印章上的刻字肯定與王上的身世有關，證明王上的確姓呂而不姓嬴，的確是文信侯的骨血。王上正為文信侯之死感到內疚又悔恨，故而心情不佳。」王綰道：「那王上會不會公開宣布他姓呂？」李斯搖頭，道：「不會！王上姓呂這一事實，不會對任何人說起，更不會公開宣布，只能永遠埋在心裡。」

整整一年，秦王老想著生父的死和母后「太狠心太絕情」的話，心情一直鬱悶。秦王十三年（西元前二三四年），他突然決定做一件事：巡幸洛陽。巡幸高度保密，朝廷高官只有相國、御史大夫知曉。李斯和兩名內侍隨行，王綰率三百名精騎護衛。一去一回共用了七天時間。全部戎裝，全部騎馬，凌晨從咸陽出發，第三天日落時分到達洛陽。這是秦王自即位以來的第一次外出。《史記》記述此事：「王之河南」，並未記明月份，但有理由認為這是四月，秦王要在生父去世一周年的忌月，去看看生父的葬地，並向生父悔過與贖罪。當晚，一行人紮營於邙山下。呂廷、呂羅父子接到通知，趕到營地拜見秦王。次日，風和日麗。呂廷、呂羅引著秦王登上邙山南坡。王綰和李斯

遠遠跟隨。呂廷告訴秦王說，邙山南坡北臨黃河，南望洛陽，地勢開闊，是文信侯生前選定的墓地，死後葬在這裡，墓穴很深，至於具體位置，他也辨認不出了。秦王站定。但見山體嵯峨，古木參天，遠望可見洛陽，城垣雄偉，洛水如帶。他暗暗讚歎：「老爹選擇此處作為葬地，真乃好眼力！」呂廷又告訴秦王說，文信侯無兒無女，諸妾遣散，只有他這個管家，每月朔日和望日給他供奉些果品燒些香權當祭祀。呂羅說：「文信侯門下舍人基本遣散，只有一百多人留在洛陽，自發為文信侯守喪三年，他們也是定時祭祀的。」秦王心中一陣酸楚。誰說文信侯沒有兒子？自己不就是兒子嗎？可是，自己這個兒子有等於沒有，今生今世，只能叫嬴政而不能叫呂政。自己的一道詔書，害死了生父。生父死後，自己還是不能叫他一聲「爹」或「父親」，也不能給他燒一炷香，叩一個頭。可又有何法？自己是秦王，是老爹親手擁立的秦王，身不由己啊！他俯身抓一把土，又撒在地上，默默地說：「老爹啊老爹！兒子不孝，忝為人子，今日就是為悔過而來，為贖罪而來。為了悔過與贖罪，兒子要更加勤奮，治國理政。兼併六國、統一天下，是老爹的理想，更是兒子的事業。老爹呀！兒子會加倍努力，加快這項偉業的進程，實現天下一統以告慰老爹亡靈。」

秦王巡幸洛陽，除李斯外，沒有人知其真實意圖。午時過後，一行人走下邙山南坡。秦王命賜給呂廷一枝玉如意。呂廷激動地跪拜王上，熱淚縱橫。秦王回到咸陽，記恨於姚廣報告了錯誤消息，免其三川郡郡守職務，擢升呂羅為三川郡郡守。廷尉巫克忽然病故，秦王任命李斯為廷尉。李斯因此成為秦國司法界最高首長，步入九卿之列。這一年，他四十三歲，是秦國九卿中最年輕的一位。廷尉是李斯仕途的終點嗎？他認為不是，他的同僚們也認為不是。因為他有巨大潛力，他的仕途的終點將會在更高的高處，更遠的遠方。

第十九章

妒殺韓非

李斯在青年時代就說過：「詬莫大於卑賤，悲莫甚於窮困。」從那時起，擺脫卑賤與窮困，追求尊貴與富有，就成了他人生的目標，入仕的動力。他到秦國出任長史、客卿，人生目標初步實現；升任廷尉，人生目標更上層樓，卑賤與窮困從此遠他而去，取而代之的是真正的尊貴與富有。昔日呂不韋相國府西園，現在成了李廷尉的府第。他記得妻子和兒子初到咸陽時，李由曾用木板塗漆，製了個「李長史府」門牌。他命兒子將門牌拆掉，說：「等阿父位列三公九卿，那時自會有個大大的漂亮的門牌！」他的話如今兌現了，一塊紅底藍字鑄銅鎏金的大門牌，高高鑲在門楣上：「李廷尉府」。李由在藍田，已從縣尉升任縣令。李甲也步入官場，任涇陽縣尉。李由、李甲均已成家，而且均被列入朝廷培養人才方案，日後將會是郡級官員。那個時代，但凡高官，沒有不納妾的，李斯也不例外。柴禾對丈夫納妾持開放態度，男人嘛，好比茶壺，就當配備多個茶杯，不然有失身分與體面。在柴禾的熱心張羅下，李斯連納了三位年輕貌美的愛妾。枝繁則葉茂。愛妾們陸續又給他生下四五個兒女。李斯追隨時尚也蓄養起舍人來。松、竹、梅「三友」捨不得離開李兒，幫助管理那些舍人。家大業大，人丁興旺。柴禾不得不轉變觀念，雇用了數十名男傭女僕，以保障廷尉府家政事務的有序運轉。

李斯升任廷尉，長史職務依然保留。論忠誠、智謀、才幹和年齡，李斯在三公九卿中均佔優勢，理所當然成為秦王跟前第一紅人，很多時間都得用來伴駕以備諮詢。秦王十四年（西元前二三三年）初夏的一天，秦王在書房讀書，讀到兩篇文章。一篇名《孤憤》，圍繞當權重臣與法術之士的利害關係、君王對待當權重臣與法術之士的態度，抒發了作者面對「智法之士（通曉法家學說的人）與當途之人（朝廷中居要職掌大權的人），不可兩存之仇」的現實所產生的孤獨、憤懣之情。一篇名《五蠹》，提出「仁之不可以為治」，而要以農戰為立國之本，凡無助於農戰者，指學者（儒家）、言談者（縱橫家）、帶劍者（遊俠）、患御者（逃避兵役的人）、「商工之民」皆為國家的蛀蟲，合稱「五蠹」。兩篇文章說理精密，文鋒犀利，議論透闢。秦王讀得興味盎然，拍案叫絕，喟然歎道：「嗟乎！寡人得見此人與之遊，死不恨矣！」

李斯在側，微笑諫道：「吾王貴為天子，身繫社稷，不可輕言『死』字；且以人主之尊，亦不可輕言從人而遊。」秦王自知失言，笑道：「寡人讀了《孤憤》、《五蠹》，心搖神動，情不自禁耳。」李斯說：「《孤憤》、《五蠹》的作者乃韓國公子韓非也。」秦王大驚，說：「是嗎？寡人聽說過此人，他在韓國好像很不得意。」李斯說：「正是。韓非是今韓王韓安的叔父，為人口吃，說話不怎麼流利，但文章寫得極好。十多年前，韓非和臣師從荀子學習帝王之學，臣自度學業不及韓非。韓安心胸狹隘，疑忌叔父，長期不予重用。韓非鬱悶，以文抒懷，著述甚豐。近年來情況略有改變，韓非開始主持一些政事，他可是個堅定的反秦派。」秦王說：「寡人喜歡韓非的文章，不管他是什麼派，可將他召來秦國。」李斯說，「韓非熱愛韓國，眷戀故土，恐怕不會從命。」秦王說：「寡人欲得韓非，誰敢不從？」於是傳旨尉繚，命派一位將軍率兵進攻韓國，目的只有一個：韓國必須交出韓非，若不從，則攻滅之。

秦國興師伐韓，重兵壓境，只是為要一個四十七歲，文章寫得極好的男人——韓非。韓安有著一種亡國的恐懼，驚惶失措。韓非為罷秦國之兵，為保韓國安寧，迫不得已只好自請入秦。韓安此時才敬佩叔父捨身報國的風範，感謝不盡，給叔父加了個使者頭銜，美其名曰「韓非使秦」。弱國無外交。韓非使秦，沒有車馬儀仗，只帶隨從一人。秦國信守承諾當即撤軍。

韓非到達咸陽。迎接他的是他的同學、摯友李斯。二人分別已有十三年之久，李斯見到韓非滿面笑容，快步向前，大聲叫著「韓兄」，很想送上一個熱情的擁抱。韓非卻出奇地平靜，口稱「李廷尉」，拱手施禮，態度冷漠，一副公事公辦的樣子。李斯感謝同學、摯友曾經給予的資助，韓非擺手，說：「多年前的小事，不提也罷！」李斯尷尬，一時無語。細想，韓非的冷漠也在情理之中。斗轉星移，時過境遷。他李斯如今貴為秦國廷尉，所言所行代表秦國、代表秦王，尊崇而強勢；而韓非生性孤傲，被迫出使秦國形同階下之囚，哪有心思和故人敘什麼同學之好、朋友之情？

李斯引領韓非拜見秦王。秦王破例在義和殿門前迎候。當韓非向前欲行跪拜大禮時，秦王伸手將他扶住，說：「寡人欲見公子久矣，讀了《孤憤》、《五蠹》，欲見之心愈加迫切。今人來了就好，免禮免禮！」韓非說：「臣性愚鈍，不勞大王錯愛，懇乞放歸。」秦王大笑，說：「哪有剛見面就說放歸的道理？既來之，則安之。公子姑且留秦，容寡人誠心問教。」

秦王禮讓韓非進入義和殿，賜坐。李斯坐於一側作陪。秦王看韓非，身高八尺，衣飾華麗，眉宇間凝著抑鬱之氣，表明他出使秦國並不開心。韓非也看秦王，這位秦王才二十七歲，絕對的雄豪，絕對的霸氣，不論是站立還是端坐都有一種巋然如山的氣勢。秦王首先開口，說：「秦國傳統：奉行法家霸道。公子精於刑名法術之學（法家學說），多有著述，寡人願聞其詳。」韓非以為秦王是要檢試他的學問，應聲而答，侃侃而談。大意是：近百年來，法家產生三位代表人物，秦國商鞅重「法」，魏國申不害重「術」，趙國慎到重「勢」。他是集大成者，總結前人經驗並加以發展，從而創立了以「法」為核心的「法」、「術」、「勢」相結合的法家學說體系。「法」指法律、法制，國之權衡也。君王治國，必須以法依法，法不阿貴。法之所加，智者弗能辭，勇者弗敢爭，刑過不避大臣，賞善不遺匹夫。「術」指權術，手段。君王駕馭臣屬，不可過分信任，要善於察奸知奸，審合刑名，實施嚴刑，以刑止刑。「勢」指權勢、權威。君王至尊至貴，必須獨掌軍政大權，尤要察覺以防止奸人犯上作亂。

韓非講得興起，繼續大講法家最注重改革圖治，變法圖強。他說：「世異則事異，事異則備變。當今之世，仍一味讚美堯、舜、湯（商湯）、武（周武王）之道，必為新聖（當今君王）笑矣。故而，應當不期修古，不法常可。」韓非進而又大講法家的中央集權理論，說：「萬乘之主，千乘之君，所以制天下而征諸侯者，以其威勢也。事在四方，要在中央；聖人（君王）執要，四方來效。這是一條永遠不容置疑的鐵定法則。」

韓非大講刑名法術之學，字字句句皆合秦王口味，聽得他心爽神怡、如沐春風。韓非並不刻意掩飾口吃的毛病，只是注意控制說話節奏，盡量把語速放得慢些。這在秦王看來，也是一種優雅，別有情趣。李斯坐在一側傾聽，心中暗暗嫉妒：這個韓非，這些年潛心鑽研把法家學說理論化系統化了，達到一個新的高度與新境界，自己可是望塵莫及呀！

秦王笑顏逐開，說：「公子思想深邃而超前，寡人謹受教。另外，寡人實在喜歡公子的文章，可否再賜幾篇一讀？」韓非說：「臣之文章留在韓國，外傳者極少。臣僅憑記憶錄出數篇，敬呈陛下就是。」秦王說：「好！寡人恭候！」

韓非下榻於驛館，享受國賓級待遇。三天後，就憑記憶錄出兩篇文章，呈給秦王。一篇名《主道》，論述君王之道，主要講君王駕馭臣屬的權術。「是故人主有五壅：臣閉其主曰壅，臣制財利曰壅，臣擅行令曰壅，臣得行義曰壅，臣得樹人曰壅。臣閉其主，則主失位；臣制財利，則主失

德；臣擅行令，則主失制；臣得行義，則主失明；臣得樹人，則主失黨。此人主之所以獨擅也，非人臣之所以得操也。」一篇名《人主》，告誡君王「之所以身危國亡者，大臣太貴，左右太威也。所謂貴者，無法而擅行，操國柄而便私者也。所謂威者，擅權勢而輕重者也。此二者，不可不察也。」

在其後的日子裡，秦王陸續讀到韓非進呈的二十多篇文章，如《說難》，論述君王心理深不可測，臣屬進諫需揣摩上意，異常艱難；《功名》，論述君王立大功、成大名的必備條件；《奸劫弒臣》，論述奸邪、劫主、弒君之臣的奸行及治奸的方法；《三守》，論述君王應當堅守的三條原則；《八奸》，剖析君王必須警惕和防範的八類人的陰謀詭計；《說林》，敘說史事，其多若林，新陳代謝，以古鑒今；《內儲說》與《外儲說》，運用大量歷史、傳說故事，論述法家的「法」、「術」、「勢」及功利主義觀點等等。韓非在蘭陵學館求學期間，是唯一從帝王層面研究帝王之學的學生。隨後，深受宗室身分的影響，因此他是站在君王的角度寫作的，所寫的文章也是專門給君王讀的。秦王讀後，直覺得心胸敞亮，情緒亢奮，真乃珠璣錦繡，篇篇驚豔。李斯陪同秦王讀，也由衷地稱讚，歎為觀止。鑒於此，他對韓非的嫉妒又增添了一分。

嫉妒歸嫉妒，李斯對韓非還是崇拜和尊敬的。這天，他命妻子準備酒菜，宴請韓非，一來盡地主之誼，二來報答韓非當年對自己及家庭的資助。柴禾是知道韓非的，視他為恩人，所以精心地準備了豐盛而高檔的酒宴。李斯興沖沖赴驛館請韓非赴宴。誰知韓非根本沒有露面，只派隨從轉告李斯：「智法之士與當途之人，不可兩存也。」這是《孤憤》裡的話，只是在「兩存」後面省去「之仇」二字。李斯愕然。好個韓非，以「智法之士」自居，譏諷他是「當途之人」，彼此對立，「不可兩存」。也就是說，韓非已把他當作敵人，已和他劃清界限，這頓酒宴自然是不能吃不會吃的了。熱臉貼上冷屁股，那是什麼樣的感受！李斯悵惘回府，由嫉妒而生恨意，嫉妒和恨意互相催化，化作燒心燒肺的一團火，欲罷不能。

李斯冷靜觀察秦王對韓非的態度，很有將其留於秦國委以重任的意思。對此，李斯頗為擔心。因為韓非出身高貴，才華橫溢，若被重用，官階、薪俸必在自己之上，那麼「智法之士」將會壓著他這個「當途之人」。幸好這種情況沒有發生，秦王對韓非的態度很快由熱變冷，韓非在秦國當官的可能性降為零。

那是初秋的一天，韓非突然給秦王上了一篇奏書，奏書名《存韓》，顧名思義是奏請秦王在發動兼併戰爭時應當保存韓國，至少秦國首先攻滅的國家不應當是韓國。韓非的奏請過於天真，如同一個癡人對猛虎說：「且別吃我，請先吃別人。」這有違秦國的戰略部署。因為秦王和三公及李斯等多次討論過，秦國將要發動的統一天下的戰爭，將是自西而東，由近及遠的，攻滅的第一個國家就是近鄰韓國，次是趙國。韓非作為韓國使者，奏請「存韓」可謂不識時務，別有用心。秦王接著詢問韓非對秦國政事的看法。韓非又是別有用心，提了兩條所謂的「觀感」。一是嬴氏宗室權勢太輕，以昌平君嬴班、昌文君嬴沖為例，說：「宗室之臣，與陛下同根同祖，血脈相連，欲國之安，祈家之貴，存共其榮，沒同其禍。今陛下疏宗室而親異姓，乃自亡之道也。作為補救，可重新任用嬴班、嬴沖為相國。」二是赦免鄭國是個錯誤，說：「法家重法，法大於天。赦免鄭國，視法如兒戲，導致法敗，法敗則國亂。作為補救，可重審鄭國案，將他斬首以正法紀。」韓非的奏書和「觀感」，等於和秦王的意志、方略唱起了反調，惹得秦王老大不快。事後，秦王對李斯說：「寡人先

讀韓非之文，次聞韓非之論，其文其論天差地別。顯然，斯人意在存韓、亂秦弱秦，不可不防。」李斯附和道：「臣亦有同感。」李斯據此推斷，秦王絕不會重用韓非，不由竊喜。這時，秦國使者姚賈載譽歸來，意味著韓非的厄運也將到來。

秦王採納尉繚建議，將備戰時間定為四至五年。尉繚隨即放話說秦國將攻某國，並有節制地進攻一些地方當作練兵。東方六國異常緊張，居然謀劃合縱共抗秦國。秦王聞訊很是不安。尉繚卻很高興，說：「妙哉！它們現在合縱不用怕，只要日後不合縱就好。」尉繚派人打聽，得知韓國除外，實是五國合縱，大本營設在邯鄲，具體運作人是姚賈。尉繚笑了，說：「老朽和姚賈是鄉黨。」李斯也笑了，說：「我和姚賈是同學，當初在蘭陵學館，同住一間館舍。」秦王問：「如何應對五國合縱？」尉繚說：「實施詭道，拆散它！」李斯說：「姚賈是個關鍵人物，可將他召來秦國為吾王所用。」秦王說：「這可能嗎？」李斯說：「縱橫之徒，大多有才無德、見利忘義。吾王只要出以高價，不愁姚賈不來秦國。」秦王說：「那好，但由二卿操作就是。」

且說姚賈自小到大，背負著出身低賤和有過偷盜劣跡兩個沉重包袱，闖蕩江湖，和李斯相比要艱辛得多。他的優勢在於頭腦靈活、見多識廣、擅長辯術，蘭陵學館「畢業」後，便遊說東方六國諸侯，以蘇秦自許，主張合縱共抗強秦，逐漸小有名氣，步入縱橫家行列。趙王趙偃志大才疏，一心想當合縱長抗衡秦王，遂任用姚賈為侍中，支持他的合縱計謀。姚賈憑著三寸不爛之舌，東奔西走，大力遊說，居然把合縱搞成了，時時召集五國使者在邯鄲聚會共商大計，得意非凡。趙國權臣郭開早是秦國間諜，忽然接到李斯指令，命他向趙偃進讒，說姚賈對大王大不敬，經常詆毀大王荒淫好色，納一娼妓為愛妃，又廢嫡長子趙嘉，改立娼妓生的兒子趙遷為太子，無須多久必毀趙國基業。趙偃一聽勃然大怒，罵道：「爛胚！賤貨！」立即宣布免去姚賈侍中職務，並驅逐出境，不許再在趙國逗留。姚賈頓時從天堂跌進地獄，羞慚、氣惱、憤怒卻又無奈。正當他極度茫然、沮喪的時候，李斯派出的「三友」找到他，遞上兩封書信。姚賈讀信，一封是鄉黨尉繚的，一封是同學李斯的，都熱情邀請他到秦國施展抱負與才幹。他知道兩封信肯定代表了秦王的意思，因此心頭陰霾變成明媚陽光，跟隨「三友」到了咸陽。

尉繚、李斯熱忱歡迎姚賈，明話明說，要他放棄合縱，從事連橫，具體任務是拆散五國合縱。姚賈詢問以何作為回報。李斯說：「超乎想像的尊崇。」姚賈爽快答應，說：「行！縱橫縱橫，非縱即橫，姚某做不了蘇秦，就做張儀。」於是秦王會見姚賈，任命他為秦國使者，出使趙、魏、楚、齊、燕五國，賜車馬百乘、黃金千斤，更當著群臣之面親自為他披王者之衣、加王者之冠、佩王者之劍。果真是「超乎想像的尊崇」！姚賈激動得渾身發抖。姚賈出使了。好鋪張的場面！好堂皇的氣派！第一站便是趙國。趙國君臣迎接、款待秦國使者，難堪、窩火而又不解：這個姚賈，剛被趙國驅逐，怎麼又殺回來了？怎麼比先前更尊崇更顯赫了？姚賈呢？變換了角色，依然巧舌如簧，加上秦國給予的金錢大發威力，成功地說服趙王攻伐世仇燕國，繼又成功地說服楚王、魏王聯合攻伐世仇齊國。五國合縱鬧起窩裡鬥，兵戎相見，鬥得你死我活，哪還有合縱可言？很快，合縱破產，鳥飛獸散。秦王大喜，褒獎功臣和英雄，命召回出使三年的姚賈，拜為上卿，食邑千戶。

姚賈升官，同僚齊賀。唯獨韓非腦子進水，找到秦王揭起姚賈的老底，說：「世監門子，梁之大盜，趙之逐臣，豈可用為上卿！」又說姚賈濫用秦國財寶賄賂五國君臣，實是假公濟私，彰顯個人名聲。姚賈聞知此事，怒不可遏。在蘭陵學館，他就嫉恨眼睛長在頭頂上的韓非。舊恨加上新仇，他決定反擊，找到秦王揭露韓非是五國合縱的最早發起人，並且提供了證據──韓非的《致趙王書》。那篇書信說，秦國乃虎狼之國，東方六國只有合縱方能自保；趙王趙偃德才兼備，最堪主持合縱；為了迷惑秦國，韓國可為合縱的秘密成員，對外只宣稱五國合縱，而非六國合縱。書信裡有一段話寫道：「屆時起事，韓國當為前驅，突入函谷關，破咸陽，擒秦王，飲馬渭河，掃蕩雍城！」秦王看得出書信是韓非的筆跡，絕非偽造。他把書信遞給李斯，冷聲道：「迷秦惑秦，『破咸陽，擒秦王，飲馬渭河，掃蕩雍城』，口氣不小啊！」李斯看過書信，說：「蚍蜉撼樹，自不量力！」秦王說：「看來，秦國容不下這位尊神了。」姚賈以為秦王要放韓非回韓國去，忙說：「韓非，韓之公子也。今王上欲併諸侯，韓非終為韓不為秦，此人之情也。今王上不用，久留而歸之，此自遺患也，不如以過法誅之。」

李斯聽到一個「誅」字，暗吃一驚。心想這個姚賈，真敢下狠手。再想，覺得並不奇怪，此乃性惡論所致。先秦時代，在人性觀問題上，儒家說「人之初，性本善」，持性善論；法家說「人之初，性本惡」，持性惡論。性惡論者認為人的本性好利，「人往人來，皆為利來；人來人往，皆為利往」，人的忙碌及所有活動，圍繞的追求的都是一個「利」字。人的好利的本性不容侵犯，更不容剝奪，如果遭侵犯、遭剝奪，那就會引發爭鬥與殘殺，「惡」性盡顯。韓非侵犯了姚賈好利的本性，所以他要讓韓非付出代價，力主「誅之」。李斯又何嘗不是這樣？韓非已將他這個「當途之人」，劃進「不可兩存」的敵人範疇，他又何必要把韓非當作朋友？世上沒有永恆的敵人，也沒有永恆的朋友，只有永恆的利益。韓非的《致趙王書》侵犯了秦王的利益，也就侵犯了他李斯的利益，他也要讓韓非付出代價。加上嫉妒，加上恨意，遂說：「臣也以為，韓非不可歸韓，歸韓必為秦之禍患。」這是用迂迴的方式附和了姚賈「誅之」的意見。秦王仍沉浸在「破咸陽，擒秦王，飲馬渭河，掃蕩雍城」的激憤裡，表態道：「下吏治之。」

秦王表了態，韓非被投進雲陽監獄（今陝西淳化境）。審訊韓非的正是廷尉李斯。審訊什麼呢？能拿到檯面上的「罪行」，只有韓非首倡合縱，致書趙王，以及「趙國當為前驅」等幾句大話。韓非辯解，口吃毛病大發，結巴得厲害，辭不達意乾脆閉嘴，保持沉默。不在沉默中爆發，就在沉默中滅亡。爆發？還是滅亡？事實上，秦國重法，刑律嚴酷。獄吏落實秦王詔令「下吏治之」的「治」字，多次動用大刑。韓非早已衣衫破爛，遍體鱗傷，貴公子的形象與氣質盡失，哪還能「爆發」？等待著他的只能是「滅亡」。

鄭板橋名言：「難得糊塗」。普普通通一句話，道出了人生處世的頂級真諦。韓非不懂這個真諦，太過聰明，又不知掩飾聰明，從寫文章到發起合縱，從出使秦國到拒絕李斯宴請，從上奏書、提「觀感」到反對姚賈任上卿，恃才傲物，鋒芒畢露，說了一系列不能說不該說的話，做了一系列不能做不該做的事，侵犯了包括秦王在內的多人的好利本性，其結果可想而知。

韓非忍受難以想像的痛苦與煎熬，漸至昏迷。他的隨從每天探一次監，看到監獄的陰森，主人的慘狀，放聲大哭，無計可施。李斯請示秦王：韓非當如何處置？秦王略略沉吟，說：「韓非畢竟是韓國使者，不能像姚賈說的那樣『誅之』，也不能老是這樣罹刑受辱。廷尉主掌刑律，相信自有法子，盡快結束這種狀況。」李斯明白「盡快結束這種狀況」的含義，那是要「結束」韓非的性命，而且是要由他「結束」韓非的性命，心中一陣慌亂，但聖命不可違，他別無選擇。

天幕低垂，殘陽如血。秋風蕭瑟，荒草凋零。李斯親手在一碗魚羹裡放置了毒藥，命獄吏端給

韓非享用。昏迷的韓非，見一直粗糲的飯食換作魚羹，知道意味著什麼，淒然一笑，用很低微的聲音說：「我命休矣！告訴世人：韓非生在韓國，才華蓋世，是個錯誤；再告訴李斯：韓非認識他，交往他，也是個錯誤。」很奇怪，他說這幾句話時一點也不口吃，字字清晰。韓非趴在地上，強撐著吃了幾口魚羹，忽然不動彈了，呼吸停止了。獄吏把韓非的話告訴李斯。李斯驚駭，原來韓非已預知自己會是殺害他的凶手！咸陽宮裡的秦王心神不寧，猛然想到韓非雖然有罪，但罪不至死，那人是天下唯一，死了實在可惜。他忙命一內侍前往雲陽監獄，通知李斯赦免韓非。可惜為時已晚，當內侍見到李斯時，韓非的遺體已經進了停屍房。

韓非死了。李斯覺得自己手上沾滿鮮血，需要贖罪。他給韓非置辦了壽衣與棺木，並給韓非隨從十枚金餅，命他扶韓非靈柩回韓國安葬，也算是葉落歸根。他再在自家府中闢一密室，供奉韓非靈位，每晚睡覺之前，必到密室焚一炷香，通過祭祀以求得心理上的平衡與慰藉。當然，他也會為自己開脫把責任推給秦王，聲稱自己只是在執行秦王的旨意罷了。韓非死後，存世文章共五十五篇，集為《韓非子》一書。該書全面論述法家學說，突出論述「法」、「術」、「勢」，從而為秦王嬴政統一天下，建立中國歷史上第一個中央集權的封建國家提供了理論依據。

第二十章 血火崢嶸

秦國的備戰進行了整整五年。到了秦王十六年（西元前二三一年），秦國的政治、經濟、軍事實力空前強大，而東方六國卻是合縱不成，成了一盤散沙。秦王於是領導和指揮他的臣屬們、將士們，打響了兼併六國、統一天下的戰爭。這場戰爭足以用「偉大」一詞來形容，歷時十年，最終結束了五百多年來的分裂局面，天下歸於統一，過時的腐朽的奴隸制苟延殘喘，先進的封建制邁出步伐，一個統一的、多民族的、中央集權的大秦帝國誕生，中國歷史揭開了劃時代的一頁。李斯時任廷尉，其本職是司法是刑律，由於秦王的偏愛與倚重，所以也參與了高層決策，見證了這場戰爭波瀾壯闊、氣吞山河的全過程。

按照預定部署，秦王要攻滅的第一個國家是韓國，次是趙國。儘管韓王韓安在韓非死後已向秦王稱臣，且割南陽之地與秦，但並不能挽救韓國作為秦國橫掃天下的首份祭品。秦王十七年（西元前二三〇年），秦內史歐陽騰統兵攻韓。積貧積弱的韓國不堪一擊，韓安成了俘虜。韓國滅亡，其地劃進秦國版圖，設為潁川郡。韓國是韓非的祖國。李斯妒殺韓非，心裡一直發虛，如今韓國滅亡，他好像更有一種負罪感，夜晚在自家那間密室，面對韓非靈位焚香祭祀，想說些自責的話，卻不知從何說起。這一年，華陽太后病故。這位太后在人生的最後幾年還算安分，無甚新聞，死後合葬於秦孝文王壽陵。

秦王十八年（西元前二二九年），秦國「大興兵」，王翦、楊端和、羌瘣三位將軍分路出擊，各統兵馬五萬，兵鋒直指趙都邯鄲。趙王趙偃數年前亡故，趙遷繼位為趙王。趙軍統帥李牧為一代名將，率領弱勢兵馬抵抗秦軍，居然相持了一年多不落下風。持久戰與消耗戰最不利於秦國。李斯徵得秦王、尉繚同意，決定實施詭道，派竹友、梅友潛入邯鄲密會郭開，並送上重金。拿人錢財，替人消災。郭開連夜晉見趙遷進讒，道：「軍中盛傳，李牧意欲叛趙投秦，大王不可不察。」趙遷年輕無知，聽信讒言，立命免去李牧職務，改以趙蔥、顏聚為趙軍統帥。李牧死於非命。秦軍發起進攻，趙軍慘敗。秦王十九年（西元前二二八年），秦軍攻破邯鄲，生擒趙遷，趙國滅亡，其地成為秦國的邯鄲郡。趙遷同父異母兄趙嘉率宗族數百人逃往代地（今河北蔚縣），自稱代王。秦國使者姚賈當時正在邯鄲。趙氏宗室痛恨秦國，將其殺死，並毀其屍。邯鄲是秦王的出生地。這裡有他童年的記憶，有他及母后當年受迫害受欺凌的屈辱。就在趙國滅亡的當月，秦王在王綰、李斯的陪同下駕臨邯鄲，命搜捕當年仇家，也搜捕新近殺害姚賈、藐視秦國的趙氏宗室，共二百多人，處以坑殺，一逞復仇的快意。他迅速返回咸陽，打算把復仇的消息，告訴病重的母后。可惜晚了一步，他的母后已經溘然長逝，終年四十七歲。他為母后舉行了隆重的葬禮。他的母后無法與他的生父合葬，只能合葬於秦莊襄王芷陽陵。

第三個該攻滅的應是魏國。但突然發生荊軻刺殺事件，秦王、尉繚不得不調整預定部署，決定先滅燕國。燕國太子姬丹，通稱太子丹。此人曾在秦國當人質，屢受秦王譏笑，因而懷恨，毀容化妝後逃歸燕國。太子丹心中有恨，同時力圖「存燕」，明槍不行，特來暗箭，蓄養勇士荊軻為刺客，伺機刺殺秦王。他精心謀劃數年，在荊軻身上下了血本。秦王二十年（西元前二二七年）秋天，荊軻與助手秦舞陽，攜帶秦國仇敵樊於期人頭和燕國打算獻給秦國的督亢地區（今河北涿縣東）地圖，西赴咸陽，擬在進獻地圖時下手刺殺秦王。關於刺殺的情節，《史記．刺客列傳》裡有著詳盡的描寫，毋庸贅述。這裡要說的是，荊軻刺殺秦王為何失敗？荊軻為何白白丟了性命？細加分析，原因有二。一是太子丹的指令錯誤，太子丹給荊軻下達的指令是：「誠得劫秦王，使悉返諸

侯侵地……若不可，因而刺殺之。」荊軻忠實地執行了這一指令，因而在「圖窮而匕首見」的剎那間，他左手抓住秦王衣袖，右手抓起匕首頂著秦王胸部，匕首卻並未刺下，其意就在「劫」上，他要活的秦王，而非死的秦王。等到秦王掙脫，「劫」已不可能，他才決意「刺殺之」，然而勝算已轉移到秦王手中了。他死前大罵秦王：「事所以不成者，以欲生劫之，必得約契以報太子也。」細想，太子丹也真夠愚蠢的。秦、燕之間距離遙遠，荊軻即便「生劫」了秦王，又怎能出得了咸陽宮？怎能出得了咸陽城？怎能到得了燕國？二是荊軻的劍（匕首）術不精。著名刺客專諸刺殺吳王、聶政刺殺韓傀，都是乾淨俐落，一劍斃命。相比之下，荊軻劍術差勁。他的匕首是淬了劇毒的，只要劃破秦王一點點皮，秦王就會立死，然而秦王卻毫髮無傷；他把匕首擲向秦王，又被躲過，僅僅擲到銅柱上。陶淵明《詠荊軻》詩雲：「惜哉劍術疏，奇功遂不成！」「劍術疏」的荊軻，建不成「奇功」，缺的是頂尖刺客的頂尖劍術。

荊軻刺殺秦王，其實質屬恐怖活動。太子丹企圖製造恐怖事件，來拖延、破壞秦王和秦國統一天下的進程，違背時代潮流和民心民意，注定不能得逞。

咸陽宮正殿，秦王和荊軻在金殿上拼死相搏。朝臣中有一人嚇得面如死灰、虛汗淋漓，雙腿一軟跌坐在地上。他是蒙嘉，已故大將蒙驁之子，復出將官蒙武之弟，蒙恬和蒙毅之叔父，官任中庶子——太子侍從。秦國當時尚無太子，蒙嘉的職責是陪同扶蘇、稚高等王子讀書。荊軻並非燕國正式使者，雖然攜帶有樊於期人頭和督亢地區地圖，但按正常禮儀程序，秦王不會接見，也沒有必要接見。荊軻負有刺殺任務，必須見到秦王，遂秘密拜見蒙嘉，賄賂千金，請求幫忙。蒙嘉經不起金錢的誘惑，居然答應面見秦王說項，這才有了秦王破例接見荊軻之舉，從而惹出了天大禍事。蒙嘉想到禍事的後果，又嚇得魂飛魄散，暈厥幾死。宮廷衛士動用馬車將他送回府中。當日，秦王命李斯追究蒙嘉罪責。蒙府聞知消息人人驚恐。蒙嘉獲罪，按連坐之法當誅家滅族，顯赫的蒙氏家族在劫難逃將遭滅頂之災。蒙武作為一家之長，焦躁萬分，最為揪心。蒙府共有五六百口人，皆因蒙嘉的貪心私欲而死無葬身之地啊！他萬不得已，只好領著蒙恬和蒙毅向李斯求救。蒙恬在王綰手下已升任都尉，蒙毅在廷尉署也已升任左監。李斯尊敬並同情蒙氏，道：「中庶子盡快自殺謝罪，或許可能保全家族。」蒙武說：「我也這樣想，可蒙嘉是我胞弟，這話我說不出口啊！」李斯沉吟，說：「那好，就由李某代說吧！」蒙家父子跪地叩頭，說：「廷尉大恩，不敢忘懷。」李斯忙將三人扶起，說：「折煞李某也！不為別的，單為蒙恬、蒙毅兩兄弟的前程，李某也不能見死不救！」

李斯前往蒙府見蒙嘉，直話直說：「蒙君之罪，自度有救乎？」蒙嘉搖頭，說：「無救。」李斯說：「既然如此，還猶豫什麼？蒙氏能有今日很不容易。蒙驁老將軍建立的功勳與榮譽，正在汝之兄和汝之侄手中發揚光大，若受汝之累遭誅家滅族，君何以忍何以堪？為今之計，君與其坐等大王降罪而禍殃全家，不如及早了斷，整個家族或許有可能保全，願思之。」蒙嘉淚如雨下。李斯的話說得很直白，是要他盡快自殺以免連累全家。除此以外還有什麼辦法？沒有，絕對沒有。蒙嘉跪地，痛苦地說：「謹受教。」

蒙嘉自殺而死。蒙武按李斯所囑，封存蒙嘉受賄的千金，全府人皆身穿囚衣跪在庭院裡等待秦王降罪。李斯把情況報告秦王。秦王敬重蒙驁，器重蒙武及蒙恬、蒙毅兄弟，於是法外開恩，宣布赦免蒙氏家族。由於此事，蒙、李兩家的關係更加緊密了。

秦王、尉繚命王翦為將軍，辛勝為副將，統領兵馬十五萬揮師進攻燕國，以報太子丹刺殺之

仇。太子丹聯合自稱代王的趙嘉，在易水一帶抵抗秦軍，慘敗，落荒而逃。秦王二十一年（西元前二二六年）冬，王翦大軍攻陷燕都薊城。燕王姬喜、太子丹倉皇地逃往遼東（今遼寧東部）。時近年底，大雪紛飛，天寒地凍。王翦報捷於咸陽，同時命全軍就地休整，以待來年。王翦麾下一員都尉名李信，二十七八歲，初生牛犢不怕虎，力主追擊窮寇，並願立軍令狀，必得太子丹首級來獻。王翦應允，撥付三千精騎。李信率領精騎，迎風冒雪，日夜兼程，數天裡追擊千餘里，大破燕王的殿後部隊，再追擊就將生擒姬喜。危急之時，姬喜需要自保老命，命人殺死惹事生非的太子丹，將其首級裝在木匣裡送交李信求和。李信是孤軍深入，無法持久，見好就收，退兵。王翦將李信的事蹟報告朝廷。秦王大喜，通令嘉獎，破格提拔李信為將官。燕國基本滅亡，王翦大軍班師。

這一年，已屬秦國穎川郡的新鄭有人謀反，妄圖復辟滅亡了的韓國。謀反的規模不大，很快就被鎮壓。此事印證了尉繚的預言：「秦國的兼併戰爭，是攻城掠地滅國的戰爭，每滅一國，那裡就劃入秦國版圖，秦國需要分兵駐守，任命官員實施管理。如果管理不當，那麼征服的土地和民眾就會得而復失。」東方六國的情形千差萬別，行政建制、法律、文字、貨幣、度量衡等各不相同，因而管理的難度極大。難度最大的是廢除井田制，承認土地私有，把奴隸主對奴隸的佔有關係變成地主和農民的雇傭關係。這觸犯了大大小小奴隸主的切身利益，他們聯合起來作拼死反抗，甚至殺害秦國剛剛任命的官員。秦國高層，如相國隗林、御史大夫馮去劫等，有資歷有人望，但缺少處理政事的能力與魄力，思想和行動跟不上飛速發展的形勢。為了鞏固兼併戰爭的勝利成果，秦王接受李斯的建議，將相國名稱改作「丞相」，任命隗林為右丞相，提拔王綰為左丞相。王綰的職責主要放在對所滅之國的管理上，培養和任命官員到新征服的地方去任職，複製秦國的政治模式和法律體系，劃郡設縣，廢除井田制，承認土地私有，加快封建制的進程，根除大量「亡國奴」的復辟妄想。王綰原任的郎中令一職，改由王綰培養多年的副職王戊擔任。王戊是年四十歲，忠誠可靠、武藝高強，正是郎中令的不二人選。

這一年還發生一件事：昌平君嬴班背叛秦國，投奔楚國。昌平君嬴班和昌文君嬴沖，曾是秦國嬴氏宗室的頭面人物，但嬴氏宗室在逐客風暴中遭受沉重打擊。嬴班之子、衛尉嬴焱和嬴沖之子、內史嬴光被斬首，嬴班、嬴沖雙雙丟了左相國職務，食邑還減了半。他二人再也抬不起頭，抑鬱寡歡。上年，嬴沖病故。嬴班失去夥伴，形影相弔更是憂傷。楚國在秦國也是有間諜的，間諜登門誘說嬴班去楚國，楚國權貴項燕承諾，若有可能將立他為荊王。嬴班深恨秦王，憤憤地說：「你對我不仁，莫怪我對你不義！」果真叛秦投楚，使秦王在政治上受到了一定的傷害。秦王由此更加鄙夷嬴氏宗室，免去九卿中「二嬴」——嬴希、嬴子嬰的職務，三年後才任命嬴洪為宗正。

王翦之子王賁也是一位傑出的將軍。秦王二十二年（西元前二二五年），王賁統兵進攻魏國，鑿渠引黃河之水直灌魏都大梁。大梁頓成澤國，一片汪洋。魏王魏假投降魏國滅亡，其地併入秦國的三川郡和潁川郡。

下面，該滅楚國了。楚國疆域廣大、人口眾多，不是那麼容易消滅的。偏偏，秦王又犯了個錯誤讓滅楚大費了周折。

秦王欣賞新任將官李信的勇氣、膽氣和銳氣，所以在選擇攻楚統帥時首先想到李信，特予召見，問：「吾欲攻取楚國，於將軍度用幾何人而足？」李信答：「不過用二十萬人。」秦王讚道，「將軍果賢勇也！」秦王以同樣的問題問王翦。王翦答：「非六十萬人不可。」秦王笑道：「王將

軍老矣，何怯也！李信果勢壯勇，其言是也。」

於是李信作為主將，統領二十萬大軍攻楚。李信指名蒙恬當他的副將。蒙恬因此從郎中令署轉至軍界，升任將官。王翦心甚不快，賭氣告病，回了老家頻陽（今陝西富平）。朝廷三公和李斯等對李信的任用相當擔心，但任用是王上親自決定的，誰敢持異議掃王上的興？

李信、蒙恬各統領十萬兵馬，出函谷關突入楚境。楚國權貴、名將項燕老謀深算，有意避開鋒芒，以縱深誘敵，拉長戰線與秦軍周旋。李信英勇無畏，強攻猛殺，銳不可當。蒙恬首次擔任將軍，不敢造次，穩紮穩打。李信軍攻殺千餘里才想到應與蒙恬軍會合，改而回軍。項燕率領精銳尾隨追擊，李信輕敵卻全然不覺。三天後，楚軍追上秦軍，發起攻擊。秦軍慘敗，死亡近萬人，其中含七名都尉。幸虧蒙恬軍及時救援，李信軍得以撤回。

這是秦國發動兼併戰爭以來的第一次敗仗，也是唯一的一次敗仗，且敗得很慘。秦王大怒，命逮捕李信、蒙恬治罪。李斯負責審訊，發現罪在李信一人，蒙恬無罪而有功。李信該判何罪？隗林、王綰、馮去劫、尉繚等一致認為：死罪。不然陣亡的將士死不瞑目，他們的家屬也不會答應。尉繚的態度尤為堅決，說：「老朽前多年就說過，秦國發動的兼併戰爭是一打響便不能停頓，只能勝而不能敗的戰爭。李信之敗是敗在狂傲、敗在輕敵，導致死亡慘重，而且影響全域，延誤了統一天下的進程。秦國將為此付出雙倍甚至更大的代價方能挽回損失。軍法如山。因此，李信必斬，不斬不足以嚴明法制。」秦王偏愛李信，但很難違背三公的意見，只能同意將李信處斬。李信成為一朵曇花，僅僅一現就凋謝了。

滅楚的戰爭不能停頓，而且統帥非王翦不可。尊貴的秦王不得不放下身段，前往頻陽見謝王翦，道：「寡人以不用將軍計，李信果辱秦軍。今聞楚兵日進而西，將軍雖病，獨忍棄寡人乎！」王翦氣猶未消，答：「老臣罷病悖亂，唯大王更擇賢將。」秦王再謝，道：「已矣，將軍勿復言！」王翦是個聰明人，見秦王把話說到這個份上，不好再拒絕，說：「大王必不得已用臣，非六十萬人不可。」秦王一口答應，道：「為聽將軍計耳。」這樣，王翦就成了秦軍統帥，統領六十萬兵馬攻楚。王翦提出副將人選：蒙武。秦王照准。

出征之日，戰旗獵獵、戰馬嘶鳴，軍陣車陣威武雄壯。秦王率朝廷重臣親臨霸上送行。王翦不談軍事，卻請求王上賜予良田、美宅、園池甚多。秦王不解，問：「將軍行矣，何憂貧乎？」王翦答：「為大王將，有功終不得封侯，故及大王之向臣，臣亦及時以請園池為子孫業耳。」秦王大笑，許之。然而事還沒完，大軍經藍關出武關，王翦又五次派人回咸陽，每次都是請求王上賜予房產和地產。蒙武覺得過分，正色進言道：「將軍之乞貸，亦已甚矣！」王翦笑道：「不然。夫秦王怚而不信人。今空秦國甲士而專委於我，我不多請田宅為子孫業以自堅，顧令秦王坐而疑我邪？」「自堅」意為自保自汙。蒙武恍然，道，「將軍之見，果非常人所能及也。」

王翦大軍並未進入楚境，只在秦國邊地紮下大營。楚將項燕統領全國兵馬抗敵，也在邊地紮下大營。兩軍對壘。王翦命構築工事，堅壁固守。楚軍多次挑戰，王翦不予理會，只命部分士兵警戒，其他人吃飯睡覺，又練習跳躍、游泳、投石等，既是娛樂，又是習武。歷時大半年，王翦看到兵強馬壯，高興地說：「士卒可用矣！」秦王二十三年（西元前二二四年），項燕見秦軍久不出戰，以為王翦根本就不想進攻楚國而心生懈怠，大營後撤。王翦抓住這個機會突然發動突擊，將士們長驅直入如猛虎下山，無不以一當十勇猛無比，大破楚軍主力。秦王二十四年（西元前二二三

年），王翦攻克楚都陳城，俘獲楚王熊負芻。楚國滅亡。項燕率殘部逃到淮南，果真立了嬴班為荊王。蒙武率領一軍前往掃蕩，僅一戰就擊潰項燕殘部，殺死嬴班。項燕走投無路，自殺。可笑嬴班，叛秦投楚，只當了三天所謂的荊王就一命嗚呼，落下千古罵名。在兼併楚國的戰爭中，秦國組建的水軍和建造的戰船顯示威力，運送兵員和作戰物資，發揮了重要作用。

捷報送達咸陽。秦王笑顏逐開，讚道：「王翦者，寡人之姜尚也！」他忽然興致大發，決定巡遊剛剛滅亡的楚國。王綰、李斯陪同，新任郎中令王戊率三千名衛士警衛。巡遊的路線是：出武關，經襄陽（今湖北襄陽），抵郢城，乘戰船沿長江東下，至安慶（今安徽安慶），捨船登岸，向北抵陳城。王翦、蒙武率五萬兵馬迎駕，場面壯觀。秦王勞軍，封王翦為武城侯，笑問：「卿言『為大王將，有功終不得封侯』，此言確乎？」王翦紅了臉，答：「那是臣的一句牢騷話，大王可別當真。」秦王大笑，說：「卿封列侯，實至名歸也！」秦王在陳城休息兩天，然後經大梁、新鄭、洛陽回到咸陽。這次巡遊使秦王領略到了疆域的廣袤與山水的雄奇，為他日後的多次巡遊奏響了序曲。

王翦大軍還不能班師，又用一年時間才徹底征服了長江流域楚國的殘餘勢力，楚國全境歸於秦國。又征服了長江下游的古吳、越國地，設為會稽郡（郡治吳城，今江蘇蘇州）。王綰忙壞了，選派近千名官員，到新征服的地區去實施管理。

老子英雄兒好漢。王翦揚威於南方，王賁則顯名於北方。秦王二十五年（西元前二二二年），王賁統領滅亡魏國的秦軍，遠赴遼東，渡鴨綠江，破平壤城，俘獲苟延殘喘的燕王姬喜。燕國徹底滅亡。回師攻代地，俘獲代王趙嘉，代亦滅亡。東方六國只剩下一個齊國了。王賁軍經過休整，於秦王二十六年（西元前二二一年）開春後，南下進攻齊國。秦王喜愛年輕將官蒙恬，命其為王賁的副將，去實戰中經受鍛鍊。強大的秦軍直搗齊都臨淄。齊王田建投降。齊國滅亡。

齊國滅亡，標誌著秦國的兼併戰爭取得了輝煌的勝利。消息傳開，舉國歡騰。人們的第一感覺是戰爭結束了。這場戰爭，說正義也好，說非正義也罷，總歸是結束了。整整十年，誰也說不清死了多少人？多少父母失去兒子？多少妻子失去丈夫？多少孩童失去父親？刀光劍影，死神肆虐，能夠存活下來就算幸運。不論是完整的家庭，還是殘缺的家庭，男女老少且把痛苦和悲傷放在一邊，含淚笑一笑再飲上一杯酒，權當是歡慶劫後餘生！

天下歸於一統，大秦帝國誕生。秦王嬴政是年三十九歲。他的而立之年，基本上是在統一天下的戰爭中度過的。他很年輕，但他高瞻遠矚、雄才大略、剛毅鐵血，最終實現了前人從未實現過的豐功偉業。帝國的版圖大得驚人，帝國的人口多得驚人，他真正成了普天下唯一的王、永恆的王。從傳說中的五帝，到夏禹、商湯、周文王和周武王，他的功業超越了歷史上任何一位君王，而且超越還在進行中，很難預料何時何處才是超越的終點。

天下歸於一統，大秦帝國誕生。李斯撫今追昔，感慨萬千。他清楚地記得，他三十五歲那年，遊說秦王，主旨是天下一統。從那以後，他便以秦王為靠山，逐漸成為秦王的朋友和親信，所想的所說的所做的其實都是為了天下一統這個大目標。如今，這個大目標變成現實，他已五十六歲。二十一年的忠誠，二十一年的經營沒有白費，搏得官運亨通，躋身九卿，絕對的尊貴和富有。天下一統，是秦王的榮耀，也是他李斯的榮耀。接下來，他仍將以秦王為靠山，追隨秦並輔佐秦王，追隨和輔佐秦王駕馭大秦帝國的巨艦，乘風破浪，駛向一個並不怎麼明朗和確定的遠方。

第二十一章

卓越貢獻（上）

「必也正名乎！名不正，則言不順；言不順，則事不成。」秦王為加強中央集權，維護國家統一，首先提出正名問題，為他正名——確定一個與他的功德相匹配的新的名號。他召集廷議，三公九卿參加，並邀一些大臣列席，開門見山地說：「寡人以眇眇之身，興兵誅暴亂，賴宗廟之靈，六王咸伏其辜，天下大定。今名號不更，無以稱成功，傳後世。其議帝號。」

右丞相隗林思想傳統，好像沒有完全理解秦王的意思，說：「陛下欲變名號，臣以為不可。王的名號由來已久，為何要變呢？陛下兼併六國、統一天下，已經成功了，而且必然傳後世，不見得非要變更名號嘛！」左丞相王綰懂得秦王的意思，說：「陛下欲變名號，臣無異議。天下一統，唯用新的名號方能體現新面貌新氣象，表明陛下已不再是原秦國的王，而是普天下的王。名號肯定是要變的，至於用何新名號，臣一時說不準。」變還是不變，兩位丞相意見相左。其他大臣掌握不住分寸，各自沉吟。太史令胡毋敬知識淵博，通曉古今，說：「大王欲變名號，臣得說說君王名號的演變。人文初祖黃帝，以及其後的顓頊帝、嚳帝、堯帝、舜帝，合稱五帝。他們在位時稱『天子』，天子者，上天之子也。『帝』是後人尊稱他們的名號。夏禹建夏，始有家天下的國家。夏禹之子啟，即位時稱『后』。『后』字從『人』從『一』從『口』，意為一『人』用一『口』號令天下，是為『后』。自夏至商，又有『君』的稱謂，『君』字從『尹』從『口』，意為地位最高的『尹』，用『口』號令天下，是為『君』。商末周初，后、君改稱『王』。『王』最早用作謚號，春秋末期才用作在位君王的名號。『王』字三橫一豎，三橫代表天、地、人，一豎代表參通，參通天、地、人者，王也。秦國先王昭王時，昭王和齊國湣王，曾稱『帝』，一為西帝，一為東帝。此舉遭到其他諸侯國的反對，很快帝號取消，仍舊稱王。」

秦王聽了這番話，心中一動，一個「帝」字給了他強烈的印象。李斯揣摩秦王的心思，拱手說：「臣以為，吾王的名號應當變也必須變。新的名號應當具備三個特點：第一要能概括吾王的功德；第二要尊貴；第三要響亮。昔者，五帝地方千里，但享有的僅是中原地區，四夷並未完全賓服，其酋長或朝或不朝，天子不能制約。如今，吾王興義兵，誅殘賊，平定天下，海內歸一，法令一統，自上古以來未嘗有也，五帝所不及。臣讀史書，發現古有天皇，有地皇，有泰皇，三皇中以泰皇為最貴。因此，臣昧死請上尊號，吾王可稱『泰皇』。」

秦王心中又是一動，一個「皇」字又給了他強烈的印象。他腦海裡轉得飛快，忽然一個新的名號浮現出來，笑道：「三皇是傳說中的人物，五帝是傳說中的天子，其功其德可觀。但寡人翦滅六國、一統天下，論功可比三皇，論德可比五帝，至少，不會比他們差，是不是？因此，寡人決定：取泰皇之『皇』，加五帝之『帝』，組合成『皇帝』。寡人新的名號，就叫皇帝！」

皇帝？大臣們細想，這個名號確實好，好得登峰造極，不由齊刷刷跪地，高呼道：「陛下聖明，聖明！」秦王大笑，細長的眼睛更加細長，說：「好！就叫皇帝！寡人是大秦國的第一位皇帝，為始皇帝。後世以計數，二世三世至於萬世，傳之無窮。」大臣們再次歡呼：「始皇帝聖明，始皇帝聖明！」

李斯拱手，不再稱「吾王」，而稱「皇上」，又說：「皇上有了新的名號，其命其令也當變更，其命可稱『制』，其令可稱『詔』；皇上不宜再自稱寡人，可自稱『朕』，以顯尊崇。」秦王，不！應當改稱始皇帝了。始皇帝點頭，說：「可！寡人，啊！不！應改稱朕。乍一改，還真有點不習慣呢！」此話引起一片笑聲。始皇帝說：「朕還想到謚號問題。謚號是先人死後，後人給予

評價而上的名號。這是子議父，臣議君，屬於不敬行為。因此，朕決定：廢除謚法，以後不再使用。朕既為始皇帝，那麼，就當追尊先王為太上皇，是不是？」

大臣們全都贊同。於是，秦王的名號改稱皇帝，廢除謚法，追尊莊襄王為太上皇，成為秦始皇帝的第一道詔令，頒發全國。秦始皇帝，後世簡稱秦始皇。

中國歷史上從此有了皇帝。「皇帝」的意義，遠遠超出其名號本身。因為上古時的「皇」也好，「帝」也好，帶有濃厚的神化色彩，是接近於半人半神的形象。始皇帝用皇帝作為名號，就是利用這一形象將君王與臣民分開，造成偶像化的絕對崇拜與服從對象。其後，不論什麼人當了皇帝，哪怕是襁褓中的嬰兒，或是智商低下的白癡，他的權力都是「神授」的，所言所行既同於凡人又有別於凡人，高高在上、尊崇無比，違背其意志就是「反叛」，就要受到嚴厲的懲治。皇帝的權力、皇權的威嚴被推崇到極至，生殺予奪不可逆違。據此可見，中國的封建制從起步之日起，就表現出兩面性：一面，它是進步的優越的；另一面，它又是反動的醜惡的。

始皇帝為秦王時一直未立王后。現在名號變為皇帝，要不要立皇后？大臣們異口同聲地主張要立。始皇帝卻搖頭說：「不立！」理由是韓非在《八奸》一文裡，剖析君王必須警惕和防範八類人的奸行，第一類人「同床」，指的就是君王的妻妾。他的後宮有王、羋、趙三位夫人和眾多美人，不立皇后，就斷絕了她們企圖干政的念想，也就斷絕了外戚專權的可能，何樂而不為？或許是天意，就在始皇帝宣布自為始皇帝，「後世以計數，二世三世至於萬世，傳之無窮」的當天，他的後宮的宋美人又給他生了個兒子，取名胡亥。始皇帝共有二十多個皇子，胡亥是最小的皇子。正是這個小兒子，十二年後靠政變成為秦二世皇帝，致使大秦國短命，只傳至二世，加上子嬰在位四十六天，就壽終正寢了。

秦國最早僅是周王朝的一個附庸，如今卻取代周王朝擁有天下成了大秦國，又出了個秦始皇帝。這合法嗎？正義嗎？始皇帝需要給天下民眾一個合理的解釋。當時正流行一種陰陽五行學說，認為一陰一陽，統轄天地、晝夜、男女、生死、興亡、盛衰等整個自然世界和社會現象；世間萬物皆由「五行」——金、木、水、火、土五種物質及其相互作用而構成而運轉。齊國學者鄒衍，把陰陽五行學說運用到政治領域，賦予五行以「德」的含義，金德、木德、水德、火德、土德，合稱「五德」；並給每個朝代都確定一個德行。《易》云：「天地之大德曰生。」「德」也就是「生」的意思。金生水，水生土，土生木，木生火、火生土，土生金，如此反覆循環，無所不勝。五德逆相循環，則是「克」的關係，如土克水，水克火，火克金等。從而產生了「五德終始說」。始皇帝和他的臣屬們推崇此說，遂把周王朝定為火德，把大秦國定為水德，水克火——大秦國取代周王朝是天經地義，再合法再正義不過了。為了紀念水德的開始，華夏族母親河黃河改名「德水」。

大秦國既為水德，由此需要變更很多規矩。火德以農曆十一月朔日為歲首，以紅色為上色，以「八」為吉數。這些都得改，於是改以十月朔日為歲首，以黑色為上色，以「六」為吉數。這樣一改就引出了很多麻煩，特別是以黑色為上色，牽涉到衣冠、旌旗的顏色。始皇帝為此專門頒發詔令，規定先從朝廷和軍隊做起，官員的衣服和帽子、將士的鎧甲和頭盔均以黑色為主色調，各種旌旗要繡黑邊飾黑纓，就連咸陽宮各宮殿的朱紅大門也要塗上黑漆邊框。黎民百姓的頭上多戴黑色帽子或纏黑色布帛，故獲得一個「黔首」的新稱謂。黔，黑色也。一時間，黑色布帛和黑漆的價格飛漲，貨源奇缺。再就是以「六」為吉數，皇帝的御璽、符節皆六寸，車輿長六尺，出行駕六馬，還

規定六尺為一步等等。又因為水主陰，陰刑殺，故統治者須剛猛暴戾，急法刻削，不用講什麼仁慈恩義。這對崇奉法家路線的始皇帝來說，可謂正中下懷。

第二天廷議，議始皇帝御璽問題。御璽專指君王印章。始皇帝為秦王時，御璽是用珍貴的藍田玉製作，印文為「秦王之印」；如今為皇帝，需重新製作御璽，印文當改作「秦始皇帝之印」是毫無疑問的。李斯別出心裁，鄭重地說：「啟稟皇上，臣以為大秦國誕生，除皇帝的御璽必須重新製作外，還需製作一枚國家大印，即國家御璽。國家御璽是大秦國的象徵，皇權皇位的象徵，將是鎮國之寶，也會『後世以計數，二世三世至於萬世，傳之無窮』的。」

「哦？」始皇帝對這個新鮮大膽的提議大感興趣，說：「那就議議，這枚御璽當用何種材料製作？當刻怎樣的印文？」隗林仍是首先發言，說：「臣贊同製作國家御璽。此後大秦國少不了要和各國交往，國書往來當用國家御璽。皇上頒發詔令和任免重要官員也當用國家御璽。臣以為這枚御璽應用足赤黃金鑄造，御璽上可刻『萬壽無疆』四字。這四字出自《詩三百》，刻此四字，最能體現『二世三世至於萬世，傳之無窮』的聖意。」眾臣普遍附和，說：「臣等贊同隗丞相意見。」始皇帝未置可否。李斯又說話了：「啟稟皇上，臣另有方案。」眾臣一怔。始皇帝說：「講！」李斯於是說：「國家御璽既然是大秦國的象徵，皇權皇位的象徵，是鎮國之寶，那就應當用最珍貴最稀罕的寶物製作，這樣方能顯示出它的特別之處和神聖意義。御璽上刻『萬壽無疆』四字，亦需斟酌。因為這四字重在『壽』字，僅表千秋萬代，而無興旺發達，繁榮昌盛的意思，更無皇權是從哪裡來的意思。」隗林聽李斯否定並批評自己的意見，有點惱火，說：「那麼請問李廷尉，你認為御璽當用何種材料製作？」

「和——氏——璧。」李斯一字一頓地回答。

此言一出，滿殿皆驚，就連始皇帝也感到意外。為何？因為和氏璧乃稀世珍寶，有著異乎尋常的傳奇經歷。它最早的發現者卞和，因它而失去雙足，故用其名命名。縱橫家張儀曾因它而受鞭刑而險些喪命。趙國使者藺相如曾攜它出使秦國，智鬥秦昭王，上演了著名的「完璧歸趙」的故事。趙國滅亡。和氏璧歸於秦國，珍藏於常儀殿，秘不示人。隗林聽李斯提出要用和氏璧製作御璽，更加惱火，鬍鬚抖動，說：「萬萬不可！和氏璧乃稀世珍寶，一旦製作成御璽，那就失掉原先形貌了呀！」大臣們分成兩派，有贊成的，有反對的。李斯堅持己見，說：「和氏璧說到底就是一件珍寶。不用，它是死的；用之，它就活了。更何況是用來製作國家御璽，物盡其用，物有所值，有何不可！」

始皇帝被說得心動，但並不急於決斷，而是說：「李愛卿！你再說說御璽上當刻的印文？」

李斯似乎胸有成竹，說：「啟稟皇上，古時君王稱天子，即上天之子。也就是說，君王的權力是上天授予的，皇上也不例外。皇上實現了天下一統，功德超越三皇，勝過五帝。新生的大秦國不僅會傳至萬世，而且會興旺發達，繁榮昌盛。因此，臣主張御璽上刻兩句話八個字：受命於天，既壽永昌。『受命於天』是說皇權神授；『既壽永昌』含『壽』含『昌』。這樣，最能全面確切地體現御璽的象徵意義。」

始皇帝眉角舒展，頻頻點頭。羲和殿裡一時鴉雀無聲地等待決斷。許久，始皇帝起身，語氣堅定地說：「朕決定，採用李斯的意見。第一，御璽就用和氏璧製作；第二，御璽上刻『受命於天，既壽永昌』八字，字體用秦篆；第三，朕的御璽可用黃金製作，印文刻『秦始皇帝之印』。兩枚御

璽，皆由李斯負責設計和監製。」

皇帝金口玉言，一錘定音。大臣們不論是贊成的還是反對的，只能稱頌聖明。

這時，國尉署一名都尉前來報告，國尉尉繚及其隨從王敖不見了蹤影，並呈上尉繚留下的一封信。始皇帝趕忙讀信，信云：

尉繚謹拜始皇帝陛下：六國覆滅，天下一統，繚之使命告結，特歸還國尉之印及兵符。當初有言：「老朽生性散誕，留秦則留，離秦則離，來去自由。」今則離去，歸隱山林，以遂夙願。伏望陛下以天下為重，以蒼生為念，施仁政，戒殺戮，則幸甚。

又，老朽效力於秦十六年，每年由王敖出面向治粟內史署借取錢物約合百石，共一千六百石。老朽歷年薪俸減去此數，餘者請用於撫恤戰爭中陣亡將士之家屬。

又，謹獻沙盤一具，略列天下山川、關隘、城市，不甚準確，或可一用。

始皇帝命隗林讀信。眾臣聽後，全都對尉繚充滿敬仰之情。治粟內史彭德說：「尉繚的薪俸為八千石，十六年共十二萬八千石。他從未領取過這些錢，減去王敖借取的一千六百石，尚餘十二萬六千四百石。現在他留話要把這些錢用於撫恤戰爭中陣亡將士之家屬，其精神多麼可貴！」王綰說：「尉繚淡泊名利、高風亮節乃我等不及。」馮去疾說：「是啊！當官的不為錢不愛錢，世上能有幾人！」始皇帝說：「尉繚等於是為秦國無償效力了十六年呀！」此時，李斯心裡隱隱羞愧。他當官為了什麼？一為追求尊貴，二為追求富有。尉繚那樣崇高的思想境界，他是沒法比啊！

說話間，國尉署都尉命人將尉繚所獻的沙盤抬進羲和殿放在一張桌上。眾人圍攏觀賞。那是一個六尺見方的木盤，用沙土、木屑摻和樹膠堆製，高高低低、起起伏伏，且有文字標明大的山川、關隘和城市名稱。始皇帝雙眼發亮，驚呼道：「呀！這不是縮小的大秦國地理圖麼？瞧！這是秦嶺，這是渭河，這是咸陽。還有，這是德水，這是長江……」隗林說：「我怎麼看不懂呀！」李斯說：「請丞相站到這裡看，方向是上北下南，右東左西。」隗林站到李斯提示的地方，再看，說：「嗯！看出門道來了。東面是大海，西面是隴右。」王綰說：「大秦國東至大海，西至隴右，南至五嶺，北至長城，疆域到底有多大？東西南北，總有上萬里吧？」這個問題，當時誰也回答不了。始皇帝說：「感謝尉繚製作了這具沙盤，使朕等對大秦國疆域有了個直觀的印象。朕想，大秦國日後仍是要開疆拓土的。怎麼開？怎麼拓？往哪個方向開？往哪個方向拓？卿等要及早謀劃，免得到時候暈頭轉向。」

尉繚歸隱，其後再無消息。這位傑出的軍事家，在軍事理論方面不及孫武；但他參與領導和指揮了秦國統一天下的偉大戰爭，在軍事實踐方面勝過孫武。千軍萬馬，刀與劍、血與火的實戰，驗證了他的兵書《尉繚子》，也豐富、充實、擴展了《尉繚子》的內容。後世流傳的《尉繚子》版本多為二十四篇，包括多篇軍事條令，如《將令》、《兵令》、《分塞令》、《伍制令》、《束伍令》、《經卒令》、《勒卒令》、《重刑令》等。這些條令都是尉繚總結秦軍作戰經驗而寫成的，既有時代特色又有普遍意義。

尉繚所獻的沙盤一直置放在羲和殿裡。始皇帝每天都要觀賞它多次，思量如何管理大秦國遼闊的疆域問題。這天廷議，專議此事。按照慣例，隗林仍是首先發言，說：「管理大秦國遼闊的疆

域，實是地方行政建制問題，不外乎兩種形式：一是分封制，一是郡縣制。臣主張分封制。分封制的歷史久遠就是封邦建國。周武王得天下，封賞親戚和功臣，賜給大片土地，讓他們建立邦國作為外藩，故有『封建親戚，以藩屏周』之說。各藩國負責治理地方，定期向朝廷貢獻糧錢和特產，天子安享其樂。正是分封制，周王朝才會享有天下八百多年。」始皇帝微微皺眉，沒有吭聲。王綰接著發言，說：「臣也主張分封制。諸侯初破，原燕、楚、齊國地域偏遠，如不封王很難進行管理。皇上諸子多有成人者，如皇長子扶蘇、皇次子稚高已二十一歲，皇三子將閭等已二十歲。臣請封他們及一些功臣為王到偏遠地方去建立邦國，邦國對朝廷形成眾星拱月之勢，大秦國必能長治久安。」始皇帝仍是皺眉，沒有吭聲。馮去疾發言，說：「臣主張分封制和郡縣制並用。原秦、韓、趙、魏國地已經實行郡縣制維持不變；原燕、楚、齊國地可以考慮實行分封制。不然，諸位皇子聚集於京城無封無賞也不是回事。」

大秦國的朝臣，普遍存在著一種慣性思維，習慣於從周王朝的角度、從家天下的角度思考問題和處理問題。始皇帝神情冷峻。這時，李斯站起，朗聲說：「臣反對分封制，也反對分封制和郡縣制並用，主張全國一律實行郡縣制。」大殿裡立時鴉雀無聲。始皇帝目視李斯，目光裡滿含期待，說：「說說卿的理由。」李斯扶了扶頭上的黑色法冠，說：「周武王分封親戚、功臣建立邦國，初始為鞏固宗周統治起到了一定作用，但也有弊端，實為後來國家分裂埋下了禍根。各邦國的開國者尚能顧全大局，尊奉周天子，貢獻方物，可是他們的兒孫卻遠離了周天子，只想著鬧獨立鬧割據，擴張地盤，稱王稱霸。尤其是周平王東遷以後，邦國變成諸侯國，他們各自為政、互為仇敵、攻擊殺戮、弱肉強食，致使國家四分五裂。請想想，這種局面不正是當初分封製造成的嗎？而今，皇上聖明削平海內、一統天下，為避免重蹈覆轍，萬不可再走分封制老路。臣以為應當實行郡縣制，也只能實行郡縣制，這樣才能體現皇上反覆強調的原則，加強中央集權，維護國家統一。皇上有多位皇子不假，他們理應享受榮華富貴，可以多多賞賜錢物，不一定非要封邦建國嘛！須知天下無異意方是穩定之道、安寧之術。臣請皇上熟思之。」

每次議事，李斯總會有驚人之想。始皇帝臉上有了喜色，讚許地說：「李愛卿所言正合朕意。回顧周王朝八百多年的歷史，前期將近三百年還算可以；後期五百多年，則是亂七八糟。原先的邦國變成了擁兵自重的諸侯國，戰爭頻仍，鬧得國家四分五裂，百姓流離失所。

前車之覆，後車之鑒。朕賴宗廟之靈，征伐多年，好不容易才一統天下。新的大秦國，若還實行分封制，等於是人為地製造諸侯，製造國中之邦、國中之國。如果邦國坐大，哪還有中央集權、國家統一可言？哪還有長治久安、天下太平可言？所以大秦國只能實行郡縣制，李斯所言是也！」

始皇帝採納李斯的主張，確定了郡縣制的方略。隗林、王綰、馮去疾召集御史、僕射、侍中、博士等緊張地忙碌起來，翻閱各國圖籍先設置郡。數日後提出方案，全國共設三十六個郡，方案呈報始皇帝御覽。始皇帝提出一點修改意見：關中是國都咸陽所在地，咸陽早稱內史，所以不必設郡，仍稱內史，以突出其「中央直轄市」的崇高地位。

郡的建制確定，接著便是任命郡級官員。郡級官員仿效中央政府三公制度，置守、尉、監，郡守掌民政，郡尉掌兵事，郡監掌監察。秦國十多年前就制定了培養人才方案，首先從培養的人才中挑選三十多人任郡守，大多是朝廷高官子弟，包括李斯的長子李由任三川郡郡守，次子李甲任長沙郡郡守。原三川郡郡守呂羅調任會稽郡郡守。其後便是確定縣的建制，任命縣級官員。縣令及縣令

以上官員統由皇帝任免。這樣，中央集權實際上是皇帝集權，從而把韓非所闡述的「事在四方，要在中央；聖人執要，四方來效」的集權理論有效地落實了。

李斯力排眾議，主張大秦國遼闊的疆域全部實行郡縣制，這是影響深遠的一項創舉。一言而為天下法。此後兩千多年，中國地方行政建制的主流模式均為郡縣制。當時，李斯提出郡縣制主張是冒著風險的。諸位皇子和功臣宿將失去封王建邦的機會，對他肯定恨之入骨。但他更知道，他的主張符合大秦國的利益，符合始皇帝的利益。有這兩個「符合」，他確信冒險是值得的，因為對於自己的仕途只會加分。

第二十二章

卓越貢獻（下）

新生的大秦國，百業待舉，百廢待興。從五月到六月，秦始皇帝和大臣們幾乎都在廷議中度過，議論和斷決大事，心情喜悅而亢奮。這一天，李斯將兩枚御璽製作出來了，裝在兩個精美的錦盒裡呈請始皇帝御覽。始皇帝打開一個盒子，裡面是用和氏璧製作的國家御璽。御璽呈六寸方形，上端雕刻兩條蟠龍，昂首曲體，栩栩如生。蟠龍起著璽鈕和裝飾的雙重作用，手握蟠龍也就取出了御璽。始皇帝端詳御璽印面，稱讚說：「嗯！好！」他打開另一個盒子，盒裡是用黃金製作的皇帝御璽。御璽呈長方體，上端也雕刻兩條蟠龍。他取出御璽端詳印面，仍是稱讚說：「嗯！好！」李斯說：「御璽尚未啟用，臣請皇上親自開啟用印，鑒賞印文。」

御案上自有白綾和印泥。始皇帝先握國家御璽，蘸了印泥，沉穩地印在白綾上。白綾上出現鮮紅的八個大字：「受命於天，既壽永昌」。字體為秦篆，雄健遒勁，華貴大氣。他再握皇帝御璽，蘸了印泥印在白綾上。白綾上又出現鮮紅的六個字：「秦始皇帝之印」。字體同樣為秦篆，比起原先的「秦王之印」氣派得多。大臣們向前觀賞印文，稱讚聲歡呼聲一片。人人皆知李斯書法天下第一，兩枚御璽印文均由他書寫，代表了當時書法的最高水準。隗林也承認國家御璽製作得好，但想到那是用稀世珍寶和氏璧製作的，心裡總覺得有點彆扭，有點悵惘。

當天所議乃收繳天下兵器問題。七國紛爭二百餘年，打造的兵器不計其數。那些兵器散布在各地，流落於民間，可不是鬧著玩的，若有人蓄意造反，操起它們就可以對抗地方官府，甚至對抗朝廷，必將嚴重危害到國家統一。因此，始皇帝頒發詔令，命三十六郡必須把本郡內的所有兵器收繳上來，送至咸陽，集中銷毀，以示今後永不再戰。敢私藏兵器、私造兵器者，斬！當時兵器主要是銅質的，銷毀了又作何用呢？恰巧，隴西郡呈送一份奏書，報告該郡臨洮近日出現怪事，有許多黔首看到有四五丈高的巨漢，皆穿夷狄人衣服，共十二人，常常出沒在田野間，留下的腳印足有六尺長。李斯靈機一動，據此做起了文章，說：「臨洮出現巨漢，是為瑞兆。臣請將銷毀了的兵器，小部分鑄成鐘鐻，大部分鑄成十二個金（銅）人，以紀其瑞。『十二』含兩個『六』，吉數也。金人鑄成後可放置於咸陽宮前，必將成為大秦國一道最雄偉最壯美的景觀。」始皇帝大喜，說：「好！這是個絕妙創意！鑄造鐘鐻和金人之事，交由內史經辦。」

接著議「四統一」問題。其一，統一貨幣。原先七國各有本國的貨幣，大小、形狀、輕重、價值不一。秦國使用銅錢，稱「秦半兩」；韓、趙、魏國使用布幣，形狀像農具鎛；燕、齊國使用刀幣，形狀像刀；楚國使用銀、玉甚至貝殼為幣，稱「郢爰」或「郢貝」，形狀很小，俗稱「蟻鼻錢」。此外，黃金作為儲藏貨幣，形制多樣，有金餅、金條、金環、金粒等，計量單位雜亂。為此，朝廷決定統一貨幣，明確規定：「中一國之幣為二等：黃金以鎰名，為上幣；銅錢識曰半兩，重如其文，為下幣。而珠玉、龜貝、銀錫之屬為器飾寶藏，不為幣。」重申貨幣鑄造權全部收歸朝廷，嚴禁私人鑄錢。

其二，統一度量衡。原先七國各有本國的計量標準，互不相干。比如秦國，糧食論石，一石為十斛，一斛為十升，一升為十斤。而其他六國不是這樣，或論斛，或論斗，一斛一斗合的斤數不同；一斤合兩，有十兩、十二兩、十六兩的，五花八門。天下一統之後，各郡縣向朝廷交納賦稅和實物，運到咸陽都得按秦國的度量衡制換算，費時費力，讓人頭疼。為此，朝廷決定全國採用統一的計量標準，並向各郡縣頒發統一製作的標準量器，量器上刻上皇帝的詔書。原則上均採用十進位制，如布帛一疋為十丈，一丈為十尺，一尺為十寸；土地一頃為十方，一方為十畝，一畝為十分等。同時運用法

律手段，對惡意破壞計量，如短斤少兩、大斗進小斗出等行徑實行嚴厲的懲罰。

其三，統一車輛軌距，即車同軌。「軌」，指馬車連接兩個輪子的軸。這個統一，現代人難以理解，但在古時卻是個重要問題。因為古時，馬車是陸地主要交通和運輸工具，而道路多是土路。土路土質鬆軟，經過下雨和馬車來回奔馳，路上形成兩條印轍，時間一久印轍會很固定很深凹。馬車軌距不一，很難在這樣的道路上通行，經常翻車。為此，朝廷規定車同軌，軌長統一為六尺。這樣，馬車車輪沿著印轍滾動就能快捷如飛，就像現時火車行駛在鐵軌上一樣。

其四，統一文字。原先七國，文字有共同的，也有自造的，同字不同意，同意不同字，一字多種寫法，筆劃雜亂無章的現象比比皆是。李斯說：「文字混亂容易造成思想混亂，必然會對中央集權和國家統一造成衝擊。因此，文字必須統一，由易到難，先統一常用字。」太史令胡毋敬說：「眾所周知，文字是黃帝時倉頡造的，先後有陶文、骨文和金文。周宣王時，一位名叫籀的太史，奉命整理官府制式文字，整理出約九千個，那些字稱史籀文，一稱大篆。秦國最早使用的就是大篆。秦大篆後來演變成秦小篆，通稱秦篆或小篆。春秋以來，禮崩樂壞，文字也亂了套，各諸侯國隨意自造，文字總量大增，奇字怪字生僻字層出不窮。臣做過統計，現時文字總數約兩萬多個，常用字佔十分之一。李廷尉說統一文字，先易後難，先統一常用字，是為至論。」始皇帝贊同李斯、胡毋敬的意見，命由李斯牽頭，以秦篆為基礎，刪繁就簡，先統一常用字。於是，李斯作《倉頡篇》七章，胡毋敬作《博學篇》七章，趙高作《愛歷篇》六章，作為官定的標準字書，頒發全國供郡縣書吏使用，並供庠序教授學童。李斯就此認識趙高其人。趙高，四十歲出頭，身材高高的，體形胖胖的，很壯實很機敏，是一名宦官，任常儀殿總管，看管那些每件都是價值連城的奇珍異寶，字也寫得規範、工整，深受始皇帝信任。

數天後，雲陽監獄一個名叫程邈的囚犯上書始皇帝，聲稱他原是一名書吏，因酗酒滋事入獄，潛心研究文字十年，歸納整理出新體字一千多個，特敬獻給皇帝御覽。始皇帝御覽那些新體字，不同於秦篆，筆劃很少曲裡拐彎，起筆如蠶頭，收筆如燕尾，豐滿圓潤，頗有一種高雅之氣。始皇帝傳來李斯觀賞。李斯異常驚喜，說：「這種字體的特點是筆劃簡潔，容易書寫與刻字，生命力將會很強，日後很可能會取代秦篆成為標準文字。」始皇帝說：「朕有同感。這種字體出自一名書吏之手，書吏者，胥隸也，就稱其為隸書吧！」程邈因首創隸書而得到赦免，出獄後任朝廷御史。

大秦國統一文字，李斯發揮了重要作用。中國之所以能長久統一，中華文化之所以能綿綿不絕與繁榮昌盛，統一的文字無疑是最有影響的決定性因素之一。

李斯當初遊說秦王時曾嚮往過，當天下統一時，貨幣是統一的，度量衡是統一的，車軌是統一的，文字也是統一的。現在大秦國和始皇帝正把他的嚮往變成現實。他作為廷尉，也從法律層面貢獻了智慧和力量。

七月初，王賁和蒙恬統領的十五萬兵馬凱旋。始皇帝像上年迎接王翦、蒙武一樣，親自到渭橋迎接王賁、蒙恬，並在咸陽宮舉行宴會，宴請王、蒙及其麾下的百名都尉。三公九卿和軍界功臣王翦、蒙武、楊端和、辛勝、羌瘣、馮劫等悉數出席。宴間，宮廷樂隊奏樂，十餘名身著羽衣束腰緊胸的伎女，甩彩袖、舒玉臂，隨著樂曲的旋律翩翩起舞。人美舞美，恰似風吹楊柳，行雲流水。王賁忽然起身，抱拳說：「啟稟皇上，伎女的舞蹈雖美，但過於柔弱。臣等斗膽獻醜，願跳軍舞，以供觀賞。」始皇帝來了興致，說：「哦？卿等也會跳舞？」王賁說：「臣等在外地作戰，閒暇無事

常自編自跳軍舞，調劑軍旅生活。」始皇帝大笑，說：「好！那就跳，放開跳！」

王賁獲得允許拉了蒙恬，點名三十名都尉，除去頭盔甲冑，露出緊身衣褲，腰紮皮帶，足踏皮靴，排列站定。王賁、蒙恬去樂隊中取來兩面大鼓，各掄鼓棰使勁地敲擊。「咚咚」鼓響。隨著一聲「嗨」，三十名都尉一拍手一跺腳，同時起舞。鼓聲時緩時急。舞者踩著鼓聲的節奏，時慢時快，舉臂、扭腰、踢腿、穿行、旋轉、跳躍，動作的幅度很大，卻是整齊劃一。慢時如飛燕翔鷹，快時如疾風暴雨，煞是好看。王賁、蒙恬改擊鼓沿，猛地發令道：「唱！」三十名都尉同時放開喉嚨，邊舞邊唱：

> 豈曰無衣？與子同袍。王於興師，修我戈矛。與子同仇！
> 豈曰無衣？與子同澤。王於興師，修我矛戟。與子偕作！
> 豈曰無衣？與子同裳。王於興師，修我甲兵。與子偕行！

其他七十名都尉受到感染亦拍手打起節拍，高聲唱了起來，氣氛火熱。始皇帝知道都尉們唱的是《無衣》歌，描寫秦國早期將士在戰場上精誠團結、同仇敵愾、英勇作戰的情景，表現了同甘共苦、百折不撓的大無畏精神。此歌收錄在《詩三百．秦風》裡，為秦國著名傳統歌曲。而王賁、蒙恬他們把它編成軍舞，舞來唱來，表現出陽剛、激越、雄壯、豪邁！歌詞重複唱了三遍。始皇帝正自高興，又聽得鼓聲急促密集，但見數名都尉手手相牽疊起羅漢，數名都尉「騰騰」地翻起筋斗，那筋斗翻得又高又飄如旋風一般，看得人眼花撩亂、熱血奔湧。三聲鼓響後戛然而止，疊羅漢、翻筋斗的都尉，穩穩落地，做出優美的收勢……

「好！」始皇帝首先鼓掌喝采。「好！好！」眾人跟著鼓掌喝采。王賁、蒙恬和都尉歸座，擦拭額上的熱汗。始皇帝深情地看著他們，說：「卿等舞跳的好，歌也唱的好。我們秦國就是靠《無衣》歌精神才能統一天下的；新生的大秦國仍要發揚光大《無衣》歌精神，爭取更大榮光。這裡，朕宣布：封王賁為通武侯；蒙恬及所有將士賜爵一級，同時任命蒙恬為內史。」王賁、蒙恬及百名都尉跪拜高呼：「謝皇上隆恩！」

王賁這年四十二歲，年富力強，戰功卓著。始皇帝無意再任命國尉，決定只用王賁分管軍事，充當自己的助手。

廷議繼續舉行，這天議的是京城建設。咸陽作為新生的大秦國都城，理當有新的規模、新的格局、新的氣象。始皇帝喜愛宮殿建築，在兼併戰爭進行的過程中，秦國每攻滅一國，必在咸陽北阪上仿照所滅之國的宮室樣式新建相同的宮室。宮室裡的飾物均來自該國，以體現該國的風情。而且要從該國挑選百名妙齡美女入住其中，由專業樂師教授，潛心學習歌舞。韓宮、魏宮、趙宮、燕宮早就建成，楚宮、齊宮正在建造中。咸陽宮與各宮之間凌空架有複道，經由複道可以通達任何一宮。始皇帝時時到各宮飲宴，欣賞歌舞，臨幸美女。凡受臨幸的美女，即封為美人，移住到咸陽宮後宮。這天廷議，他首先發言，說：「朕曾登上北阪高處遠眺，發現渭河北岸地勢狹小，宮殿、官署和民居混在一起，顯得相當擁擠。而渭河南岸上林苑卻很平坦很開闊，尚未充分利用。周文王建豐京，周武王建鎬京（豐京、鎬京合稱豐鎬，位於今陝西西安西），均在渭河南岸。所以朕考慮咸陽要向渭河南岸發展，再建造一些宮殿，河南、河北相望，渭河貫都以象天漢，橫橋南渡以法牽

牛，豈不美哉！朕的長遠設想是東起驪山，西至雍城，南自南山，北到宗山，數百里方圓內山水、宮殿、園林、道路連屬，把咸陽建成名副其實的天下第一城。」大臣們無不驚訝，心想：天哪！那得耗費多少人力、物力和財力？胡毋敬喜形於色，說：「咸陽向渭河南岸發展，南北相望，渭河貫都以象天漢，橫橋南渡以法牽牛，極富詩意！臣舉雙手贊同。」他這麼一表態，誰還敢提反對意見？更何況，始皇帝的考慮和設想確實有新意有見地。

李斯又出驚人之想和驚人之語，說：「啟稟皇上，咸陽要成為天下第一城，尚需提升經濟和人氣。如何提升？臣主張把原六國的富豪富商強制遷到咸陽居住。據估計那些富豪富商約有十二萬戶，他們腰纏萬貫、雄霸一方，在一定程度上可是中央集權、國家統一的大敵，稍有不如意有可能會興風作浪，抗衡官府。將他們遷離故土，其勢自消；置於朝廷眼皮底下，便於監控。這是強幹弱枝之術，強朝廷和京城之幹，弱地方之枝。而且在原六國的疆域之內，沒有了富豪富商，地方勢力大減，也極有利於郡縣制的順利推行。富豪富商遷至咸陽，遷來的除了是人是錢，還有各種關係和資源。試想，咸陽的經濟能不發展麼？咸陽的人氣能不興旺麼？臣請皇上明斷。」

這又是一項異乎尋常的主張。始皇帝當即拍板，說：「就按李延尉的主張辦。頒發詔令，原六國的富豪富商必須遷至咸陽居住，敢有拒遷者，斬！家產充公！」蒙恬新任內史之職，首次列席廷議，還沒回過神來，說：「咸陽就這麼大，一下子遷來十二萬戶，怎麼住啊？」始皇帝說：「你們內史趕快規劃，多多建造房舍，建一般的房，也建高檔的房。富豪富商遷來，抬高房屋和土地售價，翻它一倍或兩倍，包你們賺個盆滿罐滿！」此話說得眾人都大笑起來。

隗林接著說：「陛下剛才提到驪山，臣想說說驪山陵，這也是京城建設的重要組成部分。秦國傳統，君王即位之日起即由相國負責建造陵寢。當年秦王即位，相國、仲父、文信侯呂不韋，即為陛下陵寢選址，選在驪山北麓（今陝西臨潼境），定名為驪山陵。呂相國確定驪山陵地面建陵園，長方形，築內、外雙重城垣，內城城垣周長七里多，外城城垣周長十二里多；確定地宮在內城南半部，地宮上面擬築覆斗形陵塚，高約五十多丈。」建造皇帝陵寢是一種榮耀，更是一種壓力，涉及到「死」字。隗林說得小心翼翼。始皇帝這些年忙於兼併戰爭，很少想到只能在心底默認的老爹呂不韋。這天聽隗林一說，他又記起老爹的種種往事。老爹負責為兒子建造陵寢也算一件奇聞。眨眼間，老爹過世已十四年。這十四年，變化多大啊！如果老爹還活著，看到天下已經一統，看到自己是始皇帝，那老人家該會何等高興哪！他略一分神，聽得隗林又說：「臣接替呂相國任相國以來，很多精力都花在建造驪山陵上，主要是開挖地宮。臣設想，根據『事死如事生』的原則，地宮要開挖得很深，地宮裝飾要像咸陽宮正殿一樣，上具天文，下具地理，陳設各種奇器珍寶；以水銀為江河湖海，以人魚膏為燭炬。地宮設三道宮門，屆時封堵巨石，澆鑄銅汁鐵液。目前有二十餘萬囚徒正背土構築陵塚，陵塚預定高度為五十丈。皇上說要讓咸陽成為天下第一城，那麼臣有信心，要讓驪山陵成為天下第一陵。」

始皇帝對隗林歷來尊敬，說：「老丞相辛苦了！」少府章邯說：「啟稟皇上，臣的職責是掌山海川澤收入，建造宮殿、陵寢以及皇室工藝品製造等。這些都是大事，件件耽擱不得。臣現在主要精力花在驪山陵上，其他事情實在顧不過來。」王綰點頭，面向始皇帝說：「章少府所言，確是事實。臣想，九卿之設可否作兩點微調？一是撤衛尉，其職責劃歸內史；二是將少府職掌的宮殿、陵寢建築分離出來，另設將作少府一職專掌此事。」隗林、馮去疾附和王綰的意見。始皇帝略一沉

思，說：「那好，就這麼辦。一是撤衛尉，二是設將作少府。首任將作少府，就由章邯擔任，專管宮殿、陵寢建築事。」章邯說：「謝皇上及各位大人體諒了臣的難處。」

「啟稟皇上，關於驪山陵，臣有個提議。」李斯又發言了。始皇帝說：「講！」李斯於是說：「驪山陵至為莊嚴與神聖，理當成為天下第一陵。驪山陵陵園廣大，地宮宏偉，陵塚巍峨，皆是應該的。但臣以為還不夠，提議再加一項附屬工程：兵馬俑陪葬坑。」

這又是個新鮮的、大膽的和超出所有人想像能力的提議。始皇帝一下子就有了興致，說：「講具體點！」李斯說：「是！皇上總結了秦國的兼併戰爭獲得勝利的三條原因，第三條是秦國的軍隊勇敢威武、有戰鬥力，攻無不克，戰無不勝。皇上是秦國軍隊的統帥。皇上生前是這樣，萬歲以後仍是這樣。因此臣提議在驪山陵陵園內，再建造一個或多個兵馬俑陪葬坑，兵馬俑坑內放置成千上萬個兵俑馬俑，以及兵器、戰車等；兵俑馬俑均仿照真人真馬大小，用陶冶製作；軍種要齊全，如步兵、騎兵、弩兵、車兵等，還要有將軍形象；塑人塑馬，既要形似，更要神似，全都彩繪，再現皇帝陛下強大顯赫的軍旅陣容。」

這個提議令眾大臣們瞠目咋舌。兵馬俑陪葬坑？見所未見，聞所未聞，虧他李斯想得出來！始皇帝大聲叫了個「好」字，說：「好！明天去河南確定建造宮殿問題，再去驪山確定建造兵馬俑陪葬坑問題。」這實際上是贊同李斯的主張了。

金秋八月，天高雲淡，風軟花香。始皇帝率領臣屬到渭河南岸，選中兩處寶地，一處建信宮，一處建一座巨型宮殿。始皇帝強調，信宮處在咸陽南北中軸線上，日後將作為極廟以象天極；巨型宮殿處在信宮西面，務要建得高大壯麗，日後將取代咸陽宮作為朝宮，所以其高其大要超出咸陽宮兩到三倍。始皇帝一行又到驪山，確定兵馬俑陪葬坑的位置，處在陵園外城範圍內，西距陵塚約三里。始皇帝對章邯說：「大秦國是統一的。統一的大秦國可集全國之力做大事。卿等建築宮殿、驪山陵，包括建造兵馬俑陪葬坑，要把天下最優秀的工匠集中於此，群策群力，使其各盡所能、各盡所長。」章邯點頭稱是，表示定當盡力不負聖望。

這年從五月起，始皇帝幾乎每天都舉行廷議，討論和決斷大秦國的所有重大事項，所有事項均圍繞一個核心：加強中央集權，維護國家統一。一道道威嚴的詔令，以最快的速度發往各郡縣；各郡縣執行詔令的情況，又通過奏書形式迅速地回報朝廷。始皇帝很勤奮，每天都要御覽大量奏書並做出批示。當時的奏書是寫在或刻在沉重的竹簡上。他每天御覽和批示的奏書總是以石計算。大秦國以十月朔日為歲首，所以冬季成了一年之始。史學家根據習慣，按照君王在位的年數紀年，因此將「秦王」改作「秦皇」，新的一年紀作秦皇二十七年（西元前二二〇年）。新年伊始。始皇帝約了王賁、蒙恬，由王戊率六百名精騎護衛，悄悄去了一趟隴西郡（今甘肅臨洮）、北地郡（今甘肅慶陽），登上嘉峪關察看了秦長城。這次秘密出巡使始皇帝了解到，從隴西郡向西有個長約千餘里的河西走廊由胡人控制著，再往西便是遙遠的知之甚少的西域。從隴西郡向北，折向東，秦、趙、燕長城以外的廣大地域都是沙漠和草原，屬於胡人；胡人指匈奴人，以游牧為業，生性凶悍，長於騎射，將會是大秦國北邊的主要敵人。王綰和李斯是知道始皇帝秘密出巡的。王綰問：「皇上此舉，意圖何在？」李斯答：「意在開疆拓土，尋找開疆拓土的主攻方向。」

新的一年，咸陽處在極度的繁忙與喧囂之中。收繳的兵器，經由陸路和水路運至咸陽，堆積得像山丘一樣，等待銷毀。十二萬戶富豪富商拖家帶口，陸續地遷至咸陽。咸陽東、西、北面，新劃

出大片土地，供富豪富商建造房屋。那些人家有的是錢，雇用民夫大興土木，處處都成了工地。各郡縣徵收的賦稅以及貢物，比以往任何一年都多，車載船裝地送達咸陽。原先的庫藏不夠用了，只得臨時搭建收貯源源不絕的糧食、布匹、絲綢、皮革、木材……等。大路上車水馬龍；渭河上帆檣林立。城內城外到處是人，是馬車，是船隻，是物資。朝廷各個官署和所有官員都被動員起來，按照職責和號令忙得人仰馬翻。年底，新任治粟內史沈魁喜孜孜地報告：「在正常年景下，庫藏裡的糧食、錢幣和實物足夠朝廷開支二至三年。」始皇帝龍顏大悅，說：「這就是中央集權、國家統一的優越處。有了充足的糧、錢、物，大秦國何愁不長治久安！」

國家諸事井然有序地皆上了正軌。大官小吏各司其職，辦差得力。始皇帝倒是清閒了，清閒得不大習慣，不大自在。這年，他四十歲，剛剛進入不惑之年。他的而立之年，成就巨大，他的不惑之年應當更生動更精彩。猛然，一個念頭躍上腦際：巡遊天下。他在一年多前說過：「日後朕一定要巡遊天下，走遍大秦國各地，飽覽壯美河山和風景名勝，宣揚德化，一慰平生。」如今，條件具備了，時機成熟了，他要言而有信，說到做到。巡遊期間要封禪泰山，祈求上天保佑；還要考察南方邊陲，大秦國開疆拓土，西方北方恐怕不行，看看在南方能否有所作為。

第二十三章

伴駕巡遊

秦皇二十八年（西元前二一九年）開年，始皇帝安排巡遊事項：命將軍辛勝、馮劫統領二十萬兵馬，駐軍上郡（今陝西榆林），保持臨戰狀態，以防胡人南侵。御史大夫馮去疾輔佐皇長子扶蘇留守京城，將軍蒙武、楊端和各率五萬兵馬駐防咸陽周圍。指名伴駕巡遊的高官有：右丞相隗林、左丞相王綰、武城侯王翦、通武侯王賁、新任奉常西門綽、廷尉李斯、太史胡毋敬、御醫夏無且等。郎中令王戊率精騎三千護駕，王賁還率兵馬一萬開道和殿後。宮廷宦者署派出宮監與宮女各六名照料始皇帝的飲食起居，其中一名宮監是璽符令，負責保管御璽、符節和詔書。太僕署下有個機構叫中車府，專門負責皇帝及後宮夫人、美人們的用馬用車，所以馭者都是宦官，以利隨時出入宮禁。這一次，中車府派出趙嬰、楊轇兩名馭者，專為始皇帝駕馭御輦。趙、楊二人馭技一流，還擁有「五大夫」的職稱——秦國二十級軍功爵制（原為十八級）自低往高數的第九級。

春暖花開之日，始皇帝啟程巡遊。他身著冠冕，手拄長劍，神態悠閒地端坐在豪華敞亮的金根車裡。為了防範刺客行刺，始皇帝鑾駕通常都是三輛一模一樣的金根車同行，他乘坐的一輛叫正車，另外兩輛叫安車或副車。每車均由一名馭者駕馭，六匹馬牽引。車內設施豪華，可坐可臥。鹵簿盛大，旌旗招展，兵器閃亮，馬隊車隊，浩浩蕩蕩，蔚為壯觀。始皇帝有時也會棄車騎馬，開心地放轡疾馳。沿途郡縣官員用最高規格迎駕送駕，招待周詳。鑾駕第一站是泰山。始皇帝要在那裡封禪。

泰山古稱東嶽，一稱岱山、岱宗，峰巒疊翠，蒼茫崔嵬。古代有德君王都到泰山封禪。「封」指在泰山築壇祭天，「禪」指在泰山南側梁父山築壇祭地。據說封禪了，上天自會保佑君王長享天下、國泰民安。無人通曉封禪的禮儀。西門綽和胡毋敬商量擬定一套程序，封禪才得以順利進行。

中間發生一個插曲。始皇帝行封禮時，豔陽高照，晴空萬里；一行人下山時，突然狂風大作，烏雲湧動，竟然嘩喇喇下起雨來。王賁高喊道：「快！護衛皇上！」眾衛士趕忙將皇上簇擁到近處五株松樹下避雨。松樹亭亭如蓋。衛士們把幾面旗幟橫向綁在樹上，搭起一個遮雨篷，招呼各位大人也到篷下避雨。風雨來得快去得也快，不一刻便風停雨住，烏雲消散，太陽重新出現在空中。西門綽忽然拱手，對始皇帝說：「今日遇雨，幸賴五株松樹庇護，其功巨矣。臣請皇上給予封賞。」封賞松樹？隗林、王綰、王翦、李斯等愕然。誰知始皇帝卻笑道：「西門奉常言之有理。那就封它們為大夫，合稱五大夫松。」五株松樹封了官職，真乃一大奇聞。

始皇帝封禪泰山是一件大事。李斯奉命撰文，刻石樹碑，紀功頌德。文云：

> 皇帝臨位，作制明法，臣下脩飭。二十有六年，初并天下，罔不賓服。親巡遠方黎民，登茲泰山，周覽東極。從臣思跡，本原事業，祗誦功德。治道運行，諸產得宜，皆有法式。大義休明，垂於後世，順承勿革。皇帝躬聖，既平天下，不懈於治。夙興夜寐，建設長利，專隆教誨。訓經宣達，遠近畢理，咸承聖志。貴賤分明，男女禮順，慎遵職事。昭隔內外，靡不清淨，施於後嗣。化及無窮，遵奉遺詔，永承重戒。

碑文歌頌始皇帝的功德，詞藻華美。從此，刻石樹碑，紀功頌德，成為定例。始皇帝在其後的巡遊中，每到一地都會這樣做。那些碑石留傳後世成了文物，也成了專家學者研究大秦國政治、經濟、文化和社會生活的珍貴資料。

始皇帝鑾駕離開泰山，朝東北方向行進到達渤海邊上。始皇帝和多數大臣都是第一次看到大海，驚喜萬分。他們登上之罘山（今山東煙臺境），只見海天相接廣闊無邊，藍藍的海水顛簸起伏，湧起滔滔巨浪，奔騰咆哮，一浪高過一浪。巨浪猛烈衝擊著山崖，激起白雪般的浪花，發出雷鳴般的聲響，整個山體和大地好像都在震動。

馬隊車隊沿著海邊前行，不一日到達琅琊郡（今山東琅琊）。琅琊郡郡守馮湯，是御史大夫馮去疾的長子，給予皇帝一行最熱忱的歡迎和最盛情的款待。琅琊郡因琅琊山而得名。馮湯請貴客們登山觀賞日出。海上日出壯美、瑰麗的景象動人心魄，無法用語言形容。馮湯告訴始皇帝，越王勾踐當年滅吳稱霸，曾在琅琊山造琅琊臺約會諸侯，琅琊臺因年代久遠早荒廢了。始皇帝興致高昂，說：「是嗎？那朕就命你在這山上重造一座琅琊臺，並徙遷黔首三萬戶到這一帶居住。」三萬戶？相當於琅琊郡現有民戶的三倍！馮湯慌忙跪拜在地，說：「臣謝皇上聖恩！」

海景迷人，海鮮養人。始皇帝住在琅琊郡不走了。右丞相隗林、武城侯王翦均年過七旬，左丞相王綰也六十多歲，車馬勞頓、水土不服生起病來，趁機休息治病。這天傍晚，馮湯興沖沖來請皇上及各位大人，快到海邊去觀仙景。仙景？始皇帝大感興趣，匆匆前往海邊。王賁、李斯、王戊、西門綽、胡毋敬等緊緊跟隨。海邊人很多向遠方海上眺望都發出驚呼。始皇帝亦望去，頓時驚得目瞪口呆。但見遠方海上，竟隱隱約約地看到青山綠水，色彩迷濛；又有亭臺樓閣，鱗次櫛比；俄而又有車馬往來，人影綽綽，彷彿行進在街市上一般。始皇帝以為是幻覺，揉了揉眼睛，掐了掐手臂，一切都是真實的。他猛然醒悟：自己在咸陽時，曾聽博士侯創、欒景等說過，東海上有神山，神山上有神仙，現在所見到的不正是神山、神仙麼？海上景象持續了約半個時辰，太陽落山時，半明半滅才漸漸消失。海水依舊蔚藍，海空依舊蒼茫。人人都在談論，肯定地說那就是神山、神仙！馮湯還說，他已是第三次看到這種仙景了，每次都很激動、很神往。

其實，那只是一種自然現象，科學術語叫海市蜃樓。但在兩千多年前的大秦國，還沒有人具備這樣的科學知識，更解釋不了這種自然現象形成的原因，只能憑著想像，以為那是神山神仙、那是仙景。始皇帝素來迷信，耳聽為虛，眼見為實，有了這次親身經歷，對於神山神仙之說就更加確信了。他聽說，神仙全都吃一種仙藥——不死之藥，既不會衰老也不會死亡。他想，我，秦始皇帝，功高三皇，德過五帝，也應當成為神仙，起碼應當長壽，以利長久地擁有人世間最美好的一切。驪山陵地宮固然豪華奢靡，然而自己死後躺在那裡頭果真能像活著這樣號令天下麼？實在難說！因而，自己不能死，而不死的前提是要找到神仙請求賜予仙藥。自己是大秦國的皇帝，只要派人尋找相信定能找到神仙的，神仙也定會給面子賜予仙藥的。

又一天，正當始皇帝想入非非之際，馮湯呈上一份奏書。始皇帝閱讀奏書，兩眼放光。原來，奏書是齊地方士徐福等五人寫的，聲稱海上有蓬萊、方丈、瀛洲三座神山，山上住著神仙，他們願意前往神山尋找神仙，求取仙藥獻給皇上一表忠心。字字句句皆合始皇帝所思所想。始皇帝大喜，立刻召見五人。五人都是海邊人打扮，短衣窄袖、赤腳草鞋，脖上戴海珠項鍊，耳垂懸貝殼耳環，有兩人還紋了身。詢問年齡，始皇帝嚇了一跳。五人看上去約莫五十歲左右，其實都過百歲了，最年輕的徐福也已八十多歲，一個個都是紅光滿面、身板硬朗、精神矍鑠。詢問高壽訣竅。五人異口同聲說他們的祖輩均吃過神仙安期生的紅棗。安期生是誰？安期生是齊國開國者姜尚麾下一位將軍，曾到過三神山。神仙見他心地敦厚、樂善好施，遂給他吃了仙藥便成了神仙。安期生經常到陸

地來，隨身帶有產於三神山的紅棗，遇到做善事者常會給一粒紅棗吃。凡吃了紅棗的未必能成為神仙，但必定長壽，其兒孫也必定長壽。徐福說，他爺爺的爺爺吃過安期生的紅棗，活了三百多歲，他的爺爺活了二百多歲，他的父親活了一百二十八歲。

徐福等信口開河，煞有介事，說得天花亂墜。始皇帝正做著神仙夢，居然相信了，說：「你等上書，說要去海上尋找神仙為朕求取仙藥，此話當真？」徐福說：「草民等豈敢誆騙皇上？皇上一統天下，功德無量，又日理萬機，為國為民，耗費心血，草民等心疼哪！皇上健康長壽實乃大秦國之福、萬民之福，故而草民等願為皇上去海上尋找神仙求取仙藥，以盡忠孝之心。」始皇帝問：「你等可有什麼要求？」徐福答：「草民等共有夥伴四五百人，都是自願為皇上盡忠盡孝，沒有什麼要求。但去茫茫大海，船隻和食物還是需要的。俗話說心誠則靈。為了表示皇上的誠心，可徵發童男女各五十人攜帶香燭，同去尋找神仙。神仙大慈大悲，見皇上如此誠心誠意，肯定會賜予仙藥的。」始皇帝求藥心切，頭腦一熱，說：「好！朕封你等五人為『求仙藥使』，撥付百艘船隻，五百石糧食，並千鎰黃金、萬串銅錢，童男女加倍各一百人。只望及早成行，早去早回。」徐福等樂得快要發瘋，跪地叩頭，說：「草民等為皇上效勞，若求取不到仙藥，甘願葬身魚腹！」

徐福等心花怒放地退下去。始皇帝命馮湯準備船隻、糧食、黃金、銅錢，徵發童男童女，限十日內完成。馮湯為難地說：「船隻、糧食等好辦，唯這徵發百名童男童女，怕是……」始皇帝發火了，說：「怕是什麼？怕是擾民不是？你是郡守，要多點鐵血手腕，不可太過仁慈，懂嗎？」馮湯趕忙陪笑，說：「是！是！」隗林、王綰、王翦、李斯等本想就此事奏請皇上要三思的，但見皇上發火，誰也不敢吭聲了。李斯不由想起尉繚說過的話：「誠使秦王得志於天下，天下皆為虜矣。」

十多天後，百艘船隻聚集。一艘大船桅杆上高懸「大秦國求仙藥使」的旗幟，隨風飄展。童男童女手執香燭登船。爹娘呼喚兒女，兒女呼喚爹娘，哭聲四起。徐福等五人最後登船，下令：「啟航！」所有船隻起錨，張帆划槳駛向大海。爹娘們號哭著呼喚兒女的名字，聲嘶力竭肝腸寸斷。海風陣陣、海濤陣陣，海風和海濤也像在哭泣，哀歎人世間的生離死別之苦。

始皇帝自此有了牽掛，幾乎每天都到琅琊山上眺望，指望能看到求仙藥使的船隊歸來，給他求回仙藥，哪怕是一粒紅棗也好。但指望總是落空，以致破滅，船隊一去不返，杳無音訊。《史記》記述始皇帝巡遊琅琊郡：「大樂之，留三月。」三個月過後，一座四四方方，端整氣派的琅琊臺竣工。李斯又奉命撰文，刻石樹碑，紀功頌德。文云：

> 維二十八年，皇帝作始。端平法度，萬物之紀。以明人事，合同父子。聖智仁義，顯白道理。東撫東土，以省卒士。事已大畢，乃臨於海。皇帝之功，勤勞本事。上農除末，黔首是富。普天之下，摶心揖志。器械一量，同書文字。日月所照，舟輿所載。皆終其命，莫不得意。應時動事，是維皇帝。匡飭異俗，陵水經地。憂恤黔首，朝夕不懈。除疑定法，咸知所辟。方伯分職，諸治經易。舉錯必當，莫不如畫。皇帝之明，臨察四方。尊卑貴賤，不逾次行。奸邪不容，皆務貞良。細大盡力，莫敢怠荒。遠邇辟隱，專務肅莊。端直敦忠，事業有常。皇帝之德，存定四極。誅亂除害，興利致福。節事以時，諸產繁殖。黔首安寧，不用兵革。六親相保，終無寇賊。歡欣奉教，盡知法式。六合之內，皇帝之土。西涉流沙，南盡北戶，東有東海，北過大夏。人跡所至，無不臣者。功蓋五帝，澤及牛馬。莫不受德，各安其宇。

歌功頌德，詞語華美，登峰造極。始皇帝等不到求仙藥使歸來，心情快快地離開了琅琊郡，繼續巡遊行程。隗林、王綰、王翦難經車馬顛簸，獲准不再伴駕提前回了咸陽。時令已是盛夏，驕陽似火、熱浪滾滾。鑾駕到達彭城（今江蘇徐州），始皇帝頭腦又是一熱，下令撈鼎。

典籍記載，夏禹建夏把天下行政區域劃分為九個州，並用青銅鑄成九隻銅鼎，鼎上仿刻各州著名山川形勝及奇珍異物，一鼎代表一州，以州命名，分別叫冀州鼎、兗州鼎、青州鼎、徐州鼎、揚州鼎、荊州鼎、豫州鼎、幽州鼎、雍州鼎。從那以後，九鼎就象徵九州、象徵國家、象徵王權和統一。夏、商、周三朝皆把九鼎當作國家第一重寶，珍藏於太廟。秦莊襄王時，九鼎歸於秦國，但在運輸過程中出現狀況，不慎將最珍貴的豫州鼎掉落在泗水裡。所以咸陽宮常儀殿珍藏的實是八鼎，而非九鼎。如今，他途經泗水之畔的彭城，有心讓九鼎「團圓」，故命打撈豫州鼎。有人反對，說：「這是大海撈針。」始皇帝說：「朕就是要在大海裡撈一回針！」於是命泗水郡徵發黔首五千人，加上識水性的士兵三千人，八千人同時下水撈鼎。無人知道鼎的確切位置，只能在長達四五十里的河段盲目打撈。折騰了七八天毫無所獲，還淹死了數人。始皇帝洩了氣，說：「算了，別撈了，就讓那隻鼎長埋在泗水水底吧！」

始皇帝鑾駕離開彭城，南渡淮河，向江南進發。沿途路況很差。統一車軌的詔令尚未得到落實，道路寬寬窄窄、坑坑凹凹，車馬通過非常困難。始皇帝在金根車上口授詔令發往全國，命以咸陽為起點，修築馳道。除函谷關、武關等外，各地關隘及一些縣城城郭一律拆除，以利交通。「馳道，天子道也。」《漢書．賈山傳》載：「秦為馳道於天下，東窮燕齊，南極吳楚，江湖之上，濱海之觀畢至。道廣五十步，三丈而樹，厚築其外，隱以金椎，樹以青松。」馳道工程異常浩大。在此後的五六年裡，「東窮燕齊」段基本建成，「南極吳楚」段只建成約三分之一。馳道雖說是天子的御道，但平時也是交通大道和商旅大道，促進了商貿經濟和文化的發展與交流。

鑾駕順利渡過長江，向西南又遇波濤滾滾的湘江橫亙在面前。江上已備好百餘艘船隻。始皇帝等登上一艘大船，一些兵馬、車輛分乘其他船隻，各船均由健壯的船工划槳掌舵。船隻離岸，順著江流，斜向駛往對岸。船至江心，偏巧颳起狂風，風湧江水，騰起五六尺高的巨浪。船隻一上一下地顛簸搖晃，所有人都站立不穩，東倒西歪、前俯後仰。王賁、王戊一左一右，緊緊護衛著皇上。始皇帝按劍而立，努力保持鎮定。船工兀自驚駭，說：「怪了！從未見過這樣大的風浪！」岸上的士兵邊跑邊喊：「危險！危險！」狂風更緊，巨浪如山，像是無數妖魔吶喊呼嘯著，決意要把船隻吞沒似的。船工使出吃奶的力氣也控制不住船隻。好幾艘船傾覆了，兵馬沉江，倏忽消失。大船宛若一名飄飄搖搖的醉漢隨時也有傾覆的可能。王賁、王戊的心懸到嗓子眼，皇上若有閃失，怎麼得了？千鈞一髮之際，李斯大叫：「快！取寶鎮妖！」由於風浪，由於危急，誰也沒明白他的意思。他一把奪過璽符令懷抱的錦盒，從中取出和氏璧製作的國家御璽，遞給始皇帝，急促地說：「風浪是妖祟作怪。臣請皇上把御璽投入江中以鎮妖祟，必能化險為夷！」始皇帝為保性命，來不及多想，持御璽在手，斷聲喝道：「何方大膽妖祟，竟敢興風作浪，為難我秦始皇帝！看寶！」他使勁一投，御璽劃出一條閃亮的弧線落入江中。說來也怪，就在御璽落江的霎那間，狂風、巨浪忽然變小了，大船和其他船隻頓時平穩了。江水飛流，船隻飛快，斜向駛出十餘里，終於抵達對岸。

始皇帝等登岸，驚魂未定。璽符令聲音裡帶著哭腔，說：「御璽沒了，這可怎麼好？」始皇帝說：「此事莫要聲張。御璽，由李廷尉再用美玉仿製一枚就是。」他放眼望去，但見江南大地，

山巒層疊、樹木蔥蘢。遠處一山，山上有一座紅牆灰瓦的祠廟掩映在碧綠叢中，分外醒目。他問：「那是何山何祠？」李斯答：「臣問過船工，船工說山叫湘山，祠叫湘山祠。」始皇帝又問：「湘山祠祭祀何神？」李斯回答不上來。西門綽說：「祭祀湘君。」始皇帝再問：「湘君是何神？」西門綽說：「史書記載，堯帝兩個女兒娥皇和女英，同嫁舜帝為妃。舜帝死後葬九嶷山（今湖南寧遠境），娥皇、女英極度悲痛投湘江而死，化作江神，稱湘君。」始皇帝回想剛才驚險的一幕，怒道：「可惡湘君，正是妖祟！去，去三千人上山把那些樹砍了，把祠拆了，把山頭塗成赭色，看他湘君還敢興風作浪不？」

始皇帝把一腔無名火全發到湘山和湘山祠上。王賁、王戊立刻派出三千名士兵砍光了樹木，拆毀了祠廟，放火焚燒野草，草灰覆蓋山頭，算是赭色。赭色為黑紅色。始皇帝以這種方式懲治湘山湘君，以宣洩憤恨。

馬隊車隊繼續前行，數日後抵達長沙郡郡治臨湘（今湖南臨湘）。郡守李甲是李斯次子，率全郡官員出城三十里迎駕，郡衙自然成了皇帝的行宮。李甲這年三十五歲，是大秦國最年輕的郡守之一，頭腦靈活、爽朗健談。他設盛宴為始皇帝和阿父等接風洗塵。始皇帝問起全郡治理情況。李甲用楚地方言唱起一首歌謠，說明廣大黔首全都擁護天下一統，全都稱頌皇上聖明：

六國滅，四海一。
大一統，新天地。
好年景，好日子。

敬祖龍，始皇帝。

李甲解釋說：「『祖龍』一詞，是當地人對皇上的敬稱。始皇帝哈哈大笑，說：「聽聽！這就是民心民意啊！」

始皇帝巡遊長沙郡，目的在於登臨衡山、考察五嶺——大秦國的南方邊陲。衡山又名南嶽，山峰聳峙，雲霧繚繞，茂林修竹，奇花異草，兼有雄奇和秀麗之美。始皇帝登上山頂，專注地遙望南方，說：「李甲！你給朕說說五嶺的方位。」李甲應聲說：「是！那裡，東南方向為大庾嶺。這裡，正南方向，一為騎田嶺；一為都龐嶺；那裡，西南方向，最遠處為越城嶺，次為萌渚嶺。五嶺原是楚國的南界，現在當然是大秦國的南界。從東往西，會稽郡、九江郡、長沙郡、黔中郡的南面，大體上都是五嶺。」始皇帝問：「那麼五嶺以南呢？地域有多大？地貌怎樣？氣候怎樣？」李甲說：「臣聞嶺南東面和南面均臨大海，西面連著高原，地域到底有多大，臣也說不準，反正很大很大。那裡多山地多平原多河流多湖泊，森林茂密，樹木參天，一日一小雨，三日一大雨，氣候潮濕，蛇蟲瘴癘極多。嶺南物產豐饒，盛產金銀、銅錫、珍珠、瑪瑙、珊瑚等，很多珍奇動物和植物，如大象、孔雀、香蕉、柚子等都是中原地區所沒有的。那裡沒有像樣的城鎮，大量土著人散住在山林間河溝旁，其中以越人居多，故又泛稱『百越』。土著人至今還結繩記事，刀耕火種，或以漁獵為生，可原始可蠻荒哩！」李斯問：「李甲！你剛才說嶺南西面連著高原，可知那裡是什麼情況？」李甲說：「聽說那裡在蜀郡的南面和西南面，到處都是大山巨川和原始森林，人煙稀少，居民多為苗人、僮人、瑤人、彝人、氐人等，故統稱『西南夷』。」

始皇帝輕輕點頭，若有所思。從這時起，他已心中有數：大秦國開疆拓土，最理想最有利的方向在南方，目標是征服嶺南的廣大地域。

李斯對李甲接待始皇帝的表現很是滿意。這天晚上，他由李甲引領，見到了兒媳和孫子孫女。祖孫三代在長沙郡見面，親情溫情，暖意融融。李斯對兒子說：「甲兒！你和你哥李由入仕的起點高啊！阿父三十五歲時，才向皇帝遊說出任長史，而你兩兄弟在這個年齡均已當上郡守了。記住：不想當高官的官員，不是好官員。為此，阿父要上進，你和你哥更要上進。你明白皇上此行的意圖嗎？要思考要揣摩。不久，長沙郡將會成為大秦國開疆拓土的前沿陣地，你可要把握住這個機會！」李甲說：「孩兒謹記阿父教誨！」

始皇帝決定回鑾。鑾駕先走水路，沿湘江到洞庭湖，入長江，到郢城。郢城已是南郡郡治。從那裡改走陸路，經襄陽、武關，回到咸陽。這時已是九月，始皇帝首次巡遊歷時足足半年。

咸陽仍然處在繁忙與喧囂之中。內史蒙恬負責鑄造金人，報告說十二個金人已鑄成十個，請皇上觀賞。始皇帝大喜，次日便領了李斯等人，前往鑄造工地，只見十個金人高高矗立，金光閃爍地，儼若巨大的真人。蒙恬介紹說：「鑄造金人，臣原本一竅不通。幸虧李斯廷尉提供方案並繪了草圖。十二個金人分列兩排，一排六個；形象有文有武，兩兩對稱。金人總不能站立在地上不是？所以得先鑄造底座。考慮到金人的腳就有六尺多長，所以每個底座長、寬各一丈二尺，高三尺。這樣，金人站立在上面才成比例。皇上請看，第一對金人是文臣，雙手捧圖籍；第二對金人是武將，雙手拄長劍；第三對金人是文臣，手執笏板；第四對金人是武將，右手按腰懸之佩劍；第五對金人又是文臣，橫吹長笛；正在鑄造的第六對金人則是武將，持戟遠望作侍衛狀。」始皇帝逐一觀賞金人，只見文臣、武將皆穿夷狄人衣服，或儒雅、或威武，神態各異，栩栩如生。工藝精湛，金人的頭髮、眉毛、衣紋等細微處均很清晰。他敲了敲金人，聲響「嗡嗡」的，問：「金人是空心的還是實心的？每個有多重？」蒙恬答：「都是空心的，每個高三丈，重約二十四萬斤。若是實心的，還不定多重呢！皇上請再看金人後背，均鑄有銘文。」始皇帝繞了半個圈看去，金人後背上的銘文，書體為秦篆，遒勁靈動：「皇帝二十六年，初兼天下，改諸侯為郡縣，一法律，同度量。」他大笑道：「好！每個金人都是大秦國一統天下的物證與紀念！對了，這樣巨大的金人，你等是怎樣鑄造的？」蒙恬請皇上察看正在鑄造第六對金人的現場。只見四方的底座上，立著用精細泥土製成的金人範模，範模持戟遠望作侍衛狀。緊挨底座，築有四丈多高的大土臺。土臺上支兩口大坩鍋和多口小坩鍋，大坩鍋與小坩鍋之間連以粗粗的管道。坩鍋下面燃燒木炭，幾百名工匠赤裸著上身，輪流整齊地打著「嗨喲嗨喲」的號子，摁著碩大的皮囊，不間斷地向坩鍋下鼓風。炭火熊熊、烈焰騰騰。很多人把廢舊的兵器丟進小坩鍋裡，按配方加進錫塊。兵器和錫塊熔化，熔化成通紅的銅液。銅液順著管道流進大坩鍋。大坩鍋下面的炭火燃得最旺，鍋裡的銅液如沸油一般。等到銅液達到足夠數量時，工匠頭領便打開大坩鍋底部的筏門，讓銅液緩緩流進範模，直到把範模灌滿為止……

始皇帝目睹金人鑄造的場面和流程，很受感動，道：「蒙恬！工匠們鑄造金人，既要氣力，又要技術，不容易啊！」蒙恬說：「可不是？整個勞作環環相扣，要一氣呵成，確實不易。剛才鑄造的這個金人，待冷卻後去掉範模，再進行修飾、塗金，直到完美無缺才算完成。」始皇帝說：「很好。傳朕旨意：凡參加鑄造金人的工匠，每人賞錢千文！」蒙恬登上高處宣布旨意。工匠們發出歡呼，感謝皇上聖恩。

蒙恬還報告說，十二萬戶富豪富商陸續遷至咸陽，咸陽人口猛增至七十多萬人。人口劇增，帶動了商業和手工業發展，僅糧肆、飯肆、酒肆、旅肆等就已近千家。將作少府章邯又前來報告說，咸陽北阪上的燕宮、齊宮已經竣工；渭河南岸的信宮即將竣工，巨型宮殿正在勘測與繪圖；驪山陵地宮、陵塚、兵馬俑陪葬坑工程正按規劃進行。諸事順暢得無可挑剔。始皇帝滿心歡喜，早知如此，就沒有必要急急回鑾嘛！

李斯登門拜訪生病的王綰，悄聲說起始皇帝巡遊期間幾件事。如封五株松樹為大夫；如命徙遷黔首三萬戶到琅琊臺一帶居住；如封徐福等為求仙藥使，撥付船隻與錢物，徵發童男童女，出海尋找神仙求取仙藥；如命八千人下泗水撈鼎；如命砍湘山樹，拆湘山祠，把山頭塗成赭色等。李斯說：「皇帝近來處事決斷多憑個人意志，獨立特行，表現出極強的主觀性、盲目性、即興性和隨意性，長此下去令人擔憂。」王綰說：「皇上最信任最倚重老弟，你該勸諫呀！」李斯搖頭，說：「有的事可以勸諫，有的事不可以勸諫。特別是皇上的意志形成之後，勸諫不起作用，強行勸諫只會觸怒龍顏，很有可能給自己招來禍殃。」王綰一想也是，無語。李斯說的是實情。服從順從，是臣子侍奉帝王的原則與學問。帝王已經決定了的事情，你還要逞能，提出反對意見，等同剝龍鱗拔虎鬚，不是找死嗎？

第二十四章

北拒南進

秦始皇帝首次巡遊之後，思想上時時考慮兩件大事：一是尋找神仙，求取仙藥；二是開疆拓土，主攻方向到底是北方還是南方？秦皇二十九年（西元前二一八年）春暖花開之日，他又開始第二次巡遊，目的地是琅琊郡，看看徐福等求仙藥使的船隊到底回來了沒有？這次巡遊的規模小了些。隗林、王綰、王翦不再陪駕，王賁率領的兵馬與王戊率領的衛士，同為三千人。這一天，鑾駕行至博浪沙（今河南原陽境），出了大事：一名刺客埋伏在土丘後面，掄出一百二十斤重的銅錘要刺殺始皇帝，砸中三輛金根車中的第二輛，那是副車，車身解體，馭者趙嬰受驚嚇而死。幸好，始皇帝乘坐的正車是第三輛才躲過一劫。於是「天下大索十日」，索得雞飛狗跳，但未能索到凶手。大秦國滅亡後得知，刺客的主使者姓張名良字子房，出身原韓國貴族，刺殺秦始皇帝未果，隱姓埋名多年，繼而出山輔佐漢王劉邦，運籌帷幄、決勝千里，幫助劉邦奪得天下，封留侯。

李斯、西門綽、胡毋敬等提議，巡遊就此中止。始皇帝說：「不！不能中止，中止等於畏懼、示弱，這不是朕的性格！」巡遊繼續。鑾駕到達上年到過的之罘山。李斯奉命撰文，新樹兩塊石碑，歌功紀德。始皇帝的心思不在之罘山，而在琅琊郡。鑾駕到達琅琊郡。郡守馮湯迎駕。始皇帝急切地問：「徐福等回來沒有？可有什麼消息？」馮湯無奈地回答：「沒有回來，也沒有消息。」始皇帝大失所望，悻悻地說：「這是為何呢？」他登上琅琊臺，面向大海苦苦眺望，眼前除了洶湧澎湃的海水外，海空茫茫，海面上有眾多海鷗自由飛翔……這時，咸陽信使傳來扶蘇、王綰、馮去疾的奏書，報告右丞相隗林、武城侯王翦、將軍蒙武三位重量級人物，在兩天內相繼病逝。始皇帝好不傷感，覺得人的生命太過脆弱，今天還好端端的，明天說不定就成了一具僵屍。他再無興致巡遊了，命取道邯鄲郡、上黨郡（今山西長治）、河東郡（今山西夏縣），回到咸陽。

始皇帝親赴隗府、王府、蒙府弔唁逝者、贈送輓帳，給予三位重臣很高的評價。連著數日，他夜間都做惡夢，夢見荊軻握著鋒銳的匕首刺進他的胸膛；夢見博浪沙刺客所掄的銅錘砸中他的頭顱。他胸膛冒血，頭顱稀爛，就那麼毫無聲息地死了。醒來方知是夢，冷汗濕透睡衣。此時此刻，他格外羡慕、嚮往神仙，輕聲發出呼喚：「神仙啊神仙！我不能死也不想死啊！請求你賜我仙藥，就一粒紅棗、一粒紅棗，總行吧？」

神仙渺不可及。始皇帝還得回到現實中來。現實是他要開疆拓土，創建新的功德，為後世兒孫和華夏族人開拓更廣大更美好的生存與活動空間。他把這當作一種使命一種責任，每天都會審視那個沙盤，視線從北到南再從南到北，不知逡巡多少個來回。他召王綰、馮去疾、王賁、李斯四人秘密議事，破例召蒙恬參加，專議開疆拓土的方略。眾人意見一致：開疆拓土的優先方向在南方，但也不可忽視北方，北方有強悍的胡人匈奴，隨時都有可能興兵南侵。所以，大秦國要征服嶺南，必須先得解決來自北方的威脅。李斯將開疆拓土方略概括為四個字：北拒南進。他說：「北拒，指在北方將胡人拒於國門之外；南進，指在南方大舉推進，將嶺南廣大地域劃進大秦國版圖。」始皇帝表示贊同，說：「好！北拒南進，將是大秦國最近幾年的主要任務。大體上按淮河、秦嶺劃一條線，線南各郡注重於南進，線北各郡注重於北拒。南進，由王賁負總責；北拒，由蒙恬負總責。朕希望，南王北蒙，雙建奇功。」蒙恬說：「皇上！那臣的內史之職……」始皇帝笑道：「隗林長孫隗卓，原任蜀郡郡守，朕已將他召回接任內史。你呀，就回歸本行，再當將軍吧！」

秦皇三十二年（西元前二一五年）仲春，為了北拒胡人，始皇帝開始第三次巡遊，旨在考察大秦國北方邊陲。伴駕高官照舊，只是由蒙恬代替王賁，率領開道和殿後的三千兵馬。巡遊隊伍中同

時增加了一張新面孔：趙高。

趙高，原趙國邯鄲人。父親趙某，因罪被處以宮刑。母親淪為乞丐，以賣淫為生，生下三個兒子。三個兒子的生父是誰無人知曉，趙某為其取名叫趙高、趙尚、趙成。為了生存，趙高兄弟自小閹割，進了王宮服雜役。秦國太子嬴政繼秦王位。趙王為討好秦王，進獻美女。於是趙高兄弟作為美女的陪嫁到了秦國，進了咸陽宮。趙高年長秦王四歲，身高體壯，有勇力，且認識字會寫字，還略通獄法，善馭車馬。少年秦王看中這個技能全面的宦監，挑選他到常儀殿看管珍寶。趙高時來運轉，也很勤奮，逐漸升至常儀殿總管，書法作品《愛歷篇》六章，使他的名字為天下文人所知。始皇帝小兒子胡亥長到四五歲時，常到常儀殿玩耍。趙高巴結這個小王子，陪他玩耍，同時教他學獄法和書法，幾乎成了他的私人老師。始皇帝越發喜歡趙高，給予很多賞賜。趙尚、趙成也當上了宮監頭目。趙高在宮外購置一處府第，偶而會回府第小住。府第很大，但冰鍋冷灶毫無生氣。經人說合，一個年輕寡婦邵氏貪圖虛榮，居然答應嫁給趙公公為妻。也未舉行什麼儀式，邵氏便帶著一個黃花幼女入住趙府。從那以後，趙高再回府第，有人端茶送水，有人鋪床疊被，幼女還把他叫「爹」。哎呀呀！這才真正像個家，真正是個家呀！誰知有人把這事告發了，趙高被投進大獄。蒙毅負責審理趙高案。蒙毅乃蒙恬之弟，長相俊朗、才幹出眾，任廷尉署左監，李斯的得力助手，又是始皇帝器重的紅人，升任上卿。秦律規定，宦官是刑餘之人，不得娶妻，違者處死。蒙毅按律，把趙高定了死罪，削除宦籍，趙高嚇得魂飛魄散。趙尚、趙成慌忙把情況報告皇帝，又唆使胡亥向父皇求情。始皇帝這時想起趙高的諸多好處，遂命蒙毅赦免其死罪，恢復原職，娶妻之事不予追究。趙高出獄，感激始皇帝。此時始皇帝正擬第三次巡遊，趙高懇請充當馭者，親自為皇帝駕馭御輦。趙高的官職是常儀殿總管，哪能白當馭者？始皇帝於是通知太僕署，給了他一個中車府令的職銜。中車府令，中車府的長官，隨同皇帝或後宮夫人、美人外出，負責車馬調度，身分特殊，薪俸六百石。趙高時時侍奉皇帝，善解上意，精明幹練。始皇帝一高興，索性特許其兼行璽符令事，掌管御璽、符節、詔書等。此外，照料皇帝飲食起居的宮監宮女也歸他領導與指揮。趙高由此掌握了國家和皇帝的所有機密，宦官的畸形心理發酵膨脹，驟然變成罪惡的野心。秦始皇帝號稱「聖明」，卻親手為大秦國的毀滅安排了一個催命鬼的角色。而這，他沒有意識到，他的臣屬們也沒有意識到。

第三次巡遊，鑾駕沒去琅琊郡，在彭城轉向北行，經巨鹿郡（今河北平鄉）、漁陽郡（今北京密雲），直達右北平郡（今河北平泉）的碣石（今河北樂亭）。碣石面臨渤海，海景壯美。後世的曹操曾在其地觀海，寫下膾炙人口的詩作《觀滄海》：「日月之行，若出其中。星漢燦爛，若出其裡。」右北平郡屬原燕國地，那裡多方士，專門鼓吹神仙之術，坑蒙拐騙。這不？始皇帝又遇上四位：盧貢、韓終、侯公、石生。這四人全盤否定東海上有三神山之說，謊稱渤海上的鼇山才是真正的神山，鼇山上住的羨門高子才是真正的神仙；羨門高子也有不死之藥，他們願意前往求取獻給皇上，一去一回只需五六天時間。始皇帝又來了興致，立命四人為「求仙藥使」，撥付兩艘大船、百石糧食、百鎰黃金、千串銅錢等，讓他們前去鼇山，速去速回。盧貢倒是講「信用」，六天後返回，呈給始皇帝一個布囊，說：「羨門高子外出雲遊，不知何時回山。羨門高子雲遊前，將此布囊留給山上的仙童，叮囑道：『不日，秦始皇帝會派人到鼇山來，你把布囊交給來人就是。』仙童把布囊給了草民，草民不敢開啟也不敢耽擱，就急急趕回來呈給皇上。」始皇帝心跳如鼓。第一，神

仙羨門高子知道自己，而且預知自己會派人去鼇山；第二，羨門高子特意給了自己一個布囊，布囊裡裝的或許就是仙藥。他激動地接過布囊，虔誠地開啟，誰知裡面裝的只是一片樺樹皮。樺樹皮的光面，紅紅黑黑，胡亂塗抹一圖，符號不像符號，文字不像文字。這可能是仙書吧？他忙召來李斯、蒙恬，西門綍、胡毋敬等共同辨認，四人顛來倒去察看很久，全然不識。趙高也伸頭看，突然說：「圖中有五個字！請光看紅處，順著紅線看。」始皇帝於是光看紅處，並順著紅線看，只見歪歪斜斜，不正是五個字嗎？李、蒙，西門、胡用同樣的方法看也認出了那五個字，一字一字讀出聲來：「亡、秦、者、胡、也。」

「亡秦者胡也」，這是何意？始皇帝皺眉，問：「盧貢！這布囊真是羨門高子的仙童交給你的麼？」盧貢答：「千真萬確。臣當時還問仙童來著：『布囊裡所裝何物？』仙童說：『天機，天機不可洩露。』既是天機，草民不敢多問就趕回來了。」始皇帝默想片刻，又說：「那好。朕賜你黃金十鎰，勞你再去鼇山，務要見到羨門高子求得仙藥，回來定有重賞。」盧貢叩頭，說：「草民遵旨。」領了黃金自去。此後，盧貢等跟徐福等一樣再也沒了消息。

始皇帝和李斯等研究「仙書」，得出的結論是：「亡秦者胡也」是一句讖語，其中「胡」是指胡人匈奴。神仙意在提醒始皇帝，日後滅亡大秦國的將是胡人。這一點必須及早防範，萬不可掉以輕心。

神仙的提醒，正和大秦國的拒胡方略不謀而合。始皇帝等不回盧貢，靜心考察北方邊陲，從右北平郡向西，經上谷郡（今河北張家口）、雲中郡（今內蒙古托克托）到上郡，實地考察了燕長城、趙長城、秦長城。三段長城雖然破損，但基礎在，經修整仍可使用。三段長城互不連貫，存在兩個豁口，長達兩三千里，豁口成為胡人騎兵出入的最佳通道。始皇帝通過考察，心裡逐漸有了設想：修整秦、趙、燕長城，並在豁口處新築長城將三段長城連成一體，從而在大秦國北方構築起一道堅固屏障，可拒胡人南侵。他在上郡召開會議，正式提出設想。這個設想太大膽太驚人了，工程不但浩大艱險，而且花費無數，光徵用的民夫就需一百二十萬。但因為是皇帝的設想，所以肯定聖明，無人敢有異議。始皇帝在上郡還得知，黃河從河西走廊流來，向東，向東北，再向東，然後垂直向南，流出一個大彎，略呈「几」形，「几」形流域泛稱「河套」。上郡處在黃河南岸的「套」裡，其西面一片土地還被胡人佔據著。因此在拒胡之前，還得先把「套」裡的胡人驅逐出境。

夏初，始皇帝結束巡遊返回咸陽。途中多是山地、丘陵、高原，溝壑縱橫，道路盤曲，車馬通行相當困難。從這一刻起，他又萌生出修築直道的想法，從咸陽直達九原郡（今內蒙古包頭），以利快速運送兵員和作戰物資，確保拒胡的主動權。

始皇帝回到京城，立即任命蒙恬為將軍，王賁之子王離為副將，接替駐軍上郡的將軍辛勝、馮劫，在原二十萬兵馬基礎上，再增加十萬，共三十萬兵馬。其任務一是驅胡，二是拒胡，拒胡的要點在於修整、連接秦、趙、燕長城。這年，蒙恬四十一歲，王離三十二歲，接受任命，豪情萬丈地朗聲道：「臣當肝腦塗地，不負聖望！」始皇帝笑道：「不！朕不要你倆肝腦塗地，而要你倆創建功業，為朕為大秦國創建功業！」蒙恬、王離到了上郡，經過精心準備於七月開始驅胡，兵分兩路，十萬精騎呼嘯而出，僅用五天時間就斬殺胡兵七八千人。胡人頭領白鹿王倉皇逃跑。秦軍追擊，北渡黃河向北向西向東挺進，擴大戰果。及至八月，胡人退卻七百餘里，秦軍攻佔高闕、陽山等重鎮，控制了整個河套地區，繼將新控制的地區劃成十四個縣，築城立塞，建造亭障，以作永久

之計。始皇帝接到捷報，連聲稱讚：「蒙恬、王離是好樣的！大秦國軍隊是好樣的！」他發出詔令，所有將士晉爵一級；同時命向十四縣移民屯墾，免除三年賦稅。

這年年底，王賁回咸陽報告，南進亦有重大進展。原來，會稽郡南面，大庾嶺以東及東南方向原為古越國地，相對於「百越」而言，稱「東越」；土著人為閩人，故又稱「閩」。「閩」字是「門」中一「虫」，「虫」意為蛇。閩人愛蛇，家家養蛇，人人敬蛇。春天，王賁和幾名都尉到了會稽郡，依靠郡守呂羅的支援，率當地駐軍萬餘人和戰船百餘艘，水陸並進，未遇什麼大的阻力，便將大秦國的旗幟插到了閩江之畔的侯官（今福建閩官），東越因此成了大秦國國土。始皇帝大喜，命將那裡設為閩中郡（約今福建）——大秦國第三十七個郡。

秦皇三十三年（西元前二一四年），是大秦國實施北拒南進方略最緊張最艱苦最慘烈的一年。北方邊陲，在長達萬餘里的邊界線上，在險峻陡峭的崇山峻嶺間，約一百二十萬民夫和三十萬軍隊，同時做一件事情：修築長城。將軍蒙恬任總監，王離任副監。皇帝詔令：淮河和秦嶺以北各郡縣，由郡守、縣令負責徵發民夫。秦制，丁男每年應服徭役一個半月，口糧自備。這次改為口糧減半，另一半由朝廷補貼，並允許把下年徭役提前，一次服兩年的徭役，總天數為八十天。所有民夫按郡、縣、鄉編制，由郡、縣、鄉級官員帶隊，限定日期到達指定的地段服役。嚴懲延誤時日者：每延誤一天，服役天數加倍為兩天；延誤十天及十天以上的，帶隊官員處以死刑。詔令內容明確而嚴厲。頓時，半個大秦國都行動了起來，打響了一場規模空前的土石戰爭。到處都是帳篷，到處都是人群，到處都是工地，到處都是磚窰和石灰窰。砍伐樹木，挖土背土，燒磚背磚，砌牆打夯，熱汗揮灑，人聲如沸。那樣多的人修築長城，保證後勤供應至為關鍵。各郡縣根據朝廷下達的指令，派出馬匹、車輛向指定地點運送糧食、草席、工具等，日夜兼程，川流不息。這場土石戰爭，沒有金戈鐵馬、烽火硝煙，雄壯與悲苦同在，豪邁與血淚共存，真可謂驚天地，泣鬼神！

南方，王賁負責南進征服百越，需要兵卒五十萬，這使始皇帝感到為難。天下一統之後，大秦國保留的軍隊共計才五十萬，拒胡及修築長城的三十萬不能動，駐防咸陽四周的十萬不能動，駐守邊陲各郡的十萬也不能動。既然如此，南進的五十萬兵卒從哪裡來？為難之際，又是李斯想出一法，徵用三類人：一是獄中重刑囚犯，早晚是個死，不妨徵用，允許其戴罪立功以減輕刑罰。二是商人，三是贅婿，這兩類人在秦律中屬於「賤奴」，有別於平民，可以隨意徵用以為國家效力。始皇帝贊同，立即頒發了詔令。第一類人歡呼雀躍，就此成了軍人，有了自由。可憐第二、三類人，禍從天降，含淚告別爹娘、妻子、兒女，痛心疾首地罵道：「把商人、贅婿視同重刑囚犯，這是什麼狗屁法律？」三類人猶不夠五十萬，又東拼西湊地搭上組建於郢城、襄陽的水軍，總算湊足人數。

王賁坐鎮長沙郡指揮南進。他原先的麾下都尉屠睢被任用為將軍，趙陀、任囂、伍梭為副將，統領五十萬兵卒。秦軍在南進途中遭遇的敵人，不是那些手拿竹木兵器的土著人，而是險惡的地理環境與自然條件。窮山惡水、原始森林、豺狼虎豹、瘴煙癘氣、暴雨洪水泥石流，每前進一步都得死人。起初，屠睢派出多支分隊，每支分隊千餘人，進入原始森林開闢道路。然而派出去的分隊有去無回，都不知死亡的具體地點和原因。穿越原始森林根本不可能，只能沿著湘江上溯南行，因此戰線拉長，軍糧運輸成了第一難題。幸好屠睢等發現了湘江上游一處地方叫興安（今廣西興安境），其東有一條小溪叫始安水。始安水是靈河的支流，靈河是灕江的支流，而灕江又是南方最大河流珠江分支西江的支流。興安處的湘江屬長江水系，始安水則屬珠江水系，兩處直線距離僅五里

多，中間橫亙著一座高崇的土山。這一發現非同小可。如果在興安開鑿一條運河，穿過土山通向始安水，拓寬灕河，那麼從湘江可以直通灕江，等於是把長江、珠江兩大水系連接了起來。秦軍中有一位能人叫史祿，略懂水利知識，進行規劃與設計，主持開鑿運河。秦軍又成了民夫，其勞作之苦可比北方修築長城。當年，運河鑿成了、貫通了，全長七十餘里，定名曰靈渠——世界上最古老的運河之一。有了靈渠，秦軍的船隊運送糧食等物資，可以從長江經湘江直接進入灕江、珠江西江，南進的速度大大地加快。在珠江流域，秦軍遭遇當地越人的頑強抵抗，屠睢在一次戰鬥中中毒箭身亡。趙陀、任囂、伍梭繼續進軍，至年底基本上征服了嶺南地區。王賁向朝廷報捷。始皇帝頒詔，命將嶺南設為南海郡（約今廣東）、桂林郡（約今廣西）、象郡（約今越南中北部）——大秦國第三十八、第三十九、第四十個郡。

大秦國為南進付出了慘重的代價。五十萬兵卒存活者不足十分之一。而這不足十分之一者，也未能返回北方。大秦國滅亡之後，趙陀在南海郡番禺（今廣東廣州）建立了一個國家，叫南越國。

王賁在長沙郡患了瘧疾，緊急趕回咸陽。當時瘧疾無藥可治，王賁病逝。正在監築長城的王離接到喪報痛不欲生，趕回咸陽為父治喪，並拜見始皇帝，報告修築長城的進展情況。王離說，修整長城容易，修修補補就行；新築長城困難，工程量極大。新築長城的程序是這樣的：按照長城基寬一丈二尺的距離，砍伐樹木栽立兩排豎樁，豎樁內側縱放樹木，形成圍欄，用來擋土；圍欄內底部鋪一層碎石，繼鋪黃土和石灰，厚約五寸，用木夯或石夯夯砸，夯砸要均衡要紮實；再加高圍欄，再鋪黃土和石灰，再夯砸，一層一層壘積，直到高一丈六尺；越往高處，牆體越窄，頂部寬為六尺。無數段這樣的牆體連接，牆體內外兩側要砌特製的長方形大磚，頂部外沿要砌垛堞，每隔三十里都要建一處烽火臺。王離告訴始皇帝，新築長城所砍伐的樹木、開採的石頭、挖掘的黃土、燒製的石灰和大磚無法用數字計算，全靠民夫的肩膀一筐一筐地背上長城，其艱辛其勞苦難以想像。民夫中有父子、兄弟同時服役的，有女人代替生病的丈夫服役的。生活非常艱苦，上百人居住在一個大帳篷裡，睡的是草席，枕的是磚頭。飲食極差，主食通常是粗糧乾飯或黑麵饃饃，副食只是幾片鹹菜或酸菜。大約有兩三千人因各種原因而死亡，屍體無法處理，只能築進長城牆體裡……始皇帝聽後，沉默良久，說：「是啊！為了修築長城，黔首們出力最多、犧牲最大，朕感謝他們！」

歷時約兩年，原秦、趙、燕長城和新築的長城終於連成一體，西起臨洮，東至遼東，沿黃河，經蒙古草原，傍陰山山系，因地形而起伏，隨山水而轉折，扼險要，阻關隘，綿延萬餘里，號稱萬里長城。萬里長城宛若不見首尾的巨龍，高高低低、盤曲蜿蜒，時在山頂、時在谷底，雲籠霧罩似飛似騰。它巍峨，它恢宏，它蒼莽，它陽剛、它橫空出世、它氣象萬千，縱然用盡最美的詞彙也形容不了它的磅礴和壯麗。始皇帝接到長城竣工的捷報，眉飛色舞地連聲稱好，道：「大秦國軍民用雙手、用肩膀、用汗水、用血肉身軀修築了長城，奇蹟，奇蹟啊！」李斯不失時機地恭維說：「修築長城的決策者是皇上，實施者是大秦國軍民，決策者與實施者的功績，必將載諸史冊，永垂不朽。」

一年後，蒙恬執行始皇帝詔令，又主持修築了直道，「塹山堙谷，千八百里」，平均寬六丈。直道也是拒胡方略的組成部分。北方胡人膽敢入侵，秦軍便可通過直通運送兵員和作戰物資，快速抵達前線九原、雲中、上谷等郡，從而有力打擊入侵者，保衛大秦國的安全。

第二十五章

人臣極位

時間進入秦皇三十四年（西元前二一三年）。左丞相王綰六十八歲，因常年臥病而請求致仕，獲得批准。一時朝中沒有丞相，群龍無首。始皇帝斟酌再三，決定任命御史大夫馮去疾為右丞相，廷尉李斯為左丞相。論水準和能力，李斯在馮去疾之上。但始皇帝記著韓非的話：「人主之所以身危國亡者，大臣太貴，左右太威也。」他不想讓大臣「太貴」，左右「太威」，所以有意把馮安排在李的前面，馮為正職，李為副職。但統領百官，管事幹事得靠李斯。始皇帝又有妙法，封李斯為通侯，待遇跟馮去疾一樣，同為金印紫綬，薪俸萬石。馮去疾為人低調、淡泊名利，樂得落個清閒自在，諸事任由李斯去管去幹，自己從不插手，更不會說三道四。因此李斯實際上已是大秦國「二號」人物，人一人之下，千萬人之上，人臣極位了。

李斯這年六十四歲，告別了廷尉一職。應當說，李斯是一位政治家，又是一位傑出的法學家，在中國法學史上佔有崇高地位。他當了二十年的廷尉，忠實地執行法家路線，把法看作是「規矩」、是「準繩」，是國家治理和社會生活中的「度量衡」。尤其是在天下一統之後，他花很大精力修訂《秦律》，為統一的大秦國建立了嚴密的完備的法律體系，使其以法治國、依法治國有法可依。李斯的法學思想，大體上含四個方面的內容：天下一統，中央集權；皇帝獨尊，法自君出；以法為教，以吏為師；嚴刑峻法，寧重勿輕。史載，秦法繁於秋荼，而網密於凝脂。秦法的「繁」與「密」，凝聚著李斯的心血。李斯還親自審理案件，量刑從嚴從重，為加強中央集權、維護國家統一服務，歸根到底是為鞏固秦始皇帝和大秦帝國的專制統治服務。李斯一直看好蒙毅，提議其升任廷尉，接了自己的班。

李斯有言：「不想當高官的官員，不是好官員。」而今，他任丞相，登上仕途峰巔，最為尊貴和富有，心中自然欣喜與快慰。然而在欣喜與快慰的同時，又有憂慮與愁悵。因為他比任何人都清楚，終有一天會時過勢移，他這個丞相不好當。這些年來，大秦國靠強力與暴力，靠人力、物力、財力的極度透支，轟轟烈烈、風風光光地幹了許多大事。但在轟烈和風光的背後，也出現了許弊端與危機。主要是黔首負擔過重，民心背離、怨聲載道，種種衰象已見端倪。而始皇帝對此全不介意，照樣好大喜功，照樣勞民傷財，照樣迷戀神仙，處事決事表現出的主觀性、盲目性、即興性和隨意性更甚過以前。丞相的職責是輔佐皇帝，統領百官。此時此刻，他怎麼輔佐？怎麼統領？唉！難哪！

李斯出任丞相，長子李由、次子李甲各領了妻妾、兒女回咸陽探親。加上李斯幾房愛妾及其所生的兒女，全家五六十口人團聚，享受天倫之樂。柴禾年過花甲，已是丞相夫人，看到兒孫繞膝，華貴滿堂，心頭像飛舞著十萬隻蜜蜂，備感甜蜜。李斯的兒孫輩多與皇家聯姻，諸男娶秦諸公主，諸女嫁秦諸公子，因而李氏家族已躋身於京城最顯赫的家族之一。文武百官巴結李斯及李氏家族，全都藉著李由、李甲探親的由頭，攜帶厚禮前往李左丞相府祝賀，門庭車馬數以千計。這樣一來，丞相府的家宴變成了招待百官的盛宴，來客一撥一撥，酒香菜香，歡聲笑語，熱鬧非凡。李斯高坐接受敬酒，竟然大醉，酒後流露真情，不禁悲從中來，喟然歎道：「嗟乎！吾聞之荀卿曰『物禁大盛』。吾乃上蔡之布衣，閭巷之黔首，皇上不知其駑下，遂擢至此。當今人臣之位無居吾上者，可謂富貴極矣。物極則衰，吾未知所稅駕也！」「稅駕」是歸處的意思。登上仕途峰巔的李斯懂得物極必反的道理，憂慮與愁悵使他預感到他的未來很難會有什麼完好的結局，真乃智者也。家人團聚時間短暫。李由、李甲還得回三川郡守、長沙郡守任上去。李斯叮囑兒子，要繼續上進，爭取盡快

調回朝廷，列位九卿。他自己呢？則更要殫精竭慮地忠於皇上，輔佐皇上，保持晚節，造福於黔首及兒孫。

蒙恬回咸陽述職，拜見過皇帝，即與弟弟蒙毅一起拜訪李丞相。蒙、李兩家交往，歷來親密。現在蒙恬統領三十萬大軍驅胡拒胡，修築長城和直道，駐守上郡，支撐著大秦國的半壁江山。蒙毅由上卿升任廷尉，深得始皇帝寵信，出則參乘，入則御前。史載：「恬任外事而毅常為內謀，名為忠信，故雖諸將相莫敢與之爭焉。」蒙氏兄弟把李斯當作前輩，尊稱為「君侯」。李斯對蒙氏兄弟也分外看重，盛情設宴款待。宴間，蒙恬忽然問李斯道：「君侯還記得那年雪夜追賢，在那個山洞裡，老人家尉繚說過的話麼？」李斯說：「尉繚那天說過很多話，你是指……」蒙恬說：「我是指關於相面的那段話。尉繚說他會相面，我就請他給我相相。尉繚說：『老朽在蒙府，就給你和蒙毅相過了，剛才見李客卿也相了相。你們三人面相大體相同，有喜有憂：喜者，三人因同一個大人物而飛黃顯達，為將為相，位極人臣；憂者，三人又因同一個小人物而蹇舛，直至……』他的話沒有說完，用『天機只有天知，老朽不便妄測』岔開了話題。他所說的『喜者』，已經應驗，君侯、我和毅弟，皆因皇上這個『大人物』而飛黃顯達，為將為相，位極人臣；我操心的是他所說的『憂者』，『三人又因同一個小人物而蹇舛，直至……』，這話何意？『小人物』是誰？我等會因那個小人物而蹇舛，甚至結局更糟麼？」李斯沉吟，說：「沒錯，尉繚那年確實說過這些話。不過我想不必把他的話當真，他又不是神仙，哪能預知未來之事？」蒙恬說：「凡事寧可信其有，不可信其無，我看還是當心點好。」蒙毅插話說：「我倒想到一個小人物。」李斯和蒙恬同聲驚問：「誰？」蒙毅說：「趙高！他是宦官，刑餘之人、螻蟻之輩，是典型的小人物。他犯了事，我將他定了死罪。可皇上卻赦免了他，還准他隨駕巡遊，用為中車府令，而且讓他兼行璽符令事。此人離皇上太近，務要提防。」蒙恬說：「我跟趙高接觸過幾次，覺得那人很陰，眼睛後面好像還有一雙眼睛。」李斯手捋鬍鬚微笑，說：「二位怕是多慮了。趙高說到底只是陰溝裡的一條泥鰍，能掀起什麼大浪？我們三人為將為相，又怎會因他而蹇舛？待有機會，我奏請皇上不讓他兼行璽符令事就是。」

李斯聰明一世，但卻小覷了趙高這條陰溝裡的泥鰍，很快將為此付出血的代價。

就在李斯家宴過後不久，秦始皇帝在咸陽宮置酒大宴群臣。群臣中的博士群體引人矚目。「博士」是官職名稱。始皇帝統一天下，對原六國的文人學者採取拉攏政策，設立博士制度，任命那些人中的精英分子七十人到朝廷任職，「掌通古今，教習弟子，國有疑事，常承問對」。博士的思想傾向涵蓋諸子百家的各家各派，還包括幾位長於說神論仙的方士。博士的薪俸為四百石，沒有實權，但都有文化有知識有辯才，可以和丞相平起平坐共同討論國家大事，逐漸成為一支舉足輕重的力量。宴會上，群臣輪流舉觴，稱頌始皇帝聖明睿智，祝福大秦國繁榮昌盛。僕射周青臣的頌詞最有代表性，說：「他時秦地不過千里，賴陛下神靈明聖，平定海內，放逐蠻夷，日月所照，莫不賓服。以諸侯為郡縣，人人自安樂，無戰爭之患，傳之萬世。自上古不及陛下威德。」滿面春風的始皇帝愛聽這樣的話。冷不丁一人起身，厲聲斥道，「周青臣！你面諛陛下，是何居心？」眾臣驚愕，循聲看去，乃齊人淳于越博士是也。此人屬儒家學派，推崇孔孟之道。周青臣甚為窘迫。始皇帝臉色由晴轉陰，沉聲道：「博士何出此言？」淳于越倒有些膽量，不懼皇帝，高聲說：「臣聞殷周之王千餘歲，封子弟功臣，自為枝輔。今陛下有海內，而子弟為匹夫，卒有田常、六卿（西周初

太師、太傅等六位勳臣的合稱，後泛指執政的高官）之臣，無輔拂，何以相救哉？事不師古而能長久者，非所聞也。今周青臣又面諛以重陛下之過，非忠臣。」淳于越的言辭相當激烈，咸陽宮裡綿綿的酒香變作了濃濃的硝煙。眾臣默然。始皇帝沉吟，目視李斯，道：「博士所言，丞相計議之。」說罷離座拂袖自去。歌功頌德的宴會不歡而散。

始皇帝命李斯「計議之」，是命他就淳于越的言辭發表看法，拿出處理意見。李斯回到丞相署，仔細回味宴會上的場景，深刻認識到淳于越不是個人在發言，而是代表了一群人。那群人稱頌「殷周之王」，力主實行分封制，反對郡縣制，等於全盤否定和推翻了大秦國現有的政治模式，也是在和始皇帝和自己高唱反調。那群人的真實意圖是「師古」二字，是要托古改制，藉復古之名，行改今之實，以開歷史的倒車。李斯不由發出冷笑。古人何足貴？殷周何足法？始皇帝和我李斯等法家人物，千辛萬苦開闢出的新天地，豈是一個「師古」就能回歸從前的？他想起韓非在《顯學》一文中，曾直斥儒學墨學是「愚誣之學，雜反之行」，主張君王應利用權勢禁止學術討論，對思想異己者「宜去其身而息其端」。於是，李斯決定發起反擊，不是就事論事，而是站得更高、走得更遠。他連夜上書始皇帝，提出禁書焚書的建議。書云：

五帝不相復，三代不相襲，各以治，非其相反，時變異也。今陛下創大業，建萬世之功，固非愚儒所知。且越言乃三代之事，何足法哉？異時諸侯并爭，厚招游學。今天下已定，法令出一，百姓當家則力農工，士則學習法令辟禁。今諸生不師今而學古，以非當世，惑亂黔首。丞相臣斯昧死言：古者天下散亂，莫之能一，是以諸侯并作，語皆道古以害今，飾虛言以亂實，人善其所私學，以非上之所建立。今皇帝并有天下，別黑白而定一尊。私學而相與非法教，人聞令下，則各以其學議之，入則心非，出則巷議，夸主以為名，異取以為高，率群下以造謗。如此弗禁，則主勢降乎上，黨與成乎下。禁之便。」

如何「禁」？書中再云：

> 臣請史官非秦紀皆燒之。非博士官所職，天下敢有藏詩、書、百家語者，悉詣守、尉雜燒之。有敢偶語詩書者棄市。以古非今者族。吏見知不舉者與同罪。令下三十日不燒，黥為城旦。所不去者，醫藥卜筮種樹之書。若欲有學者，以吏為師。

始皇帝閱讀奏書，欣然批了個「可」字。由此，全國興起一場禁書焚書運動。李斯奉命批駁淳于越，怎麼會引發出禁書焚書呢？這是因為李斯將淳于越其人定性為「愚儒」，將其言辭定性為「不師今而學古，以非當世，惑亂黔首」。人之所學源於私學與書本，故而禁書乃至焚書，實乃斬草除根之舉。李斯對焚書範圍做出嚴格界定：史官非秦紀者，即原六國史書，內容多誹謗、詆毀、攻擊秦國，燒之；詩、書、百家語，重點是詩、書，內容多為淳于越之流所引用，用作以古非今、托古政制的武器，燒之；以秦記為主的秦國史書，以及醫藥、卜筮、種樹方面的書籍，保留。需要注意的是，當時所有書籍包括明令焚燒的在內，在中央政府守藏室（圖書館）都是留有備份的，以供查閱與研究。圍繞禁書焚書，李斯提出一系列禁令，目的在於禁止民眾議論政治，尤其是議論當

今政治，以免造成「惑亂」。

從實而論，由李斯建議，經始皇帝批准的焚書，所焚的書籍是有限的。《史記．六國年表》云：「詩書所以復見者，多藏人家。」《論衡．書解篇》云：「秦雖無道，不焚諸子，諸子尺書文篇具在。」就在李斯焚書之後數年，西楚霸王項羽進了咸陽，先是屠城，次是搜刮金錢和美女，再就是放火焚燒宮室，大火三月不滅。大秦國的珍貴藏書，盡數在那場大火中化作灰燼。清代劉大魁作《焚書辨》，實事求是地指出：「書之焚，非李斯之罪，實項羽之罪也。」不過話還得說回來。李斯焚書，畢竟焚毀了不少典籍，而且開了中央政府赤裸裸扼殺民眾思想的先河，屬於愚蠢的強權行徑，實不足取。

說到焚書，必然要說「坑儒」，因為這兩件事是緊密相連的。

那是焚書的次年，即秦皇三十五年（西元前二一二年）。始皇帝先後兩次共派出九名「求仙藥使」，分別前往東海三神山、渤海鼇山尋找神仙，求取長生不死仙藥。八人是肉包子打狗——有去無回。唯獨盧貢膽子忒大，敢於欺騙皇帝兩次。第一次，他從海上回來，呈給始皇帝一片樺樹皮，上面寫有「亡秦者胡也」五字讖言，騙得十鎰黃金。第二次，他從海上回來，居然跑至咸陽面見始皇帝，煞有介事地說：「臣等去鼇山求取仙藥總遇不著仙人，究其原因居然是有惡鬼作祟。陛下長居宮禁，應當迴避惡鬼，仙人自至。仙人者，入水不濡，入火不熟，凌雲氣，與天地同樣長久。陛下還應當忘記尊崇身分，把自己當作普通人，不必忙忙碌碌，保持恬淡，仙人自會喜歡。皇上所居寢宮亦不可讓外人知曉，要越神秘越好。皇上若這樣做了，然後不死之藥始可得也。」

盧貢的本意是一種自脫之術，認為始皇帝肯定不會這樣做，那麼得不到仙藥就怪不得任何人了，包括他們方士在內。哪知始皇帝癡迷於神仙與仙藥，不僅聽信了盧貢的話，而且付諸了行動以顯示誠意。他把盧貢也任命為博士，使七十人的博士群又多了一人。他說他羨慕仙人，所以放棄「朕」的尊稱，改而自稱「真人」。他不再出席朝會，群臣有事只是對著空空的御座奏陳，其行甚是滑稽。他的行蹤絕對保密，膽敢洩露者罪死。某天，他駕幸梁山宮，從高處看到李斯出行，車騎甚眾，心中不快。一名內侍將這情況悄悄告訴李斯。李斯趕忙收斂，再出行時輕車簡從。始皇帝覺察後大怒，道：「此內侍洩吾語。」查找洩密者，無果，遂命把那天在他身邊的所有內侍，全都殺了。

皇帝對神仙對仙藥執迷不悟，天下方士雲集咸陽尋覓榮華富貴。但也有先知先覺者感到緊張、不安，甚至感到惶恐。神仙的謊言與仙藥的騙術，總有一天會暴露的，一旦暴露會怎麼收場？於是有許多方士逃離咸陽。最早開溜的一是老牌博士侯生（侯創），一是新科博士盧生（盧貢）。這兩人在逃離之前，還進行了一次謀劃，有記錄為證：「侯生盧生相與謀曰：始皇為人，天性剛戾自用，起諸侯，並天下，意得欲從，以為自古莫及己。專任獄吏，獄吏得親幸。博士雖七十人，特備員弗用。丞相諸大臣皆受成事，倚辨於上。上樂以刑殺為威，天下畏罪持祿，莫敢盡忠。上不聞過而日驕，下懾伏謾欺以取容。秦法，不得兼方，不驗，輒賜死。然候星氣者至三百人，皆良士，畏忌諱諛，不敢端言其過。天下之事無小大皆決於上。上至以衡石量書，日夜有呈，不終呈不得休息。貪於權勢至如此，未可為求仙藥。」

這兩個亡命之徒太沒良心，用惡毒的語言攻擊始皇帝，就連始皇帝敬業勤奮，每天御覽、批示奏書的重量用石來衡量，也被誣衊是「貪於權勢」。始皇帝的震怒是可想而知的，也是無可指責

的。他受欺騙受愚弄受羞辱，當了多年冤大頭，到頭來沒落下一點好，反而一無是處。他心火突突，憤憤道：「吾前收天下書不中用者盡去之。悉召文學方術士甚眾，欲以興太平，方士欲練以求奇藥。今聞韓終等入海求仙，一去不返。徐福等費以巨萬計，終不得藥，徒奸利相告日聞。侯生、盧生等，吾尊賜之甚厚，今乃誹謗於我，以重吾不德也。諸生在咸陽者，吾使人廉問，或為妖言以亂黔首。」進而下令緝拿方士，追究罪責。

始皇帝下令緝拿方士，眾大臣持幸災樂禍態度都選擇沉默。偏偏皇長子扶蘇不明事理，站出來為方士請命。始皇帝對皇子的管束是很嚴厲的。規定：皇子在童年時隨母在咸陽宮後宮居住，滿六歲則搬至咸陽宮附近的皇子坊居住，開始讀庠序學六藝，由宗正署安排宮監宮女照料其日常生活。皇子每月可回後宮探望生母一次。皇子成人後娶妻生子，享受優厚的封賞。他們可以出席朝會，但不任官職，嚴禁交結大臣，特別嚴禁交結將官、校官等軍界人物。扶蘇這年三十歲，剛毅而武勇，信人而奮士，生性仁厚，尊崇孔子，百姓多稱其賢。他是溫室裡的花朵，還體會不了世事和人心的險惡，進言道：「天下初定，遠方黔首未集，諸生皆誦法孔子，今上皆重法繩之，臣恐天下不安。唯上察之。」扶蘇把常以妖言惑眾的方士，看作是「皆誦法孔子」的「諸生」，這個判斷實在荒謬。始皇帝因此大發雷霆，痛斥兒子的無知，命其北去上郡，到蒙恬軍中任監軍經受鍛鍊。

李斯、蒙毅及眾御史等奉旨緝拿方士，緝拿到近千人，予以關押並嚴刑審理，鼓動互相告發，最終得犯禁者四百六十餘人，皆坑殺於咸陽並通告天下，以示警戒。

當時坑殺的四百六十餘人，絕大多數是方士，是刑事犯罪分子——候星氣者、煉丹藥者，以神仙之術為職業，進行坑蒙拐騙，沽名釣譽，騙取錢財者。《史記．儒林列傳》記得明白：「及至秦之季世，焚詩書，坑術士。」術士就是方士，這是毫無疑問的。坑方士，始皇帝是決策者，李斯、蒙毅等是執行者。

時過三百多年，坑方士忽然變作「坑儒」，「坑儒」且與「焚書」組合，將「焚書坑儒」一說加到秦始皇帝頭上，成為他是暴君的一項標誌性罪證。

「坑儒」及「焚書坑儒」字樣，最早見於東晉文人梅賾搜集到的古書《古文尚書》中。該書附有孔安國所作的《尚書序》，序云：「及秦始皇滅先代典籍，焚書坑儒，天下學士，逃難解散。我先人用藏其家書於屋壁。」孔安國是孔子後人，生活在西漢中期。此人首次提出「坑儒」及「焚書坑儒」兩個詞語。梅賾把《古文尚書》獻給朝廷，朝廷將該書定為「官書」，於是「坑儒」及「焚書坑儒」的說法遂成定論，廣為流傳。從漢武帝「獨尊儒術」起，儒學就成為國家的統治思想，儒家掌握了話語主導權，反正是給秦始皇橫加罪名，所有罪名都毋庸置疑，甚至無中生有。直到清代，學者們考證出《古文尚書》是偽書，孔安國《尚書序》是偽文。但生米已成熟飯。「坑儒」及「焚書坑儒」的錯訛一直沿續，很難得到糾正，還不了歷史的本來面目。秦始皇帝蒙冤，冤，比竇娥還冤！

始皇帝坑殺了方士，憤怒之後又感到失落與迷茫。那些方士，號稱是距離神仙最近的人，挖個坑活埋便都嗚呼哀哉，未見有任何特異現象。他因此不得不思考一個問題：這世上果真有神仙嗎？果真有不死仙藥嗎？這個問題，越思考思緒越亂，越思考心情越煩。他越來越意識到所謂的神仙、仙藥，只存在於方士們的宣揚和吹噓中，捕風捉影、虛無飄緲，現實中可能根本就沒有。這世上如果沒有神仙，沒有仙藥，那麼自己將跟凡人一樣也是會死的，死後落下一具僵屍，腐爛生蛆，逐漸

留下白骨，化作泥土……他每每想到這些就不禁悲涼悲愴、泫然淚下，然而卻心猶不甘。我是誰？我是秦始皇帝，我是受命於天的九五之尊，我要將江山社稷傳於萬世，哪能隨隨便便就死呢？即便死，也要抓緊生前時光好好地活、美美地活，活出個潑天的驚豔與精彩來。

始皇帝隨心所欲地自顧活得驚豔與精彩，以致神思亂了章法，朝政亂了章法。他依然不舉行朝會，不會見大臣，行蹤嚴格保密，但每天都有詔令送到丞相李斯手中。詔令：咸陽周圍二百里內共有宮殿二百七十座，著建複道、甬道相連，各宮殿以鐘鼓、美女充實之。詔令：立石於東海上朐（今江蘇連雲港境）縣境，將那裡當作大秦國的東門。詔令：渭河南岸的巨型宮殿當開工，先建前殿，東西五百步，南北五十丈，上可以坐萬人，下可以建五丈旗；周馳為閣道，自殿下直抵南山，表南山之巔以為闕。當始皇帝意識到自己也會死時，格外關注起驪山陵來，連下幾道詔令。詔令：驪山陵地宮掘深三百丈，擬以水銀為江河湖海，水銀何來？聞巴地（今湖北北部）寡婦清，先人經營礦產，家境奇富。清守其業，用財自衛，家道不衰，願獻水銀若干，貞婦也。著為之築女懷清臺。詔令：鑿石於北山，製作石槨。採伐蜀、楚等地珍貴木材，運至驪山待用。詔令：著遷三萬家民戶到驪山陵所在地驪邑居住，遷五萬家民戶到離宮甘泉宮所在地雲陽邑居住，民戶皆免服徭役十年。

李斯大人數月裡都未曾見到皇帝的面，每天卻都能接到皇帝的詔令。透過詔令，他彷彿窺見了始皇帝悽惶而紛亂的內心。至高無上的皇帝，聖明不再、睿智不再，面對可以預期的死亡，何等無助與無奈！那些詔令要如何執行？李斯搖頭苦笑，一籌莫展。將作少府章邯找他訴苦道：「在二百七十座宮殿間建複道、甬道使之相連，那得用多少磚石、木材？驪山陵地宮有地下水，掘深三百丈。怎麼可能？」治粟內史沈魁找他訴苦道：「全國人口約一千七八百萬，丁男約佔三分之一。這些年來，丁男不是服兵役就是服徭役，還有上百萬是刑徒。種地的都是些婦女和老人，大量土地都荒蕪了。朝廷收入年年減少，庫藏都快空竭了，如何是好？我這個治粟內史，看來是沒法當了。」章邯和沈魁可以訴苦、發牢騷，李斯卻不可以，還得陪著笑臉，撫慰下屬，道：「盡力辦差，無愧於心就是。」李斯在辦差中發現，始皇帝每天都發詔令，卻從不過問、檢查詔令執行的情況。因此他學會了偷奸耍滑、欺上瞞下的伎倆，給始皇帝上書，回覆道：「目前共有隱宮徒刑者七十餘萬人，在建造驪山陵及巨型宮殿。巨型宮殿離咸陽很近，故可名阿房宮。」其實，一座規模宏大、花費無數的巨型宮殿，大秦國已無實力再建造了。李斯在奏書中打馬虎眼，謊稱已開建了，並給宮殿定了個名稱。

說實話，李斯這個丞相當得辛苦，也很窩囊和憋屈。成天應對詔令，沒有絲毫迴旋餘地與喘息機會。他不由羨慕起馮去疾來，貴為右丞相，但淡泊名利，所以諸事不管當著甩手掌櫃，逍遙自在。他也羨慕起王綰來，因病致仕居家頤養天年，優哉游哉。李斯時年六十五歲，也想找個藉口，請求致仕。可是他不敢，他怕觸怒龍顏。同時他也不願。他早有名言：「詬莫大於卑賤，悲莫甚於窮困。」他勤勤懇懇奮鬥三十多年，好不容易坐上人臣極位的丞相寶座，哪捨得放棄？罷了罷了，辛苦、窩囊、憋屈都得忍受，丞相還是要當的。不當，尊貴會失去，富有會失去，那可不是鬧著玩的。正是：尊貴富有不易兮，安能隨意輕棄之！

李斯唯恐失去尊貴和富有。而秦始皇帝唯恐失去的則是生命。偏偏，秦皇三十六年（西元前二一一年），天象異常，怪事連連，死亡的陰霾像一張大網罩在始皇帝頭頂，罩得他胸悶氣短、淒淒惶惶。先有天象熒惑守心。「熒惑」指火星；「心」，指二十八宿之心宿。古人認為，熒惑乃

妖星，心宿乃天王布政之所；熒惑運行軌道詭異，一旦闖到心宿方位，兆示最為凶險。《開元占經》：「熒惑入列心宿，其國有殃。」「國有殃」說白了，就是皇帝將駕崩，國家將大亂。接著是東郡（今河南濮陽）天降隕石，隕石上有「始皇帝死而地分」七個字。始皇帝派遣御史前往察看，發現七個字乃人工所刻，用心在於詛咒皇上。始皇帝大怒，命追查作案者，無果，再命將隕石所降處附近的黔首全都殺死並將隕石銷毀，以解心頭之恨。及至秋天，更出了一件大怪事。朝廷一位使者，騎馬夜行趕路途經華陰（今陝西華陰），忽見一個黑衣人當道而立，攔住去路，形象詭秘，氣氛陰森。黑衣人將一器物丟在地上，道：「為吾遺滈池君。」使者壯著膽子問：「汝是誰？滈池君又是誰？」黑衣人不答，快步離去，忽又轉身，道：「今年祖龍死。」說罷不見了蹤影。使者嚇得魂飛魄散，抓起地上的器物，驅馬趕往咸陽報告朝廷並呈上器物。始皇帝審視器物，驚得嘴巴張大，說不出話來。原來那器物竟是國家御璽，用和氏璧製作的國家御璽！始皇帝命召丞相驗證。李斯確認那正是國家御璽，八年前投進湘江鎮壓妖祟的，怎麼又現世了？怎麼又回到皇宮？而且完好無損，真不可思議！始皇帝再召博士詢問：「黑衣人是何人？滈池君是何人？」博士們經歷過坑方士事件因而不敢妄言，私下卻議論道：「黑衣人，山鬼也。滈池，滈水之池。滈池君，水神也。大秦國尚水德。山鬼將御璽贈予水神，意謂當今皇帝將崩也。」李斯及多位大臣聽到這番議論，覺得多一事不如少一事便裝聾作啞不敢報告皇帝。祖龍是誰？始皇帝是知道的，是指他自己。那年在長沙郡，李甲唱的歌謠中唱到「敬祖龍，始皇帝」，曾解釋說：「『祖龍』一詞，是當地人對皇上的敬稱。」

熒惑守心，天降隕石，黑衣人語。一句「今年祖龍死」，最令始皇帝心驚心慌，發毛發怵。當時已是八月上旬。按照秦曆，九月底之前屬於「今年」。如果「今年祖龍死」，那麼他的壽命只剩下一個多月了。他無法接受這一事實，暗道：「不！我是秦始皇帝，不能死！不想死！我要避邪！我要抗爭！」如何避邪和抗爭？古人常用的方法是占卜。始皇帝虔誠地戒齋沐浴，焚香禱告，命卜者占卜。占卜卦象曰：遊徙大吉。「遊徙」含「遊」含「徙」兩個方面內容。為了應「徙」，始皇帝命徙遷北河榆中（今陝西榆林）三萬家，皆拜爵一級。此舉很靈，八月，九月，他平安地健康地度過了「今年」。為了應「遊」，他決定再次巡遊，以徹底化解「祖龍死」的惡咒。巡遊，遊向何方？星象家道：「東南有天子氣，皇上宜東南遊以魘禳之。」始皇帝於是決定巡遊東南，而且要在來年的癸丑日就啟程。來年的癸丑日即秦皇三十七年（西元前二一〇年）十月四日，相當於正月初四，年節尚未過完，時令正值初冬。由此可見始皇帝巡遊多麼急迫，反映了巡遊者畏懼死亡、逃避死亡之心是多麼急迫！

第二十六章

沙丘罪惡

巡遊的準備事項非常倉促。皇長子扶蘇在上郡未及召回。右丞相馮去疾連同皇次子稚高等留守咸陽。將軍辛勝統領五萬兵馬，駐防咸陽四周。伴駕高官除李斯、西門綽、胡毋敬外，增加了廷尉蒙毅。始皇帝最小的皇子胡亥，獲准陪同巡遊。郎中令王戊率領三千名衛士護駕。將軍馮劫率領三千騎兵，負責開道和殿後。趙高仍是中車府令兼行璽符令事，領導和指揮十二名宮監宮女，照料始皇帝的飲食起居。胡亥也帶了一名貼身內侍隨行。內侍叫趙成。很少人知道內情，這個趙成恰是趙高的弟弟。李斯、西門綽、胡毋敬等對這次巡遊都是不樂意的，但這是皇上的決定，不樂意又能怎樣？李斯還想進諫趙高不宜兼行璽符令事，可是他怕惹皇帝生氣，話到嘴邊又嚥了回去。

始皇帝鑾駕十一月抵達雲夢（今湖北雲夢），遙祭舜帝。再浮江而下，至錢塘（今浙江杭州），臨浙江。當時的錢塘還是一片與海相連的水域，一片汪洋。在會稽山（今浙江紹興東南），始皇帝拜祭夏禹。李斯又奉命撰文刻石，歌功紀德。其文云：

皇帝休烈，平一宇內，德惠修長。三十有七年，親巡天下，周覽遠方。遂登會稽，宣省習俗，黔首齋莊。群臣誦功，本原事跡，追首高明。秦聖臨國，始定刑名，顯陳舊章。初平法式，審別職任，以立恆常。六王專倍，貪戾慠猛，率從自強。暴虐恣行，負力而驕，數動甲兵。陰通間使，以事合從，行為辟方。內飾詐謀，外來侵邊，遂起禍殃。義威誅之，殄熄暴悖，亂賊滅亡。聖德廣密，六合之中，被澤無疆。皇帝並宇，兼聽萬事，遠近畢清。運理群物，考驗事實，各載其名。貴賤並通，善否陳前，靡有隱情。飾省宣義，有子而嫁，倍死不貞。防隔內外，禁止淫泆，男女絜誠。夫為寄豭，殺之無罪，男秉義程。妻為逃嫁，子不得母，咸化廉清。大治濯俗，天下承風，蒙被休經。皆遵度軌，和安敦勉，莫不順令。黔首修絜，人樂同則，嘉保太平。後敬奉法，常治無極，輿舟不傾。從臣誦烈，請刻此石，光垂休銘。

這便是著名的《會稽刻石》。作為傑出書法家的李斯，陪同始皇帝巡遊，多次奉命撰文刻石。傳世作品有《泰山刻石》（局部）、《琅琊刻石》、《嶧山刻石》及《會稽刻石》等，所有的字都是玉筋鐵線，骨氣豐勻，方圓絕妙。因此人稱從李斯起，中國始有真正的書法藝術。

在會稽郡郡治吳城，有一個年輕大漢遠遠看到威嚴的始皇帝及其盛大的鹵簿，大聲道，「彼可取而代也！」此大漢名叫項羽，原楚國名將項燕之孫，數年後的西楚霸王。

始皇帝巡遊東南，心中時時想著一個地方：琅琊郡。他儘管意識到這世上可能根本就沒有什麼神仙和仙藥，但仍存著一絲僥倖：萬一有呢？徐福等任求仙藥使，求仙藥多少年了？總該有點消息吧？他已不指望像神仙那樣長生不死，只求能吃上一粒產自神山的紅棗，多活上若干年就行。於是命從江乘（今江蘇鎮江）北渡長江，直奔琅琊郡。

此時已是正月，北風呼嘯，滴水成冰。馮湯仍是琅琊郡郡守，恭敬迎接聖駕，並告訴皇上：「徐福等五人，上年從海上歸來，聽說沒能登上神山。」始皇帝問：「那二百名童男女呢？」馮湯答：「聽說都死在海上了。」始皇帝恨得咬牙切齒，下令道：「將徐福等抓來，斬！」奇怪的是徐福等五人臨刑全無懼色。唯徐福長歎道：「勞勞碌碌，功虧一簣，可惜可惜呀！」始皇帝道：「何謂功虧一簣？」徐福冷笑道：「死在臨頭，說有何益？」始皇帝道：「不說？凌遲處死！」徐福這才作驚恐狀，忙道：「我說我說！那年，我等作為大秦國求仙藥使率船隊去海上，其實已見到蓬

萊、方丈、瀛洲三神山了。神山上有許多宮闕，皆為黃金白銀建造，樹木禽獸多為白色。遠望如雲，忽兒浮出海面，忽兒沉到海下。我等發出歡呼，打算靠近神山。哪知突然有兩條巨大無比的鮫魚作祟，掀起狂風巨浪，風浪之大難以想像。頃刻間，所有船隻傾覆，數百人皆落水，葬身魚腹。我等五人因熟習水性，靠一片破碎船板保住性命，漂流到一座荒島上，靠吃野果和生魚活了下來。上年，幸虧遇到一位打漁的老者才得以回到家中。我等將死，需要對皇上說的是：東海上確實有三神山，有神山就必有神仙和仙藥。今後，皇上不論任用誰為求仙藥使，出海時一定要多帶善射者同行，見大鮫魚則以連弩射之。如此，則神山可登，仙人可見，仙藥可得也。」

徐福這番鬼話恰恰說到始皇帝那一絲僥倖處，讓他信也不是，疑也不是，且命將五人關押待後處置。偏巧，他當夜做了個夢，夢見海上海神，長相如人，自己還和海神惡戰了一場，海神處於上風。始皇帝大駭，連夜召占夢博士圓夢。占夢博士大多出身方士，順著徐福的話頭，道：「海神者，海之神也。陛下見之如人，凡夫俗子見之則為大鮫魚也。若能除去此魚，然後神山可登也。」可憐的始皇帝畏懼、逃避死亡，像是個溺水者，即便是一根稻草也要緊緊抓住不放的。他又相信了所謂的大鮫魚說，決心將其除去，為登上神山求取仙藥掃清障礙。為此，他命打造捕捉巨魚的工具，又精選射箭高手千人，親自率領守候在海邊，等待大鮫魚出現以射殺之。李斯、西門綽、蒙毅、胡毋敬等明知此舉荒唐，但無人敢勸諫，唯恐掃了皇帝的興。胡亥由趙成陪同在海邊玩耍，樂不可支。始皇帝和弓箭手們在海邊守候了兩個多月，根本沒見過大鮫魚的影子，人人懊惱，個個沮喪。始皇帝拿徐福等出氣，命將五人斬了。六月，天氣漸熱，始皇帝僅存的一絲僥倖破滅，剩下的只有絕望。鑾駕不得不離開琅琊郡，沿著海邊而行。及至之罘，弓箭手們報告說射殺了一條大魚。

至於大魚是何種魚，是不是大鮫魚，那就誰也說不清了。

始皇帝巡遊在外，歷冬、春、夏季，已是第九個月。旅途勞頓。關鍵是心情，喜怒哀樂、悲歡憂急、忽上忽下，反差極大。當他最終意識到神山不可登，仙人不可見，仙藥不可得時，心氣沒了，精神鬆了，身體也就垮了病了。他病倒的地點叫平原津（今山東平原東南），病勢來得凶猛，脾氣十分暴躁。兩名御醫因醫治無效而遭到殺害。第三名御醫乖巧，一面說明皇上病情嚴重，一面建議派遣重臣祭祀山川，祈求上天賜福賜壽，或許管用。始皇帝當即說：「可。」按理，祭祀應是奉常西門綽的職責。但因趙高痛恨蒙毅而略進讒言，祭祀的差事就落到了蒙毅頭上，理由是蒙毅年富力強，腿腳比西門綽利索。蒙毅行前辭別李斯，再次說到要提防小人物趙高。李斯依然自傲自負，重複前年說過的老話：趙高只是陰溝裡的泥鰍，掀不起大浪。蒙毅反駁不了李斯的觀點。可不是麼？李斯是丞相，巡遊隊伍中的郎中令及其衛士，將軍馮劫及其兵馬，六千多人皆聽其號令，料他趙高也不敢為非作歹；若敢，丞相一聲令下，立刻就會將他碎屍萬段的。

皇帝鑾駕急需趕回咸陽，但又不能太快太急，只能緩慢前行。七月抵達沙丘平臺（今河北廣宗西北），皇帝病情越發沉重。李斯擔心皇帝會死在途中，決定就地駐蹕，安頓皇帝住進當年趙武靈王住過的行宮。這天是李斯最後一次見到始皇帝。只見他面龐瘦削、眼窩深陷、臉色蠟黃、鬚髮蓬亂，眼睛睜開都吃力，往日睥睨天下的雄豪、英武，生殺予奪的霸氣、銳氣蕩然無存。他，就是一個病入膏肓的病人，奄奄一息，隨時都有駕崩的可能。

事到如今，始皇帝仍忌諱「死」字，不相信自己會死，也不安排後事，絕口不提立太子問題。幾位大臣急得團團打轉，但對「死」字都不敢提及，當然更不敢妄奏皇帝的後事。李斯作為丞相，

要為大秦國的江山社稷著想，既要過問皇帝的病情，又要考慮皇帝的後事。但皇帝對此並無明確旨意，所以他的過問和考慮只能暗暗進行。行宮裡，始皇帝、胡亥、趙高、趙成和宮監、宮女住一個院落，李斯、西門綽、胡毋敬等大臣住一個院落。王戊的衛士在行宮周圍嚴密警衛。李斯為預防不測，專門找包括趙高在內的宮監、宮女談話，叮囑要精心侍奉皇帝飲食、睡眠、用藥，要記住皇帝說過的每一句話每一個字，及時向自己彙報。趙高用心險惡，把李斯的談話添油加醋地報告給皇帝。當天便向李斯「彙報」皇帝的一道詔令：「丞相亟望吾死乎？此後，非奉詔，丞相不得入見！」這道詔令是真是假無法得到證明，反正從這一天起，李斯就再未奉過詔，再未見過始皇帝。胡亥原先常到李斯處說說父皇病情，從此再也沒進過丞相等所住的院落。

趙高實際上已掌控了始皇帝，並以皇帝的名義對郎中令王戊、將軍馮劫發號施令了。王戊異常氣憤地來找李斯，主張殺死趙高以剷除禍患。李斯嚇得直搖頭直擺手，說：「不可不可，萬萬不可！殺趙高等於發動兵變，皇上怪罪下來，我等逃脫不了干係！」王戊氣得跺腳，離去時甩下一句話：「丞相是不見棺材不落淚！」

李斯這時才真正感受到趙高是個威脅、是個禍害。蒙恬、蒙毅提醒他要提防趙高，他卻不當回事。王戊主張殺趙高，他又怕狼怕虎地不予贊同。那麼到底該怎麼做呢？他儘管足智多謀，但想破腦袋也想不出個切實可行的辦法來。他很焦慮，卻又束手無策，末了只能寄希望於趙高，希望那人良心未泯，切莫做出豎刁亂齊、伊戾亂宋那樣傷天害理、禍國殃民的事情來。

從某種意義上說，趙高的焦慮更甚於李斯。他的生母是個妓女，他的生父不知是誰。他和兩個弟弟自小就被閹割成了宦官。宦官身分卑微，幹苦活、服雜役、當奴才，侍奉各式各樣的主子，說話做事都得看主子的眼色，仰承主子的鼻息。宦官因是「刑餘之人」，不能娶妻、不能有家，由於身體的殘疾注定要斷子絕孫。趙高是宦官中的幸運兒，有幸到了秦國，到了秦始皇帝身邊，逐漸得到信任與重用。他娶妻犯法，蒙毅將他定了死罪。始皇帝卻赦免了他，又命他任中車府令，兼行璽符令事。他整天伺候在皇帝身邊，掌管著御璽、符節、詔書等事，權勢與能量大得驚人。他一句話就能讓皇帝改變主意，祭祀山川的重臣由西門緈改作蒙毅。蒙毅是他的眼中釘肉中刺，讓其滾得越遠越好。他再一句話，就能讓皇帝懷疑李斯對他產生反感，宣布「非奉詔，丞相不得入見」。這不？李斯已多日沒見過皇帝的面了。趙高之所以焦慮，是因為他最清楚始皇帝命懸一線，一兩天內肯定線斷命絕。而始皇帝此時此刻還不安排後事、不立太子，實在令人不解。他焦慮始皇帝不立太子，一旦駕崩，根據嫡長子繼承制，扶蘇必繼承皇位成為皇帝。那時，蒙恬、蒙毅兄弟必獲重用，自己這個「小人物」則必死無疑。他設想，如果換個人當皇帝，比如胡亥，那將會是另一種光景。胡亥是由他架在脖子上玩耍長大的，且是他的「學生」。他若能擁立胡亥為太子為皇帝，那麼他就立了蓋世奇功，胡亥定會感激他報答他，進而信賴他和倚重他的。他不僅性命無虞，而且定會出人頭地，堂而皇之地任高官封顯爵，享受潑天的榮華富貴。大凡宦官，身體畸形，心理同樣畸形。趙高自有了這樣的設想之後，像著了魔似的時時刻刻都在幻想，他已不再是什麼手執拂塵、點頭哈腰的趙公公，而是金印紫綬、懸玉佩劍、出入朝堂，輔佐皇帝斷決國事的大人物，甚至有一天也穿上兖服，戴上冠冕……

丙寅日子夜，天氣悶熱，烏雲蔽空，不見星月。虛弱至極的始皇帝，躺在一間大房的大床上，終於感覺到死神正微笑著向他走來，說要領他去另外一個世界。他這才認識到死亡是無法逃脫的，

剩還有一口氣在，需要安排一下後事。他喚來趙高，命草擬詔書給正在上郡監軍的皇長子扶蘇，口授道：「以兵屬蒙恬，與喪，會咸陽而葬。」趙高將這十二個字寫在黃綾上，頓感身心冰涼。「與喪」就是主喪。扶蘇既然主喪，不言而喻就是欽定的皇位繼承人，就是二世皇帝。若此，他趙高就死定了。始皇帝吩咐用印。趙高雙手發抖在詔書上蓋上國家御璽大印和皇帝御璽大印。始皇帝又吩咐：「密封待發。」待發？趙高聽了這兩個字，心中又略略一寬。詔書待發，由自己保管，那就還有迴旋的餘地！皇帝又沉沉睡去。趙高剛準備離開，卻又見始皇帝醒了過來，大口喘氣，嘴脣蠕動著好像說什麼。趙高知道這是迴光返照，忙問：「皇上有何口諭？」始皇帝口齒不清地嗚嗚發聲。但趙高聽清了，那是說：「召丞相，發詔書。」趙高卻故意裝出著急的樣子，把耳朵貼近始皇帝嘴巴，說：「皇上想說什麼？奴才聽不明白。」始皇帝已說不出話來，微微抬起一隻手指向門外，手在空中停頓片刻，無力垂下，隨即雙眼閉上呼吸停止。

中國歷史第一位皇帝，至高無上的皇帝、叱吒風雲的皇帝，自以為受命於天、無所不能的皇帝嬴政，在一座破敗的行宮裡，在身邊無一親人陪伴的情況下孤寂地、悽惶地死了。死年五十歲。

始皇帝斷氣時，只有趙高在場。趙高面對一具遺體，站立許久才使出竅的靈魂得以歸位。他步出大房，對守候在外間的六名宮監說：「皇上崩了。」宮監跪地，不敢出聲。趙高厲聲說，「此事絕密，非同小可，切不可洩露消息，敢洩露者，罪死！誅家滅族！」趙高命六名宮監分作兩班，輪流看護皇上遺體。約莫丑時，逕去敲開胡亥的房門。

胡亥睡眼惺忪，詢問何事？趙高說：「皇上剛才駕崩，奴才特來報知公子。」胡亥大驚，張嘴想要哭泣。趙高急忙將其止住，出示皇上遺詔，說：「現在不是哭泣的時候！皇上駕崩，沒見分封諸位皇子，獨賜詔書與扶蘇，這是何意？扶蘇回咸陽主喪，必然繼位為皇帝。那麼公子你呢？一無軍功，二無封地，豈不可慮？」胡亥沒有聽出趙高話裡的意思，說：「這有什麼可慮的？明君知臣，明父知子。父皇捐命，不封諸子，諸子自當服從，何敢妄議！」趙高說：「公子錯了！方今天下大權、存亡全在你、我和丞相三人手中，願公子圖之。須知臣人與見臣於人，制人與見制於人，豈可同日而語哉！」胡亥心地還是單純的，聽出趙高話裡有話，說：「子懼不孝，毋懼不得立，修己而不責人，則免於難。汝幸勿再言。」趙高乾脆把話挑明，說：「皇上已崩，公子當自謀。奴才不才，可廢扶蘇，立公子為二世皇帝，君臨天下。機不可失，失不再來，公子復何疑哉？」胡亥仍然推辭，說：「廢兄立弟，是不義也；不奉父詔而畏死，是不孝也；學薄才疏，因人求榮，是不能也。不義、不孝和不能三者都是背德之行徑，如若妄行，必然天下不服，身殆傾危，社稷不得安寧。」趙高見胡亥是個死不開竅的榆木疙瘩，不由冷聲說：「得了得了！自古以來，臣殺君、子殺父的大有人在，誰說他們不忠不孝來著？凡事大行不顧小謹，盛德不矜小讓，事貴達權，哪能墨守？顧小忘大，後必有害；狐疑猶豫，後必有悔；斷而敢行，鬼神避之，後必成功。我勸公子聽從奴才計謀，不然悔之莫及。」胡亥畢竟年少，經不起權力的誘惑，無須出力就能當上皇帝，何樂而不為？但他深有顧忌，說，「此事非小，如何能成？」趙高說：「不與丞相謀，事誠不能成。奴才請為公子與丞相謀之，將他拉到你我這邊來。」胡亥仍然猶疑，說：「今大行未發，喪禮未終，豈宜以此事告丞相哉！倘若丞相不許，恐怕……」趙高斷然說：「時乎時乎，間不及謀！贏糧躍馬，唯恐後時！公子勿憂也。奴才往說丞相，必保大事可成。」胡亥見趙高把話說到這個份上，樂得點頭同意。

寅初，趙高又去敲開李斯的房門。趙高在李斯跟前不敢造次，尊稱李斯為「君侯」，自稱「小人」。他說：「報告君侯，皇上剛才駕崩了。」李斯對此早有心理準備，並不感到驚訝，問：「皇上可曾留下遺詔？」趙高答：「留下了，現在公子胡亥處。」李斯顯得不快，皇上遺詔首先應當交給他丞相，焉能給了胡亥？他說：「走！先看皇上遺詔去！」趙高忙說：「君侯且慢，小人有話要說。」李斯面色冷峻，說：「講！」趙高並不介意李斯的態度，說：「皇上駕崩，賜長子書，與喪，會咸陽而立為嗣。書未發出，今皇上已崩，未有知者也。定太子在君侯與小人之口耳。事將何如？」李斯勃然變色，說：「安得亡國之言！此非人臣所當議也！」趙高不懼李斯變色，說：「君侯自料能力孰與蒙恬？功高孰與蒙恬？謀遠不失孰與蒙恬？無怨於天下孰與蒙恬？長子舊而信之孰與蒙恬？」

《史記．李斯列傳》記述李斯的回答：「此五者皆不及蒙恬，而君責之何深也？」這一記述恐怕有誤。因為「此五者」，李斯均在蒙恬之上，他不會違心地說「皆不及蒙恬」。李斯抑或是故作謙遜？恐怕也未必。因為李斯素來小覷趙高，根本沒有必要謙什麼遜。李斯正常的回答應當是冷笑反問：「哦？那麼依你之見，我這五個方面，孰與蒙恬？」這一反問，問得趙高很是窘迫，半晌才喃喃說：「五個方面，蒙恬皆不如君侯。」李斯向來是自傲自負的，說：「本相輔佐皇帝，兼併六國、一統天下，加強中央集權，維護國家統一，迄今三十餘年，其能其功世所公論，何人能及？蒙恬、蒙毅兄弟乃我門下故吏，敬我如同尊長和恩師。而汝卻拿蒙恬來比我嚇我，豈不可笑？」趙高聽李斯提到蒙毅更覺難堪，趕忙把話題拉回到定太子問題上，說：「小人的意思是，皇上駕崩，詔書未發，無知者也。定太子之事可以商量。」李斯聲色俱厲，說：「皇上既然獨賜長子扶蘇書，立其為太子已是了然。你我謹遵皇上遺詔就是，何用商量？商量什麼？」趙高再次把話挑明，說，「小人以為，立扶蘇為太子，不若立胡亥為太子。願君侯考慮。」李斯大怒，說，「口出悖逆之語，汝欲死乎？」

趙高身分處於劣勢，很有可能被丞相大人處死，他不但不害怕，反倒沉穩和強勢起來，不再自稱「小人」，改而自稱「我」，說：「俗云：同欲者相憎，同憂者相親。我與君侯實有同憂，是以不敢不言。我欲立胡亥非只為自謀，也是為君侯著想也。」他不待李斯插話，又說：「我趙高本為內官之廝役也，幸得以刀筆之文進入咸陽宮，管事二十餘年，未嘗見秦國免罷丞相功臣有封及二世者也，最終大多誅亡。皇上共有二十餘子，皆君侯所知。長子扶蘇剛毅而武勇，信人而奮士，即位必用蒙恬為丞相，君侯終不懷通侯之印歸於鄉里，明矣！趙高受詔教習胡亥，使學以法事數年矣，未嘗見有過失。慈仁篤厚，輕財重士，辯於心而詘於口，盡禮敬賢，秦之諸子未有及此者，可以為嗣。」趙高接著分析扶蘇、胡亥為皇帝，對於李斯的利害得失。大意是：扶蘇頌法孔子，當國後必然廢棄法家路線及其法度，改而崇奉儒家路線，變以法治國為以禮治國。到那時，君侯之政在現在以為是功，在扶蘇則以為是過。大秦國時下弊政多端，民怨四起，日甚一日。扶蘇當國，必然追究罪責，不敢歸罪於父皇，卻完全可以歸罪於丞相。君侯之功，轉成君侯之過；他人之罪，也必移為君侯之罪。請君侯自思，那會是個什麼結果？商鞅、呂不韋之前例，猶歷歷在目啊！再則，君侯遵皇上遺詔，立扶蘇為皇帝，只是遵詔而已，何功之有？如果君侯改立胡亥為皇帝，那就是擁立之功，元勳般的巨功至德，可比周公。試想，胡亥當國，會虧待君侯麼？肯定不會！趙高深知君侯是十分看重功名利祿和榮華富貴的，君侯只要擁立胡亥為太子為皇帝，那麼君侯的功名利祿和榮華富

貴定會更上層樓，君侯諸子如李由、李甲等列位三公九卿也是指日可待之事……趙高滔滔地分析一通之後說：「我請君侯計而定之。」

追求功名利祿和榮華富貴，是李斯人生的目標，入仕的動力。趙高用一雙火眼金睛看透了李斯的這一弱點，委婉地將它揭示出來。李斯略顯緊張，說：「君其反位！李斯奉主之詔，聽天之命，何慮之可定也？」趙高聽李斯改稱自己為「君」，心中暗喜，說：「安可危也，危可安也。安危不定，何以貴聖？」李斯方寸有點失守，說：「李斯，上蔡閭巷布衣也，皇上幸擢為丞相，封為通侯，子孫皆至尊位重祿者，故將以存亡安危屬我也。豈可負哉！夫忠臣不避死而庶幾，孝子不勤勞而見危，人臣各守其職而已矣。君其勿復言，將令李斯得罪。」趙高偏偏「復言」，且越言越勇，說：「蓋聞聖人遷徙無常，就變而從時，見末而知本，觀指而睹歸。物固有之，安得常法哉！方今天下之權命懸於胡亥，趙高能得志焉。且夫從外制中謂之惑，從下制上謂之賊。故秋霜降者草花落，水搖動者萬物作，此必然之效也。君侯何見之晚？」李斯立場鬆動，說：「吾聞晉（晉獻公）易太子，三世不安；齊桓（齊桓公）兄弟爭位，身死為戮；紂（商紂王）殺親戚，不聽諫者，國為丘墟，遂危社稷：三者逆天，宗廟不得安寧。李斯其猶人哉，人道守順，豈能為此逆謀？」趙高感覺到勝利在望，加重語氣說：「上下合同，可以長久；中外若一，事無表裡。君侯聽我之計，即長有封侯，世世稱孤，必有喬、松之壽，孔、墨之智。今釋此而不從，禍及子孫，足以為寒心。善者因禍為福，君侯何處焉？」李斯的思想防線徹底垮了，仰天而思，從目前想到日後，從自己想到兒孫，沉默良久，垂淚歎息道：「嗟乎！獨遭亂世，既以不能死，安託命哉！」

趙高的暗喜變作狂喜。李斯有私心有貪欲。趙高精準地抓住要害，說以利害得失關係終於說服了李斯，成功地將丞相大人拉到了胡亥和自己一邊。趙高興沖沖回報胡亥，並已稱胡亥為「太子」，說：「臣請奉太子之明命以報丞相，丞相李斯敢不奉令！」

丙寅日之夜足夠漫長。卯初，應李斯所請，胡亥、趙高陪同他一起去那間大房，跪拜始皇帝遺體。李斯含淚叩頭，內心有悲傷、有愧疚、有迷茫。悲傷，是因為他追隨、輔佐始皇帝三十餘年，君臣如友，乍然間陰陽兩隔，情何以堪。愧疚，是因為始皇帝屍骨未寒，他就為一己私利背叛了逝者，登上了胡亥、趙高的賊船。迷茫，是因為他看不清未來。未來相當模糊、虛幻，胡亥果真能成為他新的靠山麼？他及兒子們的地位、權勢、富貴果真能保住麼？他一面叩頭，一面在心裡說：「皇上呀！事已至此無可挽回，對不起了，唯請體諒和原諒吧！」隨後，李斯和胡亥、趙高結成一個罪惡的謀逆集團，開始了一場罪惡的謀逆政變。在這個集團裡，胡亥是核心，趙高是主角，李斯只能充當配角——絕對不可缺少，起著樞紐作用的配角。

夜色深沉，這三人聚集在胡亥房間裡緊急謀劃與行動。一、隱瞞始皇帝死訊，秘不發喪，以防消息傳出而引發事變。二、焚燒始皇帝遺詔，毀滅謀逆的罪證。三、偽造兩道始皇帝詔書。一道，賜予丞相李斯，命立胡亥為太子。一道，賜予公子扶蘇，命其和蒙恬自殺。書云：「朕巡天下，禱祠名山諸神以延壽命。今扶蘇與將軍蒙恬將師數十萬以屯邊，十有餘年矣，不能進而前，士卒多耗，無尺寸之功，乃反數次上書，直言誹謗我所為，以不得罷歸為太子，日夜怨望。扶蘇為人子不孝，其賜劍以自裁！將軍蒙恬與扶蘇居外，不匡正，宜知其謀。為人臣不忠，其賜死，以兵屬裨將王離。」李斯和蒙恬的關係至為親密，不忍心讓蒙恬枉死，說：「蒙恬統領著三十萬大軍屯邊拒胡，重任在肩，吾以為不宜賜死。」趙高草擬著詔書，惡惡地說：「正因為蒙恬統領著三十萬大

軍，所以更必須賜死。不然，此人興兵作亂或振臂一呼天下回應，我等都得完蛋，懂嗎？」李斯目視胡亥，指望胡亥支持自己。誰知胡亥卻說：「趙君之言是也。」李斯愕然，由此認識到了謀逆集團中三人，胡亥和趙高始終是站在一起的。兩道詔書擬就，趙高蓋上璽印。李斯看著鮮紅的四方印文，彷彿看到了淋漓的鮮血，那是扶蘇和蒙恬屍身上的血！四、指派胡亥的貼身內侍趙成為使者，由兩名衛士護衛攜帶詔書，騎快馬馳往上郡。為了顯示使者的身分，趙高特地把始皇帝生前所佩的太阿劍交給趙成。太阿劍是始皇帝專用劍，劍到處如皇帝親臨，持劍者對膽敢抗旨者有權格殺勿論。

趙成上路，天色微明。胡亥、李斯、趙高的心懸到半空，難料吉凶。李斯通知王戊、馮劫，車馬做好準備待命啟程。丁卯日，祭祀山川的蒙毅回歸，擬向李斯彙報祭祀情況。忽然，幾名持刀衛士出現，聲稱奉旨，不容分說便將蒙毅逮捕，關進代郡監獄（今河北蔚縣境）。西門綽、王戊、胡毋敬等聞訊前來詢問李斯，蒙毅犯了何罪？李斯明知這是趙高公報私仇要置蒙毅於死地，卻又無法明說，只能推說可能是皇上的旨意。李斯這時想起尉繚為蒙恬、蒙毅和自己相面說過的話，不禁打了好幾個寒戰。

趙成到達上郡，直入蒙恬軍部宣讀偽詔。扶蘇跪聽第一道偽詔尚能接受，父皇立幼弟胡亥為太子，自己認命，不持異議。再聽第二道偽詔，直覺得天旋地轉、日毀月滅。他看詔書，詔書上鮮紅的大印是真的，既有國家御璽印文，又有皇帝御璽印文。他看使者，使者所捧的長劍是真的，確係父皇的太阿劍。他無從分辯，進入內舍便欲自殺。蒙恬本能地覺得事情奇怪，亦進內室，並勸阻說：「陛下居外，未立太子，令臣將三十萬眾守邊，公子為監，此天下重任也。今一使者來，即令自殺，安知其非詐？請復請，復請而後死未為遲也。」扶蘇一聽，起了疑心。怎奈趙成受了趙高密囑，手捧太阿劍，一再高聲催促奉詔。扶蘇愚仁愚孝，痛哭著對蒙恬說：「父賜子死，子不得不死，尚安復請！」說罷，以劍自刎身亡。死年三十二歲。趙成進而催促蒙恬奉詔自盡。蒙恬可不願糊裡糊塗就死，怒視趙成，解下佩劍丟在地上，叱道：「蒙恬在此，要我性命，使者自取！」蒙恬乃名將，驅胡拒胡，修築長城和直道，功高天下，手握重兵，凜然不可侵犯。趙成心虛膽寒，不敢來硬的，只好讓其交出兵權，且入陽周監獄（今陝西子長境）關押，等候聖裁。

趙成還報。胡亥、趙高大喜。李斯喜中有悲有愧。皇帝鑾駕終於再次啟動。始皇帝遺體載於轀涼車內，由六名宮監中的一人駕馭，任何人不得靠近。飲食，供奉如故。官員照樣奏事，但當下都得不到回答，事後由李斯或趙高代替皇上答覆。為了行程的快捷，李斯和趙高決定取道井陘（今山西井陘口）、九原，經由直道直奔咸陽。時值酷暑，烈日炎炎。始皇帝遺體已開始腐爛，發出異樣的臭味，聞者無不掩鼻。這很容易使人想到，轀涼車所載的不是活人，而是死人。李斯和趙高緊急磋商，命用一輛金根車載一石腐爛發臭的鮑魚，跟隨在轀涼車後面，其臭勝過屍臭。此舉欲蓋彌彰，巡遊隊伍中的多數官員和軍士都猜測到始皇帝實際上已經駕崩，而且駕崩已有數日了。

馬隊車隊火急火燎，日夜兼程地趕路，七月底總算回到咸陽。轀涼車直接馳進咸陽宮儲藏冰塊的冰室，始皇帝遺體被冰凍了起來。隨即發喪，通告天下，始皇帝於丙寅日駕崩，留有遺詔立少子胡亥為太子。太子胡亥當天即位，是為秦二世皇帝，簡稱秦二世。

這一切令人猝不及防，令人瞠目乍舌，令人難以接受。但木已成舟，改變不了了。沙丘政變，孕育出一個政治怪胎——秦二世皇帝，時年十二歲。《史記．秦始皇本紀》有兩處記載了秦二世的

年齡。一處云：「二世皇帝元年（西元前二〇九年），年二十一。」那麼上年即始皇帝駕崩之年，胡亥即皇帝位時應是二十歲。這一記載可能有誤。如果無誤，那就等於說，始皇帝是在三十歲時有了「少子」胡亥的，從那以後，他後宮的眾多妃嬪，再未生過男孩，或生的男孩全都夭折了，這顯然不合情理。另一處云：「惠文王生十九年而立。……二世生十二年而立。」此段文字記載了從秦惠文王到秦二世共七位君王即位時的年齡，其中前六位都是正確的，那麼第七位秦二世也應當是正確的。秦二世即位後曾說：「朕年少，初即位……」《史記．李斯列傳》亦記載秦二世的話云：「朕少失先人，無所識知……」「年少」和「少」兩個詞語，也足以說明他是個少年皇帝，而非成人皇帝。胡亥登上皇帝寶座。李斯仍任左丞相封通侯，保住了官爵也就保住了功名利祿和榮華富貴。趙高是最大的受益者，取代致仕的王戊，出任九卿中實權最重的郎中令。趙成仍是秦二世的貼身內侍。趙尚升任宦者令，總管數千名宮監宮女。這樣一來，大秦國的心臟咸陽宮，就完全成了趙氏三兄弟的天下。當時的急務是治喪。所以所有的不解、困惑、懷疑、矛盾都得擱起，且把冰凍著的始皇帝埋葬進驪山陵再說。

第二十七章

黃連苦酒

埋葬秦始皇帝，秦二世皇帝胡亥自然是主喪，而實際操作者則是丞相李斯。由於一切都很突然，所以整個八月由李斯坐鎮，將作少府章邯協助，朝廷、咸陽、驪邑的官吏們忙得天昏地暗。驪山陵從始皇帝即秦王位那一年起就開始建造，歷時三十七年，是年九月終於等來了它的主人。《史記·秦始皇本紀》記述：「九月，葬始皇驪山，……穿三泉，下銅而致槨，宮觀百官，奇器珍怪，徙藏滿之。令匠作機弩矢，有所穿近者輒射之。以水銀為百川江河大海，機相灌輸，上具天文，下具地理。以人魚膏為燭，度不滅者久之。」——這僅是地宮裡的情況，其深其廣、其奢其詭難以想像。始皇帝遺體是腐爛了的。至於死者如何穿戴，如何大殮，工匠們如何將極大極重的棺槨運進地宮等細節，那就不得而知了。

始皇帝後宮的妃嬪統稱美人，數以千計萬計，她們是「皇上的女人」，是不能再嫁他人的。秦二世倒是「孝順」，說：「先帝後宮非有子者，出焉不宜，當從死。」趙成將此詔令傳達給李斯。李斯驚得不敢相信，遲遲疑疑地說：「那麼多人，這……」趙成傲傲地說：「丞相欲抗旨麼？」李斯忙說：「不敢不敢！臣遵旨就是！」於是，他命宗正嬴洪帶領衛士進入後宮核查，凡是沒有生育過皇子皇女的，全都為始皇帝殉葬。頓時，朝歌夜弦、香脂飄溢的後宮，天翻地覆地亂套了。雪膚花顏的美人沒了風姿、失了矜持，披頭散髮地哭泣哀號、詛天咒地，罵朝廷、罵皇上，拋撒金玉首飾，焚燒綾緞衣裙，撞牆的、上吊的、投井的，玉殞香銷，屍體橫陳，誰也說不清到底死了多少人。封陵之日，趙成又傳旨給李斯：「工匠們最熟悉地宮寶藏，如果活著日後可能會盜墓或洩露機密，當殺之。」李斯又是驚得不敢相信，說：「工匠們可都是傑出人才，科技精英……」趙成還是那句話：「丞相欲抗旨麼？」李斯還是忙說：「不敢不敢！臣遵旨就是！」於是他命章邯照辦，地宮裡正在勞作，突然關閉中門、外門，致使眾多工匠無法撤出而活活悶死，也成了陵墓主人的殉葬品。那幾天，李斯的精神有些恍惚，時時審視雙手。他沒有親手殺人，但總覺得雙手血淋淋的，血污血腥，怵目驚心。

驪山陵的陵塚仍在構築中。多個兵馬俑陪葬坑已用黃土深埋。數年後，項羽焚燒驪山陵，燒毀的只是陵園的地面建築，地宮和兵馬俑陪葬坑並未遭到破壞。驪山陵後世稱秦始皇陵，簡稱秦陵，時至今日仍靜靜聳立在驪山北麓、渭河南岸，現存高度為四十六米。按照常例，秦陵裡應有一塊碑石，碑上刻文相當於墓誌銘，歌頌始皇帝一生的功德。這篇大文章，別人不敢寫不配寫，想來只能由李斯捉筆。文如其人，言為心聲。李斯背叛了始皇帝，又要撰文歌其功頌其德，他怎麼下筆呢？他好意思寫麼？他所寫的由衷麼？秦陵尚未開發，碑石尚未現世，這不得而知。或許未來的某年某日，人們在驚歎秦陵地宮的天大秘密時，也能欣賞到李斯的奇文吧？西元一九七四年，臨潼農民打井，意外發現了深埋在地下兩千多年的秦陵兵馬俑陪葬坑。一九七九年在兵馬俑坑遺址上建成秦始皇兵馬俑博物館。經發掘，已知有一、二、三號坑，呈「品」字形排列。一號坑為步兵俑坑，二號坑為騎兵、弩兵、戰車俑坑，三號坑為統帥俑坑。三個坑共出土七千多個陶俑、四百多匹陶馬、一百多乘戰車和數十萬件兵器。所有陶俑陶馬皆模擬人和真馬，用陶冶方法燒製，做工精細，形象生動，雕塑藝術與彩繪藝術完美結合，巧奪天工，美輪美奐。三個坑合成一體，場面宏大，氣勢磅礴，儼然再現了秦始皇帝蕩平六國、統一天下，威武雄壯、強大顯赫的軍旅陣容。這一發現震驚了世界，譽稱「世界第八大奇蹟」，入選《世界文化遺產名錄》。

將秦始皇帝埋葬進驪山陵，世人也就進入新的一年——二世皇帝元年。少年皇帝胡亥是個金玉

其外的花花公子，當皇帝之前和當皇帝之後，從思想、作為到生活，所信任所依賴所重用者只有趙高。他離開趙高就手足無措，不知該做什麼和該怎樣做，甚至不知該怎樣說話。而趙高這個閹賊，心理陰鷙、睚眥必報、手段凶狠，毫無道德底線可言。他侍中用事，想到的第一件事是報仇，先報蒙毅曾定他死罪之仇。現在報仇對他來說十分容易，只要藉皇帝之口就行，因而對胡亥說：「臣聞先帝欲舉賢立陛下為太子久矣，而蒙毅卻曰『不可』。若知賢而逾久不立，則是不忠而惑主也。以臣愚意，不若誅之。」胡亥一聽此話自是大怒，立命御史曲宮前往代郡監獄賜死蒙毅。嬴氏宗室成員，曾任宗正而被罷職的子嬰，論輩分當是胡亥的皇叔，為人還算正直，獲知消息連夜進謁胡亥，諫道：「臣聞故趙王趙遷殺其良臣李牧而用顏聚，燕王姬喜陰用荊軻之謀而背秦之約，齊王田建殺其故世忠臣而用后勝之議。此三君者，皆各以變古者失其國而殃及其身。今蒙氏，秦之大臣謀士也，而皇上欲棄去之，臣竊以為不可。臣聞輕慮者不可以治國，獨智者不可以存君。誅殺忠臣而立無節行之人，是內使群臣不相信，而外使鬥士之意離也，臣竊以為不可。」胡亥不免猶疑，詢問趙高。趙高說：「陛下和皇叔，汝為君他為臣。君若因臣之諫而改變決斷，威權何來？」胡亥一聽也是，忙說：「那就不變！」命曲宮立即啟程。曲宮見到蒙毅，宣讀詔令，實是宣讀趙高所進的讒言。蒙毅下獄後已知始皇帝駕崩，新皇帝叫胡亥，那個小人物趙高已是執掌重權的大人物郎中令。他大呼冤枉，辯白先帝從未跟自己說過立太子之事，即便說過，自己也不敢表態，所謂『不忠而惑主』的罪名純係子虛烏有。本廷尉無罪，無罪！」曲宮也知蒙毅無罪，但他是奉詔辦差，趙高亦有授意，故說：「吾但奉詔而行。廷尉所言，非吾所當知也。」遂將蒙毅殺害於獄中。

趙高下一個報仇對象是蒙恬。因為蒙恬是蒙毅之兄，胡亥曾流露過要將其釋放的意思。趙高再進讒言。胡亥言聽計從，又命曲宮前往陽周監獄賜死蒙恬。曲宮宣讀詔令：「君之過多矣，而卿弟蒙毅有大罪，法及內史。其賜死。」蒙恬知蒙毅已慘死，也知皇帝已換了人，賜蒙毅和自己死的是小皇帝胡亥，真正的凶手是趙高。主少閹奸，暗無天日。他滿腔悲憤，對曲宮說：「自吾先人，及至子孫，積功信於秦三世矣。今臣將兵三十餘萬，身雖囚繫，其勢足以背叛，然自知必死而守義者，不敢辱先人之教，以不忘先帝也。」他講述了周公姬旦的事蹟，又說：「夏桀殺關龍逢，商紂殺王子比干而不悔，身死則國亡。臣故曰過可振而諫可覺也。察於參伍，上聖之法也。凡臣之言，非以求自免於咎也，將以諫而死，願陛下為萬民思從道也。」蒙恬是想面見胡亥，進諫之後再死的。曲宮不敢答應，說：「吾受詔行法於將軍，不敢以將軍之言聞於皇上也。」蒙恬喟然歎道：「我何罪於天，無過而死乎？」他接著想起一事，不由仰天大笑，說：「當年，方士盧貢入海求取仙藥，取回一片樺樹皮，上寫『亡秦者胡也』。先帝以為此讖言之『胡』乃胡人匈奴，故有驅胡拒胡、修築長城之舉。如今看錯矣！『亡秦者胡也』，此『胡』其應實在胡亥。亡秦者，必胡亥也。」曲宮遞上鴆酒。蒙恬接過一飲而盡，倒地斃命。

胡亥和趙高殺害蒙毅、蒙恬，丞相李斯一無所知。他在事後知曉，深感義憤，一面覺得自己被架空了，一面覺得蒙氏兄弟死得憋屈、死得冤枉。他很想去找胡亥和趙高，責問為什麼要這樣幹？怎能這樣幹？這是殘殺功臣宿將，自毀江山社稷，懂嗎？可是他思來想去，覺得找也是白找，還是裝聾作啞為好。自從沙丘謀逆之日起，他和胡亥、趙高已經結成鐵三角關係，彼此是同一個戰壕的戰友，臉面還是要顧的，和氣還是要講的。他閉上眼睛，彷彿看到了蒙氏兄弟倒在血泊中，耳畔又響起尉繚的聲音：「你們三人面相大體相同，有喜有憂……」現在想來，那個「小人物」明顯是

指趙高，「直至」後面明顯是「喪及性命」四字。這，蒙恬、蒙毅曾提醒過自己的，而自己全不介意。如今趙高已使蒙恬、蒙毅喪了性命，那麼下面恐怕就該是自己了。他心慌意亂、六神無主，他同時又不大服氣，咬著牙說：「趙高！我還不信，你一個閹貨，竟會是我李斯的剋星！」

咸陽宮羲和殿裡，胡亥和趙高每天都在密謀大事。只是兩人密謀，李斯被排除在外。這天，胡亥說：「朕年少，初即位，黔首未集附。先帝巡遊郡縣以示強，威服海內。今朕晏然不巡遊似乎見弱，難以臣服天下。」趙高說：「這好辦！那就仿效先帝，巡遊！」於是仲春二月，二世皇帝也巡遊了。始皇帝巡遊，李斯參與規劃。胡亥巡遊，只由趙高一人安排。他安排，從不管事的右丞相馮去疾留守咸陽，年邁多病的將軍辛勝率五萬兵馬駐防咸陽周圍。陪同巡遊的高官只有李斯。再就是趙高，尊為郎中令，統領三千名衛士護駕，兜鍪鎧甲，騎馬佩劍，威風而又神氣。統領三千名兵馬開道和殿後的將軍仍是馮劫。馮劫本不想幹這件差事，怎奈趙高鼓動李斯登門相請，他才勉為其難答應。趙氏三兄弟已經掌控了咸陽宮大權，趙高猶不滿足，通過胡亥把京城咸陽從內史中劃出，單列為縣，任用閻樂為咸陽令。閻樂為何人？趙高為其養女招的上門女婿是也。於是趙高實際上就又掌控了京城的大權。

北方的二月還很寒冷。烏雲滿天，朔風凜冽，積雪融化，放眼不見綠色，景象蕭索。巡遊的車隊馬隊行進在廣袤的原野上和漫長的馳道上，儘管有六千多兵馬仍顯得單調和死寂，全無生氣。胡亥巡遊的目的，只是為了「示強」，表明他是皇帝。熱衷於此遊的只有趙高，狐假虎威，頤指氣使。各地的郡守縣令可不買帳，私下都在詢問：一個小屁孩是怎樣坐上皇位的？更鄙夷趙高，一個閹貨，怎麼就任郎中令，列位九卿？他們接待皇上看似熱忱和恭敬，其實是虛與委蛇，能敷衍的就敷衍，能馬虎的就馬虎。胡亥、趙高自覺無趣，只能馬不停蹄地從江南的會稽郡巡遊到渤海邊的右北平郡，一路走馬看花，把時間全花在了路上。李斯時年六十八歲，整天顛簸，暈頭轉向，骨頭都快散架了。在會稽山、琅琊臺、碣石等地，李斯就像陪伴始皇帝巡遊一樣，也要撰文並刻石，歌二世皇帝之功，紀二世皇帝之德。二世皇帝有何功德？李斯無從下筆。趙高提示可以突出「擇賢立嗣」的主題，意謂胡亥「賢明」，所以才被先帝選定為嗣君的。這是蓄意掩蓋沙丘罪惡，混淆視聽，欺騙世人！四月，巡遊隊伍筋疲力竭地回到了咸陽。

這兩個月裡，咸陽暗潮湧動，氣氛詭異。世上沒有不透風的牆，沙丘謀逆，何等機密？可始皇帝駕崩前後的情況還是被透露出來並流傳開來。大意是說：始皇帝在彌留之際是留有遺詔的，遺詔命立扶蘇為太子並繼承皇位。始皇帝駕崩，只有趙高及幾名宮監知情。趙高為了自身的利益，窮凶極惡地隱瞞消息，先和胡亥結盟，繼拉李斯入夥，三人結成謀逆集團，實施了政變。他們決定秘不發喪，毀掉始皇帝遺詔，另外炮製偽詔立胡亥為太子，派趙成前往上郡賜死扶蘇和蒙恬。扶蘇自盡，蒙恬入獄，他們返回咸陽。途中，始皇帝遺體腐爛發臭，這才有車載鮑魚以臭亂臭的舉措。胡亥成為二世皇帝，重用親信趙高。趙高大權在手便把仇來報，殺死蒙恬、蒙毅兄弟……

應當說，群眾的眼睛是雪亮的。他們並沒有掌握真憑實據，僅憑流傳的少許訊息進行常規推理，從而揭示出最接近事實真相的沙丘罪惡。許多朝臣義憤填膺，認定二世皇帝皇位非法。眾多皇子秘密串連，商討眾兄弟中誰最有資格取代胡亥，成為合法的皇帝。期間，將軍辛勝忽然病故，駐防咸陽周圍的五萬兵馬頓時亂套。軍隊中早就盛傳蒙恬自殺時所說的話：「亡秦者，必胡亥也。」軍士們越想越覺得蒙恬的話千真萬確，有人起鬨說為一個亡秦的胡亥當兵，圖個啥？不值得！於

是，有家有室的四萬多士兵陸續散去，只剩下不足一萬的士兵仍住在空蕩蕩的軍營裡。散去的士兵把蒙恬的話傳到各地，致使整個秦國都在談論：「亡秦者，必胡亥也。」

胡亥、趙高回到咸陽，聽取趙尚、閻樂的彙報，明顯感覺到了現實的危險與潛在的危機。胡亥問趙高道：「大臣不服，官吏尚強，諸公子必與我爭，為之奈何？」趙高回答說：「先帝之大臣，皆天下累世名貴人也，積功勞世以相傳久矣。我趙高素來卑賤，幸賴陛下稱舉命居高位，管宮中事。大臣表面上從我，其心實不服也。夫沙丘之謀，諸公子及大臣皆疑焉。而諸公子盡陛下之兄，大臣又盡先帝之所置也。今陛下初立，此其屬意怏怏全都不服，恐將生變。鑒於此，我總戰戰慄慄，唯恐不得善終矣！」胡亥忙又問了一句：「為之奈何？」趙高故作沉思狀，然後說：「一切取決於武力！嚴法而苛刑！令有罪者相坐誅，至收族，滅大臣而遠骨肉；貧者富之，賤者貴之。盡除去先帝之故臣，更置陛下之所親信者近之。此則陰德歸於陛下，害除而奸謀塞，群臣莫不被潤澤，蒙厚德，陛下則可高枕無憂矣。計莫出於此！」胡亥樂得直拍手，說：「好！就按趙公說的辦！」胡亥已稱趙高為「趙公」，可見對其是多麼依賴與倚重。

趙高奉詔，大開殺戒，一次就殺死皇子十二人。皇子將閭及兩個弟弟遭囚禁。一名內侍前去執行死刑，宣布說：「公子不臣，罪當死，吏致法焉。」將閭辯解說：「闕廷之禮，吾未嘗敢不從賓贊也；廊廟之位，吾未嘗敢失節也；受命應對，吾未嘗敢失辭也。何謂不臣？願聞罪而死。」內侍說：「公子所問與我無關，我只奉皇上和趙公之命行事。」將閭仰頭大呼蒼天三次：「天乎！吾無罪！」昆弟三人相抱痛哭，拔劍自殺。皇子稚高排行老二，曾想逃亡又無處可逃，遂抱著僥倖心理，給胡亥上書，寫道：「先帝無恙時，臣入則賜食，出則乘輿。御府之衣，臣得賜之；中廄之寶馬，臣得賜之。臣當從死而不能，為人子不孝，為人臣不忠。不忠者無名以立於世，臣請從死，葬於驪山之足。唯上幸哀憐之。」胡亥豈會「哀憐」這個二哥？批准其從死，賜錢十萬作為埋葬費用。始皇帝共有兒子二十餘人，及至駕崩時，存活者為十八人。長子扶蘇上年自殺，這年幾天內又殺死十六人，胡亥已是獨苗，成了名副其實的孤家寡人。胡亥骨肉相殘，命趙高殺死所有的哥哥，連姐姐也不放過，又將十位公主磔死於杜城（今陝西西安南），財物充公，相連坐者不可勝計。趙高趁機報復對自己不恭不敬者，羅織莫須有罪名，殺死朝臣數十人，而且誅家滅族。血風腥雨，慘絕人寰。宗室震恐、黔首震恐。咸陽乃至全國處在人人自危，朝不保夕的白色恐怖之中。

李斯回到咸陽，面臨著千夫所指、眾叛親離的處境。朝臣們幾乎都在議論，胡亥年少無知，趙高是個壞種，那二人狼狽為奸背叛先帝，不足為怪。問題在於李斯。你李斯可是先帝最看重的大臣，最牛氣的丞相，從來都是正兒八經、道貌岸然的，怎麼竟也和那二人結成謀逆集團搞政變呢？先帝待你不薄呀！你為何也背叛他的遺囑？胡亥有什麼好？你為何贊同立他為太子為皇帝？扶蘇、蒙恬堂堂正正，你為何贊同將他倆賜死？埋葬始皇帝，你是實際操作者。胡亥下令，讓那麼多美人殉葬，將那麼多工匠悶死，你為何全都照辦，不吭一聲？胡亥、趙高喪心病狂，殺蒙毅、殺蒙恬、殺皇子、殺公主、殺朝臣，你在哪裡？你為何不進諫不阻止？你還是個人嗎？你的良心叫狗吃了？朝臣們這樣議論這樣發問，得出結論：李斯和胡亥、趙高一樣，原本就不是什麼好東西！

李斯的形象，在朝臣心目中一落千丈。他雖然仍是位極人臣的丞相，但眾人看他只是個背叛者、變節者，敬而遠之、遠而恥之，不屑再與他有什麼交往。李斯陷入極端的苦悶、尷尬、難堪之中。他埋葬了始皇帝，又陪同二世皇帝巡遊，隨後就閒得無事可做了。胡亥很少舉行朝會，更不舉

行廷議，大事小事皆由趙高經辦，他這個丞相成為多餘的了。他感覺到了朝臣對他的冷落和鄙夷，甚或是厭惡和憎恨。一天，幾位朝臣將他圍住，詰問道：「丞相大人！胡亥是怎樣成為太子當上皇帝的？你在其中扮演了什麼角色？你敢把手放在胸前，給我等一個明確的回答嗎？」李斯心虛，面色發白，無言以對。又一天，他遇到致仕的郎中令王戊，主動向前熱情問候。王戊看他許久，好像不認識似的，然後大笑道：「哦？丞相大人哪！怎麼？還沒見棺材呀？」說罷揚長而去。李斯立在原地發怔，不明白「沒見棺材」的意思。猛地想起，上年在沙丘，王戊主張殺趙高剷除禍患，遭自己反對。王戊跺腳，離去時丟下一句話：「丞相是不見棺材不落淚！」今天，王戊舊話重提，意在嘲諷和揶揄自己，見了棺材也不會落淚！

李左丞相府，鑄銅鎏金的碩大門牌漂亮而氣派。門前，過去總是車馬填道、門庭若市的，而今卻是冷冷清清、門可羅雀。丞相夫人柴禾挺納悶：往常，大官小吏的夫人小姐們，一撥一撥前來拜訪自己，那嘴甜得像抹了蜜，夫人長夫人短地叫著，肉麻的奉承話和恭維話一籮筐一籮筐的，而現在怎麼一個人也不見了？李斯的兒孫輩多與皇家聯姻，他的愛妾生的兒子李田、李申娶了始皇帝的六公主、七公主，女兒小妮將嫁始皇帝的十五皇子。這樣的聯姻多麼榮寵！然而橫禍飛至，十五皇子被胡亥殺了，六公主、七公主也被胡亥殺了。李田、李申的家破碎了，悲痛欲絕，揚言要出家當道士雲遊四海去。小妮同樣悲痛，尋死覓活，聲稱一女不嫁二夫，她要到陰間去尋找和陪伴十五皇子。李斯任廷尉時也蓄養舍人，升任丞相後，舍人增至五百多人。那些舍人大多是衝著他的人品、人格、人氣來的。他們猛然發現他們所敬仰所崇拜的偶像並不高尚，倒像是利祿熏心、拋卻道義、助紂為虐，竟是個背叛、變節的小人！舍人們感到上當受騙，數日之內全部離去。松、竹、梅「三友」，幫助李斯管理舍人，亦已發現今日之李兄，早非昔日之李兄。三人無法理解，他們追隨多年一直引以為榮的李兄，為何變化如此之快，如此之大！他是丞相呀！他是通侯呀！他缺什麼？他怕什麼？他為何要和胡亥、趙高同流合污，去幹那些倒行逆施、傷天害理的惡事？他的良知呢？他的氣節呢？道不同不相為謀。三人一商量，來個不辭而別也默默離去了。偌大的李左丞相府，顯得何其空曠與清冷！

「三友」離去，給李斯的打擊很大。李斯任長史時，王綰指定三人當他的助手。三十多年來，「三友」信任他、跟隨他、尊敬他、護衛他，鞍前馬後，忠誠勤謹。他和「三友」情義深厚親如兄弟，彼此肝膽相照，無秘密可言。可是自沙丘謀逆之後，他有了秘密，有了心病。他登上胡亥、趙高的賊船參與謀逆的事，他忠實遵從二世皇帝詔令讓美人殉葬、將工匠悶死的事，都得瞞著所有人，說不得道不得，包括了兒子李由和李甲。李由、李甲寫信詢問阿父，何時才能將自己調回京城，列位九卿？還問郡縣都在風傳，說阿父參與謀劃沙丘政變擁立了二世皇帝，可有此事？對兒子的詢問，他無法回答也不敢回答。他記得升任丞相之時，曾對兩個兒子說，自己要保持晚節，造福於黔首及兒孫。時間僅過三年，自己怎麼就將此話忘卻，晚節失守，成了背叛者、變節者、失德者了呢？李斯這一生，朋友不多。韓非算是一個，可他因嫉妒，奉旨將韓非毒死了。鄭國算是一個，可鄭國已在三年前病故，葬於涇陽。王綰也算是一個，可王綰年邁致仕，早就遠離了政治舞臺。隨著「三友」離他而去，他再沒有一個朋友了。他深感落寞、孤獨與沮喪，只能獨自喝悶酒。酒是古人的一大發明，糧食的精華，飲料的極品。酒前加個「美」字，通稱美酒，一稱佳釀、瓊漿或玉液。美酒色澤清亮，味道甘醇，心情歡暢時、遇到喜事時，飲上數杯，醺而不醉，那真叫個爽啊！

酒能解憂，酒能消愁。「何以解憂，唯有杜康」，「人生失意當醉酒，一醉消盡萬古愁」，是其謂也。李斯喝的是美酒，然而他覺得味道並不甘醇，而是苦，奇苦，苦徹五臟，苦徹骨髓，苦過黃連百倍千倍，姑且稱「黃連苦酒」。這種苦酒是李斯自己釀製的，其原料是一個「欲」字。有道是：壁立千仞，無欲則剛。而李斯有「欲」——私欲、貪欲、功名利祿之欲、榮華富貴之欲，這就決定了他骨頭酥軟，想剛也「剛」不了。所以當趙高捏準他的命門，軟硬兼施地遊說他背叛始皇帝時，他只稍作抵抗，「欲」佔了上風，立時就繳械了、投降了。一念之差，一失足而成千古恨。從那一刻起，黃連苦酒也就釀製成了。這種苦酒，他只能自斟自酌，自我品嘗，再苦也得往肚裡嚥，說不出口啊！

胡亥通過趙高，嚴法苛刑，殺兄長、殺姐妹、殺朝臣，並未遇到什麼阻力不由大喜。他又問趙高說：「夫人生居世間也，比猶騁六驥過決隙也。吾既已臨天下矣，欲悉耳目之所好，窮心志之所樂，以安宗廟而樂萬姓，長有天下，終吾年壽，其道可乎？」趙高稱讚說：「此賢主之志也。陛下貴為天子，就當肆志逞樂！」胡亥更喜，說：「那好，肆志逞樂，就從續建阿房宮開始。先帝看中渭河南岸寶地，決定營建阿房宮，取代咸陽宮作為朝宮，沒有如願即駕崩，刑徒都去構築驪山陵塚了。阿房宮尚未續建，則是彰顯先帝舉事之過也。」趙高忙說：「陛下聖明！構築驪山陵塚的刑徒共七十萬人，可以分出三分之一來續建阿房宮。續建等同是繼承和彰顯先帝遺志，最能體現陛下的孝心。另外，還有一事：將軍辛勝病故，駐防咸陽周圍的五萬兵馬名存實亡。臣主張再徵召士兵五萬人，由將軍馮劫統領，屯衛咸陽。命郡縣轉輸各種食物以供應軍需。郡縣轉輸人員必須自帶口糧，不得擅食咸陽三百里內的穀米。」胡亥說：「可！勞駕趙公經辦就是！」於是又有詔令下達，命續建阿房宮，命徵召士兵，命郡縣轉輸各項軍需。此時的大秦國，綱紀敗壞，政治黑暗，法令嚴苛，賦斂忒重，戍徭無已，廣大民眾在死亡線上掙扎。物不平則鳴，人不平則拼。一道閃電，一聲驚雷，中國歷史上第一次農民大起義爆發了，大秦國千瘡百孔之大廈，三搖兩晃地便瞬間崩坍。

第二十八章 天下大亂

中國歷史上第一次農民大起義的領袖有兩人：一名陳勝，字涉，陽城（今河南登封）人；一名吳廣，字叔，陽夏（今河南太康）人。兩人均三十多歲，身體強壯，性格豪爽，受官府委派任屯長，率領強行徵召的九百多農民，前往漁陽（今北京密雲）服役戍邊。七月，這支隊伍行至蘄縣大澤鄉（今安徽宿縣境），天降暴雨多日不止，洪水氾濫，橋毀路斷。他們誤了行程，不可能在預定期限內到達目的地，按律失期當斬。陳勝和吳廣密謀道：「今前往漁陽是死，途中逃亡也是死，不如舉事造反，或許能求得一條生路。」陳勝說：「天下苦秦久矣。吾聞秦二世乃始皇帝少子也，不當立為皇帝，當立者該是公子扶蘇。扶蘇因多次進諫，為始皇帝所不容，故被派往外地監軍。聽說扶蘇無罪，秦二世殺之。百姓多聞其賢，未知其死也。項燕為楚將，屢建功勳，熱愛士卒。楚人都敬重之，亦未知其死也。今我等詐稱奉公子扶蘇、項燕之命舉兵反秦，回應者定會很多很多。」吳廣說：「陳兄所言極是！」二人進一步密謀，乃取一片白帛，寫上「陳勝王」三字，放進魚腹中。有意買魚烹食，眾人發現魚腹中白帛上的文字無不驚駭。夜間，吳廣住所附近出現一堆篝火，好像有狐狸在鳴叫：「大楚興，陳勝王！」眾人更加驚駭，認定這是「天意」，陳勝當為王。陳勝於是振臂高呼道：「我等遇雨皆已失期，失期當斬。壯士不死即已，死即舉大名耳，王侯將相寧有種乎！」這一高呼，石破天驚，彪炳史冊。眾人回應道：「敬受命！」當即，陳勝自立為將軍，吳廣為都尉，斬木為兵，揭竿為旗，設壇盟誓，誅滅暴秦。大秦國中原郡縣沒有駐軍。因此，這支農民起義軍高舉棍棒、杈耙等原始兵器，吶喊著、奔跑著、攻擊著，如入無人之境，數日內便攻佔蘄縣、陳縣及鄰近十多座縣城，聲威大振。陳勝不失時機地在陳縣建立政權，號曰「張楚」，自稱張楚王。陳縣即陳城，十多年前曾是楚國京城。「張楚」乃復興楚國的意思。碭郡（約今安徽）最早派遣使者向朝廷報警，誣稱義軍是「盜賊」，說：「盜賊蜂起，應者如潮。」胡亥不信，怒道：「天下太平，何來盜賊？」命將使者下獄治罪。穎川郡、東郡、邯鄲郡的使者也向朝廷報警，聞知碭郡使者還在獄中，忙學乖改口道：「盜賊鼠竊狗偷，郡守郡尉方逐捕，今盡得，不足憂也。」胡亥轉怒為喜，道：「這話朕信。鼠竊狗偷，何足道哉！」

星星之火可以燎原。生活在社會最底層的農民，長期承受秦法之苦，家徒四壁，嗷嗷待哺，乍然看到希望，熱忱歡迎並踴躍參加張楚軍。義軍隊伍就像滾雪球一樣，不足一月竟發展至四五十萬人，攻城掠地，銳不可當。有的小官小吏如劉邦便趁機拉起一夥鄉黨殺死縣令，佔領沛縣（今江蘇沛縣），自稱沛公，呼應張楚軍。原六國貴族的後代如項梁、項羽叔侄亦興兵反秦，呼應張楚軍。有的乾脆重建滅亡多年的故國稱起王來，如武臣稱趙王、魏咎稱魏王、田儋稱齊王等等。風雷激蕩，天下大亂。始皇帝時期投入五十萬兵卒征服的嶺南三郡——南海郡、桂林郡、象郡，這時也和大秦國斷絕了聯繫，鬧起了獨立。李斯意識到這場大亂的凶險，憂心忡忡。他的長子、三川郡郡守李由更是心沉如鉛、寢食不安。張楚軍正向四周輻射，眼見得就要擴散到三川郡，他這個郡守該怎麼辦？怎麼辦？三川郡是大秦固京城的東方門戶，郡治滎陽和重鎮洛陽一旦落入張楚軍之手，咸陽也就危矣。他無計可施，火急寫信派一家丁馳往咸陽，向阿父請教對策。張楚軍的行動比李由預想的要快得多。八月，陳勝以吳廣為假王，命周文（一作周章）為將軍，統兵三十萬，西征關中，進攻咸陽。周文為了西征順暢，特致書李由。書云：

張楚軍將軍周文致書三川郡長官李由閣下：本將軍奉張楚王陳勝和假王吳廣之命，統兵

三十萬西征咸陽，現向閣下借道通過貴郡，望別干涉我軍行動。若從之，本將軍承諾暫不攻取滎陽；若不從，本將軍一聲令下半日內必破滎陽並屠城。如何？當面答覆信使，不得拖延。

李由讀信，三魂嚇掉兩魂。周文名為「借道」，實是勒令與訛詐。自己作為朝廷官員、封疆大吏，若「從之」，就是私通盜賊，後果不堪設想；若「不從」，周文軍破城並屠城，則是必然的。滎陽只有郡尉統領的二三百名役吏，那是管理社會治安的，無力干涉周文軍的行動，更阻止不了周文軍破城屠城。自己一人殉難也就罷了，可城裡還有兩千多戶人家呀，還有自己的妻妾和兒孫呀！信使催促：「請長官速速答覆，不得拖延！」李由「從之」不敢，「不從」也不敢，急得額上冒汗。這時，他派往咸陽的家丁回來了，帶回了阿父的信。他慌忙讀信，信上只有四個字：「莫失滎陽」。莫失滎陽，恰好和周文信中的「暫不攻取滎陽」相一致。此時此刻，李由無暇多想，只能對信使說：「我答應借道，不干涉貴軍行動，但周將軍得信守承諾。」信使笑著離去。李由近乎暈厥，好久說不出話來。他這年五十歲，暗暗埋怨阿父，為何不在此前將自己調回朝廷呢？

周文大軍一路西進，佔洛陽、佔澠池，洛陽和澠池的官民皆降。大軍到函谷關，已有兵車千輛，兵士擴充一倍，號稱八十萬。九月進抵戲水（今陝西臨潼境），遙望可見驪山陵高高的陵塚，距咸陽不足百里。咸陽立時亂了，滿城驚恐。胡亥也慌了。不是說鼠竊狗偷嗎？怎麼一下子就成了八十萬？怎麼一下子就打到了家門口？他忙看御案上堆積得像小山一樣的奏書，原來都是丞相署彙總各地警報上奏的急件，而自己只顧肆志逞樂，居然一件也沒有御覽！他忙問趙高該怎麼辦？趙高說：「遷都！諸事皆小，唯皇上的安全事大！」胡亥這才想到廷議，決定舉行廷議，看看大臣們對遷都怎麼想怎麼說。

這是胡亥自巡遊以來第一次公開露面，馮去疾、李斯等很難得地又見到了皇上。胡亥有點膽怯與拘謹，說：「沒想到盜賊周文來勢洶洶，打到戲水了。卿等看，看該怎麼辦呀？如果禦敵不成，那，那……」李斯打斷胡亥的話，說：「老臣想問皇上整天都忙些什麼？丞相署幾乎每天都有奏書，以急件形式呈進宮中，不知皇上御覽沒有？為何不見批覆一字？」胡亥支吾，臉紅語塞。李斯又說：「這幾個月，郎中令趙君跟皇上謀劃，殺皇子、殺公主、殺朝臣均得心應手。今盜賊蜂至，趙君想必自有禦敵之策，是否？」趙高可不會臉紅，大不咧咧地說：「殺皇子、殺公主、殺朝臣，那是惡人做惡事。君侯屬正人君子是做不來的，趙某我這個惡人理當代勞。今盜賊蜂至，趙某當然有禦敵之策，那就是：遷都！趕快把國都遷到漢中郡或蜀郡去，先避開鋒芒再作打算。」李斯正為「正人君子」一詞感到慚愧，忽聽得趙高說遷都，不由得大怒，斥道：「荒唐！」這一聲斥，聲色俱厲，把胡亥及所有人都嚇了一跳。他接著說：「國都乃國之本，本動而國搖，民心離亂，社稷難保。這是常識，豈可輕言『遷』字！」他轉而面向胡亥，說：「老臣請皇上下詔：敢有輕言遷都者，斬！」馮去疾等齊口同聲道：「遷都，萬萬不可！萬萬不可！」趙高冷笑，挑釁般地說：「那麼請問：八十萬盜賊已在戲水，如何應對？皇上的安全，誰敢保障？」胡亥和眾人的目光聚焦李斯。緊急時刻要解除危難，除了這位鬚髮如銀的老丞相，又能指望誰呢？

李斯不理會趙高，依然面向胡亥，說：「老臣講三點意見。第一，將軍馮劫的五萬兵馬立即布防到霸水東岸，作為咸陽的屏障。」馮劫列席當天的廷議，答道：「臣已這樣做了。」李斯說：「很好。第二，臣請皇上赦免構築驪山陵塚的七十萬刑徒並發給兵器，以拒盜賊。」胡亥猶疑地說：「那些刑徒，朕有詔令命分出三分之一續建阿房宮，安可赦免？」李斯沒好氣地說：「大敵當前，請問是拒敵要緊還是續建阿房宮要緊？」胡亥又是支吾，臉紅語塞。李斯繼續說：「七十萬刑徒，誰來統領？臣薦舉一位將軍：將作少府章邯；同時薦舉兩位副將：長史董翳、司馬欣。」章邯是參加廷議的，說：「為了大秦國，臣願臨危受命出任將軍禦敵。只是將七十萬刑徒變作七十萬士兵難度很大。最難的是沒有兵器、沒有軍餉，難道讓他們餓著肚子，赤手空拳，去跟盜賊廝打不成？」胡亥也說：「是啊！兵器何來？軍餉何來？」李斯說：「這正是臣要講的第三點。第三，先帝在位時深謀遠慮，考慮過備戰備荒問題，做了兩件意義非凡的事。一是收繳天下兵器時，命將九成新以上的兵器保留，約五十萬件未予銷毀，存放在渭北武庫裡；二是涇陽等縣因鄭國所鑿水渠而受益，連年豐收，先帝特命在涇陽建一糧倉，共儲存糧食約六百萬石。現在，渭北武庫的兵器和涇陽糧倉的糧食派上了大用場，可交由章邯將軍支配。」章邯大為興奮，抱拳說：「有了這些兵器和糧食，臣定能擊退八十萬盜賊！」胡亥點頭，露出一絲尷尬的笑意。李斯說：「不僅僅是擊退，更要擊垮、殲滅！」趙高臉色難看。他在想，渭北有個武庫，涇陽有個糧倉，自己怎麼毫不知情？

當天廷議內容，主要是李斯講的三點意見，用二世皇帝的詔令發布。章邯、董翳、司馬欣走馬上任，赦免了刑徒並運取兵器和糧食。李斯回府。夫人柴禾臉有淚痕，急切詢問滎陽的消息。李斯說：「關東各郡都成了張楚軍天下，哪有消息？有消息也傳不到咸陽來呀！」柴禾哭泣出聲，說：「滎陽有由兒，有由兒一大家人，這可怎麼好啊？」李斯回答不了夫人的問題，鑽進書房又喝起悶酒。他回想當天的廷議，真想抽自己幾個嘴巴。人常說：「龍生龍，鳳生鳳。」始皇帝播下的明明是龍種，怎麼偏偏收穫了胡亥這麼一隻耗子？上年在沙丘，闇貨趙高鼓脣弄舌地海誇這隻耗子，「慈仁篤厚」，

「輕財重士」，「辯於心而詘於口」，「盡禮敬賢」云云，自己腦子進水，怎麼就同意背叛始皇帝，立他為太子為皇帝，把他當作新的靠山了呢？瞧他這一年多來的所作所為，哪有一點「慈仁篤厚」？哪有一點「盡禮敬賢」？這隻耗子只信用趙高一人，肆志逞樂，把朝廷弄成現在這個樣子，弄出個天下大亂來。蒙恬有言：「亡秦者，必胡亥也。」堂堂大秦國，不滅亡在胡亥手裡才怪哩！更可悲的是，這隻耗子已是始皇帝僅存的獨苗，他即便不是耗子，是跳蚤、是臭蟲，仍是受命於天的皇帝。自己仍是他的臣子，仍得擁戴他、跪拜他、輔佐他，仍得替他出謀劃策，盡量延長大秦國存在的時日。唉！李斯回想，搖頭歎息，罵了一句娘，猛地又喝了一大口酒。酒的味道明明甘醇，可他覺得很苦，苦得五臟六腑都像在翻騰、撕扯，碎裂成一片一片的……

九月，章邯軍和周文軍大戰於戲水之畔，煙塵滾滾、殺聲震天。由於大戰的雙方都是臨時拚湊起來的烏合之眾，毫無戰術戰法可言，全靠成群結隊，大喊大叫地衝過來衝過去而已。但章邯一方是「官軍」，有銅製鐵製兵器，有充足的糧食，所以進攻周文一方，不是更勇者勝，而是更弱者敗。周文軍與「官軍」相比是更弱者，大敗，扔下遍地屍體，退出關中，退出了函谷關。十月朔日進入二世皇帝二年（西元前二〇八年）。章邯軍窮追猛打，周文軍一敗再敗以致全軍潰散，周文自殺。農民起義軍鬧起內訌，田臧矯陳勝令，殺死吳廣。章邯軍乘勝攻擊陳勝軍，又獲大勝。臘月，陳勝被叛徒莊賈殺害，至此中國歷史上第一次農民大起義歸於失敗。

原先的警報化作勝利的捷報。咸陽宮裡彈冠相慶，一片歡騰。新年之始正是寒冬。章邯、董翳、司馬欣以及駐軍上郡的王離上書，請求朝廷撥付衣被，將士急需衣被禦寒。關東各郡上書，請求朝廷撥付錢糧，賑濟農民起義過後數量無法統計的饑民和流民。趙高用心險惡，將上書全部扣

押，謊稱天下又是太太平平了。胡亥信以為真，好啊，那就再肆志逞樂吧！趙高趁勢問胡亥說：「陛下貴為天子，可知稱貴的原因麼？」胡亥茫然。趙高煞有介事地說：「天子所以稱貴，無非是高居尊位，但令群臣聞其聲，不令見其面。先帝臨制天下三十多年，除少數幾個近臣外，從不見任何人，故群臣敬畏，不敢為非作歹、妄進邪說。今陛下富於春秋，初登大位，未必盡通政事，如果成天與群臣議政，倘若言語有誤，處置失當，那不是被人小看，有損威儀麼？臣聞天子稱『朕』，『朕』就是『朕兆』，意思是有聲無形，使人可望而不可及。因此，臣願陛下從今日起不必再親自臨朝，但居宮禁盡情享樂。臣及內侍等日侍左右，待有奏報，便可從容裁決不致誤事。這樣，群臣見陛下處事有方，自不敢妄生議論，天下都會稱頌陛下聖明可比堯舜。」胡亥也覺得上次廷議，自己表現不佳失了體面，所以欣然接受趙公的批評和建議，就此告別大臣不再臨朝決事，所有政事皆決於趙公。趙高自是得意，命趙尚、趙成物色幾名美貌宮女侍皇帝寢，十四歲的胡亥突然領略到了女人的滋味，心花怒放。打這以後，他就迷戀於後宮，沉湎於聲色，兩耳不聞朝廷事，一心只貪男歡女愛了，神魂顛倒，樂不可支。趙高再獻殷勤，提議強徵二十萬民夫，續建阿房宮。胡亥更樂更喜，道：「知我者愛我者疼我者，唯趙公也。」

李斯又閒起來又無事可做了，完全隔斷了和皇上的聯繫，連面也見不上了。滎陽總算有了消息，李由來信報告一大家人安好無恙。柴禾喜極而泣，說：「謝天謝地，謝天謝地！」李由在信中提及周文「借道」之事，李斯嚇得心驚肉跳。這事以及自己寫信讓「莫失滎陽」之事，若叫朝廷知道，那是要誅家滅族的呀！李甲也寫回報平安的家信，說江南各郡也有農民起義，但勢頭不怎麼迅猛。李甲還埋怨阿父，我在長沙郡守任上已待了十多年，你是丞相，把我調回京城，怎麼就這樣難！李斯搖頭苦笑，暗道：「兒子！今非昔比。你哪知阿父現在的處境呀？」

胡亥一頭栽在後宮，忙於肆志逞樂，所有奏書均由趙高代批閱。趙高閱讀郡縣的奏書，發現一個事實。陳勝、吳廣起義如火如荼期間，關東碭郡、潁川郡、東郡、邯鄲郡郡治全都失陷，唯獨三川郡郡治滎陽無恙，這是為何？滎陽沒有失陷，周文軍順暢地通過三川郡，直達關中，直逼咸陽，這又是為何？他想到三川郡郡守，恰是李斯之子李由，不禁一笑，料定其中必有貓膩，而且有大貓膩。即使沒有大貓膩，也得想辦法給他弄出個大貓膩來。趙高也是今非昔比了，野心在膨脹。他現在牢牢掌控著二世皇帝，足以挾天子以令天下，所以已不滿足於僅僅當一個郎中令了，怎麼著也得弄個丞相當當。然而，目前已有馮去疾、李斯兩位丞相，哪能再有一位丞相？他緊皺眉頭默默思量，許久，陰陰笑道：「看我怎樣取而代之！」

丞相署接到詔令，命速徵二十萬民夫續建阿房宮，這顯然是趙高在刁難李斯。李斯還是有責任心的，希望始皇帝親手締造的大秦國，同時也凝聚著自己心血的大秦國，多存在一日是一日，不致過早滅亡。所以多次前往咸陽宮，想當面向耗子皇帝進諫，東方戰事正緊，國家危難尚在，百業蕭條、民生疲弊，不該也無力速徵二十萬民夫，續建什麼阿房宮。可是他每次都被衛士擋在宮門之外，理由是：皇上有旨，不見大臣！李斯憤憤然。當朝丞相進不了皇宮，見不了皇上，真乃笑話！且是奇聞！然而，這又有何法呢？他只能怏怏回府，喝他的悶酒去。沒喝幾杯竟然醉了，臥榻小寐，漸入夢境。他夢見在沙丘，始皇帝駕崩，趙高鬼頭鬼腦地竄至他的房間，要他焚毀始皇帝遺詔，另作偽詔立胡亥為皇帝。他正氣凜然地厲聲喝道：「來人！將這個閹貨、反賊拉出去斬了！」守衛在房外的衛士應聲而進，拉了趙高就走。趙高大叫：「丞相饒命，饒命哪！」衛士面無

表情忠實地執行命令，砍下了閹貨、反賊的頭顱。李斯遵從始皇帝遺詔，擁立扶蘇即皇帝位，百官朝賀，山呼萬歲。扶蘇對李斯說：「君侯之忠心，朕會銘記。」百官齊聲說：「李丞相擁立新主，豐功偉德，堪比周公！」李斯開懷大笑，笑得坦蕩和豪邁。誰知趙高的頭顱在地上滾了滾，倏忽又變成了趙高。李斯驚問：「你怎麼又活了？」趙高嘻笑，說：「君侯有私欲有貪欲，不會殺我的，也殺不了我的。嘿嘿！嘿嘿！」李斯且窘且急，伸手去取拐杖要打閹貨。這一伸手，夢醒了。夢醒後再想夢境，百味雜陳。苦味最烈。當初若斬了趙高，遵從始皇帝遺詔，又何至於落到如今的田地呢！

李斯心憂國事，進諫無門，漸漸灰心。這天，他在丞相署乾坐，趙高卻以下屬拜見長官的姿態找他來了。趙高好像也憂國事，說：「關東盜賊還很多，今皇上卻急於強徵民夫續建阿房宮，專好狗馬無用之物。吾欲進諫，怎奈位賤言輕起了不作用。此乃丞相職責，君侯為何不諫？」李斯看不出趙高有何歹意，實話實說：「吾欲諫之久矣。然皇上不坐朝廷，長居深宮，吾有所言者，不可傳也，欲見又見不上。唉！沒法呀！」趙高忙說：「君侯誠能進諫，吾請為君侯報告皇上，並安排時間。」李斯又輕信了趙高，說：「如此甚好，吾等安排。」好個趙高，偏偏在胡亥燕樂，左擁右抱美女調情之時，派人通知李斯，說皇上剛好閒暇可來奏事。李斯匆忙趕到皇宮，請求謁見皇上。胡亥大為掃興，傳令：不見！趙高故伎重施，再施，如此者三。胡亥大怒，道：「吾常多閒時丞相不來，吾方燕私，丞相輒來奏事。豈以吾年少故輕吾哉？」趙高需要的正是這個結果，假惺惺地把皇上的話轉告李斯。李斯終於恍然，明白這是趙高故意設計，自己被當猴耍，還幫人家敲著小鑼跑場子，真是蠢透了！他狠狠瞪了趙高一眼拂袖而去。趙高可不懼他，又向胡亥進起讒言，道：「夫沙丘之謀，丞相參與焉。今陛下已是皇帝，而丞相貴崇未見增加，此其意是望裂地而王矣！陛下不問臣，臣不敢言。今日且明言之。丞相乃上蔡人，楚盜陳勝、吳廣等的家鄉，皆為上蔡之鄰縣，以故那一帶盜賊橫行最為猖獗。丞相長子李由為三川郡郡守。陛下想過沒有？周文西征，進攻咸陽，為何能順利通過三川郡？關東很多郡郡治皆失陷，為何三川郡郡治滎陽獨存？臣聞周文與李由之間有文書往來，雙方好像達成默契，周文『借道』，李由答應，此事未得其據，故未敢向陛下報告。再則，丞相居外，權勢重於陛下。丞相之智，天下共知，臣及舉朝文武無一人能與之相抗。陛下亦不可不察。」李斯「望裂地而王」是企圖謀反，李由私通周文更是謀反，這還了得？胡亥因此命趙高主持調查派人秘密進行，先調查李由通敵的事實。李斯身敗名裂之日一步步逼近了。

第二十九章

身敗名裂

這年春夏之交，關東戰場的形勢發生了變化。農民起義雖被鎮壓，但變相的農民起義軍卻方興未艾，主要是沛公劉邦的軍隊，項梁、項羽叔侄的軍隊。變相的農民起義軍還推出原楚國王孫熊心，擁立為楚懷王，統一各軍步調，形成強大的合力。章邯諸將的「官軍」相形見絀，得不到朝廷的給養，軍需嚴重短缺，士氣低落，減員很多。李斯作為丞相，還是想有所作為的，見不到二世皇帝，無法面諫就改用書諫，希望那隻耗子能以社稷為重。奏書寫成，他去拜訪右丞相馮去疾請求聯合署名，以增強奏書的份量。年近八旬的馮去疾更憂國事，欣然署名。將軍馮劫是馮去疾之侄，當時在場也欣然署名。於是，胡亥看到了三位重臣聯合署名的奏書。書云：

關東群盜並起，秦發兵誅擊，所殺亡甚眾，然猶不止。盜多，皆以戍漕轉作事苦，賦稅大也。請且止阿房宮作者，減省四邊戍轉。

奏書的主旨是奏請停止續建阿房宮，減輕天下賦稅、徭役負擔。胡亥詢問趙高如何應答。趙高說：「營建阿房宮乃先帝欽定，安可輕廢？戍漕賦稅，此所以供陛下逞樂也，益之尚不足，遑論減省？」胡亥連聲稱是。趙高又自我表現，代替皇帝批覆，寫出一段文字來：「……朕尊萬乘，無其實，吾欲造千乘之駕，萬乘之屬，充吾號名。且先帝起諸侯，兼天下，天下已定，外攘四夷以安邊境，作宮室以彰得意，而君等觀先帝功業有緒。今朕即位二年之間，群盜並起，君等不能禁，又欲罷先帝之所為，是上無以報先帝，次不為朕盡忠力，何以在位？著下獄屬吏。」

兩位丞相和一位將軍，因上書進諫政事而下獄治罪，朝野震驚，輿論譁然。馮去疾德高望重，馮劫早在始皇帝時就是知名將軍。二人有骨氣、重尊嚴，道：「將相乃國之柱石，豈可受刑見辱！」憤然自殺身亡。李斯的囚室緊挨馮去疾的囚室，深感震撼，亦曾想過仿效，然而卻沒有勇氣。他為忍辱苟活尋找藉口，認為這不是沒有勇氣，而是一種策略：忍其小忿而就大謀、養其全鋒而待其敝。他又研究了一番趙高代寫的胡亥批覆，覺得胡亥並沒有要自己死的意思，只是責備「上無以報先帝，次不為朕盡忠力，何以在位？」他因此更不想自殺了。「何以在位？」大不了讓出丞相位子，讓想當愛當的人當去！自己不當丞相，還是很尊貴很富有的，更何況還有兩個官居郡守的兒子！

李丞相無意仿效馮丞相，這在趙高的意料之中。因為李丞相有私欲貪欲，十分看重爵祿，哪能輕易自殺？趙高想了想，決定姑且將李丞相釋放，同一個戰壕的「戰友」嘛，相煎何急！李斯出獄。朝臣議論，紛紛起疑。三人同時入獄，兩人死在獄中，一人卻毫髮無損地出來了，這是為何？難不成這人和趙高之間又達成了什麼協定？李斯痛斥遷都之議，部署籌畫並擊退周文八十萬盜賊，本來形象和聲望有所提升，經這入獄出獄一折騰，人們對他的看法、評論又都是負面的了。趙高再施伎倆，玩了一回打草驚蛇的遊戲。他有意放話，說朝廷正在調查李由私通盜賊，放任盜賊通過三川郡進攻咸陽之事；這事和李丞相好像也有關係。這話傳到李斯耳中，怕什麼來什麼，嚇得他面無血色。接著，李斯接到胡亥「御書」，詢問長久安樂之道：「吾願肆意極欲，長享天下而無害，為之奈何？」「御書」和上次的批覆一樣均為趙高手筆。一邊調查，一邊詢問，意欲何為？李斯摸不著頭腦，異常恐懼，恐懼趙高甚過恐懼胡亥。他思量再三，覺得應當回答皇帝的詢問，多說些對方愛聽的話也許會對自己有利。《史記》記述：「李斯恐懼，重爵祿，不知所出，乃阿二世意，欲求

容，以書對曰」。「阿」者，阿諛也、逢迎也、巴結也，討好也。李斯「恐懼」，「重爵祿」，為「求容」，阿諛逢迎、巴結討好胡亥的「以書對曰」，係指他奉命所寫的一篇奏書，名曰《行督責書》。「督」者，察也。察官民之罪，然後責以嚴刑重罰，是為督責。李斯在奏書中，違心地稱胡亥為「賢主」、「明主」甚至「聖王」，寫道：「夫賢主者，必且能全道而行督責之術者也。督責之，則臣不敢不竭能以徇其主矣」，「明主聖王之所以能久處尊位，長執重勢，而獨擅天下之利者，非有異道也，能獨斷而審督責，必深罰，故天下不敢犯也」，「若此則謂督責之誠，則臣無邪，臣無邪則天下安，天下安則主嚴尊，主嚴尊則督責必，督責必則所求得，所求得則國家富，國家富則君樂豐。故督責之術設，則所欲無不得矣。」

秦二世時期的大秦國，陳勝、吳廣起義後的大秦國，國家機器各個部件都出了問題，或生鏽、或損壞、或脫落，縱然勉強維持運轉，隨時都有散架的可能。這時需要布仁施惠，需要輕徭薄賦，需要與民休息。但是趙高處心積慮，毫不遮掩地慫恿胡亥肆意極欲；李斯則從法學高度，為胡亥肆意極欲提供理論依據和實踐指引。二人的做法看似有別，然其客觀效果實是同樣的嚴重與惡劣，促使整個國家機器快速解體。史載：「書奏，二世悅。於是行督責益嚴，稅民深者為明吏。二世曰：『若此則可謂能督責矣。』刑者相半於道，而死人日成積於市。殺人眾者為忠臣。二世曰：『若此則可謂能督責矣。』」耗子皇帝這樣熱烈稱讚督責，可見李斯為其肆意極欲是立了功的，對所謂「明吏」、「忠臣」的出現負有重大責任。

李斯阿意求容，並不能討得胡亥的歡心。趙高抓緊調查李由，據說已查知李由和周文曾有書信往來，周文「借道」，李由答應，盜賊這才進了函谷關，進抵戲水，威脅咸陽。趙高再使狠招，又拿當年韓非之死做起了文章，放話說：先帝曾想拜韓非為相國，李斯因嫉妒而激烈反對；韓非進了監獄，李斯負責審訊，動用酷刑，繼在魚羹裡放置毒藥毒死韓非；韓非死前預知自己會遭李斯殺害，故交給獄吏一片竹簡，竹簡上寫有四字：「李斯殺我！」那片竹簡現時掌握在一位要人手裡。虛虛實實，實實虛虛。李斯是當事人，以為那是真的，精神近乎崩潰。李由「借道」事已使他憂心如焚，怎麼又扯出了韓非之死事？他毒死韓非不假，可那是遵從先帝的旨意，先帝有旨，自己能不遵從嗎？

這天夜晚，他又到自家的密室焚香，面對韓非靈位，不禁發出埋怨：「你老兄也真是的，恨我罵我都成，為何偏要在竹簡上寫下那四個字，留下一個我殺了你，卻有口難辯的證據呢？」他不知道那片竹簡掌握在哪位要人手裡，十有八九是掌握在趙高手裡。他恨得咬牙切齒，道：「趙高啊趙高，你真狠毒！為置我於死地，什麼手段都用上了！」李斯過去一直低估趙高，現在終於認識到他的厲害，特別是他掌控著耗子皇帝，可以挾天子之威明目張膽地幹他想幹的任何事情！他想，自己不能坐以待斃了，若仍委曲求全必是死路一條，如果反擊或許尚有生機。如何反擊？李斯苦思冥想，認定必須面見胡亥，揭穿趙高的狼子野心和罪惡行徑，希望耗子皇帝能夠覺悟，親君子而遠小人，站到自己這一邊來。

六月大暑，天氣酷熱。胡亥攜帶一群美女駕幸甘泉宮避暑，整日燕樂，觀賞角觝、優俳百戲。趙高因事留在咸陽沒有隨行，李斯趁著這個機會乘坐自家馬車悄悄到了甘泉宮，求見皇上。胡亥身邊，沒有趙高，卻有貼身內侍趙成，而趙成恰是趙高的弟弟。趙成跟趙高一樣，也是在胡亥懷擁美女之時，通報丞相求見。胡亥怒道：「怎麼又是丞相？怎麼跑到甘泉宮來了？不見！請事，讓上奏書！」趙成把皇上的話轉告李斯。李斯陪著笑臉，取出預先寫就的奏書，煩請呈給皇上。胡亥於是讀到了奏書，但見寫道：

臣聞之，臣疑其君，無不危國；妾疑其夫，無不危家。今有大臣（指趙高）於陛下擅利擅害，與陛下無異，此甚不便。昔者司城子罕（春秋時宋國大臣）相宋，身行刑罰，以威行之，期年遂劫其君。田常為簡公（齊簡公）臣，爵列無敵於國，私家之富與公家均，布惠施德，下得百姓，上得群臣，陰取齊國，殺宰予於庭，即弒簡公於朝，遂有齊國。此天下所明知也。今趙高有邪佚之志，危反之行，如子罕相宋也；私家之富，若田氏之於齊也。兼行田常、子罕之逆道而劫陛下之威信，陛下不圖，臣恐其為變也。

李斯的奏書，沒有矯揉做作，直接揭露趙高懷有邪佚之志和危反之行，勝過亂國弒君的司城子罕和田常，皇上不可不圖。在胡亥心目中，趙高絕對忠誠，豈會謀反？他要維護趙高的名譽，遂宣召李斯進見，質問道：「何哉？夫高，故宦人也，然不為安肆志，不以危易心，絜行修善，自使至此，以忠得進，以信守位，朕實賢之，而君疑之，何也？且朕少失先人，無所識知，不習治民，而君又老，恐與天下絕矣。朕非屬趙君，當誰任哉？且趙君為人精廉強力，下知人情，上能適朕，君其勿疑。」胡亥把趙高誇成一塊美玉一朵鮮花，流露出這樣的意思：滿朝文武，朕不信用趙高，又能信用何人？李斯大聲爭辯道：「不然。夫高，故賤人也，無識於理，貪欲無厭，求利不止，列勢次主，求欲無窮，臣故曰殆。」胡亥大為不快，道：「丞相老矣！氣量小矣！容不得人矣！」李斯還欲爭辯，而胡亥極不耐煩地起身離去了。李斯怏怏，李斯頹唐，李斯失魂落魄地返回咸陽。

趙成早把甘泉宮發生的事報告趙高。趙高冷笑，惡惡地說：「老東西！你敢告我的黑狀，死日到了！」為了讓老東西死，他又自導自演地玩了一回破綻百出的遊戲。這天黃昏，趙高由百餘名衛士護衛，乘坐馬車巡視京城西街，冷不防斜刺裡竄出一人，手執匕首，高喊道：「趙高閹貨！老子奉命前來取你狗命！」那人撲向馬車行刺趙高，早被全副武裝的衛士制服。奇怪的是趙高在車廂裡卻「哎呀」一聲，像是被那人刺中，左胸還流出血來。不早不遲，咸陽令閻樂率領一隊兵馬從此經過。趙高哼哼唧唧地命衛士把刺客交給閻樂，務要以嚴加審訊審出其幕後主使來。趙高回咸陽宮，御醫給他治傷。御醫趁機渲染說，郎中令傷得不輕，刺客的匕首若向右再偏那麼一點點，趙公的命怕是就報銷了。閻樂審訊刺客，刺客撞牆而死，但已有審訊記錄，刺客畫了押摁了指印的。刺客口供稱，他叫劉大猛，原是李斯門下舍人，李斯日前命他刺殺趙高，因為趙高是活著的司城子罕和田常，不死，大秦國就要滅亡……

七月立秋，胡亥回到咸陽，方知趙高遭行刺之事，心疼地責怪道：「這樣的大事，趙公為何不報告朕？」趙高裝模作樣地說：「一來不想打擾陛下，怕陛下憂心；二來事關丞相，怕陛下為難。」胡亥驚道：「怎麼？行刺事跟丞相有關？」趙高又裝出很委屈的樣子，將閻樂捏造的審訊記錄呈上。刺客行刺的各個環節都撲朔迷離，但胡亥見刺客口供裡也提到司城子罕和田常，他怒不可遏，便斷定刺客必是李斯主使，遂把李斯的甘泉宮之行如實告訴趙高。趙高擠了擠眼角，居然擠出數滴淚來，說：「丞相所患所懼者獨趙高一人。趙高一死，丞相即欲為司城子罕和田常之所為，取陛下而代之也。」

他取一方絲帕給趙高擦去那幾滴淚，冷聲道：「其以李斯屬郎中令！」趙高假意惶恐，說：「拘執丞相，非同小可，陛下還需三思。」胡亥一思也不用思，以皇帝特有的語氣道：「朕意已決，趙公執行就是！」趙高大喜過望，恭聲道，「臣領旨！」

秋風吹渭水，落葉滿咸陽。在一個風清露冷的凌晨，千名衛士包圍李左丞相府，逮捕了左丞相李斯，塞進囚車押往雲陽監獄。丞相府裡大亂，哭喊聲一片。李田、李申慌忙打聽緣由，得到的回答是李斯犯了謀反大罪，當下獄審訊。柴禾臥病在床，聽了這話急火攻心，一口氣沒接上來，喉嚨痰塞，猝死。李田、李申急得團團打轉，指派兩個男傭，一去三川郡，一去長沙郡，向李由、李甲報告禍事。男傭剛走又返回，說衛士封鎖了大門，逐一核查府中人員，不許任何人外出。一名侍女驚慌報告，說小妮小姐懸梁自盡已氣絕身亡。李田、李申哪經過這樣的事？亂了方寸，呆若木雞。兄弟倆好生後悔，上年本該出家當道士雲遊四海去的，為什麼猶猶豫豫，沒有成行呢？

雲陽監獄，李斯再熟悉不過的地方。他任廷尉時，經常出入此地，每次都是侍從如雲，前護後擁，威風凜凜的。他萬沒想到自己臨老竟也成了囚犯，關押在這裡，失去了尊嚴與自由。他驚訝地發現，被關押的囚室正是當年關押韓非的囚室，陰暗潮濕，黴味臭氣，滿是蒼蠅和蚊子。唉！真是造化弄人哪！

刑房，陰森的刑房，恐怖的刑房。趙高高坐於大堂俯看李斯，得意非凡地審訊李斯。他一個下賤的「閹貨」，今天竟有這樣大的權力，豈不美哉！豈不快哉！李斯跪地，悲涼悽惶。過去，都是他高高在上地審訊囚犯；而今，他卻成了囚犯被別人審訊，多麼滑稽！他怒視趙高，大叫道：「我乃當朝丞相，你無權拘捕我審訊我！即便拘捕、審訊也該廷尉出面，而不該是你趙高！」趙高陰陰一笑，說：「是嗎？我若說這是皇上的詔令，請問我拘捕你審訊你，是有權還是無權呀？還有，在這裡，只要穿上囚衣的就沒有什麼當朝丞相，有的只是囚犯，囚犯！你大概懂吧？」李斯啞然，片刻又大叫道：「李斯無罪，無罪！」趙高又陰陰一笑，說：「有罪無罪，你說了不算，待本官審訊之後才會有結論。」趙高陡然一拍驚堂木，那一聲脆響，嚇得人心驚膽戰，毛骨悚然。趙高說：「現在開始審訊。先審第一件事：李斯！你指使刺客刺殺本官，意圖何在？」李斯一頭霧水，道：「胡扯！我何曾指使刺客刺殺你趙高了？」趙高命書吏念閻樂揑造的審訊記錄。李斯近乎咆哮，道：「胡扯胡扯，純是胡扯！我門下舍人，從沒聽說有人叫劉大猛的；再則，我門下舍人上年就已散盡，即便有人刺殺你趙高也跟我無關！」趙高說：「無關？可劉大猛的口供供得明白，你是在日前命他刺殺本官的。」李斯無法辯白，氣得吹鬍子瞪眼，只是重複道：「胡扯胡扯，純是胡扯！」趙高又慢條斯理地一拍驚堂木，說：「那就再審第二件事：李斯！把你謀反的事實從實招來！」李斯挺了挺腰桿，道：「李斯沒有野心，何來的謀反？果欲謀反，何待今日？」趙高先來軟的一手，說：「李斯！我勸你識相點，招供吧！承認謀反，自殺謝罪，我當懇請皇上保全你全家人性命，如何？」李斯又咆哮道：「扯蛋！李斯沒有謀反，也無意謀反，招什麼供？何須自殺謝罪？」趙高變了臉色，譏諷說：「呵！挺硬氣的嘛！」他隨即來硬的一手，說：「那就別怪本官不客氣了。來人！用刑！」

幾名面無表情的強壯獄吏應聲而至，麻利地把李斯雙手反翦吊在半空，掄動皮鞭抽打，肆意製造痛苦與血腥，鞭所到處皮開肉綻、鮮血淋漓。李斯是年六十九歲，垂垂老矣，開始時還是大聲慘叫，漸漸沒有了氣力，只發出低微的嘶啞的呻吟。趙高可不想讓他立刻死，命用刑暫停，仍關進囚

室。趙高很滿意當天的審訊，滿面紅光地帶著笑意回了咸陽。

囚室，黑暗的囚室，骯髒的囚室。李斯遍體鱗傷，躺在席地而鋪的草鋪上，殘破的囚衣血跡斑斑，沾黏著的傷處，每動一下都痛得錐心刺骨。蒼蠅和蚊子噬血叮咬。他無力驅趕它們，真是求生不得，欲死不能。獄吏扔給他一塊黑麵乾餅，端來一碗水。他本能地吃了乾餅喝了水，這時意識才回歸腦海。他想起兩年前的沙丘之夜，趙高說的多麼動聽：「君侯改立胡亥為皇帝，那就是擁立之功，元勳般的巨功至德，可比周公」，「君侯聽我之計，即長有封侯，世世稱孤，必有喬、松之壽，孔、墨之智。」自己當時鬼迷心竅，怎麼就輕信了那個閹貨的花言巧語呢？以致落到現在受刑受辱，呼天不應，喚地不靈，生不如死！他痛楚，他懊悔，卻又無可奈何。他想起家人，妻妾和兒孫為何沒有一人來探監？噢！對了，自己的罪名是謀反，屬第一大罪。按照《秦律》，那《秦律》還是自己修訂的，凡犯謀反罪入獄者，是不允許任何人探監的。他這時動過仿效馮去疾和馮劫自殺的念頭，但還是沒有勇氣。況且自己沒有謀反，天日可鑒，又何必心虛自殺呢？他思來想去，覺得必須自救，再給胡亥上一篇奏書，用自己的辯才，用自己為大秦國創建的功勳去打動耗子皇帝那顆冷酷的心。趙高數日未到監獄，也就沒有審訊。一個獄吏心腸不錯，願意提供竹簡和筆墨。李斯於是趴在草鋪上艱難地書寫，每寫一字都會牽動傷口滲出瘀血。花了整整兩天時間，奏書寫就，云：

臣為丞相治民，三十餘年矣。逮秦地之陝隘。先王之時秦地不過千里，兵數十萬。臣盡薄才，謹奉法令，陰行謀臣，資之金玉，使遊說諸侯，陰修甲兵，飭政教，官鬥士，尊功臣，盛其爵祿，故終以脅韓弱魏，破燕、趙，夷齊、楚，卒兼六國，虜其王，立秦為天子。罪一矣。

地非不廣，又北逐胡、貉，南定百越，以見秦之強。罪二矣。尊大臣，盛其爵位，以固其親。罪三矣。立社稷，修宗廟，以明主之賢。罪四矣。更剋畫，平斗斛度量文章，布之天下，以樹秦之名。罪五矣。治馳道，興游觀，以見主之得意。罪六矣。緩刑罰，薄賦斂，以遂主得眾之心，萬民戴主，死而不忘。罪七矣。若斯之為臣者，罪足以死固久矣。上幸盡其能力，乃得至今，願陛下察之！

李斯的奏書是正話反說，意謂自己的「罪」實則是功，七宗「罪」實則是七大功勳；因為我李斯創建了這七大功勳，所以你胡亥「幸盡其能力，乃得至今」。換言之，你胡亥能有今天，我李斯是功不可沒的，暗示沙丘政變，只是沒有明說而已。李斯只能請求那個心腸不錯的獄吏，一定要設法把奏書轉呈皇上，道：「李斯性命和國家安危盡在君手，慎之慎之！」獄吏答應，轉身將奏書交給監獄長。監獄長再將奏書呈送趙高。趙高看了看，冷笑，將它丟進燃燒正旺的火爐裡，說：「死囚安得上書！」

八月中旬的一天，趙高又到監獄審訊李斯。趙高微笑著，向李斯「通報」了三則訊息。一、就在李斯入獄的那一天，他的夫人猝死，愛女小妮懸梁自盡。兩人死的不是時候，沒有棺木，用蘆蓆一捲，埋在渭北原上的亂墳崗裡。二、數天前，盜賊劉邦和項梁的軍隊進攻三川郡，李由率眾抵抗，死於劉邦部將曹參之手。三、李由一死，朝廷調查李由通敵案有了突被性進展：李由和周文有書信往來是事實，李由會見周文信差是事實，李由答應「借道」是事實，李由還答應資助盜賊千石糧食千鎰黃金。此外，據傳李由通敵是得到你李斯的支持的。這些，三川郡官民紛紛作證，作證的

文字證據多達四十多份。趙高拍了拍高桌上的竹簡，說：「瞧！這麼多證據證明李由通敵，證明通敵跟你李斯有關，這不是謀反又是什麼？對了，還有一則訊息：李由通敵，株連李甲，李甲的郡守職務已被免了，也將下獄受刑。」李斯跪地，得知妻死女死兒死，家破人亡，痛苦之氣、悲憤之氣、絕望之氣同時洶湧直衝腦際，身體一歪，癱在地上，暈死過去。獄吏用涼水將李斯噴醒。趙高皮笑肉不笑地說：「李斯！招供吧！你招了供，本官也好向皇上交差呀！」李斯沉浸在痛苦、悲憤、絕望裡，腦海裡一片空白，根本就沒聽清趙高在說什麼。

趙高把審訊李斯的任務交給監獄長，說：「給我天天審訊，天天用刑，非叫他親口供認謀反不可。」趙高回了咸陽，實施一場大拘捕。李斯的愛妾、兒孫及宗族、賓客，包括男傭女僕和早就散去的門下舍人全在拘捕之列，共計八百多人。李左丞相府臨時當作監獄，由咸陽監獄管理。這無疑是咸陽的又一場白色恐怖。

監獄長懾於趙高的威勢，果真對李斯天天審訊，天天用刑，用刑的花樣旦狠且重。《史記》記述：「趙高治斯，榜掠千餘。」李斯遭受千餘次拷打，舊傷未癒，新傷又添，全身無一完好處，傷口潰爛，慘不忍睹。殘酷刑罰摧毀了他的意志，他不得不屈從，「自誣服」——承認了趙高需要他承認的所有罪款。監獄長把情況報告趙高。趙高大喜，說：「好！每條罪款，都要叫他畫押、摁指印，懂嗎？」在監獄裡，畫押和摁指印是最容易不過的。一番酷刑，囚犯昏迷，獄吏取來擬好的大多是捏造的罪款，抓起囚犯的手畫押、摁指印皆不費吹灰之力。趙高十分奸詐十分陰險，生怕李斯翻供，遂指派一名親信假扮皇上派出的御史，前去監獄複審李斯。李斯見到「御史」像是見到救星，以為胡亥看到了他表功的奏書，派人來拯救他了。他老淚縱橫，一面訴說天大的冤屈，一面展示身上的鱗傷。「御史」微笑靜聽，高深莫測。「御史」前腳走，獄吏後腳進，對李斯更狠更重地用刑，訓斥其翻供將罪加一等。李斯這時方知所謂的御史是假的，是趙高玩的把戲，只能求饒，聲稱再不翻供了。這樣的把戲，趙高又玩了多次，李斯心存僥倖，不長記性，每每翻供訴說冤屈，結果總是遭到更狠更重的刑罰。他精力耗盡了，一蹶不振。某天，胡亥忽然記起李斯，真的派了一使者前往監獄詢問案情。李斯條件反射，以為使者又是假的，怕再上當，怕再受刑，連聲道：「李斯服罪！李斯服罪！」考諸典籍，李斯當是中國歷史上第一位屈打成招的著名人物。

使者回報胡亥，趙高更把李斯的「罪證」齊齊地擺到胡亥面前。幾款「罪證」是這樣的：「吾欲裂地封王，不成，故反之」，「吾欲效法司城子罕和田常，伺機取胡亥而代之」，「吾命李由答應借道，讓周文過函谷關，急盼其能攻進咸陽」，「吾同意資助周文千石糧食千鎰黃金」，「吾恨趙高，故使人刺殺之，可惜未遂」。「罪證」寫在竹簡上，每片竹簡都有李斯的畫押和摁的指印。胡亥看罷竹簡像是大夢初醒似的，由衷地稱讚趙高道：「如無趙公，朕幾為丞相所賣。」

胡亥認定李斯謀反是鐵證如山，接下來就是怎樣量刑問題。趙高提議：具五刑，夷三族。「五刑」，夏、商、周時為「墨、劓、刖、宮、大辟」；秦、漢時改作「黥，劓，斬左右趾，笞殺之，梟其首，菹其骨肉於市。其誹謗詈詛者，又先斷舌」。「三族」，指父族、母族、子族。胡亥想了想，說：「李斯侍奉先帝，其功甚巨；沙丘之謀，於朕亦有大恩。量刑如此之重，朕心不忍。可以這樣：改具五刑為腰斬，讓他死得體面些。夷三族，不變！」在胡亥看來，他將李斯的死法略略一改，就足以能顯示他的寬宏他的仁慈了。

二世皇帝三年（西元前二〇七年）冬日的一天，按西曆，這天仍在西元前二〇八年年度，月份為十一月或十二月。李斯前一晚上吃了有肉有酒的「斷頭飯」，知道這天是他生命的最後一天，他將被押往刑場，執行腰斬死刑，並夷三族。他對自己的死早有預料倒不介意，難受的是他連累了家人，連累了很多無辜的人。他這時忽然覺得自己混帳，當初修訂《秦律》，反叛者或具五刑或車裂或凌遲足矣，為何還要加上「夷三族」這一條呢？現在夷三族罪及自己和兒子頭上，這將冤殺屈殺多少人哪！五更時分，咸陽派了一隊騎馬的衛士和一輛馬車來押解死囚。監獄長送別李斯，忽又尊稱其為「君侯」，問：「君侯將臨刑，可有什麼遺言？」他不想留下什麼遺言，但心氣還在，遂仰天長歎道：「嗟乎！悲夫！不道之君，何可為計哉！昔者夏桀殺關龍逄，商紂殺王子比干，吳王夫差殺伍子胥。此三臣者，豈不忠哉，然而不免於死，身死而所忠者非也。今吾智不及三子，而二世之無道過於夏桀、商紂、夫差，吾以忠死，宜矣。且二世之治豈不亂哉！日者夷其兄弟而自立也，殺忠臣而貴賤人，作為阿房之宮，賦斂天下。吾非不諫也，而不吾聽也。凡古聖王，飲食有節，車器有數，宮室有度，出令造事，加費而無益於民利者禁，故能長久治安。今行逆於昆弟，不顧其咎；侵殺忠臣，不思其殃；大為宮室，厚賦天下，不愛其費。三者已行，天下不聽。今反者已有天下之半矣，而心尚未悟也，而以趙高為佐，吾必見寇至咸陽，麋鹿遊於朝也。」

這段遺言是很精準的預言，表明李斯清醒深刻地洞察時局，預見到了大秦國日益臨近的末日。但是這段遺言又有自我標榜之意，他光譴責秦二世和趙高，卻不自責，還認為自己很「忠」，「吾以忠死，宜矣」。這個「忠」係指他對秦二世的「忠」，他以此「忠」而死，果真「宜」麼？

凌晨，朔風，寒霜。馬車馳得飛快。巳末午初，李斯發現馬車已到了咸陽，馳進了他住了多年的左丞相府。原來左丞相府已成監獄，且是這天行刑的刑場。李斯受刑斷了三根肋骨，乾瘦的身軀無法直立，只能佝僂著艱難地下車。天氣陰沉、乾冷，四周死一樣寂靜。一抬眼，他模模糊糊看到了跪地的一大片人，男女老幼全都穿著囚衣，囚衣前襟後背上都有一個大大的「囚」字。人人形容枯槁、神情呆滯、麻木沉默，靜候著死亡到來。他認識他的家人，更多更多的人則不認識，連面也沒見過。衛士命他也跪地，面對先行跪地的人群。他有意垂下頭顱，他不敢正視對面那些悲傷、淒苦、哀怨的面孔。忽有一男子膝行到了他跟前，無力地叫了一聲「阿父」。李斯凝視良久，方才認出那是李甲。李甲也受刑受辱了，看去比其實際年齡至少要老上十歲。李甲問：「我們一家人，為何會這樣？」李斯想答：「這都是我的罪過。」可是嘴唇蠕動幾下，說出的話卻是：「吾欲與若復牽黃犬，俱出上蔡東門逐狡兔，豈可得乎！」李甲匍匐在阿父腳邊，放聲大哭。李斯喉嚨乾澀，眼睛乾澀，想哭也哭不出聲和淚來。

午時三刻，監刑官閻樂扯著長腔，高聲道：「時辰到，行——刑——」百名劊子手，清一色的壯漢，束衣捋袖，朝手心唾口唾沫，搓了搓，隨即揮動明晃晃的鬼頭大刀，執行斬首死刑。一顆顆人頭落地，一具具屍體倒地，片刻間血流成渠。李斯當過二十年廷尉，見過無數次殺人場景，哪曾見過這樣慘絕人寰的一幕？那些身首分離的，可都是他的家人、親戚、賓客、三族成員呀！其中還有幾個尚是少年的孫子孫女，尚在襁褓中的曾孫曾孫女。他猶如萬箭穿心，面色煞白、雙目緊閉，癱在地上暈死過去。劊子手們大顯神威，已將八百多人斬首，最後輪到腰斬李斯了。腰斬這種刑法，平時難得一遇，故需由經驗豐富的劊子手行刑。閻樂領了兩名劊子手站到李斯跟前，陰陽怪氣地說：「李丞相李大人！我閻樂今天任監刑官行刑殺人，實是奉命辦差，對不住了。大人去陰間若要報仇當找真正的仇家，可千萬別找我閻樂哦，拜託拜託！」他說著退後數步，揮一揮手。一名劊

子手向前，提起李斯扯去他的衣服，朝他身上噴了一口涼水。李斯猛打一個激靈。正當其時，另一名劊子手的大刀，猛地砍向他腰間，大刀鋒銳竟將他身軀斬成兩截。李斯最後的一絲意識是幾隻廁中鼠和倉中鼠，還有黃犬追逐狡兔。噴濺的鮮血在地上流淌，緩緩匯進快要變成絳紫色的「血渠」。天色更加陰沉，朔風中滿是嗆人的血腥氣味……

第三十章

史家評價

刑場上，血風腥雨，天昏地暗。咸陽宮裡，胡亥飲著美酒，觀賞一群美女表演脫衣之舞，樂得大呼小叫，忘乎所以。次日，趙高出任丞相，封安武侯。趙成出任趙高原任的職務郎中令。東方戰場，項梁已死，項羽成為項氏軍隊的領袖。楚懷王和項羽、劉邦等盟誓相約：率先攻進關中，攻破咸陽者，即為「關中王」。夏天，章邯、董翳、司馬欣的「官軍」連連失利，告急求援。趙高瞞過胡亥，命駐守上郡的王離率軍開赴東方作戰。鉅鹿一戰，項羽軍大破秦軍，生擒王離，章邯等率部投降。八月，趙高的野心更加膨脹竟想當皇帝，演了一齣指鹿為馬的鬧劇。同月，劉邦數萬大軍攻入武關，關中大震。趙高窮凶極惡，指派趙成、閻樂殺死玩物胡亥，求和於劉邦，提出「分王關中」之想。劉邦斷然拒絕，繼續進軍，兵鋒直指咸陽。趙高不敢自立，姑且決定立嬴氏宗室嬴子嬰，去皇帝名號，仍稱秦王。嬴子嬰深知趙高奸惡，設計殺趙高，滅其族。趙高無族可滅，所滅的只是趙氏兄弟及其名義上的妻妾、養子養女等。嬴子嬰即秦王位。劉邦大軍進抵霸上，約降嬴子嬰。嬴子嬰在位僅四十六天，走投無路只能乖乖投降，呈上國家御璽。至此，歷時十三年多的大秦國滅亡。此後爆發楚漢戰爭，西楚霸王項羽和漢王劉邦爭奪天下。西元前二〇三年底，項羽兵敗，自刎於烏江（今安徽和縣東北）。越年二月，劉邦即皇帝位，正式建立了漢王朝（西漢）。劉邦是為漢高祖。

大秦國滅亡三十多年後，漢高祖之子漢文帝時，賈誼作《過秦論》，論述和指責秦始皇帝、二世皇帝、秦王嬴子嬰的過失，總結大秦國迅速滅亡的歷史教訓，文中未提李斯也未提趙高。大秦國滅亡一百多年後，漢高祖之曾孫漢武帝時，史聖司馬遷著《史記》，寫有《李斯列傳》，記述李斯的生平事蹟，並給予評價：「李斯以閭閻歷諸侯，入事秦，因以瑕釁（指恰合時機的遊說），以輔始皇，卒成帝業，斯為三公，可謂尊用矣。斯知六藝之歸，不務明政以補主上之缺，持爵祿（功名利祿、榮華富貴）之重，阿順苟合，嚴威酷刑，聽高（趙高）邪說，廢嫡立庶。諸侯已叛，斯乃欲諫爭，不亦末（小節）乎！人皆以斯極忠而被五刑死，察其本（大節），乃與俗議（事實）之異。不然，斯之功且與周、召（西周初周公姬旦、召公姬奭）列矣。」此一評價客觀公允，有褒有貶。據此，對李斯可做這樣的定位：一位才高德薄，功巨過顯，大節有虧，由於晚節失守，以致身敗名裂的政治家。李斯晚節失守，背叛、變節之行徑造成的惡果無法估量，這是不爭的事實。然而他對此似乎全不認識，或是刻意迴避，從未進行過檢討與自責；相反，還吹噓什麼「忠」，死前遺言仍說「吾以忠死，宜矣」。執迷不悟，至死不悟！

唐代史學家司馬貞著《史記索隱》，編出一段四字韻語評價李斯：「鼠在所居，人固擇地。斯效智力，功立名遂。置酒咸陽，人臣極位。一夫誑惑，變易神器。國喪身誅，本同末異。」李斯功立名遂、人臣極位，本該注重氣節與操守，保持晚節，報效國家和民眾。可是他卻受私心貪欲驅使，聽信「一夫（趙高）誑惑」，導致「變易神器」——大秦國滅亡。「國喪」，李斯負有一定責任；「身誅」，則是必然的，實是咎由自取，罪有應得。

在既無起點又無終點的時間長河裡，每個人的人生都是一頁歷史，一頁微乎其微得可以忽略不計的歷史。歷史不能更改，也更改不了。一貫聰明精明、自傲自負的李斯，對兩位司馬氏的評價，若在地下有知，會認同能接受麼？

李斯外傳 / 張雲風著. -- 一版. -- 臺北市 : 大地出版社有限公司, 2023.08

面； 公分. -- (歷史小說 ; 36)

ISBN 978-986-402-375-2(平裝)

857.7 112011135

李斯外傳

歷史小說 036

作　　者	張雲風
發 行 人	吳錫清
主　　編	陳玟玟
出 版 者	大地出版社
社　　址	114台北市內湖區瑞光路358巷38弄36號4樓之2
劃撥帳號	50031946（戶名：大地出版社有限公司）
電　　話	02-26277749
傳　　真	02-26270895
E-mail	support@vastplain.com.tw
網　　址	www.vastplain.com.tw
美術設計	王志強
印 刷 者	博客斯彩藝有限公司
一版一刷	2023年08月

定　價：350元